世界不朽傳家經典

這裡選的書，您一輩子總要讀它一遍，
不管您是在十歲，或在三十歲，或在七十歲！

遠流出版公司

〔世界不朽傳家經典〕004

安徒生故事全集㈣　（全四冊）

原書名　*Eventyr og Historier*（丹麥）

作　者　安徒生(H.C. Andersen)

譯　者　葉君健

校訂者　蔡尙志

主　編　楊豫馨

特約編輯　溫秋芬

發行人　王榮文

出版發行　遠流出版事業股份有限公司

台北市南昌路二段 81 號 6 樓

郵撥 0189456-1　電話（02）2392-6899　傳眞（02）2393-6658

香港發行　遠流(香港)出版公司

香港北角英皇道 310 號雲華大廈 4 樓 505 室

電話 2508-9048　傳眞 2503-3258

香港售價　港幣 117 元

著作權顧問　蕭雄淋律師　法律顧問　王秀哲律師　董安丹律師

排版　凱立國際印刷股份有限公司

印刷　優文印刷事業有限公司

初版一刷　1999 年 2 月 16 日

初版十二刷　2005 年 4 月 1 日

行政院新聞局局版臺業字第 1295 號

定價 350 元

（缺頁或破損的書，請寄回更換）

版權所有・翻印必究　Printed in Taiwan

ISBN　957-32-3678-8(一套；精裝)

ISBN　957-32-3674-5(第四冊；精裝)

YLib 遠流博識網

http://www.ylib.com. E-mail:ylib@ ylib.com.

004

世界不朽傳家經典
安徒生故事全集(四)

安徒生（H.C.Andersen）著
葉君健翻譯　評註　蔡尙志校訂

目　錄

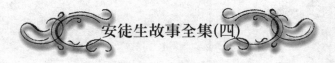

安徒生故事全集(四)

海的女兒①

在海的遠處，水是那麼藍，像最美麗的矢車菊花瓣，同時又是那麼清澈，像最明亮的玻璃。海底很深很深，深得任何鐵錨都達不到。要想從海底一直升到水面，必須有許多個許多個教堂尖塔一個接著一個地聯起來才行。海底的人就住在這下面。

不過人們千萬不要以爲那兒只是一片鋪滿白砂的海底。不是的，那兒生長著最奇異的樹木和植物。它們的枝幹和葉子是那麼柔軟，只要水輕微地流動一下，它們就搖動起來，好像是活著

的東西。所有的大小魚兒在這些枝葉間游來游去，像是天空中的飛鳥。海裡最深的地方是海王宮殿所在的處所。它的牆是用珊瑚砌成的，它那些尖頂的高窗子是用最亮的琥珀做成的；不過屋頂上卻鋪著黑色的蚌殼，它們隨著水的流動可以自動地開合。這是蠻好看的，因爲每一顆蚌殼裡面都含有亮晶晶的珍珠。隨便哪一顆珍珠都可以成爲王后帽子上最主要的裝飾品。

住在那底下的海王已經做了好多年的鰥夫，但是他有老母親爲他管理家務。她是一個聰明的女人，可是對於自己高貴的出身總是感到不可一世，因此她的尾巴上老是戴著一打牡蠣——其餘的顯貴們每人只能戴上半打。除此以外，她是值得大大稱讚的，特別是因爲她非常愛那些小小的海公主——她的一些孫女。她們是六個美麗的孩子，而她們當中，那個最小的可以算是最美麗的一個。她的皮膚又光又嫩，像玫瑰的花瓣；她的眼睛是蔚藍色的，像最深的湖水。不過，跟其他的公主一樣，她沒有腿；她身體的下半部是一條魚尾。

她們可以把整個漫長的日子花費在王宮裡，在牆上長著鮮花的大廳裡。那些琥珀鑲的大窗子是開著的，魚兒向著她們游來，正如我們打開窗子的時候，燕子會飛進來一樣。不過魚兒一直游向這些小小的公主，在她們的手裡找東西吃，並且讓她們任意撫摸。

宮殿外面有一個很大的花園，裡邊生長著許多火紅和深藍色的樹木；樹上的果子亮得像黃金，花朵開得像燃燒著的火焰，花朵和葉子也不停地搖動。地上全是最細的沙子，但是藍得像硫磺發出的光焰。在那兒，處處都閃爍著一種奇異的、藍色的

光彩。你很容易以爲你是在高高的空中而不是在海底，你的頭上
和腳下全是一片藍天。當海是非常沉靜的時候，你可以瞥見太
陽：它像一朵紫色的花，從它花萼裡射出各種顏色的光芒。

在花園裡，每一位小公主都有自己的一小塊地方，她可以在
那上面隨意栽種。有的把自己的花壇布置得像一條鯨魚；有的
覺得最好把自己的花壇布置得像一個小人魚。可是最年幼的那
位卻把自己的花壇布置得圓圓的，像一輪太陽；同時她也只種
像太陽一樣紅的花朵。她是一個古怪的孩子，不大愛講話，總是
靜靜地在想著什麼。當別的姊姊們用她們從沉船裡所獲得的最
奇異的東西來裝飾她們的花園，她除了栽種像高空的太陽一樣
豔紅的花朵以外，只願意要一個美麗的大理石像。這尊石像代表
一個美麗的男子；它是用一塊潔白的石頭雕出來的，跟一艘遇
難的船隻一同沉到海底。她在這石像旁邊種了一棵像玫瑰花那
樣紅的垂柳。這棵樹長得非常茂盛。它新鮮的枝葉垂向這座石
像，一直垂到那藍色的沙底。它的倒影帶有一種紫藍的色調。像
它的枝條一樣，這影子從也不靜止：樹根和樹頂看起來好像在
做著互相親吻的遊戲。

她最大的愉快是聽些關於上面人類世界的故事。她的老祖
母不得不把自己所知道的關於船隻和城市、人類和動物的知識
全都講給她聽。特別使她感到高興的一件事情是：地上的花兒
能散發出香氣來，而海底的花兒卻不能；地上的森林是綠色
的，而且人們聽到在樹枝間游來游去的魚兒唱得那麼清脆悅
耳，叫人感到愉快。老祖母所說的「魚兒」其實就是小鳥，但是
假如她不這樣講的話，小公主就聽不懂她的故事了，因爲她從來

就沒有看見過任何一隻小鳥。

「等妳滿十五歲的時候，」老祖母說，「我就准許你浮到海面上去。那時妳可以坐在月光底下的石頭上面，看巨大的船隻在妳身邊駛過。妳也可以看到樹林和城市。」

在這快要到來的一年，這些姊妹中有一位到了十五歲；可是其餘的呢——唔，她們一個比一個小一歲。因此最年幼的那位公主還要足足地等五個年頭才能夠從海底浮上來，來看看我們的這個世界。不過每一位答應下一位說，她要把她第一天看到和發現的東西講給大家聽，因為她們的祖母所講的確實不太夠——她們所希望瞭解的東西真不知有多少！

她們誰也沒有像那位最年幼的妹妹渴望得那樣厲害，而她卻偏偏要等待最久，同時她是那麼地沉默和富於深思。不知有多少夜晚她站在開著的窗子旁邊，透過深藍色的水向上面凝望，凝望著魚兒擺動著尾巴和翅。她還看到月亮和星星——當然，它們射出的光比較弱，但是透過一層水，它們顯得比我們人眼看到的要大得多。假如有一塊類似黑雲的東西在它們下面浮過去的話，她便知道這如果不是一條鯨魚在她上面游過，便是一條裝載著許多旅客的船在航行。可是這些旅客們卻想像不到，他們下面有一位美麗的小人魚，正向著他們船的龍骨伸出一雙潔白的手。

現在那位最大的公主已經到了十五歲，她可以浮到水面上去了。

當她回來的時候，她有很多的事情要講；不過她說，最美的事情是當海上風平浪靜的時候，躺在一個月光底下的沙灘上

面，緊貼著海岸凝望那大城市裡亮得像無數星星似的燈光，靜聽
音樂、鬧聲、以及馬車和人的聲音，觀看教堂的圓塔和尖塔，傾
聽噹噹的鐘聲。正因為那個最小的妹妹不能到那兒去，所以她也
就最渴望這些東西。

　　啊，那位最小的妹妹聽得多麼入神啊！當她晚上站在開著
的窗子旁邊、透過深藍色的水向上面凝望的時候，她就想起了那
個大城市以及它裡面熙熙攘攘的聲音。於是她似乎能聽到教堂
的鐘聲在向她這裡飄來。

　　第二年，第二個姊姊得到許可，可以浮出水面，可以隨便向
什麼地方游去。她跳出水面的時候，太陽剛剛下山；她覺得這景
象真是美極了。她說，這時整個天空看起來像一塊黃金，而雲朵
呢——唔，她真的沒有辦法把它們的美形容出來！它們在她頭
上掠過，一會兒紅，一會兒紫。不過，比它們飛得還要快的、像
一片又白又長的面紗，是一群掠過水面的野天鵝。它們正飛向太
陽，她也向太陽游去。可是太陽落下去了。一片玫瑰色的晚霞，
在海面和雲朵之間也慢慢地消逝了。

　　又過了一年，第三個姊姊也浮上去了。她是她們中最大膽的
一位，所以她游向一條流進海裡的大河裡去。她看到一些美麗的
青山，上面種滿了一行一行的葡萄。宮殿和田莊在茂密的樹林中
隱隱地露出來；她聽到各種鳥兒唱得多麼好聽，太陽照得多麼
暖和，她有時不得不沉入水裡，使她灼熱的面孔能夠得到一點清
涼。在一個小河灣裡她碰到一群人間的小孩子；他們光著身
子，在水裡游來游去。她倒很想跟他們玩一會兒，可是他們嚇了
一跳，逃走了。於是一個小小的黑色動物走了過來——這是一條

小狗，是她從來沒有看見過的小狗。它對她汪汪地叫得那麼凶狠，使得她害怕了起來，趕快逃到大海裡去。可是她永遠忘不了那壯麗的森林，那綠色的山，那些能夠在水裡游泳的可愛小寶寶——雖然他們沒有像魚那樣的尾巴。

　　第四個姊姊可不是那麼大膽了。她停留在荒涼的大海上面。她說，最美麗的事就是停在海面上；因為你可以從這兒向四周很遠很遠的地方望去，天空懸在上面像一個巨大的玻璃鐘。她看過船隻，不過這些船隻離她很遠，看起來像一隻海鷗。她看到過快樂的海豚翻著筋斗，龐大的鯨魚從鼻孔裡噴出水來，好像有無數的噴泉圍繞著它們一樣。

　　現在輪到第五個姊姊了。她的生日恰恰好是在冬天，所以她能看到其他的姊姊們在第一次浮出海面時所沒有看過的東西。海染上了一片綠色；巨大的冰山在四周移動。她說每一座冰山看起來像一顆珠子，然而卻比人類所建造的教堂塔樓還要大得多。它們以種種奇奇怪怪的形狀出現；它們像鑽石似的射出光彩。她曾經在一座最大的冰山上坐過，讓海風吹著她細長的頭髮；所有船隻，繞過她坐著的冰山時，都驚惶地遠遠避開。不過到了黃昏時分，天上忽然佈起了一片烏雲。電閃起來了，雷也轟起來了。黑色的巨浪掀起整片整片的冰塊，使它們在血紅的雷電中閃著光。所有的船隻都收起了帆，造成一種驚惶和恐怖的氣氛；但是她卻安靜地坐在那浮動的冰山上，望著藍色的閃電，彎彎曲曲地射進反光的海裡。

　　在這些姊妹中，隨便哪一位，只要是第一次浮到海面上去，總是非常高興地觀看這些新鮮和美麗的東西。可是現在呢，她們

已經是大女孩子了,可以隨意浮近她們喜歡去的地方,因此這些
東西就不再太引起她們的興趣了。她們渴望回到家裡來。一個月
左右以後,她們就說:畢竟還是住在海裡好——家裡是多麼舒
服啊!

在黃昏的時候,這五個姊妹常常手挽著手地浮上來,在海面
上排成一列。她們能唱出好聽的歌——比人類的任何聲音都要
動聽。當風暴快要到來、她們認為有些船隻快要出事的時候,她
們就浮到這些船的面前,唱起非常美麗的歌來,說海底下是多麼
可愛,同時告訴這些水手不要害怕沉到海底;然而這些人卻聽
不懂她們的歌詞。他們以為這是巨風的聲息。他們也想不到自己
會在海底看到什麼美好的東西,因為如果船沉了,船上的人也會
淹死,他們只有成為死人才能到達海王的宮殿。

有一天晚上,當姊妹們手挽著手浮出海面的時候,那位最小
的妹妹孤單地待在後面,看著她們。她看起來像是想要哭一場似
的,不過人魚是沒有眼淚的,因此她更感到難受。

「啊,我多麼希望我已經十五歲了!」她說。「我知道我將
會喜歡上面的世界,喜歡住在那個世界裡的人們的。」

最後她真的到了十五歲了。

「妳知道,妳現在可以離開我們的手了,」她的祖母老皇太
后說。「來吧,讓我把妳打扮得像妳的幾個姊姊一樣吧。」

於是她在這小姑娘的頭髮上戴上一個百合花編的花環,不
過這花的每一個花瓣是半顆珍珠。老太太又叫八個大牡蠣緊緊
地附貼在公主的尾巴上,以表示她高貴的地位。

「這叫我真難受!」小人魚說。

「當然囉，爲了漂亮，一個人是應該吃點苦頭的。」老祖母
說。

哎，她倒真想能擺脫這些裝飾品，把這重的花環扔向一邊！
她花園裡的那些紅花，她戴起來倒適得多，但是她不敢這樣做。
「再會吧！」她說。於是她輕盈、明朗得像一個水泡，浮上海面。

當她把頭伸出海面的時候，太陽已經落下去了，不過天上的
雲朵仍像玫瑰花和黃金似地發著光；同時，在這淡紅的天上，太
白星已經在美麗地、光亮地眨著眼睛。空氣是溫和的、新鮮的。
海非常平靜。這兒停著一艘有三根桅杆的大船。船上只掛了一張
帆，因爲沒有一絲兒風吹動。水手們正坐在護桅繩的周圍和帆桁
的上面。

這兒有音樂，也有歌聲。當黃昏逐漸變得陰暗的時候，各式
各樣的燈籠就一齊亮起來了。它們看起來就好像飄在空中的世
界各國的旗幟。小人魚一直向舷窗那兒游去。每次當海浪把她托
起來的時候，她就可以透過像鏡子一樣的窗玻璃，看見裡面站著
許多服裝華麗的男子；但他們當中最美的是那位有一對大黑眼
珠的王子：無疑地，他的年紀還不到十六歲。今天是他的生日，
正因爲這個緣故，今天才這樣熱鬧。

水手們在甲板上跳著舞。當王子走出來的時候，有一百多發
火箭一齊向天空射出去。天空被照耀得如同白天，因此小人魚感
到非常驚恐，趕快沉到海底。可是過不了一會兒她又把頭伸出來
了──這時她覺得好像滿天的星星都向她落下，她從來沒有看
到這樣的焰火。許多巨大的太陽在周圍發出噓噓的聲響，光耀奪
目的大魚向藍色的空中飛躍。這一切都映照在這清明的、平靜的

海面上。這整艘船被照耀得那麼亮，連每一根細小的繩子都可以看得出來，船上的人當然可以看得更清楚了。啊，這位年輕的王子是多麼美麗啊！當音樂在這光華燦爛的夜裡慢慢地消逝著的時候，他跟水手們握著手，大笑，微笑……

夜已經很晚了；但是小人魚沒辦法把她眼睛從這艘船和這位俊美的王子身上移開。那些彩色的燈籠熄滅了，火箭不再向空中發射了，炮聲也停止了。可是在海的深處響起了一種嗡嗡和隆隆的聲音。她浮在水面上，一起一伏地飄著，所以她能看到船艙裡的東西。可是船加快了速度；它的帆都先後張起來了。浪濤湧起來了，沉重的烏雲浮起來了，遠處掣起閃電來了。啊，可怕的大風暴快要來了！水手們因此都收起了帆。這艘巨大的船在狂暴的海上搖搖擺擺地向前急駛。浪濤像龐大的黑山似的高漲。它想要折斷桅杆，可是這船像天鵝似的，一忽兒投進波濤裡面，一忽兒又在高大的浪頭上抬起頭來。

小人魚覺得這是一種很有趣的航行，可是水手們的看法卻不是這樣。這艘船發出碎裂的聲音；它粗厚的壁被衝擊而來的浪濤打彎了。船桅像蘆葦似的在半中腰折斷了。接著船開始傾斜，水向艙裡衝了進來。這時小人魚才知道他們遭遇了危險。她也得當心漂流在水上的船樑和船的殘骸。

天空馬上變得漆黑，她什麼也看不見。不過當閃電劃過，天空又變得非常明亮，使她可以看出船上的每一個人。現在每個人在盡量為自己尋找生路。她特別注意那位王子。當這艘船裂開向海的深處下沉的時候，她看到了他。她馬上變得非常高興，因為他就要掉落到她這兒來了。可是她又想起人類是不能生活在水

裡的，他除非成了死人，否則不能進入她父親的宮殿。

　　不行，絕不能讓他死去！所以她向那些漂著的船樑和木板間游過去，一點也沒有想到它們可能會把她砸死。她深深地沉入水裡，接著又在浪濤中高高地浮出來，最後她終於游到王子的身邊。在這狂暴的海裡，他根本沒有力氣再浮起來。他的手臂和腿開始支持不住了。他美麗的雙眼已經閉起來了。要不是小人魚及時趕來，他一定會淹死的。她把他的頭托出水面，讓浪濤載著她跟他一起隨處漂流著。

　　天明時分，暴風已經過去。那艘船連一塊碎片也不見了。火紅的太陽升起來了，在水面上光耀地照著。它似乎在這位王子的臉上注入了生命。不過他的眼睛仍然是閉著的。小人魚在王子清秀的額頭上吻了一下，把他濕透的長髮梳向腦後。她覺得他的樣子很像她在海底小花園裡的那尊大理石像。她又吻了他一下，希望他能蘇醒過來。

　　現在她看見前面展現一片陸地和一群蔚藍色的高山，山頂上閃耀著的白雪看起來像睡著的天鵝。沿著海岸是一片美麗的綠色樹林，林子前面有一個教堂或者修道院──她不知道究竟叫做什麼，反正是一個建築物罷了。

　　那兒的花園裡長著一些檸檬和橘子樹，門前立著很高的棕櫚。海在這兒形成一個小灣；水是非常平靜的，但是從這兒一直到那積有許多細沙的石崖附近，都是很深的海。她托著這位英俊的王子向那兒游去。她把他放到沙灘上，非常細心地把他的頭高高地擱在溫暖的太陽光裡。

　　鐘聲從那棟雄偉的白色建築物中響起來了，有許多年輕女

子穿過花園走出來。小人魚遠遠地向海裡游去,游到冒出在海面
上的幾座大石頭的後面。她用許多海水的泡沫蓋住自己的頭髮
和胸脯,不讓人看見她小小的臉龐。她在這兒凝望著,看有誰會
來到這個可憐的王子的身邊。

　　不一會兒,一名年輕女子走過來了。她似乎非常吃驚,過不
不了多久。她找了許多人來。小人魚看到王子漸漸地蘇醒過來
了,並且向周圍的人發出微笑。可是他沒有對她微笑:當然,他
一點也不知道救他的人就是她。她感到非常地難過。因此當他被
抬進那棟高大的房子裡的時候,她悲傷地跳進海裡,回到她父親
的宮殿裡去。

　　她一直就是一個沉靜深思的孩子,現在她變得更是這樣
了。她的姊姊們都問她,她第一次浮到海面上去究竟看到了一些
什麼東西;但是她什麼也不說出來。

　　有好多個夜晚和清晨,她浮出水面,向她曾經放下王子的那
個地方游去。她看到那花園裡的果子成熟了,被摘下來了;她看
到高山頂上的雪融化了;但是她看不到那個王子。所以她每次
回到家裡後,總是感到更痛苦。她唯一的安慰是坐在她的小花園
裡,用雙手環抱著與那位王子相似的美麗大理石像。可是她再也
不照料她的花兒了。這些花兒好像是生長在曠野中的野花,鋪得
滿地都是;它們的長梗和葉子跟樹枝交叉在一起,使這地方顯
得非常陰暗。

　　最後她再也忍受不住了。不過只要她把心事告訴了其中一
個姊姊,其餘的人也就馬上都知道了。但是除了她們和別的一兩
個人魚以外(她們只把這祕密轉告給自己幾個知己的朋友),別

的人也不會知道。她們當中有一位知道那個王子是什麼人。她也看到過那次在船上舉行的慶祝。她知道這位王子是從什麼地方來的，他的王國在什麼地方。

「來吧，小妹妹！」別的公主們說。她們彼此把手搭在肩上，一長排地浮到海面，一直游到一個她們認爲是王子宮殿的地方。

這宮殿是用一種會發光的淡黃色石塊建造的，裡面有許多寬大的大理石台階——有一個台階還一直延伸到海裡呢。華麗的、金色的圓塔從屋頂上伸向空中。在圍繞著這整棟建築物的一根根圓柱中間，矗立著許多大理石像。他們看起來像是活人一樣。透過那些高大明亮的窗玻璃，人們可以看到一些富麗堂皇的大廳，裡面懸掛著貴重的絲窗帘和織錦，牆上裝飾著大幅的圖畫——就是只看看這些東西也是一件非常愉快的事情。在最大的一個廳堂中央，有一個巨大的噴泉正噴著水。水絲一直向上面的玻璃圓屋頂射去，而太陽又透過玻璃射下來，照到水上，照到生長在這大水池裡的植物上面。

現在她知道王子住在什麼地方了。她在這兒的水上度過好幾個黃昏和黑夜。她遠遠地向陸地游去，比任何一個姊姊敢去的地方都還要遠。的確，她甚至游到那個狹小的河流裡，直到那個壯麗的大理石陽台下面——它長長的陰影倒映在水上。她停留在這兒，看著那位年輕的王子，而這位王子還以爲月光中只有他一個人呢。

有好幾個晚上，她看到他在音樂聲中乘著那艘飄著許多旗幟的華麗的船。她從綠燈芯草中向上面探望。當風吹起她銀白色

的長面罩的時候，如果有人看到的話，他們會以爲這是一隻天鵝
在展開它的翅膀。

　　在好幾個夜裡，當漁夫們打著火把出海捕魚的時候，她聽到
他們說了許多稱讚這位王子的話。她情不自禁就高興了起來，覺
得當浪濤把他沖擊得半死的時候，是她救了他的生命的；她記
起他的頭是怎樣緊緊地躺靠在她的懷裡，她是多麼熱情地吻著
他。可是這些事他一點也不知道，甚至連做夢也不會想到她。

　　她漸漸地開始愛上了人類，漸漸地盼望能夠和人類生活在
一起。她覺得他們的世界比她的天地大得多。的確，他們能夠乘
船在海上航行，能夠爬上高聳入雲的大山，同時他們的土地，連
帶著森林和田野，伸展開來，使得她望都望不盡。她希望知道的
東西眞是不少，可是她的姊姊們都無法回答她所有的問題。所以
她只好問她的老祖母。她對於「上層世界」──這是她給海上國
家所取的恰當名字──的確知道得相當清楚。

　　「如果人類不淹死的話，」小人魚問，「他們會永遠活下去
嗎？他們會不會像我們住在海裡的人們一樣地死去呢？」

　　「一點也不錯，」老太太說，「他們也會死的，而且他們的
生命甚至比我們的還要短呢。我們可以活到三百歲，不過當我們
的生命結束時，會變成水上的泡沫我們甚至連一座墳墓也不會
留給我們心愛的人呢。我們沒有一個不滅的靈魂。我們從來得不
到一個死後的生命。我們就像那綠色的海草一樣，只要一經斷
了，就再也綠不起來！相反的，人類有一個靈魂；它永遠地活
著，即使身體化爲塵土，它仍是活著的。它升向晴朗的天空，一
直升向那閃耀著的星星！正如我們浮到海面、看到人類的世界

一樣，他們升向那些神祕的、華麗的、我們永遠看不見的地方。」

「爲什麼我們得不到一個不滅的靈魂呢？」小人魚悲哀地問。「只要我能夠變成人、可以進入天上的世界，哪怕在那兒只活一天，我都願意放棄我在這兒所擁有的幾百歲的生命。」

「你絕不能有這種想法，」老太太說，「比起上面的人類來，我們在這兒的生活要幸福和美好得多！」

「那麼我就只有死去，變成泡沫在水上飄浮了。我將再也聽不見浪濤的音樂，看不見美麗的花朵和火紅的太陽嗎？難道我沒有辦法得到一個永恆的靈魂嗎？」

「沒有！」老太太說，「只有當一個人愛妳，把妳當做比他父母還要親密的人的時候；只有當他把他全部的思想和愛情都放在妳身上的時候；只有當他讓牧師把他的右手放在妳的手裡、答應現在和將來永遠對妳忠誠的時候，他的靈魂才會轉移到妳的身上，妳才會得到一份人類的快樂。他就會分給妳一個靈魂，而同時他自己的靈魂又能保持不滅。但是這類的事情是從來不會有的！我們在海底所認爲美麗的東西——妳的那條魚尾——他們在陸地上卻認爲非常難看；他們不知道什麼叫做美醜。在他們那兒，一個人想要顯得漂亮，必須生有兩條呆笨的支柱——他們把它們叫做腿！」

小人魚嘆了一口氣，悲哀地對自己的魚尾巴看了一眼。

「我們就快樂一點吧！」老太太說，「在我們能活著的這三百年中，讓我們盡情地跳著和舞著。這畢竟是一段相當漫長的時間；以後我們也可以在我們的墳墓裡 ② 愉快地休息了。今晚我們就在宮裡開一個舞會吧！」

那真是一個壯麗的場面，人們在陸地上是從來不會看見的。這個寬廣的舞廳裡的，牆壁和天花板是用厚而透明的玻璃砌成的。成千成百個草綠色和粉紅色的巨型貝殼一排一排地立在四邊；它們裡面點燃著藍色的火焰，照亮整個舞廳，亮透了牆壁，因而也照亮了外面的海。人們可以看到無數的大小魚群向這座水晶宮裡游來，有的鱗上發著紫色的光，有的亮起來像白銀和金子。一股寬大的激流穿過舞廳的中央，海底裡的男人和女人，唱著美麗的歌，在這激流上舞著。這樣優美的歌聲，住在陸地上的人們是唱不出來的。

在這些人中間，小人魚唱得最好。大家為她鼓掌；她心中有好一陣子感到非常快樂，因為她知道，在陸地上和海裡只有她的聲音最美。不過她馬上又想起上面的那個世界。她忘記不了那個美貌的王子，也忘記不了自己因為沒有他那種不滅的靈魂而引起的悲愁。因此她偷偷地走出父親的宮殿；正當裡面充滿了歌聲和快樂的時候，她卻悲傷地坐在她的小花園裡。忽然她聽到一陣號角聲從海上傳來。她想：「他一定是在上面航行了；他──我愛他勝過我的爸爸和媽媽；他──我時時刻刻在想念他；我把我一生的幸福放在他的手裡。我要犧牲一切來爭取他和一個不滅的靈魂。趁著現在我的姊姊們正在父親的宮殿裡跳舞的時候，我要去拜訪那位海的巫婆。我一直是非常害怕她的，但是她也許能教我一些辦法來幫助我吧。」

小人魚於是走出了花園，向一個掀起泡沫的漩渦游去──巫婆就住在它的後面。她以前從來沒有游過這條路。這兒沒有花，也沒有海草；只有光溜溜的一片灰色沙底，向漩渦那兒伸

去。水在這兒像一架喧鬧的水車似的旋轉著，把它所碰到的東西都轉到水底去。要到達巫婆所住的地方，她必須游過這急轉的漩渦。有好長一段路程，需要通過一條冒著熱泡的泥地：巫婆把這地方叫做泥煤田。在這後面有一座可怕的森林，她的屋子就在裡面；所有的樹和灌木林全是些珊瑚蟲———一種半植物和半動物的東西③。它們看起來很像地裡冒出的多頭蛇。它們的枝椏全是長長的、黏糊糊的手臂，它們的手指全像蠕蟲一樣地柔軟。它們從根到頂都是一節一節地在顫動。它們緊緊地盤住它們在海裡所能抓到的東西，一點也不放鬆。

小人魚在森林前面停下腳步，她非常驚慌。她的心害怕得跳起來，她幾乎想轉身回去。但是當她一想起那位王子和人的靈魂的時候，就又有了勇氣。她把她飄動的長髮牢牢地纏在頭上，好使珊瑚蟲抓不住她。她把雙手緊緊地貼在胸前，像水裡跳著的魚兒似的，在這醜惡的珊瑚蟲中間，向前跳走，而這些珊瑚蟲只能在她後面揮舞著它們柔軟的長臂和手指。她看到它們每一個都抓住了一件什麼東西，無數的小手臂盤住它，像堅固的鐵環一樣。那些在海裡淹死和沉到海底的人們，在這些珊瑚蟲的手臂裡，露出白色的骸骨。它們緊緊地抱著船舵和箱子，抱著陸上動物的骸骨，還抱著一個被它們抓住和勒死了的小人魚——這對她說來，是一件最可怕的事情。

現在她來到森林中一塊黏糊糊的空地。這兒有又大又肥的水蛇在翻動著，露出淡黃色的、奇醜的肚皮。在這塊地的中央有一棟用死人的白骨砌成的房子。海的巫婆正坐在這兒，用她的嘴餵一隻癩蛤蟆，正如我們人用糖餵一隻小金絲雀一樣。她把那些

奇醜的、肥胖的水蛇叫做她的小鷄，讓它們在她肥大的、鬆軟的胸口上爬來爬去。

「我知道妳是來求什麼的，」海的巫婆說。「妳是一個傻東西！不過，我美麗的公主，我還是會讓妳達到妳的目的的，因爲這件事將會帶給妳一個悲慘的結局。妳想要去掉妳的魚尾，生出兩根支柱，好像人類一樣能夠走路。妳想要王子愛上妳，使妳能得到他，因而也得到一個不滅的靈魂。」這時巫婆可憎地大笑一通，癩蛤蟆和水蛇都滾到地上來，在周圍爬來爬去。「妳來得正是時候，」巫婆說。「明天太陽出來以後，我就沒有辦法幫助妳了，只有等一年以後再說了。我可以煎一服藥給妳喝。妳帶著這服藥，在太陽出來以前，趕快游向陸地。妳就坐在海灘上，把這服藥喝掉，妳的尾巴就可以分做兩半，收縮成人類所謂的漂亮的腿了。可是這是很痛的——這就好像有一把尖刀砍進妳的身體。凡是看到妳的人，一定會說妳是他們所見到最美麗的孩子！妳將仍舊會保持妳像游泳似的步子，任何舞蹈家也不會跳得像妳那樣輕柔。不過妳的每一個步子將會使妳覺得好像是在尖刀上行走，好像妳的血在向外流。如果妳能忍受得了這些苦痛，我就可以幫助妳。」

「我可以忍受，」小人魚用顫抖的聲音說。這時她想起了那個王子和她要獲得一個不滅的靈魂的志願。

「可是要記住，」巫婆說，「妳一旦獲得了一個人的形體，妳就再也不能變成人魚了；妳就再也不能回到水中，回到妳姊姊或你爸爸的宮殿裡了。同時，假如妳得不到那個王子的愛情，假如妳不能使他爲妳而忘記他自己的父母，全心全意地愛妳，並

且叫牧師來把你們的手放在一起結成夫婦,那麼,妳就不會得到
一個不滅的靈魂。在他跟別人結婚的頭一天早晨,妳的心就會碎
裂,妳就會變成水上的泡沫。」

「我不怕!」小人魚說。她的臉變得像死了一樣慘白。

「但是妳還得給我酬勞啦!」巫婆說,「而且我所要的也並
不是一件微小的東西。在海底的人們中,妳的聲音要算是最美麗
的了。無疑地,妳想用這聲音去迷住他;可是這個聲音妳得交給
我。我必須得到妳最好的東西,做爲貴重藥物的交換品!我得把
我自己的血放進這藥裡,好使它尖銳得像一柄兩面都銳利的刀
子!」

「不過,如果妳把我的聲音拿去了,」小人魚說,「那麼我
還剩下什麼東西呢?」

「妳還有美麗的身材呀!」巫婆回答說:「妳還有輕盈的步
伐和富於表情的雙眼。有了這些東西,妳很容易就能迷住男人的
心。唔,妳已經失去勇氣了嗎?伸出妳小小的舌頭吧,我可以把
它割下來做爲報酬,妳也可以得到這服強烈的藥劑了。」

「就這樣辦吧,」小人魚說。於是巫婆把藥罐準備好,來煎
這服富有魔力的藥。

「清潔是一件好事,」她說;於是她用幾條蛇打成一個結,
用它來洗擦這罐子。然後她把自己的胸口抓破,讓她的黑血滴進
罐子裡去。藥的蒸氣奇形怪狀地升到空中,看起來怪怕人的。每
隔一會兒巫婆就加一點什麼新的東西到藥罐裡去。當藥煮到滾
燙的時候,有一個像鱷魚的哭聲飄了出來。最後藥算是煎好了。
它的樣子像非常清亮的水。

「拿去吧！」巫婆說。於是她就把小人魚的舌頭割掉了。小
人魚現在成了啞巴，既不能唱歌，也不能說話。

「當妳穿過我的森林回去的時候，如果珊瑚蟲捉住了妳的
話，」巫婆說，「妳只要將這藥水灑一滴到它們的身上，它們的
手臂和指頭就會裂成碎片，向四面飛噴了。」可是小人魚沒有這
樣做的必要，因為當珊瑚蟲一看到這亮晶晶的藥水——它在她
的手裡亮得像一顆閃耀的星星——的時候，它們就在她面前惶
恐地縮回去了。這樣，她很快地穿過森林、沼澤和激轉的漩渦。

她可以看到她父親的宮殿了。那寬敞的舞廳裡的火把已經
熄滅了，無疑地，裡面的人已經入睡了。不過她不敢再去看他
們，因為她現在已經是一個啞巴，而且就要永遠離開他們。她的
心痛苦得似乎要裂成碎片。她偷偷地走進花園，從每個姊姊的花
壇上摘下一朵花，對著王宮用手指飛了一千個吻，然後就浮出這
深藍色的海。

當她看到那王子的宮殿時，太陽還沒有升起。她莊嚴地走上
那大理石台階。月亮照得透明，非常美麗。小人魚喝下那服強烈
的藥劑。她馬上覺得好像有一柄兩面都銳利的刀子劈開了她纖
細的身體。她馬上昏過去，倒下來好像死去一樣。當太陽照到海
上的時候，她才醒過來，感到一陣劇痛。這時有一位年輕俊美的
王子正站在她的面前。他烏黑的雙眼正在看著她，使得她不好意
思地低下頭來。這時她發現她的魚尾已經不見了，而且獲得一雙
只有少女才有的、最美麗的小小白腿。可是她沒有穿衣服，所以
她用她濃密的長髮來遮住自己的身體。王子問她是誰，問她怎樣
到這兒來的。她用她深藍色的眼睛溫柔而又悲哀地看著他，因為

她現在已經不會講話了。他挽著她的手，把她領進宮殿裡去。正
如那巫婆以前跟她講過的一樣，她覺得每一個步伐都好像是在
錐子和利刃上行走。可是她情願忍受這苦痛。她挽著王子的手
臂，走起路來輕盈得像一個水泡。王子和所有的人看著她這文雅
輕盈的步子，感到非常驚奇。

現在她穿上了絲綢和細紗做的貴重衣服。她是宮裡最美麗
的人，然而卻是一個啞巴，既不能唱歌，也不能講話。漂亮的女
奴隸，穿著絲綢，戴著金銀飾物，走上前來，為王子和他的父母
唱著歌。有一個奴隸唱得最迷人，王子不禁鼓起掌來，對她露出
微笑。這時小人魚就感到一陣悲哀。她知道，以前她的歌聲比這
個歌聲要美得多！她想：

「啊！但願他知道，為了要和他在一起，我永遠犧牲了我的
聲音！」

現在奴隸們跟著美麗的音樂，跳著優雅、輕飄飄的舞。這時
小人魚舉起一雙美麗的、白嫩的手，用腳尖站著，在地板上輕盈
地跳著舞──從來沒有人這樣舞過。她的每一個動作都襯托出
她的美。她的雙眼比奴隸們的歌聲更能打動人的心坎。

大家都看得入了迷，特別是王子──他把她叫做他的「孤
兒」。她不停地舞著，雖然每次當她的腳接觸到地面時，就像是
在鋒利的刀上行走一樣。王子說，她此後應該永遠跟他在一起；
因此她得到許可，可以睡在王子門外的一個天鵝絨墊子上面。

他叫人為她做了一套男子穿的衣服，好使她可以陪他騎著
馬同行。他們走過香氣撲鼻的樹林，綠色的枝椏掃過他們的肩
膀，鳥兒在新鮮的葉子後面唱著歌。她和王子爬上高山。雖然她

纖細的腳已經流出血來，而且也給大家看見了，但她仍然只是大
笑著，繼續伴隨著王子，一直到他們看到雲朵在下面移動，像一
群向遙遠的國家飛去的小鳥為止。

在王子的宮殿裡，當夜裡大家都睡了以後，她就向那寬大的
台階走去。為了使她那雙發燒的腳可以感到一點清涼，她就站到
寒冷的海水裡，這時她不禁想起了住在海底的人們。

有一天夜裡，她的姊姊們手挽著手浮游過來。她們一面在水
上游泳，一面唱出淒愴的歌。這時她就向她們招手。她們認出她
了；她們說她曾經讓她們多麼難過。這次以後，她們每天晚上都
來看她。有一晚，她遠遠地看到了多年不曾浮出海面的老祖母和
戴著王冠的海王。他們對她伸出手來，但他們不像她的那些姊
姊，他們不敢游近岸邊。

王子一天比一天更愛她。他像愛一個親熱的好孩子那樣愛
她，但是他從來沒有娶她為王后的想法。然而她必須做他的妻
子，否則她就不能得到一個不滅的靈魂，而且會在他結婚的前一
天早上變成海上的泡沫。

「在所有的人當中，妳最愛我嗎？」當他把她抱進懷裡吻她
前額的時候，小人魚的眼睛似乎在這樣問。

「是的，妳是我最親愛的人！」王子說，「因為在所有人當
中妳有一顆最善良的心。妳對我是最親愛的，妳很像我某次看到
過的一個年輕女子，可是我永遠也看不到她了。那時我是坐在一
艘船上——這船已經沉了。巨浪把我推到一座神廟旁的海岸
上。有幾個年輕女子在那兒祈禱。她們中最年輕的一位在岸邊發
現了我，因此救了我的生命。我只看到過她兩次；她是我在這世

界上唯一能夠愛的人，但是妳很像她，妳幾乎代替了她在我靈魂中的印象。她是屬於這座神廟的，因此我的幸運特別把妳送給我。讓我們永遠不要分離吧！

「啊，他卻不知道是我救了他的生命！」小人魚想，「我把他從海裡托出來，送到神廟所在的一個樹林裡。我坐在泡沫後面，窺探是不是有人會來。我看到那位美麗的姑娘——他愛她勝過愛我。」這時小人魚深深地嘆了一口氣——她哭不出聲來。「那位姑娘是屬於神廟的——他曾說過。她永遠不會走向這個人間的世界裡來——他們永遠不會見面了。我是跟他在一起，每天看到他的。我要照顧他，熱愛他，為他獻出我的生命！」

現在大家在傳說王子快要結婚了，他的妻子就是鄰國國王的一個女兒。他為這事特別準備了一艘美麗的船。王子在表面上說是要到鄰近王國觀光，事實上他是要去看鄰國國王的女兒。他將帶著大批隨員同去。小人魚搖了搖頭，微笑了一下。她比任何人都能猜透王子的心事。

「我得去旅行一下！」他對她說，「我得去看一位美麗的公主：這是我奉父母的命令，但是他們不能強迫我把她做未婚妻帶回家來！我不會愛她的。妳很像神廟裡那位美麗的姑娘，而她卻不像。如果要我選擇新娘的話，我一定會先選妳——我親愛的、有一雙能講話的眼睛的啞巴孤女。」

於是他吻了她鮮紅的嘴唇，摸撫著她的長髮，把他的頭貼到她的心上，使得她的這顆心又夢想起人間的幸福和一個不滅的靈魂來。

「妳不害怕海嗎，我的啞巴孤女？」他問。這時他們正站在

那艘華麗的船上；它正向鄰近的王國駛去。他對她談著風暴和平靜的海、生活在海裡的奇奇怪怪的魚和潛水夫在海底所能看到的東西。對於這類的故事，她只是微微地一笑，因為關於海底的事她比誰都知道得更清楚。

在月光照著的夜裡，大家都睡著了，只有掌舵的人站在舵旁。這時她就坐在船邊，凝望著清亮的海水。她似乎看到她父親的王宮。她的老祖母頭上戴著銀子做的王冠，正高高地站在王宮頂上；她透過激流向這條船的龍骨瞭望。不一會，她的姊姊們都浮到水面上來了，她們悲哀地看著她，苦痛地扭著白淨的手。她向她們招手，微笑，同時很想告訴她們，說她現在一切都很美好和幸福。不過這時船上的一個侍者忽然向她這邊走來。她的姊姊們馬上就沉入水裡；侍者以為自己所看到的那些白色的東西，只不過是海上的泡沫。

第二天早晨，船駛進鄰國壯麗的首都的港口。所有教堂的鐘都響起來了，號笛從許多高樓上吹來，兵士們拿著飄揚的旗子和明晃晃的刺刀在敬禮。每天都有一個宴會。舞會和晚會在輪流地舉行著，可是公主還沒有出現。人們說她在一個遙遠的神廟裡受教育，學習王室的一切美德。最後她終於到來了。

小人魚迫切地想要看看她的美貌。她不得不承認她的美了，她從來沒有看見過比這更美的形體。她的皮膚是那麼細嫩，潔白；在她黑而長的睫毛後面是一雙微笑的、忠誠的、深藍色的眼珠。

「就是妳！」王子說，「當我像一具死屍躺在岸上的時候，救活我的就是妳！」於是他把這位羞答答的新娘緊緊地抱在自

己的懷裡。「啊，我太幸福了！」他又對小人魚說，「我從來不敢希望的最好的東西，現在終於成爲事實了。妳會爲我的幸福而高興吧，因爲妳是所有人中最喜歡我的！」

小人魚吻了一下他的手。她覺得她的心在碎裂。他舉行婚禮後的前一天早晨就會帶給她滅亡，就會使她變成海上的泡沫。

教堂的鐘都響起來了，傳令的人騎著馬在街上宣布訂婚的喜訊。每一個祭台上，芬芳的油脂在貴重的油燈裡燃燒。祭司們蕩著香爐，新郎和新娘相互挽著手接受主教的祝福。小人魚這時穿著絲綢，戴著金飾，托著新娘的披紗，可是她的耳朵聽不見這歡樂的音樂，她的眼睛看不見這神聖的儀式。她想起了她即將滅亡的早晨，和她在這世界上已經失去了的一切東西。

當天晚上，新郎和新娘來到船上。禮炮響起來了，旗幟正飄揚著。一個金色和紫色的華貴帳篷在船中央架起來了，裡面擺設著最美麗的墊子。在這裡，這對美麗的新婚夫婦將度過他們這清涼和寂靜的夜晚。

風兒正鼓著船帆。船在這清亮的海上，輕柔地航行著，沒有很大的波動。

當暮色漸漸垂下來的時候，彩色的燈光就亮起來了，水手們愉快地在甲板上跳起舞來。小人魚不禁想起她第一次浮到海面上來的情景，想起她那時看到的同樣華麗和歡樂的場面。她於是旋起舞來，飛翔著，宛如一隻被追逐的燕子在飛翔著一樣。大家都在喝彩，稱讚她，她從來沒有跳得這麼美麗。鋒利的刀子似乎在砍著她的纖細的雙腳，但是她並不感覺到痛，因爲她的心比這還要痛。

　　她知道這是自己看到他的最後一晚——爲了他，她離開了
族人和家庭，她交出美麗的聲音，她每天忍受著沒有止境的苦
痛，然而他卻一點兒也不知道。這是她能和他在一起呼吸著相同
的空氣的最後一晚，這也是她能看到深沉的海和佈滿星星的夜
空的最後一晚。同時一個沒有思想和夢境的永恒的夜在等待著
她——一個沒有靈魂、而且也得不到靈魂的她。一直到半夜過
後，船上的一切還是歡樂和愉快的。她笑著，舞著，但是她心中
懷著死的情景。王子吻著他美麗的新娘，新娘撫弄著他的烏亮的
頭髮。他們手挽著手到華麗的帳篷裡休息。

　　船上一切都安靜下來了，只有舵手站在舵旁。小人魚把她潔
白的手臂按在船舷上，向東方凝視，等待晨曦的出現——她知
道，第一道太陽光就會讓她滅亡，她看到她的姊姊們從波濤中湧
現出來了。她們的臉色像她的那樣地蒼白。她們美麗的長髮已經
不在風中飄蕩了——因爲它們已經被剪掉了。

　　「我們已經把頭髮交給了那個巫婆，希望她能幫助妳，讓妳
今後不至於滅亡。她給了我們一把刀子。拿去吧，妳看，它是多
麼銳利！在太陽沒有出來以前，妳得把它插進王子的胸口。當他
的熱血流到妳的腳上時，妳的雙腳將會又聯到一起，變成一條魚
尾，那麼妳就可以恢復人魚的原形，妳就可以回到我們生活的水
裡來；這樣，在妳沒有變成無生命的鹹水泡沫以前，妳仍舊可以
活過妳三百年的歲月。快動手！在太陽沒有出來以前，不是他
死，就是妳死了！我們的老祖母悲慟得連白髮都掉光了，正如我
們的頭髮在巫婆的剪刀下掉落一樣。刺死那個王子，趕快回來
吧！快動手呀！妳沒有看到天上的紅光嗎？幾分鐘以後，太陽

就出來了，那時妳就必然滅亡！」

她們發出一個奇怪的、深沉的嘆息聲，然後便沉入浪濤裡去了。

小人魚把帳篷上那紫色的帘子掀開，看見那位美麗的新娘把頭枕在王子的懷裡睡著了。她彎下腰，在王子清秀的眉毛上輕吻了一下，於是她向天空凝視──朝霞漸漸地變得更亮了。她向尖刀看了一眼，接著又把眼光轉向王子；他正在夢中喃喃地唸著新娘的名字。他腦海裡只有她的存在。刀子在小人魚的手裡發抖。正在這時候，她卻把刀子遠遠地向浪花裡扔去。刀子沉下的地方，浪花就發出一道紅光，好像有許多血滴濺出了水面。她再一次把她模糊的視線投向王子，然後就從船上跳入海裡，她覺得她的身軀正融化成爲泡沫。

現在太陽從海裡升起來了。陽光柔和地、溫暖地照在冰冷的泡沫上，小人魚並沒有感到滅亡。她看到光明的太陽，同時在她上面飛舞著無數透明的、美麗的生物。透過它們，她可以看到船上的白帆和天空的彩雲。它們的聲音是和諧的音樂，可是卻顯得虛無縹緲，人類的耳朵簡直沒有辦法聽見，正如地上的眼睛不能看見它們一樣。它們沒有翅膀，只是憑著輕飄的形體在空中浮動。小人魚覺得自己也獲得了它們這樣的形體，漸漸地從泡沫中升起來。

「我將向誰走去呢？」她問。她的聲音跟這些生物一樣，顯得虛無縹緲，人世間的任何音樂都不能和它相比。

「到天空的女兒那兒去呀！」別的聲音回答說。「人魚是沒有不滅的靈魂的，而且永遠也不會有這樣的靈魂，除非她獲得了

一個凡人的愛情。她的永恒的存在要依靠外來的力量。天空的女
兒也沒有永恒的靈魂,不過她們可以通過善良的行爲而創造出
一個靈魂。我們飛向炎熱的國度裡去,那兒散布著疫病的空氣在
傷害著人民,我們可以吹起清涼的風,可以在空氣中傳播花香,
我們可以散布健康和愉快的精神。三百年以後,當我們盡力做完
了我們可能做的一切善行,我們就可以獲得一個不滅的靈魂,就
可以分享人類一切永恒的幸福了。妳,可憐的小人魚,像我們一
樣,曾經全心全意地爲那個目標奮鬥;妳忍受過痛苦;妳堅持
下去了;妳已經超升到精靈的世界裡來。通過妳善良的工作,三
百年以後,妳就可以爲自己創造出一個不滅的靈魂。」

　　小人魚向上帝的太陽舉起了她光亮的手臂,她第一次感到
要流出眼淚。

　　在那艘船上,人聲和活動又開始了。她看到王子和他美麗的
新娘在尋找她。他們悲悼地望著那翻騰的泡沫,好像他們知道她
已經跳到浪濤裡去了似的。在不知不覺中她吻著這位新娘的前
額,她對王子微笑。於是她就跟其他的空氣中的孩子們一道,騎
上玫瑰色的雲朵,升入天空裡去了。

　　「這樣,三百年以後,我們就可以升入天國!」

　　「我們也許不須等那麼久!」一個聲音低語著。「我們無形
無影地飛進人類的住屋裡去,那裡面生活著一些孩子。每一天如
果我們找到一個好孩子,如果他給他父母帶來快樂,值得他父母
愛他的話,上帝就可以縮短考驗我們的時間。當我們飛過屋子的
時候,孩子是不會知道的。當我們幸福地對著他笑的時候,我們
就可以在這三百年中減去一年;但當我們看到一個頑皮和惡劣

的孩子、而不得不傷心地哭出來的時候，那麼每一顆眼淚就會使我們被考驗的日子多增加了一天。」〔1837 年〕

　　這篇童話雖然是與〈皇帝的新裝〉在同一年寫成，事實上最後是在德國完成的，發表在哥本哈根 1837 年出版的《講給孩子們聽的故事》裡，是歌頌一位意志堅強，有抱負、有理想、不怕打擊和挫折、善良而美麗的女子。海的女兒嚮往人類世界，熱愛「人」這種高等動物———這裡的「人」是以那位有文化、有禮貌、和藹可親、英俊的「王子」為象徵，不能把他和一般人們所理解的、封建時代的「皇太子」等同起來。雖然她在海底皇宮裡的生活是那麼舒適、愉快，而且還能活上三百年的歲月，但她卻願意放棄這一切，而變成一個高等動物———「人」。首先她忍受了難耐的痛苦，把她的魚尾變為一雙人腿。為此，她犧牲了她那美麗的歌喉，而成了一個啞巴。但光有「人」的形體還不夠，她還必須具有「人」的「一個不滅的靈魂」，因為沒有靈魂的人還不能算是真正的人。就在這個靈魂的問題上，她失敗了。她的一切努力化為泡影。她本來可以仍回到海底的皇宮裡，享受三百年的愉快生活，只須在王子新婚之夜殺掉王子，把他的血濺在自己的雙腳上，恢復她人魚的形態就行了。她卻拒絕這樣做。她自己投進海裡，變成泡沫。但是，安徒生沒有讓她失望。在這個故事的結尾，他寫道：「通過妳（小人魚）善良的工作，三百年以後，妳

就可以爲自己創造出一個不滅的靈魂。」在這裡安徒生也給我們
提出一個值得思考的問題：我們已經是「人」了，但我們有沒有
「靈魂」？沒有靈魂的人能算是「人」嗎？

【註釋】

①校訂者註：國內譯作〈小美人魚〉。

②原文是 Siden kan man desfonøieligere hvile sig udi sin Grav. 上面說人魚死後
變成海上的泡沫，這兒卻說人魚死後在墳墓裡休息。大概作者寫到這兒忘記了前面
的話。

③珊瑚蟲是一種動物，珊瑚是珊瑚蟲的石灰質骨骼。這裡說是一種半植物和半動物的
東西，是作者說錯了。

小意達的花兒

「我的可憐的花兒都已經死了！」小意達說。「昨天晚上它們還是那麼美麗，現在它們的葉子卻都垂下來了，枯萎了。它們為什麼要這樣呢？」她問一個坐在沙發上的學生，因為她很喜歡他。他會講一些非常美麗的故事，會剪出一些很有趣的圖案；小姑娘在一顆心房裡跳舞的圖案，花朵的圖案，還有門可以自動開啓的一個大宮殿的圖案。他是一個快樂的學生。

「為什麼花兒今天顯得這樣沒有精神呢？」她又問，同時把

一束已經枯萎了的花指給他看。

「妳可知道它們做了什麼事情！」學生說，「這些花兒昨夜去參加過一個舞會啦，因此它們今天就把頭垂下來了。」

「可是花兒並不會跳舞呀。」小意達說。

「嗨，它們可會跳啦，」學生說，「天一黑，我們去睡了以後，它們就興高采烈地圍著跳起來。差不多每天晚上它們都有一個舞會。」

「小孩可不可以去參加這個舞會呢？」

「當然可以，」學生說，「小小的雛菊和鈴蘭花都可以的。」

「這些最美麗的花兒在什麼地方跳舞呢？」小意達問。

「妳到城門外的那座大宮殿裡去過嗎？國王在夏天就搬到那兒去住，那兒有最美麗的花園，裡面有各種顏色的花。妳看到過那些天鵝嗎？當妳要拋給它們麵包屑的時候，它們就向妳游過來。美麗的舞會就是在那兒舉行的，妳相信我的話吧。」

「我昨天就和我的媽媽到那個花園裡去過，」小意達說，「可是那兒樹上的葉子全都掉光了，而且一朵花兒也沒有！它們到什麼地方去了呀？我在夏天看到過那麼多的花。」

「它們都搬進宮裡去了呀，」學生說，「你要知道，等到國王和他的臣僕們搬到城裡以後，這些花兒就馬上從花園跑進宮裡去，在那兒歡樂地玩起來。妳應該看看它們的那副樣兒！那兩朵美麗的玫瑰花自己坐上王位，做起花王和花后來。所有的紅雞冠花都排在兩邊站著，彎著腰行禮。它們就是花王的侍從。各種好看的花兒都來了，於是一個盛大的舞會就開始了。藍色的紫羅蘭就是小小的海軍學生；它們把風信子和番紅花稱為小姐，跟

她們一起跳起舞來。鬱金香和高大的卷丹花就是老太太。她們在旁監督，要求舞會開得好，要求大家都守規矩。」

「不過，」小意達問，「這些花兒在國王的宮裡跳起舞來，難道就沒有人來干涉它們嗎？」

「因爲沒有誰眞正知道這件事情呀，」學生說，「當然嘍，有時那位年老的宮殿管理員夜間到那裡去，因爲他得在那裡守夜。他帶著一大把鑰匙。可是當花兒一聽到鑰匙的響聲，它們馬上就靜下來，躲到那些長窗簾後面去，只是把頭偷偷地伸出來。那位老管理員只會說，『我聞到這兒有點花香』；但是他卻看不見它們。」

「這眞是滑稽得很！」小意達說，拍著雙手，「不過我可不可以瞧瞧這些花兒呢？」

「可以的，」學生說，「妳再出去的時候，只要記住偷偷地向窗子看一眼，就可以看見它們。今天我就是這樣做的。有一朵長長的黃水仙花懶洋洋地躺在沙發上。她滿以爲自己是一位宮廷的貴婦人呢！」

「植物園的花兒也可以到那兒去嗎？它們能走那麼遠的路麼？」

「能的，這點妳可以放心，」學生說，「假如它們願意的話，它們還可以飛呢。妳看見過那些紅的、黃的、白的蝴蝶嗎？它們看起來差不多像花朵一樣。它們本來就是花朵嘛。它們曾經從花枝上高高地跳向空中，拍著它們的花瓣，好像那就是小小的翅膀似的。就這樣，它們就飛起來啦。因爲它們很有禮貌，所以得到許可也能在白天飛。它們不必再回到家裡去，死死地呆在花枝上

了。這樣，它們的花瓣最後也就變成真正的翅膀了。這些東西妳
已經親眼見過。很可能植物園的花兒從來沒有到國王的宮裡去
過，而且很可能它們完全不知道那兒晚間是多麼有趣。唔，我現
在可以教妳一件事，準叫那位住在這附近的植物學教授感到非
常驚奇。妳識認他，不是嗎？下次妳走到他的花園裡去的時候，
請妳帶一個信給一朵花，說是宮裡有人在開一個盛大的舞會。那
麼這朵花就會轉告所有別的花朵，於是它們就會全部飛走。等那
位教授來到花園裡的時候，他將一朵花也看不見。他絕對猜不到
花兒都跑到什麼地方去了。」

「不過，花兒怎麼會互相傳話呢？花兒是不會講話的呀。」

「當然嘍，它們是不會講話的，」學生回答說；「不過它們
會做表情呀。妳一定注意到，當風在微微吹動著的時候，花兒就
點起頭來，把它們所有的綠葉子全都搖動著。這些姿勢它們都明
白，跟講話一樣。」

「那位教授能懂得它們的表情嗎？」小意達問。

「當然懂得。有一天早晨他走進他的花園，看到一棵有刺的
大蕁麻正在那兒用它的葉子對美麗的紅荷蘭石竹花打著手勢。
它是在說：『妳是那麼美麗，我多麼愛妳呀！』可是老教授看不
慣這類事兒，所以馬上在蕁麻的葉子上打了一巴掌，因為葉子就
是它的手指。不過這樣他就刺痛了自己，從此以後他再也不敢碰
一下蕁麻了。」

「這倒很滑稽。」小意達說，同時大笑起來。

「居然把這樣的事兒灌進一個孩子的腦子裡去！」一位怪討
厭的樞密顧問官說。他這時恰好來拜訪，坐在一個沙發上。他不

太喜歡這個學生。當他一看到這個學生剪出一些滑稽好笑的圖
案時，他就要發牢騷。這些圖案有時代表一個人吊在絞架上，手
中捧著一顆心，表示他曾經偷過許多人的心；有時代表一個老
巫婆，把自己的丈夫放在鼻樑上，騎著一把掃帚飛行。這位樞密
顧問官看不慣這類東西，所以常常喜歡說剛才那樣的話：「居然
把這樣的怪想法灌進一個孩子的腦子裡去，全是些沒有道理的
幻想！」

　　不過，學生所講的關於她的花兒的事情，小意達感到非常有
趣。她在這個問題上想了很久。花兒垂下了頭，因為它們跳了通
宵的舞，很疲倦了。無疑，它們是病倒了。所以她就把它們帶到
她的一些別的玩具那兒去。這些玩具是放在一個很好看的小桌
子上的，抽屜裡面裝的全是她心愛的東西。她的玩具蘇菲亞正睡
在玩偶的床裡，不過小意達對她說：「蘇菲亞，妳真應該起來
了。今晚妳應該設法在抽屜裡睡才好。可憐的花兒全都病了，它
們應該睡在妳的床上。這樣它們也許就可以好起來。」於是她就
把這玩偶移開。可是蘇菲亞顯出很不高興的樣子，一句話也不
說。她因為不能睡在自己的床上，就生起氣來了。

　　小意達把花兒放到玩偶的床上，用小被子把它們蓋好。她還
告訴它們說，現在必須安安靜靜地睡覺，她自己得去為它們泡一
壺茶來喝，使得它們的身體可以復原，明天可以起床。同時她把
窗帘拉攏，嚴密地遮住它們的床，免得太陽射著它們的眼睛。

　　這一整夜她老是想著那個學生告訴她的事情。當她自己要
上床去睡的時候，她不得不先在拉攏了的窗帘後面看看。沿著窗
子陳列著她母親的一些美麗的花兒──有風信子，也有番紅

花。她低聲地對它們偷偷地說：「我知道，今晚你們要去參加一個舞會的。」不過這些花兒裝做一句話也聽不懂，連一片葉兒也不動一下。可是小意達自己心裡有數。

她上了床以後，靜靜地躺了很久。她想，要是能夠看到這些可愛的花兒在國王的宮殿裡跳舞，那該是多麼有趣啊！「我不知道我的花兒真的到那兒去過沒有？」於是她就睡著了。夜裡她又醒來；她夢見了那些花兒和那個學生——那位樞密顧問官常常責備他，說他把一些無聊的想法灌進她的腦子裡去。小意達睡的房間是很靜的。燈還在桌子上亮著；爸爸和媽媽已經睡著了。

「我不知道我的花兒現在是不是仍舊睡在蘇菲亞的床上？」她對自己說。「我多麼希望知道啊！」她把頭稍微抬起一點，對那半掩著的房門看了一眼。她的花兒和她的一切玩具都放在門外。她靜靜地聽著。她這時好像聽到了外面房間裡有個人在彈鋼琴，彈得很美，很輕柔，她從來沒有聽過這樣的琴聲。

「現在花兒一定在那兒跳起舞來了！」她說，「哦，上帝，我是多麼想看看它們啊！」可是她不敢起床，因為她怕驚醒了爸爸和媽媽。

「我只希望它們到這兒來！」她說。可是花兒並沒走進來。音樂還是繼續在演奏著，非常悅耳。她再也忍不住了，因為這一切真是太美了。她爬出小床，靜靜地走到門那兒去，向著外邊那個房間偷偷地望。啊，她所看見的那幅景象是多麼有趣啊！

那個房間裡沒有點燈，可是仍然很亮，因為月光射進窗子，正照在地板的中央。房間裡亮得差不多像白天一樣。所有的風信子和番紅花排成兩行在地板上站著。窗檻上現在一朵花兒也沒

有了，只有一些空空的花盆。各種花兒在地板上團團地起舞，它們是那麼嬌美。它們形成一條整齊的、長長的舞鏈；它們把綠色的長葉子聯結起來，扭動著腰肢；鋼琴旁邊坐著一朵高大的黃百合花。無疑地，小意達在夏天看到過他們一次，她記得很清楚，那個學生曾經說過：「這朵花兒多麼像莉妮小姐啊！」那時大家都笑他。不過現在小意達的確覺得這朵高大的黃花像那位小姐。她彈鋼琴的樣子跟她一模一樣——把她那鵝蛋形的黃臉龐一會兒偏向這邊，一會兒偏向那邊，同時還不時點點頭，合著這美妙音樂打拍子！

任何花也沒有注意到小意達。她看到一朵很大的藍色早春花跳到桌子的中央來。玩具就放在那上面。它一直走到那個玩偶的床旁邊去，把窗帘向兩邊拉開。那些生病的花兒正躺在床上，但是它們馬上都站了起來，向一些別的花兒點著頭，表示它們也想跳舞。那個年老的掃煙囪的玩偶站了起來，它的下嘴唇有一個缺口，它對這些美麗的花兒鞠了一個躬。這些花兒一點也不像害病的樣子。它們跳下床來，跟其他的花兒混在一起，非常快樂。

這時好像有一件什麼東西從桌上掉了下來，小意達向那兒望去。那原來是別人送給她過狂歡節的一根樺木條①。它從桌子上跳了下來！它也以為它是這些花兒中的一員。它的樣子也是很可愛的。一個小小的蠟人騎在它的身上。他頭上戴著一頂寬大的帽子，跟樞密顧問官所戴的那頂差不多。這根樺木條用它的三條紅腿子逕直跳到花群中去，重重地在地板上跺著腳，因為它在跳波蘭的瑪祖卡舞②啦。可是別的花兒沒有辦法跳這種舞，因為它們的身段很輕，不能夠那樣跺腳。

騎在樺木條上的那個蠟人忽然變得又高又大了。他像一陣旋風似地撲向紙花那兒去，說：「居然把這樣的怪念頭灌進一個孩子的腦子裡去！全是些沒有道理的幻想！」這蠟人跟那位戴寬帽子的樞密顧問官一模一樣，而且他那副面孔也是跟顧問官的一樣發黃和生氣。可是那些紙花在他的瘦腿子上打了一下，於是他縮做一團，又變成了一個渺小的蠟人。看他這副神氣樣倒是蠻有趣的！小意達忍不住要大笑起來了。樺木條繼續跳它的舞，使得這位樞密顧問官也不得不跳了。現在不管他變得粗大也好，瘦長也好，或者仍然是一個戴大黑帽子的黃蠟人也好，完全沒有關係。這時一些別的花兒，尤其是曾經在玩偶的床上睡過一陣子的那幾朵花兒，就對他說了句恭維話，於是那根樺木條也就停下讓他休息了。

這時抽屜裡忽然起了一陣很大的敲擊聲——小意達的玩偶蘇菲亞跟其他許多玩具都睡在裡面。那個掃煙囪的人趕快跑到桌子旁邊去，直直地趴在地上，拱起腰把抽屜頂出了一點。這時蘇菲亞坐起來，向四周看了一眼，非常驚奇。

「這兒一定有一個舞會，」她說，「為什麼沒有人告訴我呢？」

「妳願意跟我跳舞嗎？」掃煙囪的人說。

「你倒是一個蠻漂亮的舞伴啦！」她回答說，把背轉向他。

於是她在抽屜上坐下來；她以為一定會有一朵花兒來請她跳舞。可是什麼花兒也沒有過來。於是她就故意咳嗽了一聲：「哼！哼！哼！」然而還是沒有花兒來請她。掃煙囪的人這時獨自在跳著，而且跳得還不錯。

　　現在既然沒有什麼花兒來理蘇菲亞，她就故意從抽屜上倒了下來，一直落到地板上，發出一個很大的響聲。所有的花兒現在都跑過來，圍繞著她，問她是不是跌傷了。這些花兒——尤其是曾經在她床上睡過的花兒——對她都非常親切。可是她一點也沒有跌傷。小意達的花兒都因爲那張很舒服的床而對她表示謝意。它們把她捧得很高，請她到月亮正照著的地板的中央來，和她一起跳舞。所有其餘的花兒在她周圍形成一個圓圈。現在蘇菲亞可高興了！她告訴它們可以隨便用她的床，她自己睡在抽屜裡也不要緊。

　　可是花兒說：「我們從心裡感謝你，不過我們活不了多久。明天我們就要死了。但是請妳告訴小意達，叫她把我們埋葬在花園裡——那隻金絲雀也是躺在那兒的。到明年的夏天，我們就又可以醒來，而且長得更美麗。」

　　「不行，你們絕不能死去！」蘇菲亞說。她把這些花吻了一遍。

　　這時客廳的門忽然開了。一大群美麗的花兒跳著舞進來了。小意達想像不到它們是從什麼地方來的。它們一定是國王宮殿裡的那些花兒。最先進來的是兩朵鮮豔的玫瑰花。它們每朵都戴著一頂金皇冠——原來它們就是花王和花后啦。隨後就跟進來了一群美麗的紫羅蘭花和荷蘭石竹花。它們向各方面致敬。它們還帶來了一個樂隊。大朵的罌粟花和牡丹花使勁地吹著豆莢，把臉都吹紅了。藍色的風信子和小小的白色雪形花發出叮噹叮噹的響聲，好像它們身上掛著鈴鐺似的。這音樂眞有些滑稽！不一會兒，許多別的花兒也來了，它們一起跳著舞：藍色的菫菜

花、粉紅的櫻草花、雛菊花、鈴蘭花都來了。這些花兒互相接吻
著。它們看上去眞是美極了！

最後這些花兒互相道了晚安。於是小意達也鑽到床上去
了；她所見到過的這一切情景，又在她的夢裡出現了。

當她第二天起來的時候，她急忙跑到小桌子那兒去，看看花
兒是不是仍然還在。她把遮著小床的幔帳向兩邊拉開。是的，花
兒全在，可是比起昨天來，它們顯得更憔悴了。蘇菲亞仍然躺在
抽屜裡──是小意達把她送上床的。她的樣子好像還沒有睡醒
似的。

「妳還記得妳要和我說的話嗎？」小意達問。不過蘇菲亞的
樣子顯得很傻。她一句話也不說。

「妳太壞了！」小意達說，「但是他們還是跟妳一起跳了舞
啦。」

於是她拿出一個小小的紙盒子，上面畫了一些美麗的鳥
兒。她把這盒子打開，把死了的花兒都裝了進去。

「這就是你們的漂亮的棺材！」她說，「當我那兩位住在挪
威的表兄弟來看我的時候，他們就會幫助我把你們葬在花園裡
的，好叫你們在來年夏天再長出來，成爲更美麗的花朵。」

挪威的表兄弟是兩個活潑的孩子。一個叫約那斯，一個叫亞
多爾夫。他們的父親送給了他們兩副弓箭。他們把這東西也一起
帶來給小意達看。她把那些已經死去了的可憐的花兒的故事全
都講給他們聽。他們也就因此可以來爲這些花兒舉行葬禮。這兩
個孩子肩上背著弓，走在前面；小意達手上托著那裝著死去的
花兒的美麗盒子，走在後面。他們在花園裡掘了一個小小的墳

墓。小意達先吻了吻這些花兒，然後就把它們連盒子一起葬在土裡。約那斯和亞多爾夫在墳上射著箭，代表敬禮，因爲他們既沒有槍，又沒有砲。〔1835 年〕

　　這篇作品是安徒生從事童話創作後寫的第三篇故事。最初他所寫的兩篇童話〈小克勞斯和大克勞斯〉及〈打火匣〉，都受到民間故事《一千零一夜》的影響。但從這篇童話開始，他就從現實生活中汲取素材，獨立創作。也是從這篇故事開始，童話做爲一種文學形式成爲獨立的創作。安徒生在他的筆記上說，他是在他的朋友詩人蒂勒家醞釀寫這篇故事的：「那時我對他的小女兒意達講了一些關於植物園裡的花兒的故事。後來我寫這篇童話的時候，引用了許多她的話。」現實生活中的意達成了這篇童話中的主人翁。還有現實生活中的許多人物，也在這篇童話中出現，只不過是以植物和玩具的形式露面罷了，如「黃水仙花懶洋洋地躺在沙發上。她滿以爲自己是一位宮廷的貴婦人呢！」「騎在樺木條上的那個蠟人……跟那位戴寬帽子的樞密顧問官一模一樣，而且他的那副面孔也是跟顧問官的一樣發黃和生氣。可是那些紙花在他的瘦腿上打了一下，於是他縮做一團，又變成了一個渺小的蠟人。」玩偶蘇菲亞「在抽屜上坐下來；她以爲一定會有一朵花兒來請她跳舞。可是什麼花兒也沒有過來。於是她就故意咳嗽了一聲：『哼！哼！哼！』然而還是沒有花兒

來請她。」黃水仙花、黃蠟人、樞密顧問官、蘇菲亞，都是活靈活現的人物典型，而且只寥寥幾筆就把她們虛榮、裝腔作態和頑固的情態勾勒了出來。這實際上也是對我們現實生活中某些人的缺點的諷刺和批評。結尾「葬花」的情節，使這個故事具有詩意，極爲感人。

【註釋】

①狂歡節的樺木條（Fastelasns-Riset）是一根塗著彩色的樺木棍子，丹麥的小孩子
　把它拿來當做木馬騎。

②瑪祖卡舞是一種輕快活潑的波蘭舞。

賽跑者

有 人提供了一個獎品——也可以說是兩個獎品吧：一大一小——來獎勵速度最快的賽跑者。但這不是指在一次競賽中所達到的最快的速度，而是指在全年的賽跑中所達到的速度。

「我得到了頭獎！」野兔說。「有人在評獎委員會中有親戚和朋友，所以我們必須主持公道。蝸牛居然得到了二獎！我不禁要認為這是對我的一種侮辱。」

「不對！」親眼看到過頒獎的籬笆樁說，「熱忱和毅力也必

須考慮進去。許多有地位的人都這樣說過，我也懂得這話的意義。蝸牛的確要花半年的時間才能走過門口。而且因為他要趕時間，還把大腿骨折斷了。他是全心全意地賽跑！而且背上還要背著自己的房子！這都是值得獎勵的！因此他得到了二獎！」

「你們也應該把我考慮進去呀！」燕子說。「我相信，在飛翔方面，誰也沒有我快。我什麼地方都去過；我飛得才遠呢，遠呢，遠呢！」

「對，這正是你的不幸！」籬笆椿說。「你太喜歡流浪了。天氣一冷，你就老不在家，跑到外國去了。你一點兒愛國心也沒有。你沒有被考慮的資格！」

「不過整個冬天我是住在沼澤地裡呀！」燕子說。「假如我把這段時間都睡過去，我值不值得考慮呢？」

「如果你能從沼澤女人①那兒得到一張證明書，證明你有一半的時間是睡在你的祖國，那麼人們就會考慮你的！」

「我應該得到頭獎，而不是二獎！」蝸牛說。「我知道得很清楚，野兔是因為懦弱才拚命跑。他老是以為他停下來就要碰到危險。相反，我把賽跑視為一種任務，而且在完成這項任務時還掛了彩！如果說有人應該得到頭獎，這個人就是我！不過我不願意小題大作——我討厭這種做法！」

於是他就吐了一口黏液。

「我可以向你們正式保證，每個獎品都是經過慎重考慮的——至少我投的票是經過慎重考慮的！」做為樹林的界標的那根木椿說；他也是評獎委員會中的一員。「我總是依照次序、經過深思熟慮以後才決定的。從前我有七次榮幸地參加過評獎工

作，但是一直到今天我才能有機會貫徹我的主張。我每次給獎的時候，總是從一個固定的原則出發。決定第一獎的時候，我總是從頭一個字母往下順數；決定第二獎的時候，我總是從最後一個字母往上倒數。如果你注意一下，你就可以看出：從Ａ往下順數的第八個字母是Ｈ。到這兒我們就得到『野兎』②這個字，因此我就投票贊成把頭獎送給野兎。從最後一個字母向上倒數的第八個字母——我故意漏掉它，因爲這個字母的聲調不好聽，而不好聽的字在我看來是不算數的——是Ｓ③。因此我投票贊成蝸牛得第二獎。下一次得輪到Ｉ得頭獎，Ｒ得第二獎！無論什麼事情都應該有一個次序；任何人都應該有一個出發點！」

「假如我不是一個評獎人，我一定會投我自己一票，」騾子說；他也是評獎委員之一。「人們不僅應該考慮跑的速度，同時還應該考慮其他的條件。比方說吧：一個人能背多重的擔子。不過這次我不願重點地把這一點提出來，也不願意討論野兎在賽跑時所表現的機智，或者他爲了迷惑行人的視線而向路邊一跳、使人找不出他藏在什麼地方的那種狡猾。不，還有別的東西值得人注意，一點也不能忽略，那就是大家所謂的『美』。我這個人特別喜歡在『美』這一點上著眼。我喜歡看野兎那一對美麗而豐滿的耳朵。它們該是多麼長啊：看看它們眞是一椿樂事！我好像看到了自己的兒時一樣。因此我投他一票！」

「噓！」蒼蠅說，「我不願意發表演說，我只想講一件事情！我可以肯定地說，我不止一次跑在野兎的前面。前不久我還壓斷了一隻野兎的後腿呢。那時我是坐在一列火車前面的車頭上——我常常做這樣的事情，因爲一個人只有這樣才能看清自己

的速度。一隻小野兔在前面跑了很久；他一點也沒有想到我就坐在火車頭上。最後他不得不讓開，但是他的後腿卻被火車頭軋斷了。這是因為我在上面呀。野兔倒下來，但是我繼續向前跑。這可算是打垮了他吧！但是我並不需要頭獎！」

「我覺得——」野玫瑰想，但是她卻不說出口來，因為她天生不喜歡多發表意見，雖然即使她發表了也沒有什麼關係，「我覺得太陽光應該得到頭等光榮獎和二等獎。他在轉瞬之間就走完一條無法計算的路程；他直接從太陽走向我們，而且到來的時候力量非常大，使整個大自然都醒過來。他具有一種美，我們所有的玫瑰一見到他就紅起來，散發出香氣！我們可尊敬的評審先生們似乎一點也沒有注意到這件事情！假如我是太陽光，我就要使他們害日射病④。不過這會把他們的頭腦弄糊塗，然而他們可能本來就是糊塗的。我還是不發表意見吧！」野玫瑰想。「但願樹林裡永遠是和平的！開花、散發出香氣、休息、在歌聲和故事聲中生活——這是很美麗的。太陽光的壽命，比我們所有的人都長！」

「頭獎究竟是做什麼呢？」蚯蚓問。他睡得太久了，直到現在才來到。

「是免費進入菜園！」螺子說。「這個獎是我建議的。野兔應該得到它。我身為一個有頭腦和活躍的評審委員，特別考慮到得獎人的福利：現在野兔可以不愁衣食了。蝸牛可以坐在石圍牆上舔青苔和曬太陽光，同時可以得到一個賽跑頭等評判員的職位，因為在人們所謂的委員會中有一個專家總是好的。我可以說，我對於未來的期望很大，我們已經做了一個良好的開端！」

〔1858 年〕

　　這篇略帶諷刺性的小品最初收集在 1858 年出版的《新的童話和故事集》第一卷第二部裡。它說明了安徒生對一切評獎和評審委員會的評價。安徒生一生沒有得到什麼獎——只獲得過國家授予的「丹麥國旗勳章」。他很輕視所謂「獎品」，事實證明也不無道理：像托爾斯泰和他的英國朋友狄更斯。這些聞名世界的作家也不曾獲得過所謂世界性的「諾貝爾文學獎」。

【註釋】

①據丹麥民間傳說，沼澤地裡住著一個巫婆，她一直在熱酒，所以沼澤地裡彌漫著霧氣。請參閱本《全集三‧妖山》。

②原文是 Haren（野兔）。

③原文是 Sneglen（蝸牛）。

④原文是 Solstik，即因曬太陽過久而中暑的意思。

海蟒

從前有一條家世很好的小海魚，它的名字我記不清楚
——只有有學問的人才能告訴你。這條小魚有一千八百個兄弟
和姊妹，它們的年齡都一樣。它們不認識自己的父親或母親。它
們只好自己照顧自己，游來游去，不過這是很愉快的事情。

它們有吃不盡的水——整個大洋都是屬於它們的。因此它
們從來不必在食物上費腦筋——食物就擺在那兒。每條魚喜歡
做什麼就做什麼，喜歡聽什麼故事就聽什麼故事。但是誰也不想

這個問題。

太陽光射進水裡來，在它們的周圍照著。一切都照得非常清楚，這簡直是充滿了最奇異的生物的世界。有的生物大得可怕，嘴巴很寬，一口就能把這一千八百個兄弟姊妹吞下去。不過它們也沒有想這個問題，因為它們沒有誰被吞過。

小魚都在一塊游，跟得很緊，像鯡魚和鯖魚那樣。不過當它們正在水裡游來游去、什麼事情也不想的時候，忽然有一條又長又粗的東西，從上面掉到它們中間來了。它發出可怕的響聲，而且一直不停地往下墜。這東西越拖越長；小魚一碰到它就會被打得粉碎或受重傷，再也復元不了。所有的小魚兒——大的也不例外——從海面一直到海底，都在驚恐地逃命。這個粗大的重傢伙越沉越深，越變越長，變成許多里路長，穿過大海。

魚和蝸牛———一切能夠游、能夠爬、或者隨著水流動的生物——都注意到了這個可怕的東西，這條來歷不明的、忽然從上面掉下來的、龐大的海鱔。

這究竟是一個什麼東西呢？是的，我們知道！它就是無數里長的粗大的電纜。人類正在把它安放在歐洲和美洲之間。

凡是電纜落下的地方，海裡的合法居民就會感到驚惶，引起一陣騷動。飛魚衝出海面，使勁地向高空飛去。魴鰤在水面上飛過槍彈所能達到的整個射程，因為它有這套本領。別的魚則往海底鑽；它們逃得飛快，電纜還沒有出現，它們就已經跑得老遠了。鱈魚和比目魚在海的深處自由自在地游泳，吃它們的同類，但是現在也被別的魚嚇慌了。

有一對海參嚇得最厲害，它們連腸子都吐出來了。不過它們

仍然能活下去，因為它們有這套本領。有許多龍蝦和螃蟹從自己
的甲殼裡衝出來，把腿都扔掉了。

　　在這種驚惶失措的混亂中，那一千八百個兄弟姊妹就被打
散了。它們再也不能聚集在一起，彼此也不認識。它們只有一打
留在原來的地方。當它們靜待了個把鐘頭以後，總算從開頭的一
陣驚恐中恢復過來，開始感到有些奇怪。

　　它們向周圍看，向上面看，也向下面看。它們相信在海的深
處看見了那個可怕的東西——那個把它們嚇住、同時也把大大
小小的魚兒都嚇住的東西。憑它們的肉眼所能看見的，這東西躺
在海底，相當細，但是它們不知道它能變得多粗，或者變得多結
實。它靜靜地躺著，不過它們認為它可能是在搗鬼。

　　「讓它在那兒躺著吧！這跟我們沒有什麼關係！」小魚中一
條最謹慎的魚說，不過最小的那條魚仍然想知道，這究竟是一個
什麼東西。它是從上面沉下來的，人們一定可以從上面得到可靠
的消息，因此它們都浮到海面上去。天氣非常晴朗。

　　它們在海面上遇見一隻海豚。這是一個耍武藝的傢伙，一個
海上的流浪漢；它能在海面上翻筋斗。它有眼睛看東西，因此一
定看到和知道一切情況。它們向它請教，不過它老是想著自己和
自己翻的筋斗。它什麼也沒有看到，因此也回答不出什麼來。它
只是一言不發，做出一副很驕傲的樣子。

　　它們只好請教一隻海豹。海豹只會鑽水。雖然它吃掉小魚，
它還是比較有禮貌的，不過它今天吃得很飽。它比海豚知道得稍
微多一點。

　　「有好幾夜我躺在潮濕的石頭上，向許多里路以外的陸地看

去。那兒有許多呆笨的生物——在他們的語言中叫做『人』。他們總想捉住我們，不過我們經常總逃脫了。我知道怎樣逃，你們剛才問起的海鱔也知道。海鱔一直是被他們控制著的，因爲它無疑從遠古時代起就一直躺在陸地上。他們把它從陸地運到船上，然後又把它從海上運到一個遙遠的陸地上去。我看見他們碰到多少麻煩，但是他們卻有辦法應付，因爲它在陸地上是很聽話的。他們把它捲成一團。我聽到它被放下水的時候發出的嘩啦嘩啦的聲音。不過它從他們手中逃脫了，逃到這兒來了。他們使盡氣力來捉住它，許多手來抓住它，但是它仍然溜走了，跑到海底上來。我想它現在還躺在海底上吧！」

「它倒是很細呢！」小魚說。

「他們把它餓壞了呀！」海豹說。「不過它馬上就可以復元，恢復它原來粗壯的身體。我想它就是人類常常談起而又害怕的那種大海蟒吧。我從來沒有看見過它，也從來不相信它。現在我可相信了；它就是那傢伙！」於是海豹就鑽進水裡去了。

「它知道的事情眞多，它眞能講！」小魚說。「我從來沒有這樣聰明過！——只要這不是說謊！」

「我們可以游下去調查一下！」最小的那條魚說。「我們沿路還可以向別人打聽打聽！」

「如果我再得不到什麼別的情況，我連鰭都不願意動一下，」別的魚兒說，轉身就走。

「不過我要去！」最小的魚兒說。於是它便鑽到深水裡去了。但是這離開「沉下的那個長東西」躺著的地方還很遠。小魚在海底向各方面探望和尋找。

海　蟒

它從來沒有注意到，它所住的世界是這樣廣濶。鯡魚結成大隊在游動，亮得像銀色的大船。鰭魚在後面跟著，樣子更是富麗堂皇。各種形狀的魚和各種顏色的魚都來了。水母像半透明的花朵，隨著水流在前後飄動。海底上長著巨大的植物、一人多高的草和類似棕櫚的樹，它們的每一片葉子上都附有亮晶晶的貝殼。

最後小魚發現下面有一條長長的黑光，於是它向它游去。但是這既不是魚，也不是電纜，而是一艘沉下海底的大船的欄杆。因為海水的壓力，這艘船的上下兩層裂成了兩半。小魚游進船艙裡去。當船下沉的時候，船艙裡有許多人都死了，而且被水沖走了。現在只剩下兩個人：一個年輕的女人直直地躺著，懷裡抱著一個小孩。水把她們托起來，好像在搖著她們似的。她們好像是在睡覺。

小魚非常害怕；它一點也不知道，她們是再也醒不過來的。海藻像藤蔓似的掛在欄杆上，掛在母親和孩子的美麗的屍體上。這兒是那麼沉靜和寂寞。小魚拚命地游——游到水比較清亮和別的魚游泳的地方去。它沒有游多遠就碰見一條大得可怕的鯨魚。

「請不要把我吞下去，」小魚說。「我連味兒都沒有，因為我是這樣小，但是我覺得活著是多麼愉快啊！」

「你跑到這麼深的地方來幹什麼？為什麼你的族人沒有來呢？」鯨魚問。

於是小魚就談起了那條奇異的長鱔魚來——不管它叫什麼名字吧。這東西從上面沉下來，甚至把海裡最大膽的居民都嚇慌

了。

「乖乖！」鯨魚說。它喝了一大口水，當它浮到水面上來呼吸的時候，不得不吐出一根龐大的水柱。「乖乖！」它說，「當我翻身的時候，把我的背擦得怪癢的那傢伙原來就是它！我還以為那是一艘船的桅杆、可以拿來當做搔癢的棒子呢！但是它並不在這附近。不，這東西躺在很遠的地方。我現在沒有別的事情可幹，我倒要去找找它！」

於是它在前面游，小魚跟在後面——並不太近，因為有一股激流捲過來，大鯨魚很快地就先衝過去了。

它們遇見了一條鯊魚和一條老鋸鰩。這兩條魚也聽到關於這條又長又瘦的奇怪海鱔的故事。它們沒有看見過它，但是想去看看。

這時有一條鯰魚游過來了。

「我也跟你們一起去吧，」它說。它也是向這個方向游過來。「如果這條大海蟒並不比錨索粗多少，那麼我一口就要把它咬斷。」於是它把嘴張開，露出六排牙齒。「我可以在船錨上咬出一個齒印來，當然也可以把那東西的身子咬斷！」

「原來如此！」大鯨魚說，「我懂得了！」

它以為自己看事情要比別人清楚得多。「請看它怎樣浮起來，怎樣擺動、拐彎和打捲吧！」

它卻看錯了。向它們游過來的是一條很大的海鰻，有好幾碼長。

「這傢伙我從前曾經看見過！」鋸鰩說。「它在海裡從來不鬧事，也從來不嚇唬任何大魚的。」

所以它們就和它談起那條新來的海鱔，同時問它願不願意一起去找它。

「難道那條鱔魚比我還要長嗎？」海鰻問。「這可要出亂子了！」

「那是肯定的！」其他的魚說。「我們的數目不少，倒是不怕它的。」於是它們就趕緊向前游。

正在這時候，有一件東西擋住了它們的去路──一個比它們全體加在一起還要龐大的怪物。

這東西像一座浮著的海島，而且又浮不起來。

這是一條很老的鯨魚。它的頭上長滿了海藻，背上堆滿了爬行動物、一大堆牡蠣和貽貝，這使得它的黑皮上佈滿了白點。

「老頭子，跟我們一起來吧！」它們說。「這兒現在來了一條新魚，我們可不能容忍它。」

「我情願躺在我原來的地方，」老鯨魚說。「讓我休息吧！讓我躺著吧！啊，是的，是的，是的。我正害著一場大病！我只有浮到海面上，把背露出水面，才覺得舒服一點！可是大的海鳥又會飛過來啄我。只要它們不啄得太深，這倒是蠻舒服的。然而它們有時卻一直啄到我的肥肉裡去。你們瞧吧！有一隻鳥的全部骨架還卡在我的背上呢！它把爪子抓得太深，當我沉到海底的時候，它還抽不出來。於是小魚就來啄它。請看看它的樣子，再看看我的樣子！我病了！」

「這全是想像！」另一條鯨魚說，「我從來就不生病。沒有魚會生病的！」

「請原諒我，」老鯨魚說，「鱔魚有皮膚病，鯉魚會出天花，

而我們大家都有寄生蟲！」

「胡說！」鯊魚說。它不願意再拖延下去，別的魚也一樣，因爲它們有別的事情要考慮。

最後它們來到電纜躺著的那塊地方。它橫躺在海底，從歐洲一直伸到美洲，越過沙丘、泥地、石底、茫茫一片的海中植物和整個珊瑚林。這兒激流在不停地變動，漩渦在打轉，魚正成群結隊地游著──它們比我們看到的無數成群地飛過的候鳥還要多。這兒有騷動聲、濺水聲、嘩啦聲和嗡嗡聲──當我們把貝殼放在身邊的時候，我們還可以微微地聽到這種嗡嗡聲。現在它們就來到了這塊地方。

「那傢伙就躺在這兒！」大魚說。小魚也隨聲附和著。

它們看見了電纜，而這電纜的頭和尾所在的地方都超出了它們的視線。

海綿、水螅和珊瑚蟲在海底飄蕩，有的垂掛著，有的貼著地面，因此有的一會兒顯露，有的一會兒隱沒。海膽、蝸牛和蠕蟲在海底爬來爬去。碩大的蜘蛛，背上背著整群的爬蟲，在電纜上邁著步子。深藍色的海參──不管這種爬蟲叫什麼，它是用整個的身體來吃東西的──躺在那兒，似乎在嗅海底的這個新的動物。比目魚和鱈魚在水裡游來游去，靜聽各方面的響聲。海盤車喜歡鑽進泥巴裡去，只是把長著眼睛的兩根長腳伸出來。它靜靜地躺著，看這番騷動究竟會產生一個什麼結果。

電纜靜靜地躺著，但是生命和思想卻在它的身體裡活動。人類的思想在它身體內通過。

「這傢伙很狡猾！」鯨魚說。「它能打中我的肚皮，而我的

肚皮是最容易受傷的部位！」

「讓我們摸索前進吧！」水螅說。「我有細長的手臂，我有靈巧的手指。我能夠摸它。我現在要把它抓緊一點試試看。」

它把靈巧的長臂伸到電纜底下，然後繞在它上面。

「它並沒有鱗！」水螅說，「也沒有皮！我相信它永遠也養不出有生命的孩子！」

海鰻在電纜旁躺下來，盡量把自己伸長。

「這傢伙比我還要長！」它說。「不過長並不是什麼了不起的事情，一個人應該有皮、肚子和活潑的行動力才行。」

鯨魚——這條年輕和強壯的鯨魚——向下沉，沉得比平時要深得多。

「請問你是魚呢，還是植物？」它問。「也許你是從上面掉下來的一件東西；在我們中間生活不下去吧？」

但是電纜卻什麼也不回答——這不是它的事兒。它裡面有思想在通過——人類的思想。這些思想，在一秒鐘以內，從這個國家傳到那個國家，要跑幾千里路。

「你願意回答呢，還是願意被咬斷？」凶猛的鯊魚問。別的大魚也都隨聲附和。「你願意回答呢，還是願意被咬斷？」

電纜一點也不理會，它有它自己的思想。它在思想，這是最自然不過的事情，因為它全身充滿了思想。

「讓它們把我咬斷吧。人們會把我撈起來，又把我連接好。我有許多族人在淺水地帶曾經碰到過這類事情。」

因此它就不回答；它有別的事情要做。它在傳送電報；它躺在海底完全是合法的。

這時候，像人類所說的一樣，太陽落下去了。天上的雲朵發出火一般的光彩———一片比一片好看。

「現在我們可以有紅色的亮光了！」水螅說。「我們可以更清楚地瞧瞧這傢伙——假如這是必要的話。」

「瞧瞧吧！瞧瞧吧！」鯰魚說，同時露出所有的牙齒。

「瞧瞧吧！瞧瞧吧！」旗魚、鯨魚和海鰻一起說。

它們一齊向前衝。鯰魚游在前面。不過當它們正要去咬電纜的時候，鋸鯊把它的鋸猛力刺進鯰魚的背。這是一個嚴重的錯誤；鯰魚再也沒有力量來咬了。

泥巴裡現在是一團混亂。大魚和小魚，海參和蝸牛都在橫衝直撞，互相亂咬亂打。電纜在靜靜地躺著，做它應該做的事情。

海上是一片黑夜，但是成千上萬的海底生物正發出光來。不夠針頭大的蝦子也在發著光。這眞是奇怪得很，不過事實是如此。

海裡的動物都看著這根電纜。

「這傢伙是一件東西呢，還是不是一件東西呢？」

是的，問題就在這兒。

這時有一頭海象來了。人類把這種東西叫海姑娘或海人。這一條是一個「她」，有一個尾巴、兩隻划水用的短臂和一個下垂的胸脯。她的頭上有許多海藻和爬行動物，而她也因這些東西而感到非常驕傲。

「你們想不想知道和瞭解呢？」她說。「我是唯一可以告訴你們的人。不過我要求一件事情：我要求我和我的族人有在海底自由吃草的權利。我像你們一樣，也是魚，但在動作方面我又

是一個爬行動物。我是海裡最聰明的生物。我知道生活在海裡的
一切東西，也知道生活在海上的一切東西。凡是從上面放下來的
東西都是死的，或者即將變成死的，沒有沒任何力量。讓它躺在
那兒吧。它不過是人類的一種發明罷了！」

「我相信它還不止是如此！」小魚說。

「小鯖魚，不准你講！」大海象說。

「刺魚！」別的魚兒說；此外還有更加無禮的話。

海象解釋給它們聽，說這個一言不發的、嚇人的傢伙不過是
陸地上的一種發明罷了。她還做了一番短短的演講，說明人類的
狡猾。

「他們想捉住我們，」她說。「這就是他們生活的唯一目的。
他們撒下網來，在鈎子上安著餌來捉我們。那兒躺著的傢伙是一
條繩子。他們以為我們以會咬它，他們真傻！我們可不會這樣
傻！不要動這廢物吧，它自己會消散，變成灰塵和泥巴的。上面
放下來的東西都是有毛病和破綻的———一文不值！」

「一文不值！」所有的魚兒都說。它們為了要表示意見，所
以就全都贊同海象的意見。

小魚卻有自己的看法：「這條又長又瘦的海蟒可能是海裡
最奇異的魚。我有這種感覺。」

「最奇異的！」我們人類也這樣說，而且有把握和理由這樣
說。

這條巨大的海蟒，好久以前就曾在歌曲和故事中被談到過
的。

它是從人類的智慧中孕育和產生出來的。它躺在海底，從東

方的國家伸展到西方的國家去。它傳遞消息，像光從太陽傳到我們地球上一樣快。它在發展，它的威力和範圍在發展，一年一年地在發展。它穿過大海，環繞著地球；它深入波濤洶湧的水，也深入一平如鏡的水——在這水上，船長像在透明的空氣中航行一樣，可以向下看，看見像各種顏色的焰火似的魚群。

這蟒蛇——一條帶來幸運的中層界 ① 的蟒蛇——環繞著地球一周，可以咬到自己的尾巴。魚和爬蟲硬著頭皮向它衝來，它們完全不懂得上面放下來的東西：人類的思想，用種種不同的語言，無聲無息地，爲了好的或壞的目的，在這條知識的蛇裡流動著。它是海底奇物中一件最奇異的東西——我們時代的**海蟒**。〔1871 年〕

這篇故事最初發表在 1871 年 12 月 17 日哥本哈根出版的《新聞畫報》上。安徒生在他的手記中說：〈海蟒〉完成於 1871年 10 月 1 日，情節是由橫貫大西洋的海底電纜的下水而誘發的。在 1871 年 10 月 1 日安徒生寫給他的美國出版家朋友斯古德說：「我專門爲我的美國讀者寫了這篇新的故事〈海蟒〉，現在隨信寄出。你接到這篇作品後，我希望你盡快把它在月刊上發表，不要分開。它必須在同一期上一次登完。它將是最先在美國發表，或者最低限度與在丹麥同時發表，因爲我已經通知了《新聞畫報》，在十二月以前它不能刊出。」事實上這篇故事未能即

時到達《斯克利布納爾月刊》，只有在 1872 年新年號上才刊出，
與在丹麥幾乎是同時發表。

海底電纜，在安徒生看來，標誌著人類文明向前邁進了一大
步，驚動了整個世界（故事中以引起海底全體水族的震動為象
徵）：「人類的思想，用種種不同的語言，無聲無息地，為了好
的或壞的目的，在這條知識的蛇裡流動著。它是海底奇物中（也
是我們人類中），一件最奇異的東西──我們時代的海蟒。」安
徒生如果活到現在，看到衛星傳播語言和形象化的信息，不知更
會做如何誇張的歌頌。他永遠是一個「現代」和「進步」的謳歌
者。

【註釋】

①原文是 Midgaard。按照宗教和民間傳說，認為宇宙分天堂、人間和地獄三層。中
　間這層就是我們人類居住的世界。

乘郵車來的十二位旅客

嚴霜，滿天星斗，萬籟無聲。

砰！有人把一個舊罐子扔到門上。啪！啪！這是歡迎新年到來的槍聲。這是除夕。鐘聲正敲了十二下。

得──達──拉──拉！郵車到來了。這輛大郵車在城門口停了下來。它裡面坐著十二個人，再也沒有空位子了，所有的位子都坐滿了。

「恭喜！恭喜！」屋子裡的人說，因為大家正在祝賀新年。

這時大家剛剛舉起滿杯子的酒，打算爲慶祝新年而乾杯。

「祝你新年幸福和健康！」大家說。「祝你娶一個漂亮的太太，賺很多的錢，什麼麻煩事兒也沒有！」

是的，這就是大家的希望。大家互相碰著杯子。城門外停著郵車，裡面坐著陌生的客人——十二位旅客。

這些人是誰呢？他們都帶有護照和行李。的確，他們還帶來送給你、送給我和送給鎮上所有的人的禮物。這些陌生的客人是誰呢？他們來做什麼呢？他們帶來了什麼呢？

「早安！」他們對城門口的哨兵說。

「早安！」哨兵回答說，因爲鐘已經敲了十二下。

「你叫什麼名字？你幹什麼職業？」哨兵問第一個下車的人。

「請看護照上的字吧！」這人說。「我就是我！」他穿著熊皮大衣和皮靴子，樣子倒很像一個了不起的人物。「許多人把希望寄託在我身上。明天來看我吧，我將送給你一個眞正的新年。我把銀幣和銀元扔給大家，我贈送禮物，我甚至還開舞會——整整三十一個舞會。比這再多的夜晚我可騰不出來了。我的船已經被冰凍住了，不過我的辦公室裡還是很溫暖的。我是一個生意人；我的名字叫『一月』。我身邊只攜帶著單據。」

接著第二個人下車了。他是一位快樂的朋友，一個劇團的老闆，化裝舞會以及你所能想像得到的一切娛樂的主持人。他的行李是一個大桶。

「在狂歡節的時候，我可以從裡面變出比貓兒還要好的東西來①，」他說。「我使別人愉快，也使自己愉快。在我的一家人

中我的壽命最短。我只有二十八天！有時人們給我多加一天，不過這也沒有什麼了不起。烏啦！」

「請你不要大聲喊。」哨兵說。

「我當然可以喊，」這人說。「我是狂歡節的王子，在『二月』這個名義下到各地去旅行。」

現在第三個人下車了。他簡直是一個齋神②的縮影。他趾高氣揚，因爲他跟「四十位騎士」有親戚關係，他同時還是一個天氣的預言家。不過這並不是一個肥差事，因此他非常贊成吃齋。他的扣子洞上插著一束紫羅蘭，但是花朵兒都很小。

「『三月』，走呀③！」第四個人在後面喊著，把他推了一下。「走呀！走呀！走到哨房裡去呀。那裡有混合酒喝！我已經聞到香味了！」

不過這不是事實，他只是愚弄他一下罷了④，因爲第四位旅客就是以愚弄人開始他的活動的。他的樣子倒是蠻高興的，不大做事情，老是放假。

「我隨人的心情而變化，」他說，「今天下雨，明天出太陽。我替人做搬出搬進的事情。我是搬家代理人，也是一個做殯儀館生意的人。我能哭，也能笑。我的箱子裡裝著許多夏天的衣服，不過現在把它們穿起也未免太傻了。我就是這個樣子。我要打扮的時候，就穿起絲襪子，戴上皮手套。」

這時有一位小姐從車裡走出來。

「我叫『五月小姐』！」她說。

她穿著一身夏季衣服和一雙套鞋。她的長袍是淡綠色的，頭上戴著秋牡丹，身上發出麝香草的香氣，逼得哨兵也不得不嗅一

下。

「願上帝祝福你！」她說——這就是她的敬禮。

她真是漂亮！她是一個歌唱家，但不是舞台上，而是山林裡的歌唱家。她也不是市場上的歌唱家。不，她只在清新的綠樹林裡為自己的高興而歌唱。她的皮包裡裝著克里斯仙・溫得爾的《木刻》⑤——這簡直像山毛櫸樹林；此外還裝得有「李加爾特的小詩」⑥——這簡直像麝香草。

「現在來了一位太太——一位年輕的太太！」坐在車裡的人說。於是一位太太便走出來了；她是年輕而纖細、驕矜而美麗的。

人們一看就知道，她生下來就是為了保護那「七個睡覺的人」⑦的。她選一年中最長的一天來開一個盛大的宴會，好使人們有足夠的時間把許多不同的菜吃掉。她自己有一輛「包車」，但是她仍然跟大家一起坐在郵車裡，因為她想因此表示她並非驕傲得瞧不起人。她可不是單獨地在旅行，因為她的弟弟「七月」跟她在一起。

他是一個胖胖的年輕人，穿著一身夏天的衣服，戴著一頂巴拿馬帽。他的行李帶得不多，因為行李這東西在炎熱的天氣裡是一種累贅。他只帶著泳帽和泳褲——這不能算很多。

現在媽媽「八月太太」來了。她是一個水果批發商，擁有許多養魚池，兼當地主。她穿著一條鼓鼓的裙子⑧。她很肥胖，但是活潑；她什麼事都做，她甚至還親手送啤酒給田裡的工人喝。

「你必汗流滿面才得糊口⑨。」她說，「因為《聖經》上是

這樣說的。事情做完以後，你們可以在綠樹林中跳舞和舉行一次慶祝豐收的宴會！」

她是一個媽媽。

現在有一個男子走出來了。他是一個畫師——一個色彩專家，樹林是知道這情況的。葉子全都要改變顏色，而且只要他願意，可以改變得非常美麗。樹林很快就染上了紅色、黃色和棕色。這位畫家吹起口哨來很像一隻黑色的燕八哥。他工作的速度非常快。他把紫綠色的啤酒花 ⑩ 的蔓藤纏在啤酒杯上，使它顯得更好看——的確，他有審美的眼光。他現在拿著的顏料罐就是他全部的行李。

他後面接著來的是一個「擁有田產的人」。這人只關心糧食的收穫和土地的耕作；他對於野外打獵也感到一點興趣。他有獵狗和獵槍，他的獵袋裡還有許多硬殼果。咕碌——咕碌！他帶的東西真多——他甚至還有一架英國犁。他談著種田的事情，但是人們聽不清他的話，因為旁邊有一個人在咳嗽和喘氣——「十一月」已經來了。

這人得了傷風——傷風得厲害，因此手帕不夠用，他只好用一張床單。雖然如此，他說他還得陪著女傭人做多天的活計。他說，他一出去砍柴，他的傷風就會好了。他也喜歡做這種事，因為他是木柴公會的第一把鋸手。他利用晚上的時間來雕冰鞋的木底，因為他知道，幾個星期以後大家都需要這種有趣的鞋子。

現在最後的一個客人來了。她是「火缽媽媽」。她很冷，她的眼睛射出的光輝像兩顆明亮的星星。她拿著栽有一株小樅樹的花盆。

「我要保護和疼愛這棵樹，好使它能在聖誕節的時候長大，能夠從地上伸到天花板，點著明亮的蠟燭，掛著金黃蘋果和剪紙。火缽像爐子似地發出暖氣，我從衣袋裡拿出一本童話，高聲朗誦，好叫房間裡的孩子們都安靜下來。不過樹上的玩偶都變得非常活躍。樹頂上的一個蠟製的小天使，拍著他的金翅膀，從綠枝上飛下來，把房裡大大小小的孩子都吻了一遍，甚至連外面的窮孩子也吻了。這些窮孩子正在唱著關於『伯利恒的星』的聖誕頌歌。」

「現在車子可以開了，」哨兵說。「我們已經弄清楚了這十二位旅客。讓另一輛馬車開出來吧。」

「先讓這十二位進去吧，」值班的上尉說。「一次進去一位！護照留給我。每一本護照的有效期間是一個月。這段時間過去以後，我將在每一本護照上把他們的行為記下來。請吧『一月』先生，請你進去。」

於是他走進去了。

等到一年以後，我將告訴你這十二位先生帶了些什麼東西給你，給我，給大家。我現在還不知道，可能他們自己也不知道──因為我們是活在一個奇怪的時代裡。〔1861 年〕

這篇小品發表在 1861 年 3 月 2 日哥本哈根出版的《新的童話和故事集》第二卷裡。故事最後的一句話「因為我們是活在一

個奇怪的時代裡」，是指時代的進步，人類的創造，日新月異，
時時刻刻都在變化，思想停滯在舊時代的人，自然會不習慣，會
感到「奇怪」。

【註釋】

①丹麥古時有一種遊戲，即把一隻貓兒關在一個桶裡，然後用繩子把桶掛在樹上。大
　家敲著桶，待桶敲破時貓兒就變出來了。

②齋戒是基督教中的一種儀式，經常在復活節，也就是在三月間舉行。齋戒期間一共
　是四十天。這四十天在丹麥的傳說中稱為「四十位騎士日」。

③這是一個文字遊戲。Marts（三月）和 Marsch（開步走）這個字的讀音差不多，
　但意義完全不同。

④因為四月一日是「愚人節」。

⑤《木刻》（Traesnit）是丹麥十九世紀一個抒情詩人克里斯仙·溫得爾（Christian
　Winther,1796～1876）的一部詩集的名稱。

⑥李加爾特（Christian Ernst Richardt,1831～1892）是另一位丹麥十九世紀的詩人。

⑦根據一個民間傳說，在公元二五一年六月二十七日，有七個基督教徒被異教徒所追
　逐，他們逃到一個石洞裡去，在那裡面睡到公元四四六年才醒來。所以六月二十七
　日就成為「七個睡覺人」的紀念日。

⑧原文 Store crinoline，這是十九世紀初歐洲流行的一種裙子，它裡面襯有一個箍，
　使裙子向四周撒開。

⑨這句話是引自《聖經·舊約·創世記》第三章第十九節。

⑩啤酒花是一種豆科植物，是製造啤酒的原料。

一串珍珠

1.

從哥本哈根通到柯爾索爾①的鐵路，可算是丹麥唯一的一條鐵路②。這等於是一串珠子，而歐洲卻有不少這樣的珠子。最昂貴的幾顆珠子的名字是：「巴黎」、「倫敦」、「維也納」和「那不勒斯」。但是有許多人不把這些大都市當做最美麗的珠子，卻把某個無聲無息的小城市當做他們最喜歡的家。他們最心愛的

人住在這小城市裡。的確，它常常只不過是一個樸素的莊園，一棟藏在綠色籬笆裡的小房子，一個小點。當火車在它旁邊經過的時候，誰也看不見它。

在哥本哈根和柯爾索爾之間的鐵路線上，有多少顆這樣的珠子呢？我們算一算，能夠引起多數人注意的一共有六顆。舊的記憶和詩情使這幾顆珠子發出光輝，因此它們也在我們的思想中放射出光彩。

佛列德里克六世③的宮殿是建築在一座小山上；這裡就是奧倫施拉格爾斯④兒時的家。在這座山的附近就有一顆這樣的珠子藏在松得爾馬根森林裡面。大家都把它叫做「菲勒蒙和包茜絲茅廬」，這也就是說：兩個可愛的老人之家。拉貝克和他的妻子珈瑪⑤就住在裡面。當代的學者特別從忙碌的哥本哈根來到這個好客的屋子裡集會。這是知識界的家——唔，請不要說：「嗨，變得多快啊！」沒有變，這兒仍然是學者之家，是病植物的溫室！沒有氣力開放的花苞，在這兒得到保養和庇護，直到開花結子。精神的太陽帶著生命力和歡樂，射進這安靜的精神之家裡來。周圍的世界，通過眼睛，射進靈魂的無底的深處；這個浸在人間的愛裡的白痴之家，是一個神聖的地方，是病植物的溫室。這些植物有一天將會被移植到上帝的花園裡去，在那裡開出花朵。這裡現在住著智力最弱的人們。有個時候，最偉大和最能幹的頭腦在這裡會面，交流思想，達到很高的境界——在這個「菲勒蒙和包茜絲茅廬」裡，靈魂的火焰仍然在燃燒著。

我們現在看到了古老的羅斯吉爾得。它是在洛亞爾泉旁的一個做為皇家墓地的小鎮。在這個有許多矮房屋的鎮上，教堂的

瘦長尖塔伸入空中，同時也倒映在伊塞海峽裡。我們在這兒只尋
找到一座墳墓，在珠子的閃光裡來觀察它。這不是那個偉大的皇
后瑪加列特的墳墓──不是的。這墳墓就在教堂的墓地裡：我
們剛剛就在它的白牆外邊經過。墳上嵌著一塊平凡的墓石，第一
流的風琴手──丹麥傳奇的復興者──就躺在它下面。古代的
傳奇是我們靈魂中的和諧音樂。我們從它知道，凡是有「滾滾白
浪」的地方，就有一個國王駐紮的營地！羅斯吉爾得，你是一個
埋葬帝王的城市！在你的珠子裡我們要看到一個寒蕪的墳墓；
它的墓石上刻有一個豎琴和一個名字──魏塞⑥。

　　我們現在來到西格爾斯得。它在林格斯得這個小鎮附近。河
床很低。在哈巴特的船停過的地方，離茜格妮的閨房不遠，長著
許多金黃的玉蜀黍。誰不知道哈巴特的故事呢？正當茜格妮的
閨房著火的時候，哈巴特在一株櫟樹上被絞死。這是一個偉大的
愛情故事。

　　「美麗的蘇洛藏在深樹林裡！」⑦這個安靜的修道院小鎮隱
隱地在長滿了青苔的綠樹林裡顯露出來。年輕的眼睛從湖上的
學院裡向外界的大路上凝望，靜聽火車頭轟轟地馳過樹林。蘇
洛，你是一顆珠子，你保藏著荷爾堡的骨灰！你的學術之宮⑧像
一隻偉大的白天鵝，站在樹林中深沉的湖畔。在那附近，有一棟
小小的房子，像樹林中的一朵星形白花，射出閃爍的亮光。我們
的眼睛都向著它看。虔誠的讚美詩的朗誦聲從這裡飄到各地。這
裡面有祈禱聲。農民靜靜地聽，於是他們知道了丹麥過去的那些
日子。綠樹林和鳥兒的歌聲總是聯在一起的；同樣，蘇洛和英格
曼的名字永遠也分不開。

　　再往前走就是斯拉格爾斯！在這顆珠子的光裡，有什麼東西反射出來呢？安特伏爾斯柯烏寺院早已沒有了，宮殿裡的華麗大廳也沒有了，甚至它剩下的一個孤獨的邊屋現在也沒有了。然而還有一個古老的遺跡存留下來。人們把它修理了無數次。它就是立在山上的一個木十字架。在遠古時代的某一天夜裡，斯拉格爾斯的牧師聖安得爾斯被神托著從耶路撒冷的空中起飛。他一睜開眼睛就發現自己落在這座山上。

　　柯爾索爾——你⑨是在這地方出生的，你給我們：

　　　　在瑟蘭島之文克努得的歌中，
　　　　戲謔中雜有誠意。

　　你是語言和風趣的大師！那個荒涼堡壘的古牆是你兒時的家的一個最後可以看得見的明證。當太陽落下去的時候，它的影子就映著你出生的那棟房子。你在這古牆上向斯卜洛戈的高地望；當你還是「很小的時候」，你看到「月亮沉到島後」⑩，你用不朽的調子歌頌它，正如你歌頌瑞士的群山一樣。你在世界的《迷宮》⑪裡走過，你發現：

　　　　什麼地方的玫瑰也沒有這樣鮮豔，
　　　　什麼地方的荊棘也沒有這樣細小，
　　　　什麼地方的床榻也沒有這樣柔軟，
　　　　像我們天真的兒時睡過的那樣好。

你這活潑的、風趣的歌手！我們爲你扎了一個車葉草的花環。我們把這花環拋到湖裡，讓波浪把它帶到埋葬著你的骨灰的吉勒爾海峽的岸邊。這花環代表年輕的一代對你的敬意，代表你的出生地柯爾索爾對你的敬意——一串珠子在這兒斷了。

2.

「這的確是從哥本哈根牽到柯爾索爾的一串珠子，」外祖母聽到我們剛才唸的句子說。「這對於我來說是一串珠子，而且四十多年以來一直是如此，」她說。「那時我們沒有蒸汽機。現在我們只須幾個鐘頭就可以走完的路程，當時得花上好幾天的時間。那是一八一五年；我才二十一歲。那是一個可愛的時代！現在雖然已經過了六十年，時代仍然是可愛的？充滿了幸福！在我年輕的時候，我們認爲哥本哈根是一切城市中最大的城市。比起現在，當時去一次哥本哈根就算是一件了不起的事情。我的父母還想過了二十年以後再去看一次；我也得跟著同去。我們把這次旅行的計畫談論了好幾年，現在這計畫卻眞的要實現了！我覺得，一個完全不同的新生活快要開始；在某種意義上說，我的這種新生活也眞的開始了。

「大家忙著縫東西和捆行李。當我們要動身的時候，的確，該有多少好朋友來送行啊！這是我們的第一次偉大的旅行！在上午我們坐著爸爸和媽媽的『荷爾斯坦』式的馬車走出城來。我們在街上經過的時候，一直到我們走出聖雨爾根門爲止，所有的熟人都在窗子裡對我們點頭。天氣非常晴和，鳥兒在唱著歌，一切都顯得非常可愛。我們忘記了去紐堡是一段艱苦的長途旅

行。我們到達的時候天已經黑了。郵車要到深夜才能到來，而船卻要等它來了以後才啓航。但是我們卻上了船。我們面前是一望無際的平靜的水。

「我們和著衣服躺下睡了。我早晨一醒來就走上甲板。霧非常大，兩邊岸上什麼也看不見。我聽到公雞的叫聲，同時也注意到太陽升上來了，鐘聲響起來了。我們來到了什麼地方呢？霧已經消散了。事實上我們仍然停泊在紐堡附近。一股輕微的逆風整天不停地吹著。我們一下子把帆轉向這邊，一下子把帆轉向那邊，最後我總算是很幸運：在晚間剛過十一點鐘的時候，我們到達了柯爾索爾。但是這十六海里的路程已經使我們花費了二十二個鐘頭。

「走上陸地是一件愉快的事情，但是天卻很黑了。燈光也不亮。一切對我來說都是生疏的，因為我除了奧登塞以外，什麼地方也沒有去過。

「『柏格生就是在這兒出生的！』我的父親說，『比爾克納⑫也在這兒住過。』

「這時我就覺得，這個充滿了矮小房子的小城市立刻變得光明和偉大起來。我們同時也覺得非常高興，我們的腳是踏著堅實的地面。這天晚上我睡不著；我想著自從前天離家以後我所看過和經歷過的這許多東西。

「第二天早晨我們很早就得爬起來，因為在沒有到達斯拉格爾斯以前，我們還有一條充滿了陡坡和泥坑的壞路要走。在斯拉格爾斯另一邊的一段路也並不比這條好走。我們希望早點到達『螃蟹酒家』；我們可以從這兒在當天到蘇洛去。我們可以拜訪

一下『磨坊主的愛彌爾』——我們就是這樣稱呼他的。是的,他就是你的外祖父,是我去世的丈夫,是鄉下的牧師。他那時在蘇洛念書,剛剛考完第二次考試,而且通過了。

「我們在中午過後到達『螃蟹酒家』,這是那時代的一個漂亮的地方,是全部旅程中一個最好的酒店,一個可愛的處所。是的,大家都得承認,它現在還是如此。卜蘭別克太太是一個勤快的老闆娘;店裡所有的東西都像擦洗得非常乾淨的切肉桌一樣。牆上掛著的玻璃鏡框裡鑲著柏格生寫給她的信。這很值得一看!對我來說,這是一件了不起的東西。

「接著我們就到蘇洛去;我們遇見愛彌爾。我相信,他看到我們非常高興,就如我們看到他一樣。他非常和藹,也體貼人。我們跟他一起去參觀教堂;那裡面有阿卜索倫⑬的墳墓和荷爾堡的棺材。我們看到古代僧人的刻字;我們在湖上划船到帕那薩斯⑭去。這是我記憶中最愉快的一個下午。我想,如果世界上有個什麼地方可以寫詩的話,這個地方一定是蘇洛——在安靜而美麗的大自然中的蘇洛。

「於是我們在月光下向著人們所謂的『哲學家漫步處』走去。這是湖旁和水邊的一條美麗的小徑。它與通向『螃蟹酒家』的大路相連接。愛彌爾一直陪著我們,跟我們一起吃飯。爸爸和媽媽發現他已經長成一個聰明的美男子了。他答應五天後就回到哥本哈根去,跟他的家的人和我們同住一些時候。的確,現在聖靈降臨節快到了。在蘇洛和『螃蟹酒家』的那些時刻,要算是我一生中最美麗的珍珠。

「第二天早晨我們很早就動身了,因為到羅斯吉爾得去還得

走好長的一段路。我們必須及時到達那裡才能看見主敎，同時在當天晚上爸爸還要去看一位老同學。這都按計畫做到了。我們這天晚上在羅斯吉爾得過夜；第二天──但是在吃中飯的時候──才回到哥本哈根，因爲這段路程最不好，最不完整。從柯爾索爾到哥本哈根的旅程花了我們將近三天的時間。現在同樣的旅程只要三個鐘頭就夠了。

「這一串珍珠並沒有變得比以前更昂貴：因爲這是不可能的；不過串著這些珍珠的線現在卻是又新又奇異。我跟爸爸媽媽在哥本哈根住了三個星期，而愛彌爾和我們在一起整整待了十八天。我們回富恩島去的時候，他一直從哥本哈根陪著我們到柯爾索爾。在我們沒有分手以前，我們就訂婚了。所以現在你可以瞭解，我也把哥本哈根到柯爾索爾的這段路叫做一串珍珠。

「後來愛彌爾在阿森斯找到了一個工作，於是我們就結婚了。我們常常談起到哥本哈根的那次旅行，而且打算再去一次。但是很快你的母親就出生了，接著她就有了弟弟和妹妹了。要照顧和關心的事情實在太多了。那時父親升了職務，成爲一個牧師。當然一切是非常愉快和幸福的。但是我們卻再也沒有機會到哥本哈根去了。不管我們怎樣懷戀它和談論它，我們一直沒有再到那兒去過。現在我已經太老了，再也沒有力氣坐火車旅行了。不過我很喜歡火車。火車是人間的一件寶貴東西；有了火車，你們就可以更快地回到我身邊來！

「現在從奧登塞到哥本哈根，並不比我在年輕時從紐堡到哥本哈根遠。現在你可以坐快車到義大利去，所花的時間跟我們到哥本哈根去差不多！是的，這是一件了不起的事情！雖然如

此，我還是願意坐下來，讓別人去旅行，讓別人來看我。但是你們卻不要因為我坐著不動就笑我啦！我有一個更了不起的旅行在等著我；這跟你們的旅行不同，比你坐火車還要快。只要我們的上帝願意，我將旅行到你們的外祖父那裡去。等你們做完了工作，在這個幸福的世界上享受了你們的一生以後，我知道你們也會到我們那裡去的。孩子，你們可以相信我，當我們談起我們活在人間的日子的時候，我將也會在那兒說：『從哥本哈根到柯爾索爾的確是一串珍珠！』」〔1857 年〕

　　這篇故事首先發表在 1857 年哥本哈根出版的《民眾曆書》上。安徒生在他 1868 年的手記中寫道：「〈一串珍珠〉說明我這一生所經歷過的時代的變化。在我兒時，從奧登塞去哥本哈根，即使海上風平浪靜，航行也得花五天的時間。現在只須五個鐘頭就可以完成這段旅程。」今天坐飛機，十五分鐘就夠了。世界總是在向前邁進的。在這篇故事中安徒生所描寫的那一條短短的鐵路線，所經過的站雖然不多，而且每個站都很小，可能是個小村，也可能只是一棟房子，但在這不顯眼的小村和房子的背後可能隱藏著一段光榮的歷史，甚至還可能出現過偉大的人物，如藝術家、科學家、音樂家……等，他們都對人類的進步做出過重要的貢獻，只是一般人不知道罷了。安徒生把這〈一串珍珠〉上出現的人物，透過這篇散文，使他們在我們的記憶中永生了下來。

【註釋】

①柯爾索爾 （Korsor） 是瑟蘭島上最北部的一個小鎭，跟哥本哈根在同一個島上。

②這是 1856 年的情形。

③佛列德里克六世 （Frederik den Sjettes,1768～1839） 是丹麥的國王 （1808～1839），也是挪威的國王 （1808～1814）。

④奧倫施拉格爾斯 （Adam Gottlob CElenschlägers,1779～1850） 是丹麥有名的詩人和戲劇家。

⑤拉貝克 （Knud Lyne Rabbek） 是丹麥一個多產而平庸的作家，死於 1830 年。但他和他的妻子珈瑪 （Camma） 在丹麥文藝界起了相當重要的作用，因爲他們的家是丹麥文藝界一個集會中心。

⑥魏塞 （Christoph Ernst Friedrich Weyse,1775～1842） 是丹麥一個著名作曲家和風琴手——丹麥傳奇的復興者。

⑦這是引自丹麥名作家英格曼 （Bernhard Severin Ingemann,1789～1862） 的一句話。英格曼是安徒生的朋友。

⑧指「蘇洛書院」，這是丹麥名作家荷爾堡創辦的一所學校。

⑨指丹麥的名詩人和諷刺作家柏格生 （Jens Immanuel Bagsen,1764～1826）。

⑩引自柏格生的一首名歌〈當我還是很小的時候〉。

⑪這是柏格生的第一部遊記。

⑫比爾克納 （Michael Gottlieb Birkner,1756～1798） 是一個爲爭取言論自由而奮鬥的人。

⑬這是丹麥一個有名的主教。

⑭這是「蘇洛書院」的一個花園。帕那薩斯原是希臘的一個山名，在神話中是藝術女神的住處。

祖母

祖母很老了；她的臉上有許多皺紋，她的頭髮很白。不過她的那對眼睛亮得像兩顆星星，甚至比星星還要美麗。它們看起來是非常溫和且可愛的。她還能講許多好聽的故事。她穿著一件花長袍。這是用一種厚綢子做的；長袍發出沙沙的聲音。祖母知道許多事情，因為她在爸爸和媽媽沒有生下來以前早就活著——這是毫無疑問的！祖母有一本《讚美詩集》，上面有一個大銀扣子，可以把它鎖住，她常常讀這本書。書裡夾著一朵玫瑰

花；它已經壓得很平、很乾了。它並不像她玻璃瓶裡的玫瑰那樣
美麗，但是她只有對著這朵花時才露出她最溫柔的微笑，她的眼
裡甚至還會流出淚來。

　　我不知道，為什麼祖母要這樣看著夾在一本舊書裡的一朵
枯萎了的玫瑰花。你知道嗎？每次祖母的眼淚滴到這朵花上的
時候，它的顏色就立刻又變得鮮艷起來。這朵玫瑰張開了，於是
整個房間就充滿了香氣。四面的牆都向下陷落，好像它們只不過
是一層煙霧似的。她的周圍出現了一片美麗的綠樹林；陽光從
樹葉間滲進來。這時祖母——嗯，她又變得年輕起來。她是一個
美麗的小姑娘，長著一頭金黃色的鬈髮，紅紅的圓臉龐，又好
看，又秀氣，任何玫瑰都沒有她這樣鮮艷。而她的那對眼睛，那
對溫柔的、純潔的眼睛，永遠是那樣溫柔和純潔。在她旁邊坐著
一個男子，那麼健康，那麼好看。他送給她一朵玫瑰花，她微笑
起來——祖母現在可不能露出那樣的微笑了！是的，她微笑
了。可是他已經不在了，許多思想，許多形象在她面前浮過去
了。那個俊美的年輕人現在不在了，只有那朵玫瑰花還躺在《讚
美詩集》裡。祖母——是的，她現在是一個老太婆，仍然坐在那
兒——盯著那朵躺在書裡的、枯萎了的玫瑰花。

　　現在祖母也死了。她曾經坐在她的靠椅上，講了一個很長很
長的故事。

　　「現在講完了，」她說，「我也倦了；讓我睡一會兒吧。」
於是她把頭向後靠著，吸了一口氣。於是她慢慢地靜下來，她的
臉上現出幸福和安靜的表情，好像陽光照在她的臉上。於是人們
就說她死了。

祖　　母

　　她被裝進一具黑棺材裡。她躺在那兒，全身裹了幾層白布。
她是那麼美麗，雖然她的眼睛是閉著的。她所有的皺紋都沒有
了，她的嘴上浮出一個微笑。她的頭髮是那麼銀白，是那麼莊
嚴。看著這樣的一個死人，你一點也不會害怕——這位溫柔、和
善的老祖母。《讚美詩集》放在她的頭下，因為這是她的遺囑。
那朵玫瑰花仍然躺在那本舊書裡面。人們就這樣把祖母安葬
了。

　　在教堂牆邊的一座墳上，人們種了一株玫瑰花。它開滿了花
朵。夜鶯在花頂上唱著歌。教堂裡的風琴奏出最優美的聖詩
——放在死者頭下的那本詩集裡的聖詩。月光照在這墳上，但是
死者卻不在那兒。即使在深夜，每個孩子都可以安全地走到那
兒，在墓地牆邊摘下一朵玫瑰花。一個死了的人比我們活著的人
所知道的東西更多。死者知道，如果我們看到他們出現，我們該
會感到多大的恐怖。死者比我們大家都好，因此他們就不再出現
了。棺材上堆滿了土，棺材裡面塞滿了土①。《讚美詩集》和它
的書頁也成了土，那朵充滿了回憶的玫瑰花也成了土。不過在這
堆土上面，新的玫瑰又開出了花，夜鶯在那上面唱歌，風琴奏出
音樂，於是人們就想起了那位有一對溫和的、永遠年輕的大眼睛
的老祖母。眼睛是永遠不會死的！我們的眼睛將會看到祖母，年
輕美麗的祖母，像她第一次吻著那朵鮮紅的、現在躺在墳裡變成
了土的玫瑰花的祖母。〔1845 年〕

　　這篇小故事讀起來像一首散文詩，充滿美麗而略帶哀愁的關於一個平凡人的回憶。事實上它也是一首詩。安徒生在他的手記中說：「在我寫完〈祖母〉後，有人對我指出我的這篇故事有與德國詩人勒腦（Lenau,1802～1850，德國抒情和敍事詩人）寫的一首詩很相像。後來我找到那首詩來讀，的確相像。這篇故事最初發表時我引了這首小詩做爲引言，以說明我知道兩篇作品相似，但我不認爲我應該因此就銷毀我自己的作品。」這篇作品最初以〈一個故事〉的標題發表在一個叫做《佛里亞》（Freia）的挪威的詩歌和藝術畫冊上，後來收進集子時改爲〈祖母〉。

【註釋】

①根據古代希伯來人的迷信，上帝用泥土造成人，所以人死了以後仍然變成泥土。

堅定的錫兵①

從前有二十五個錫做的士兵。他們都是兄弟，因為都是由一根舊的錫湯匙鑄造而來的。他們肩上扛著毛瑟槍②，眼睛直直地向前看著。他們的制服一半是紅的，一半是藍的，但是非常美麗。他們待在一個盒子裡。盒子蓋一打開，他們在這世界上所聽到的第一句話是：「錫兵！」這句話是一個小孩子喊出來的；他拍著雙手。今天是他的生日，這些錫兵就是他所得到的一件禮物。他現在把這些錫兵擺在桌子上。

　　所有的士兵都是一模一樣，只有一個稍微有點不同：他只
有一條腿，因為他是最後被鑄造出來的，錫不夠用！但是他仍然
能夠用一條腿穩定地站著，跟別人用兩條腿站著沒有兩樣，而且
後來最引人注意的也就是他。

　　他們站著的那張桌子上還擺著許多其他的玩具，不過最吸
引人注意的一件東西是一個紙做的美麗宮殿。從那些小窗子看
進去，人們可以看到裡面的大廳。大廳前面有幾株小樹，都是圍
著一面小鏡子立著的——這小鏡子代表一個湖。幾隻蠟做的小
天鵝在湖上游來游去；它們的影子倒映在水裡。這一切都是美
麗的，不過最美麗的要算一位小姐；她站在敞開的宮殿門口。她
也是用紙剪出來的，不過她穿著一件漂亮的布裙子。她肩上飄著
一條小小的藍色緞帶，看起來好像一條頭巾。緞帶上插著一件亮
晶晶的裝飾品——簡直有她整個臉龐那麼大。這位小姐伸著雙
手——因為她是一名舞蹈藝術家。她有一條腿舉得非常高，使得
那個錫兵簡直看不見它。因此他就以為她也像自己一樣，只有一
條腿。

　　「她倒可以做我的妻子呢！」他心裡想，「不過她的架子太
大了。她住在一個宮殿裡，而我卻只有一個盒子，而且我們還是
二十五個人擠在一起。這恐怕她會住不慣。不過我倒不妨跟她認
識認識。」

　　於是他就在桌子上的一個鼻煙壺後面直直地躺下來。他從
這個角度可以完全看到這位漂亮的小姐——她一直是用一條腿
站著的，絲毫沒有失去平衡。

　　當黑夜到來的時候，其餘的錫兵都走進盒子裡去了；家裡

的人也都上床去睡了。玩偶們這時就活動起來了：它們互相「訪問」，鬧起「戰爭」來，或是開起「舞會」來。錫兵們也在他們的盒子裡面吵起來，因為他們也想出來參加，可是掀不開蓋子。胡桃鉗翻起筋斗來，石筆在石板上亂跳亂叫起來。這真像是魔王出世，結果把金絲鳥也吵醒了。她也開始發起議論來，而且出口就是詩。這時只有兩個人沒有離開原位：一個是錫兵，一個是那位小小的舞蹈家。她直直地用她的腳尖站著。雙臂向外伸。他也是穩定地用一條腿站著的，他的眼睛一刻也沒有離開她。

忽然鐘敲了十二下，於是「碰」！那個鼻煙壺的蓋子掀開了；可是那裡面並沒有鼻煙，卻有一個小小的黑妖精——這鼻煙壺原來是一個偽裝。

「錫兵，」妖精說，「請你把你的眼睛放老實一點！」

可是錫兵裝做沒有聽見。

「好吧，明天你瞧吧！」妖精說。

第二天早晨，小孩們都起來了。他們把錫兵移到窗台上去。不知是那妖精在搞鬼呢，還是一陣陰風在作怪，窗子忽然開了。錫兵從三樓倒栽蔥地跌到地上來。這一跤真是可怕到極點！他的腿直豎起來，他倒栽在他的鋼盔中。他的刺刀插在街上的鋪石縫裡。

保姆和那個小孩立刻走下樓來尋找他。雖然他們幾乎踩著了他的身體，可是還是沒有發現他。假如錫兵喊一聲「我在這兒！」的話，他們就看得見他了。不過他覺得自己既然穿著軍服，高聲大叫，是不合禮節的。

現在天空開始下雨了。雨點越下越密，最後簡直是大雨傾盆

了。雨停了以後，有兩個野孩子在這兒走過。

「你看！」有一個孩子叫著，「這兒躺著一個錫兵。咱們讓他去航行一番吧！」

他們用一張報紙折了一艘船，把錫兵放在裡面。錫兵就這麼沿著水溝順流而下。這兩個孩子在岸上跟著他跑，拍著手。天啊！溝裡掀起了一股多麼大的浪濤啊！這是一股多麼大的激流啊！下過了一場大雨情況畢竟不一樣。紙船一上一下地顛簸著，有時它旋轉得那麼急，使得錫兵的頭都昏起來。可是他站得很牢，臉色一點也不變；他肩上扛著毛瑟槍，眼睛向前看。

忽然這船流進一條很長很寬的下水道裡去了。四周是一片漆黑，正好像他又回到他盒子裡去了似的。

「我倒要看看，我究竟會流到一個什麼地方去！」他想。「對了，對了，這是那個妖精搞的鬼。啊！假如那位小姐坐在這船裡，就是再加倍的黑暗我也不在乎。」

這時一隻住在下水道裡的大老鼠來了。

「你有通行證嗎？」老鼠問。「把你的通行證拿出來！」

可是錫兵一句話也不回答，只是把自己手裡的毛瑟槍握得更緊。

船繼續往前急駛，老鼠在後面跟著。乖乖！請看他那副張牙舞爪的樣子；他對乾草和木頭碎片喊著：

「抓住他！抓住他！他沒有留下過路錢！他沒有交出通行證看！」

可是激流越翻越大。在下水道盡頭的地方，錫兵已經可以看到前面的陽光了。不過他又聽到一陣喧鬧的聲音——這聲音可

以把膽子大的人都嚇倒。想想看吧：在下水道盡頭的地方，水流
沖進一條寬大的運河裡去了。這對他說來是非常危險的，正好像
我們被一股巨大的瀑布沖下去一樣。

　　現在他已流進了運河，沒有辦法停止了。船一直衝到外面
去。可憐的錫兵只有盡可能地把他的身體直直地挺起來。誰也不
能說，他曾經把眼皮眨過一下。這船旋轉了三、四次，裡面的水
一直漫到了船邊──它要下沉了。直立著的錫兵全身浸在水
裡，只有頭伸出水面。船正漸漸地往下沉，紙也慢慢地鬆開了。
水現在已經淹到兵士的頭上了……他不禁想起了那個美麗的、
嬌小的舞蹈家，他永遠也不會再見到她了。這時他耳朵裡響起了
這樣的話：

　　　　衝啊，衝啊，你這戰士，
　　　　你的出路只有一死！

　　現在紙已經破了，錫兵也就沉到了水底。不過正在這時候，
一條大魚忽然把他吞到肚裡去了。

　　啊，那裡面是多麼黑暗啊！那比在下水道裡還要糟，而且空
間是那麼狹小！不過錫兵是堅定的。就是當他直直地躺下來的
時候，還是緊緊地扛著毛瑟槍。

　　這條魚東奔西撞，做出許多最可怕的動作。後來它忽然變得
安靜起來。接著一道像閃電似的光射進它身體裡來了。陽光照得
很亮，有一個人在大聲地喊：「錫兵！」原來這條魚已經被捉住
了，送到市場裡去，被賣掉了，帶進廚房裡來，而且女傭用一把

大刀子把它剖開了。她用兩個手指把錫兵攔腰掐住，拿到客廳裡來——這兒大家都要看看這位在魚腹裡做了一番旅行的、了不起的人物。不過錫兵一點也沒有顯出驕傲的神色。

他們把他放在桌子上——在這兒，嗨！世界上不可思議的事情也真多！錫兵發現自己又來到了從前的那個房間裡！他看到從前的那些小孩，看到桌子上從前的那些玩具；還看到那座美麗的宮殿和那位可愛的、嬌小的舞蹈家。她仍然用一條腿站著，她的另一條腿仍然是高高地翹在空中。她也是同樣地穩定！這種精神使錫兵受到感動：他簡直要流出錫眼淚來，但是他不能這樣做。他看著她，她也看著他，但是他們沒有說一句話。

正在這時候，有一個小孩子把錫兵拿起來，把他一股勁兒扔進火爐裡去了。他沒有說明任何理由：這當然又是鼻煙壺裡的那個小妖精在搗鬼。

錫兵站在那兒，全身亮起來了，同時他感到一股可怕的熱氣。不過這熱氣是從真實的火裡發出來的呢，還是從他的愛情中發出來的呢，他完全不知道。他的一切光彩現在都沒有了。這是因為他在旅途中失去了呢，還是悲愁的結果，誰也說不出來。他看著那位嬌小的姑娘，而她也看著他。他覺得他的身體在慢慢地熔化，但是他仍然扛著槍，堅定地立著不動。這時門忽然開了，一陣風闖進來，吹起這位小姐。她就像西爾妃德 ③ 一樣，飛向火爐，飛到錫兵的身邊去，化為火焰，立刻就不見了。這時錫兵已經化成為一個錫塊。第二天，當女傭把爐灰倒出去的時候，她發現錫兵已經成了一顆小小的錫心。可是那位舞蹈家留下來的只是那顆亮晶晶的裝飾品，但它現在已經燒得像一塊黑炭了。

〔1838 年〕

　　這篇小故事於 1838 年 10 月首次在哥本哈根發表。錫兵是個「軍人」，嚴格遵守軍人的紀律。他經歷了許多坎坷遭遇，但一直保持著「軍人」的品行。他對於愛情跟他對於他的職守一樣忠誠。他愛上了那位舞蹈家。他知道，「她住在一個宮殿裡，而我卻只有一個盒子……這恐怕她會住不慣……」但他還是愛她，而且對她的愛情是那麼忠誠，並不因爲世俗的偏見而有所改變。「他的眼睛一刻也沒有離開她。」最後他被一陣妖風吹進火爐，化成了一個錫塊。但這個錫塊卻「成了一顆小小的錫心」，表示他對於他所愛的人至死不渝。

【註釋】

①錫兵是指用馬口鐵做的玩具兵。

②過去德國毛瑟（Mauser）工廠製造的各種槍都叫做毛瑟槍，一般是指該廠的步槍。

③根據中世紀歐洲人的迷信，西爾妃德（Sylphide）是空氣的女仙。她是一位體態輕盈，身材纖細，虛無縹緲的人兒。

老櫟樹的夢
〈一個聖誕節的童話〉

在一個樹林裡，在寬濶的海岸旁的一個陡坡上，立著一棵很老的櫟樹。它的年紀恰恰是三百六十五歲，不過對於這樹來說，這段時間也只是等於人類的三百六十五個晝夜。我們白天醒過來，晚上睡過去，於是我們就做起夢來。樹可就不是這樣了。它一年有三個季節是醒著的，只有到冬天，它才去睡覺。冬天是它睡眠的季節，是它度過了春、夏、秋這一個漫長的白晝以後的夜晚。

在許多夏天的日子裡，蜉蝣環繞著這樹的樹梢跳起舞來，生活著，飛翔著，感到幸福。然後這小小的生物就在安靜的幸福感中，躺在一片新鮮的大櫟樹葉子上休息。這時樹兒就說：

「可憐的小東西！你整個生命也不過只有一天！太短了！這真是悲哀！」

「悲哀！」蜉蝣總是這樣回答說。「你這話是什麼意思？一切是這樣無比的光明、溫暖和美麗。我真感到快樂！」

「然而也不過只有一天，接著什麼都完了！」

「完了！」蜉蝣說。「什麼完了？你也完了嗎？」

「沒有。像你那樣的日子，我恐怕要活到幾千幾萬個。我的一天包括一年所有的季節！它是那麼長，你簡直沒有方法計算出來！」

「是的，因為我不瞭解你！你說你有幾千幾萬個像我這樣的日子，可是我有幾千幾萬個片刻；在這些片刻中我能夠感到快樂和幸福。當你死了以後，難道這個世界的一切美景就會消失掉嗎？」

「當然還會有的，」樹兒說；「它會永遠地存在——存在得出乎我想像之外地久遠。」

「這樣說來，我們所有的時間是一樣的了，只不過我們計算的方法不同罷了！」

蜉蝣在空中飛著，舞著，欣賞它那像薄紗和天鵝絨一樣精緻的翅膀，欣賞帶來原野上的車軸草、籬笆上的野玫瑰、接骨木樹和金銀花的香氣的薰風，欣賞車葉草、櫻草花和野薄荷。這些花兒的香味是那麼強烈，蜉蝣覺得幾乎要醉了。日子是漫長而美麗

的，充滿了快樂和甜蜜感。當太陽低低地沉落的時候，這隻小飛蟲感到一種歡樂後的愉快的倦意。它的翅膀已經不想再托住它了；於是它便輕輕地、慢慢地沿著柔軟的草葉溜下來，盡可能地點了幾下頭，然後便安靜地睡去──同時也死了。

「可憐的小蜉蝣！」櫟樹說。「這種生命眞是短促得可怕！」

每年夏天它跳著同樣的舞，講著同樣的話，回答著同樣的問題，而且同樣地睡去。蜉蝣世世代代地重複著同樣的事情；它們都感到同樣地快樂和幸福。老櫟樹在它春天的早晨、夏天的中午和秋天的晚上，一直是站在那兒，沒有睡。現在它休息的時刻，它的夜，馬上就要來了，因爲冬天一步一步地接近了。

暴風雨已經唱起歌來了：「晚安！晚安！有一片葉子落下來，有一片葉子落下來了！我們摘下葉子，我們摘下葉子！看你能不能睡著！我們唱歌使你睡著，我們把你搖得睡著，這對於你的老枝椏是有好處的，是不是？它們快樂得裂開了！甜蜜地睡去吧！甜蜜地睡去吧！這是你的第三百六十五個夜呀！按規矩說，你還不過是一個剛剛滿一歲的孩子！甜蜜地睡去吧！雲朵撒下雪來，這是一層毯，一層蓋在你腳上的溫暖的被子。願你甜蜜地睡去，做些愉快的夢吧！」

老櫟樹立在那兒，葉子都掉光了；它要睡過這漫長的冬天，要做許多夢──夢著它所經歷過的事情，像人類所做的夢一樣。

它曾經一度也是很小的──的確，它的搖籃不過是一顆橡子。照人類的算法，它現在正是在第四百個年頭之中。它是森林裡最大和最好的一棵樹。它的樹梢高高地伸出所有的樹上，人們

在海上就可以遠遠地看到它，因此它成了船隻的一個地標。它一點也不知道，該是有多少眼睛在尋找它。斑鳩在它綠色的樹梢上高高地築起巢來，杜鵑坐在它的枝椏裡唱著歌。在秋天，當樹葉看起來像薄薄的銅片的時候，候鳥就飛來了，在它們還沒有飛到大海的彼岸去以前，停在這兒休息一下。不過現在是冬天了，誰也可以看得出來，這樹沒有剩下半片葉子；它的枝椏長得多麼彎，多麼曲啊。烏鴉和白嘴鴉輪流地到它的枝椏裡來，在那裡休息，談論著那快要開始的嚴寒的季節，談論著在冬天尋找食物是多麼困難。

這正是神聖的聖誕節的時候；這樹做了一個最美麗的夢。

這樹明顯地感覺到，這是一個歡樂的季節。它覺得它聽到周圍所有教堂的鐘都敲起來了。然而天氣仍然像是一個美麗的夏天，既柔和，又溫暖。它展開它莊嚴的、新鮮的、綠色的樹梢；太陽光在枝葉間戲弄著；空氣充滿了草和灌木的香氣；五顏六色的蝴蝶在互相追逐。蜉蝣在跳著舞，好像一切都是為了它們的跳舞和歡樂而存在似的。這樹多年來所經歷的事物，以及在它周圍所發生過的事情，像節日的行列一樣，在它面前遊行過去。它看到古代的騎士和貴婦人——他們的帽子上插著長羽毛，手腕上托著獵鷹，騎著馬走過樹林。狩獵的號角吹起來了，獵犬咬起來了。它看到敵對的武士，穿著各種顏色的服裝，拿著發亮的武器：矛和戟，架起帳篷，收起帳篷。篝火點燃了；人們在它展開的枝椏下面唱著歌和睡覺。它看到一對一對的戀人在月光中幸福地相會，把他們名字的第一個字母刻在它灰綠色的樹皮上。有個時候——自此以後多少年過去了——快樂的流浪者把七弦琴

和風奏琴①掛在它的枝椏上。現在它們又在那上面掛起來了，又發出非常動聽的音調。斑鳩在喁喁私語，好像是在講這樹對這一切事物的觀感；杜鵑在唱它還能活多少個夏天。

這時它覺得好像有一種新的生命力在向它最遠的細根流去，然後又向它最高的樹枝升上來，一直升到它葉尖上。這樹覺得它在伸展和擴大；通過它的根，它感到連土裡都有了生命和溫暖。它覺得它的力氣在增長。它長得更豐滿，更寬大，它越長越高。它的軀幹在上升，沒有一刻停止。它在不斷地成長。它的樹梢長得更豐滿，更寬大，更高。它長得越高，它的快樂就越增多；於是它就更有一種愉快的渴望，渴望要長得更高——長到跟明朗和溫暖的太陽一樣高。

它已經長到超出雲層以上了。雲朵在它的樹梢下飄浮過去，像密密成群的候鳥，或者像在它下面飛過去的白色的大天鵝。

這樹的每片葉子都能看到東西，好像它有眼睛一樣。它在白天可以看見星星——那麼大，那麼明耀。每顆星星像一對眼睛——那麼溫柔，那麼晶瑩。這使得它記起那些熟識的親切的眼睛，孩子的眼睛，在它的樹下幽會的戀人的眼睛。

這是一個幸福的片刻——一個充滿了快樂的片刻！然而在這幸福當中，它感到一種渴望；它希望看到樹林裡一切生長在它下面的樹、一切灌木叢、草兒和花兒，也能跟它一起長高，也能欣賞這種快樂和美景。這棵高大的櫟樹在它美麗的夢中並不感到太幸福，因為它沒有使它周圍大大小小的植物分享到這種幸福。這種感覺在它的每個細枝裡，每片葉子裡，激動著，好像

在人類的心裡一樣。

這樹梢前後搖動著，好像它在尋找一件什麼東西而沒有找到。它向下面看。於是它嗅到車葉草的香氣；不一會兒，它聞到金銀花和紫羅蘭的更強烈的香味。它相信它聽到杜鵑在對自己講話。

是的，樹林的一片綠林梢穿過了整個的雲層；櫟樹看到它上面其餘的樹也在生長，像自己一樣在向上伸長。灌木和草兒也長得很高，有些甚至把自己的根都拔起來了，爲的是想飛快地抽長。樺樹長得最快。它細嫩的軀幹，像一條白色的閃電似地在向上伸長；它的樹枝搖動起來像綠色的細紗和旗子。樹林中的一切植物，甚至長著棕毛的燈心草，也跟著別的植物一齊在向上長。鳥兒跟著它們一起向上飛，唱著歌。一根草葉也在飛快地生長，像飄著的一條緞帶。一隻蚱蜢坐在它上面，用腿擦著翅膀。小金蟲在嗡嗡地唱著歌，蜜蜂在低吟著。每隻鳥兒都用自己的嘴唱著歌。處處是一片直衝雲霄的歌聲和快樂聲。

「可是水邊的那朵小藍花在什麼地方呢？它應該和大家一起也在這兒。」櫟樹說：「那紫色的鐘形花和那小雛菊在什麼地方呢？」是的，老櫟樹希望這些東西都在它的周圍。

「我們都在這兒呀！我們都在這兒呀！」這是一片歌唱的聲音。

「不過去年夏天那株美麗的車葉草──而且去年這兒還有一株鈴蘭花！還有那野蘋果樹，它是多麼美麗呀！還有那年年都出現的樹林勝景──如果這還存在，到現在還存在的話，那麼也請它來和我們在一起吧！」

「我們都在這兒呀！我們都在這兒呀！」更高的空中發出這麼一個合唱聲。這聲音似乎早就在那兒。

「唔，這眞是說不出的可愛！」老櫟樹高聲說。「他們大大小小都在我的周圍！誰也沒有被忘記掉！人們怎麼能想像得到這麼多的幸福呢？這怎麼可能呢？」

「在天上這是可能的，也是可以想像得到的！」高空中的聲音說。

這棵不停地生長著的櫟樹覺得它的根從地上拔出來了。

「這是再好不過了！」這樹說。「現在再也沒有什麼東西可以牽制住我了！我現在可以飛了，可以在燦爛的陽光中向最高的地方飛去！而且一切大大小小的心愛的東西都和我在一起！大家都和我在一起！」

這是老櫟樹做的一個夢。當它正在做這夢的時候，一陣狂暴的風雨，在這個神聖的聖誕夜，從海上和陸地上吹來了。海向岸上捲起一股巨大的浪潮，這樹在崩裂——當它正在夢著它的根從土裡解脫出來的時候，它的根眞的從地上拔出來了。它倒下來了。它的三百六十五歲現在跟蜉蝣的一日沒有兩樣。

在聖誕節的早晨，太陽一出來，暴風雨就停了。所有的教堂都敲響節日的鐘聲。從每一個煙囪裡，甚至從最小的茅屋頂上的煙囪裡升起了藍色的煙，像古代德魯伊②僧侶的祭壇上感恩節升起的煙一樣。海漸漸地平靜了。海面停著的一艘大船上——它昨夜曾經戰勝了暴風雨——掛起了各色的旗幟慶祝這個美麗的節日。

「這樹已經倒下來了——這棵很老的、做爲地形的指標的櫟

樹！」水手們說。「它在昨夜的暴風雨中倒下來了！誰能再把它
栽好呢？誰也不能！」

　　這是人們對於這棵樹所做的悼辭。話雖然很短，但是用意很
好。這樹在蓋滿了積雪的海岸上躺著；從船上飄來的聖詩的歌
聲在它的軀體上盤旋著。這是聖誕節的愉快的頌歌，基督用血把
人類的靈魂贖出來的頌歌，永恒的生命的頌歌。

　　　　唱喲，高聲唱喲，上帝的子民！
　　　　哈利路亞，大家齊聲歡慶，
　　　　啊，處處是無邊的歡樂！
　　　　哈利路亞！哈利路亞！

　　這是一首古老聖詩的調子。在這歌聲和祈禱中，船上的每個
人都感到一種特有的超升的感覺。正如那棵老樹在它最後的、最
美的、聖誕夜的夢中所感到的那種超升的感覺一樣。〔1858 年〕

──────────────────────────────

　　這篇童話最初收進 1858 年出版的《新的童話和故事集》第
一卷第一部裡。安徒生在他的手記中說：「〈老櫟樹的夢〉完全
出自我個人的想像，一個忽然來臨的靈感使我立刻寫下了它。」
這的確是安徒生的「想像」和「靈感」的結晶，但不一定是「忽
然來臨」的，而是源於長期縈繞在他腦際的一種理想──如果說

不是「幻想」的話：「我現在可以飛了，可以在燦爛的陽光中向最高的地方飛去！而且一切大大小小的心愛的東西都和我在一起！大家都和我在一起！」普天同樂，大家一齊進入最高的、幸福的境界！

【註釋】

①這是一種放在風中就會自動發出音調的古琴。

②德魯伊（Druids）是古代高盧人（Gaul）和不列顛人（Briton）享有特權的一種祭司階層。

跛子

在一座古老的鄉間公館裡住著一對富裕的年輕人。他們既富有，也幸福。他們自己享受快樂，也對別人做好事。他們希望所有的人都像他們一樣快樂。

　　在聖誕節的晚上，古老的大廳裡立著一棵裝飾得很漂亮的聖誕樹。壁爐裡燒著熊熊的大火，古老的畫框上掛著樅樹枝。主人和客人都在這兒；他們唱歌和跳舞。

　　天還沒有黑，傭人的房間裡已經慶祝過聖誕節了。那裡也有

一棵很大的樅樹，上面點著紅白蠟燭，還有小型的丹麥國旗、天鵝、用彩色紙剪成和裝著「好東西」的袋子。鄰近的窮苦孩子都被請來了；他們的媽媽也一起來了。媽媽們並不怎麼看聖誕樹，卻看著聖誕桌。桌上放著呢料子和麻布──這都是做衣服和褲子的衣料。她們和大孩子都看著這些東西，只有小孩子才把手伸向蠟燭、銀紙和國旗。

這些人到得很早，下午就來了；他們吃了聖誕粥、烤鵝和紅白菜。大家參觀了聖誕樹，得到了禮品；然後就每人喝一杯雞尾酒，吃一塊煎蘋果派①。

他們要回自己簡陋的家的時候，一路上談論著這種「舒服的生活」──也就是指他們吃過了的好東西。他們把禮品重新仔細地看了一次。

他們當中有兩位園丁奧列和丁淑斯玎。他們是一對夫婦。他們爲這公館的花園鋤草和挖土，所以他們能分配到房子住和糧食吃。在每個聖誕節，他們總會得到很多禮物。他們的五個孩子所穿的衣服全都是主人送的。

「我們的兩個主人都喜歡做好事！」他們說。「不過他們有能力這樣做，而且他們也高興這樣做！」

「這是四個孩子穿的好衣服，」園丁奧列說。「但是爲什麼沒有一點東西給跛子呢？他們平時也想到他，雖然他沒有去參加晚會！」

這是指他們最大的那個孩子。他的名字是漢斯，但大家都叫他「跛子」。

他很小的時候，是非常聰明活潑的。不過後來，正如人們所

說的那樣，他的腿忽然變「軟了」。他既不能走路，也不能站穩。他躺在床上已經有五年了。

「是的，我得到一件給他的東西！」媽媽說。「不過這不是一件了不起的東西。這是一本書，他可以讀讀！」

「這東西並不能使他發胖！」爸爸說。

不過漢斯倒很喜歡它。他是一個很靈敏的小孩子，喜歡讀書，但是他也花些時間去做些有用的工作——一個躺在床上的孩子所能做的有用的工作。他的一雙手很靈巧，會織毛襪，甚至床毯。公館的女主人稱讚過和買過這些東西。

漢斯所得到的是一本故事書，書裡值得讀和值得思考的東西不少。

「在這個屋子裡它沒有一點用處，」爸爸和媽媽異口同聲地說，「不過讓他讀吧，這可以讓他把時間混過去，他不能老是織襪子呀！」

春天來了。花朵開始含苞待放，野草也是一樣——這是人們爲蕁麻取的名字，雖然《聖詩集》上把它形容得這樣美：

> 即使所有帝王一齊出馬，
> 無論怎樣豪華和有力量，
> 但他們一點也沒有辦法，
> 去使葉子在蕁麻上生長。

公館花園裡的工作很多，不僅對園丁和他的助手是如此，對園丁奧列和園丁淑斯玎也是一樣。

「這件工作眞是枯燥得很！」他們說。「我們剛剛把路耙好，
弄得整齊一點，馬上就有人把它踩壞了。公館裡來往的客人眞是
太多了。錢一定花得不少！不過主人有的是錢！」

「東西分配得眞不平均！」奧列說。「牧師說我們都是上帝
的兒女，爲什麼我們彼此會有這些差別呢？」

「這是因爲人墮落的緣故②！」淑斯玎說。

他們在晚間又談起這事。這時跛子漢斯正拿著他的故事書
在旁邊躺著。

困難的生活和繁重的工作，不僅使爸爸媽媽的手變粗糙，也
使他們的思想和看法變得生硬。他們不能理解、也不能解釋這種
道理。他們變得更喜歡爭吵和生氣。

「有的人得到快樂和幸福，有的人只得到貧困！我們最初的
祖先很好奇，並且違抗上帝，但是爲什麼要我們來負責呢？我們
不會做出像他們兩人那樣的行爲呀！」

「我們會的！」跛子漢斯忽然冒出這一句來。「這本書裡說
過。」

「這本書裡寫的是什麼呢？」爸爸和媽媽問。

於是漢斯就唸一個古老的故事給他們聽，這故事說的是一
個樵夫和他妻子的故事。他們也責罵過亞當和夏娃的好奇心，因
爲這就是他們不幸的根源。國王這時正從旁邊走過。「跟我一起
回家去吧，」他說，「你們也可以像我一樣過好日子：一餐吃七
道菜，還有一個菜擺擺樣子。這個菜就放在蓋碗裡，但是你們不
能動它，因爲動一動，你的富貴就沒有了。」「蓋碗裡可能裝的
是什麼呢？」妻子說。「這跟我們無關。」丈夫說。「是的，我並

不好奇！」妻子說，「但是我倒想知道，爲什麼我們不能掀開蓋子。那裡面一定是好吃的東西！」「只希望不是機器之類的東西！」丈夫說，「像一把手槍，它砰地一下，就把全家的人都吵醒了。」「哎呀！」妻子說，再也不敢動那蓋碗了。不過在這天晚上，她夢見碗蓋自動開了，一種最美的鷄尾酒的香氣從碗裡飄出來──像人們在結婚或舉行葬禮時所喝的那種鷄尾酒的香氣。裡面有一枚大銀幣，上面寫著：「你們喝了這鷄尾酒，就可以成爲世界上最富有的人，而別的人則都成爲乞丐！」於是妻子就醒了，把這個夢講給丈夫聽。「你把這事情想得太深奧了！」他說。「我們可以把蓋子輕輕地掀開！」妻子說。「輕輕地掀！」丈夫說。於是妻子就輕輕地把蓋子掀開。這時有兩隻活潑的小老鼠跳出來，馬上逃到一個老鼠洞裡去。「晚安！」國王說。「你們現在可以回家去睡覺了。請不要再責罵亞當和夏娃吧。你們自己就好奇和忘恩負義呀！」

「書裡講的這個故事是從哪裡來的呢？」奧列說。「它似乎跟我們有關，值得想一想！」

第二天，他們仍然去工作。先是太陽烤著他們，然後雨把他們淋得透濕。他們滿腦子都是不愉快的思想──他們現在細嚼著這些思想。

當他們吃完了牛奶粥的時候，天還沒有太黑。

「把那個樵夫的故事再唸給我們聽聽吧！」奧列說。

「書裡好聽的故事多著呢！」漢斯說，「非常多，你們都不知道！」

「我們對別的故事都不感興趣！」園丁奧列說。「我只要聽

我所聽過的那個故事。」

於是他和他的妻子又聽了一次。

他們不止一個晚上一再聽這個故事。

「我還是不能完全瞭解，」奧列說，「人就像甜牛奶一樣，有時會發酸。有的變成很好的乾酪，有的變成又薄又稀的乳漿！有的人做什麼都走運，一生過好日子，從來不知道憂愁和窮困！」

跛子漢斯聽到這話。他的腿雖然不中用，可是頭腦卻很聰明。他把書裡的故事唸給他們聽──他唸一個不知憂愁和窮困的人的故事。這個人在什麼地方可以找到呢？因為應該把這個人找出來才對。

國王病了躺在床上，只有這樣一個方法可以治好他：穿上一件襯衫，而這件襯衫必須是一個眞正不知憂愁和窮困的人穿過的。

這個消息傳到世界各國去，傳到所有的王宮和公館裡去，最後被傳給所有富足和快樂的人。不過仔細檢查的結果，差不多每個人都嘗過憂愁和窮困的滋味。

「我可沒有！」坐在田溝上一個歡笑和唱歌的豬倌說，「我是最幸福的人！」

「那麼請把你的襯衫給我吧，」國王的使者說，「你可以得到半個王國當做報酬。」

但是他沒有襯衫，而他卻自己認爲是最快樂的人。

「這倒是一個好漢！」園丁奧列大聲說。他和他的妻子大笑起來，好像他們多少年來都沒有笑過似的。

這時小學的老師正從旁邊走過。

「你們眞知道快樂！」他說，「這倒是這家裡的一件新鮮事情。難道你們中了彩票不成？」

「沒有，不是這麼回事兒！」園丁奧列說。「漢斯在唸故事書給我們聽；他唸一個不知憂愁和窮困的人的故事。這個人沒有襯衫穿。這個故事可以叫人流出眼淚──而且是一個印在書上的故事。每個人都要扛起自己的擔子，並不是單獨只有他這樣。這總算是一種安慰！」

「你們從什麼地方得到書的？」老師問。

「一年多以前，我們的漢斯在聖誕節得到的。是主人夫婦送給他的。他們知道他非常喜歡讀書，而他是一個跛子！我們那時倒希望他得到兩件麻布襯衫呢！不過這書很特別，它能解決你的思想困擾。」

老師把書接過來，翻開看看。

「讓我們再聽一次這故事吧！」園丁奧列說。「我還沒有完全聽懂。他也應該唸那另外一個關於樵夫的故事呀！」

對於奧列說來，這兩個故事已經夠了。它們像兩道陽光一樣，射進這貧困的屋子裡來，射進使他們經常生氣和不愉快的那種苦痛的困擾中來。

漢斯把整本書都讀完了，讀過好幾次了。書裡的故事把他帶到外面的世界裡去──到他所不能到的地方去，因爲他的腿不能走路。

老師坐在他的床旁邊。他們在一起閒談，這對於他們兩人是很愉快的事情。

　　從這天起，爸爸媽媽出去工作的時候，老師就常來看他。他的來訪，對這孩子說來，簡直是像一次宴會。他靜心地聽這老師講的許多話：地球的體積和它上面的許多國家，太陽比地球差不多要大五十萬倍，而且距離是那麼遠，要從太陽達到地面，一顆射出的砲彈得走整整二十五年，而光只要走八分鐘。

　　每個用功的學生都知道這些事情，但是對於漢斯說來，這都是新奇的東西——比那本故事書上講的東西要新奇得多。

　　老師每年被請到主人家裡去吃兩三次飯。他說這本故事書在那個貧窮的家裡是多麼重要，僅僅書裡的兩個故事就能使得他們高興和快樂。那個病弱而聰明的孩子每次唸起這些故事時，家裡的人就變得深思和快樂起來。

　　當老師離開這公館的時候，女主人塞了兩塊亮晶晶的銀幣在他手裡，請他帶給小小的漢斯。

　　「應該交給爸爸和媽媽！」當老師把錢帶來的時候，孩子說。

　　於是園丁奧列和園丁淑斯玎說：「跛子漢斯也帶來報酬和幸福！」

　　兩三天以後，當爸爸媽媽正在公館的花園裡工作的時候，主人和馬車在門外停了下來。走進來的是那位好心腸的太太；她很高興，她的聖誕節禮物居然帶給孩子和他的父母那麼多的安慰和快樂。

　　她帶來了細麵包、水果和一瓶糖漿。不過她送給漢斯的最可愛的一件東西是一隻關在金籠子裡的小黑鳥。它能唱出相當好聽的歌。鳥籠放在一個舊衣櫃上，離這孩子的床不遠；他既能看

看它，也可以聽聽它的歌。的確，在外面路上走的人都能聽到它的歌聲。

園丁奧列和園丁淑斯玎回到家裡的時候，太太已經走了。他們看見漢斯一副高興的樣子，不過他們也覺得，他所得到的這件禮物卻會帶來麻煩。

「有錢人總是看得不很遠的！」他們說。「我們還得照顧這隻鳥兒。跛子漢斯是沒有辦法做這事情的。結果它一定會被貓兒抓去吃掉！」

八天過去了，接著又是八天過去了。這時貓兒已經到房間裡來過好幾次了，它並沒有把鳥兒嚇壞，更沒有傷害它。於是一件大事情發生了。時間是下午。爸爸媽媽和別的孩子都去做工了，漢斯單獨一個人留在家。他手裡拿著那本故事書，正在讀一個關於漁婦的故事：她得到了她所希望的一切東西。她希望做一個皇帝，於是她就做了一個皇帝。但是她接著想做善良的上帝——於是她馬上又坐到她原來的那個泥巴溝裡去。

這個故事跟鳥兒和貓兒沒有什麼關係，不過當事情發生的時候，他正在讀這故事。他後來永遠也忘記不了。

鳥籠是放在衣櫃上；貓是站在地板上，正在用一隻綠而帶黃的眼睛盯著鳥兒。貓兒的臉上有一種表情，似乎是在對鳥兒說：「你是多麼可愛啊！我真想吃你！」

漢斯懂得這意思，因為他可以從貓的樣貌上看得出來。

「貓兒，滾開！」他大聲說。「請你從房裡滾出去！」
它似乎正在準備跳。

漢斯沒有辦法走近它。除了他的那件最心愛的寶物——故

事書——以外，他沒有什麼東西可以向它扔去。他把它扔過去，不過書的裝訂已經散了，封皮飛向一邊，那一頁頁的書本身飛向另一邊。貓兒在房間裡慢慢地向後退了幾步，盯著漢斯，好像是說：

「小小的漢斯，請你不要干涉這件事！我可以走，也可以跳，你哪一樣也不會！」

漢斯雙眼盯著貓兒，心中感到非感不安，鳥兒也很焦急。附近也沒有什麼人可以喊。貓兒似乎了解到了這種情況；它準備再跳。漢斯揮動著被單，因爲他還可以使用他的手。但是貓兒對於被單一點也不在乎。當被單扔到它旁邊來、沒有發生一點作用的時候，它一縱就跳上椅子，站在窗台上，離鳥兒更近了。

漢斯感到他身體裡的血在沸騰。但是他沒有考慮到自己，他只是想著貓兒和鳥兒。這孩子沒有辦法跳下床來，沒有辦法用腿站著，更不用說走路了。當他看見貓兒從窗台上跳到櫃子上、把鳥籠推翻了的時候，他的心似乎在旋轉。鳥兒在籠子裡瘋狂地飛舞。

漢斯尖叫了一聲。他感到身體裡有一種震動。這時他也顧不了這一點，就從床上跳下來，向衣櫃跑過去，把籠子一把抓住——鳥兒已經嚇壞了。他手裡拿著籠子，跑出門外，一直向大路上跑去。

這時眼淚從他的眼睛裡流出來了。他驚喜得發狂，高聲地喊：「我能走路了！我能走路了！」

他現在恢復健康了。這種事情是可能發生的，而現在卻在他身上發生了。

　　小學老師住得離這兒不遠。漢斯打著赤腳，只穿著襯衫和上衣，提著鳥籠，向他跑去。

　　「我能走路了！」他大聲說。「我的上帝啊！」

　　於是他快樂得哭起來了。

　　園丁奧列和園丁淑斯玎的家裡現在充滿了快樂。

　　「我們再也遇不到比這還快樂的日子！」他們兩人齊聲說。

　　漢斯被喊到那個公館裡去。這條路他好幾年沒有走了。他所熟識的那些樹和硬果灌木林似乎在對他點頭，說：「日安，漢斯！歡迎你到這兒來！」太陽照在他的臉上，也照進他的心裡。

　　公館裡的主人——那對年輕幸福的夫婦——叫他跟他們坐在一起。他們的樣子很高興，好像他就是他們家庭的一員似的。

　　最高興的是那位太太，因為她曾經送給他那本故事書和那隻歌鳥——這鳥兒事實上已經死了，嚇死了，不過它使他恢復了健康；那本故事書也使他和他的父母得到啟示。他現在還保存著這本書；他要讀它——不管年紀變得多大，他都要讀。從此以後，他在家裡也是一個有用的人了。他要學一門手藝，而他所喜歡的是當一個訂書工人。他說：「因為這樣我就可以讀到所有的新書啦！」

　　這天下午，女主人把漢斯的爸爸和媽媽都喊去。她和她的丈夫都談論過關於漢斯的事情。他是一個聰明的好孩子，喜歡讀書，也有欣賞的能力。上帝總會成全好事的。

　　爸爸媽媽這天晚上從那個農莊裡回家，他們非常高興，特別是淑斯玎。不過一個星期以後，她哭起來了，因為小漢斯要離開家。他穿著新衣服，他是一個好孩子；但是現在他要橫渡大海，

家。他穿著新衣服，他是一個好孩子；但是現在他要橫渡大海，到遠方的一個學校裡去，而且還要學習拉丁文。他們要在許多年後才能再看見他。

他沒有把那本故事書帶去，因爲爸爸媽媽要把它留下來做爲紀念。爸爸常常讀它，但是只讀那兩篇故事，因爲他懂得這兩篇。

他們接到漢斯的信──一封比一封顯得快樂。他是跟可愛的人住在一起，生活得很好。他最喜歡上學校讀書，因爲值得學習和知道的東西實在太多了。他希望在學校裡住一百年，然後成爲一個教師。

「我們只希望我們那時還活著！」爸爸媽媽說。他們緊握著手，似乎是心照不宣。

「請想想漢斯這件事情吧！」奧列說。「上帝也想起窮人家的孩子！而且事情恰恰發生在跛子身上！這不是很像漢斯從那本故事書中唸給我們聽的一個故事麼？」〔1872 年〕

這篇故事發表在 1872 年哥本哈根出版的《新的童話和故事集》第三卷第二部，實際寫作的時間是 1872 年 7 月 12～18 日。安徒生一貫同情貧困的、無助的、渺小的人物，總希望他們能夠解脫困境，過幸福的生活。但他自己都無力改變這種境遇，只能把希望寄託在「上帝」身上。這個故事中的跛子，因爲他心地好，

的人，也得到了正常人所應得到的「幸福」。

【註釋】

①原文是 Aebleskiver，這是丹麥特有的一種點心。它裡面包著蘋果醬，形狀像球。

②這是指《聖經‧舊約全書‧創世記》裡所說的那段故事：最初的人亞當不聽上帝的

　話，偷吃了禁果，結果被上帝逐出天國之外。

沼澤王的女兒

鸛鳥講了許多故事給自己的孩子聽，都是關於沼澤地和窪地的事情。這些故事一般說來，都適合聽衆的年齡和理解力。最小的那些鳥兒只須聽聽「嘰嘰，喳喳，呱呱，」就感到有趣，而且還會認爲這很了不起呢。不過年紀大點的鳥兒則希望聽到意義比較深的事情，或者無論如何與它們自己有關的事情。在鸛鳥世界流傳下來的兩個最老和最長的故事中，有一個是我們大家都知道的──那就是關於摩西的故事。他的母親把他放在尼羅

河上，後來他被國王的女兒發現了，得到了很好的教養，終於成
為一個偉大的人物①。他的埋葬地至今還沒有人知道。這個故事
是大家都知道的。

第二個故事人們還不知道，可能因為它是本地故事的緣
故。這個故事是幾千年來由鸛鳥媽媽世代相傳下來的。它們一個
比一個講得好。現在我們可以把它講得更好了。

講這故事和親身參加這個故事的頭一對鸛鳥夫婦，住在一
個維京人②的木屋子裡，把它當做它們夏天的別墅。這是在溫
德素色爾的荒野沼澤地旁邊；如果我們要表示我們學識淵博，
那就不妨說，這地方是在叔林③區的大沼澤地附近，在尤蘭最
北邊的斯卡根一帶。那兒仍然是一片茫茫的沼澤。關於它的記
載，我們可以在地方志中看到。據說這兒本來是海底，後來地勢
變高了，而向四面擴展了許多英里遠，它的周圍是一片潮濕的草
原和泥濘的沼澤地，上面長滿了能變成泥炭的青苔、野黃莓和矮
小的樹。這地方的上空總是籠罩著一層煙霧；七十年以前，這兒
還有豺狼出現。把它叫做荒野的沼澤地是一點也不錯的。人們不
難想像，它曾經是多麼荒涼，它在一千年以前該有多少沼澤和湖
水！

是的，那時候可以看到的東西，現在仍然可以看到，一點也
沒有改變。那時的蘆葦跟現在的一樣高，而且長著跟現在一樣長
的葉子和開著藍而帶棕色的絨毛般的花。跟現在一樣，那時的樺
木也長出白色的皮和細嫩的鬆散的葉子。至於住在那兒的生
物，唔，蒼蠅穿的紗衣服，跟它現在穿的沒有兩樣。那時鸛鳥的
上衣的顏色仍然是白中夾著黑點；襪子仍然是紅的。但是那時

人們所穿的上衣，卻跟現在所穿的式樣不同；不過，無論誰在這
泥濘的沼澤地上走過，不管他是獵人或者隨從，他在一千年前遭
遇的命運，絕不會與現在兩樣。人會陷下去，一直陷落到大家所
謂的沼澤王那兒去。沼澤王統治著地下廣大的沼澤帝國。人們也
可以把他叫做泥地王，不過，我們覺得最好還是把他叫做沼澤王
──鸛鳥也是這樣叫他的。人們對於他的統治，知道的並不多；
可能這是一件好事情。

　　那個維京人的木房子就在沼澤地的附近，緊貼著林姆海
峽。這房子有石建的地下室、尖塔和三層樓。鸛鳥在屋頂上築了
一個巢；鸛鳥媽媽在這兒孵卵。她很有把握，認爲她孵的卵一定
會有滿意的結果。

　　有一天晚上，鸛鳥爸爸在外面待了很久。當他回到家裡來的
時候，他顯得非常慌張和忙亂。

　　「我有一件非常可怕的事情要告訴妳！」他對鸛鳥媽媽說。

　　「讓它去吧！」她回答說。「請記住，我在孵蛋呀。這會攪
亂我，蛋會受到影響！」

　　「你應該知道這事情！」他說。「她──我們埃及主人的女
兒──已經到這兒來了！她冒險旅行到這兒來──現在她卻不
見了！」

　　「她，她是仙女的後代呀！快點告訴我吧！你知道，我在孵
蛋，我可受不了你這麼吞吞吐吐呀！」

　　「妳知道，媽媽，她一定相信了醫生的話──這是妳告訴我
的。她相信沼澤地裡的花可以把她父親的病治好。她穿著天鵝的
羽衣，跟另外兩位穿羽衣的公主一起飛來了。這兩位公主每年飛

到北方來，洗一次澡，恢復她們的青春！她到這兒來了。現在她卻不見了！」

「你實在太囉嗦了！」鸛鳥媽媽說。「這些蛋可能會傷風呀。你使我變得緊張起來，我可受不了！」

「我已經觀察過了！」鸛鳥爸爸說。「今晚我到蘆葦叢裡去過一次——那兒的泥巴可以承受住我。當時飛來了三隻天鵝。它們飛行的樣子似乎告訴我說：『不對！這不太像天鵝；這只是天鵝的羽衣！』媽媽，妳像我一樣，一看就知道；妳知道什麼東西是真的。」

「我當然知道！」她說。「不過快點把那位公主的事告訴我吧！什麼天鵝的羽衣，我已經聽煩了！」

「妳知道，沼澤的中央很像一個湖，」鸛鳥爸爸說。「如果妳稍微起來一點，就可以看到一部分。在蘆葦和綠泥巴的近旁，躺著一根接骨木樹的殘株。有三隻天鵝坐在那上面；它們拍著翅膀，向四周觀察。其中有一隻脫下羽衣；我馬上認出她就是我們埃及主人的公主！她坐在那兒，除了她的黑髮以外，身上什麼衣服也沒有穿。我聽到她請另外兩位好好看著她的天鵝羽衣，然後她就跳到水裡去採她幻想中看見在那裡開著的花朵。那兩位點點頭，飛到空中，把那脫下的羽衣銜起來。她們為什麼要把羽衣拿去呢？我想公主可能也會問同樣的問題。她馬上會得到一個很乾脆的回答：那兩位拿著她的天鵝羽衣飛走了！『妳沉下去吧！』她們喊著說；『妳將永遠也不能再穿著天鵝的羽衣飛了，妳將永遠也不能再看到埃及了！請妳在沼澤地裡住下吧！』於是她們就把天鵝羽衣撕成一百塊碎片，使得羽毛像暴風雪似

地四處亂飛。於是這兩位不守信義的公主就飛走了！」

　　「眞是可怕！」鸛鳥媽媽說。「我聽了眞難過！不過請趕快把結果告訴我吧。」

　　「公主傷心地哭著，眞是可憐！她的眼淚滴到那根接骨木樹的殘株上。這根殘株竟動了起來，因爲它就是沼澤王本人———他就住在這塊沼澤地裡！我親眼看見殘株怎樣一轉身就不再是殘株了。黏滿泥土的長枝椏伸出來了，像手臂一樣。於是這個可憐的孩子就害怕起來了，她想從這塊泥濘地裡逃走。但是這塊地連我都承受不住，當然更別說是承受她了。她馬上就陷下去，接骨木樹的殘株也陷下去了。事實上，是他把她拉下去的。黑色的大泡沫冒出來了；他們沒有留下一點痕跡。公主現在被埋到荒涼的沼澤地裡去了，她永遠也不能再帶任何一朵花兒回到埃及去了。媽媽，妳一定不忍心看到這情景的！」

　　「在這個時候，你不該講這類事情給我聽！這些蛋可能會受到影響！那位公主會自己想辦法的！一定會有人來幫助她！如果這事發生在你或我的身上，或者在我們家族的任何人身上，我們就統統都完了！」

　　「但是我要每天去看看！」鸛鳥爸爸說。他說得到就做得到。

　　很長的一段時間過去了。

　　有一天，鸛鳥爸爸看到一根綠梗子從深沉的沼澤地裡長出來了。當它達到水面的時候，便冒出一片葉子來。葉子越長越寬；旁邊又冒出一個花苞來了。有一天早晨，當鸛鳥在梗子上飛過的時候，花苞在強烈的太陽光中開出一朵花來；花心裡面躺

著一個漂亮的孩子——一個好像剛剛洗完澡的小女孩。她很像埃及的那位公主——鸛鳥一看見就認爲她是那位公主，只不過是縮小了一些罷了。可是仔細想一下，他又覺得她很可能是公主跟沼澤王生的孩子，因此她才躺在睡蓮的花心裡。

「她絕不能老是躺在那兒！」鸛鳥爸爸想。「不過我巢裡的孩子已經不少了！我有一個辦法了！那個維京人的妻子還沒有孩子，她早就盼望能有一個小傢伙！人們說小孩子是我送來的；這一次我倒眞的要送一個去了！我要帶著這孩子飛到維京人的妻子那兒去：那將是一件喜事！」

於是鸛鳥把這女孩抱起來，飛到那座木房裡去。他用嘴在那個鑲著膀胱皮的窗子上啄開一個洞，然後把孩子放在維京人的妻子懷裡。接著他就馬上飛到鸛鳥媽媽身邊，把他所做的事情講給她聽。小鸛鳥們靜靜地聽這個故事，因爲現在它們已經長得夠大，可以聽了。

「妳看，公主並沒有死呀！她已經送一個小傢伙到地面上來了，而且這小傢伙現在還有人養！」

「我一開頭就說過，結果就會是這樣！」鸛鳥媽媽說。「現在請你想想你自己的孩子吧。我們旅行的時候快到了；我已經感到我的翅膀開始發癢了，杜鵑和夜鶯已經動身了；我聽到鵪鶉說過，很快就會有順風吹來！我覺得，我們的孩子們一定得好好操練一下才對！」

嗨，維京人的妻子第二天早晨醒來，看見懷裡有一個漂亮的孩子，她是多麼高興啊！她吻她，摸她，但是小孩卻哭得很厲害，手臂和腿不斷地亂踢亂打著，看樣子一點也不感到快樂，最

後她哭著睡著了。當她睡著的時候，看她那模樣才可愛呢。維京人的妻子眞是高興極了；她感到非常愉快，非常舒服。於是她就幻想，她的丈夫和他的部下一定也會像這個小傢伙一樣，某一天意外地回到家裡來。因此她就和全家的人忙著準備一切東西。她和她的女僕人所織的彩色長壁毯——上面有他們的異敎神祇奧丁、多爾和佛列亞 ④ 的像——也掛起來了；奴隸們把那些做爲裝飾品的舊盾牌也擦亮了；椅子上放好墊子；堂屋中間的火爐旁邊放好了乾柴，以便火隨時可以點起來。維京人的妻子親自安排這些事情，因此到天黑的時候她就很睏了。這天晚上她睡得很好。

她在天亮前醒來的時候，眞是驚恐極了，因爲孩子不見了！她跳下床來，點起一根松枝，四處尋找。她發現她的床尾有一隻很醜的大靑蛙，而沒有那個孩子。她一看到這東西就感到噁心。於是她拿起一根粗棍子，想要把這隻兩棲動物打死。不過它用一種非常奇怪和悲哀的眼光看著她，她便不忍下手。她又向屋子的四周看了一眼——靑蛙發出一個低沉、哀哭的聲音。這聲音使她打了一個寒顫。於是她從床邊一腳跳到窗子邊，立刻把窗子打開。這時太陽已經出來了；陽光從窗子射到床上這隻靑蛙的身上。忽然間，靑蛙的大嘴好像在收縮，變得又小又紅；它的四肢在動，在伸，變成一個非常可愛的生物。床上又是她自己可愛的孩子，而不再是一隻奇醜無比的靑蛙。

「這是怎麼一回事？」她說。「難道我做了惡夢？這不就是我美麗的天使嗎？」

於是她吻她，將她緊緊地貼在自己的心上。不過這孩子像一

隻小野貓似地掙扎著，咬著。

　　維京人在這天和第二天早晨都沒有回來，雖然他現在正在回家的路上。風正向著相反的方向吹，向有利於鸛鳥旅行的南方吹。一人的順風就是他人的逆風。

　　過了兩天兩夜，維京人的妻子才弄明白她的孩子是怎麼一回事情：原來她身上附著一種可怕的魔咒。在白天她美麗得像一個光明女神，但卻擁有一個粗獷和野蠻的性格。可是在晚上她就變成一隻醜惡的青蛙，非常安靜，只是嘆氣，睜著一對憂鬱的眼睛。她身上有兩重不同的性格在輪流地變幻著。鸛鳥送來的這個小姑娘的外表在白天像母親，但是性情卻像父親。在晚間，恰恰相反，她父親的遺傳在她身體的外部表現出來，而她母親的性格和感情則主宰著她的內心。誰能把她從這種魔咒中解救出來？

　　維京人的妻子為這件事感到非常焦慮和悲哀。她為這個小小的生物擔心。她覺得，在丈夫回來的時候，她不能把孩子的情況告訴他，因為他可能依照當時的習慣，把孩子放在公共的大路上，隨便讓什麼人抱走。這個善良的維京女人不忍心這麼做，因此她就決定只讓維京人在白天看到這個孩子。

　　有一天早晨，屋頂上響著鸛鳥拍動翅膀的聲音。前一天晚上有一百多對這類的鳥兒在操練，後來又在這兒休息；現在他們起身飛往南方。

　　「所有的男子，準備！」它們喊著。「妻子和孩子們也要準備！」

　　「我真覺得輕快！」年輕的鸛鳥們說。「我的腿裡發癢，好

像肚皮裡裝滿了活靑蛙似的。啊，飛到外國是件多麼痛快的事
啊！」

「你們必須成群結隊地飛行！」爸爸和媽媽說。「不要講太
多話，那會傷精神的！」

於是這些鸛鳥飛走了。

在這同時，號角聲在荒地上響起來了，因爲維京人和他的部
下已經登陸了。他們正滿載著戰利品，正向家裡走來。這些戰利
品是從高盧人的領海上劫掠來的。那兒的人，像住在不列顛的人
一樣，在恐怖中唱：

　　　　上帝啊，請把我們從野蠻的諾曼人⑤手中救出來！

啊，在沼澤地的維京人的堡寨中，生活是多麼活躍，多麼愉
快啊！大桶的蜜酒搬到堂屋裡來了，火燒起來了，馬被斬了，這
兒要熱鬧起來了。祭司把馬的熱血灑在奴隸們身上做爲祭禮；
火熊熊地燃燒著，煙在屋頂下翻騰，煙灰從樑上落下來，不過這
種情形他們早已習慣了。許多客人到來了；他們得到許多貴重
的禮物，他們現在都忘掉了彼此間的仇恨和惡意。他們痛快地喝
著酒，彼此把啃過的骨頭向對方臉上丟——這表示他們的高
興。他們的歌手——他是一個樂師，也是一名武士——爲他們唱
了一首歌；因爲他曾經和他們在一起，所以他們知道他唱的是
什麼。在這首歌裡面，他們聽到他們戰鬥的事蹟和功勳。每一段
歌的結尾都是同樣的疊句：

財富、敵友和生命都不能持久，
只有光榮的名字會永垂不朽。

　　他們敲擊著盾牌，或用刀子和骨頭敲著桌子。維京人的妻子
坐在寬廣的大廳裡的十字椅上。她穿著絲綢的衣服，戴著金臂環
和大顆的琥珀珠子：這是她最華貴的打扮。那名歌手在他歌中
也提到了她，並且還唱出她帶給她富有的丈夫那些貴重的嫁
妝。她的丈夫在白天的陽光下看到這個可愛的孩子的美貌，感到
萬分地高興。這個小生物的狂野動作特別討他的歡心。他說，這
個女孩子長大的時候，可能成為一個堂堂的女英雄，敢於和巨人
作戰，當一隻熟練的手開玩笑地用快刀削掉她的眉毛的時候，她
連眼睛都不會眨一下。

　　蜜酒桶已經空了；新的一桶又運進來了，因為這群人一喝
就要喝個痛快，而且他們能喝。那時有這樣一句諺語：「家畜知
道什麼時候應該在離開牧場，但是一個傻氣的人卻不知道他的
胃能裝多少。」是的，他們知道，不過知和行卻是兩回事情！他
們也知道：「一個受歡迎的客人在人家家裡坐久了，也會引起人
家的討厭！」不過，他們仍然坐著不動，因為肉和蜜酒畢竟是好
吃的東西！他們過得非常愉快！夜裡，奴隸們睡在溫暖的灰
裡，舔著在油脂裡浸過的手指。這是一個快樂的時代！

　　這一年，維京人又出征了，雖然晚秋的風暴已經開始在咆
哮。他和他的武士們登上不列顛的海岸，照他的說法，這不過「只
是過一次海」而已。而他的妻子和那個女孩子留在家裡。有一件
事是可以肯定的：這位養母不久就喜愛上這隻帶著溫柔的眼睛

和發出嘆息的青蛙，而不喜愛在她身邊打著、鬧著的那個漂亮女孩。

秋天潮濕的濃霧──能夠把樹葉咬掉的「無嘴獸」──已經籠罩在灌木林和荒地上了。人們所謂的「沒有羽毛的鳥兒」──雪花──在紛亂地飛舞。冬天很快地到來了。麻雀占據了鸛鳥的巢；它們根據自己的看法，談論著離去了的主人。不過這對鸛鳥夫婦和他們的孩子現在在什麼地方呢？

鸛鳥現在在埃及。那裡太陽照得很暖和，正如這兒的晴朗的夏天一樣。附近一帶的羅望子樹和阿拉伯膠木已經開滿了花。穆罕默德的新月在清真寺的圓屋頂上閃耀著；在那細長的尖塔上坐著許多對鸛鳥夫婦──他們做了一番長途旅行，現在正在休息。整群的鳥兒，在莊嚴的圓柱上，在清真寺倒塌的拱門上，在被遺忘了的紀念碑上，築了巢，這些巢一個接著一個地聯在一起。棗樹展開它的青枝綠葉，像一把陽傘。灰白色的金字塔，在遙遠的沙漠上的晴空中聳立著，像一大片的陰影。在這兒，鴕鳥知道怎樣運用它們的長腿；獅子睜著巨大而靈敏的眼睛，注視著半埋在沙裡的斯芬克斯大理石像。尼羅河的水位降低了；河床上全是青蛙──這景象，對鸛鳥的族人說來，是這個國家裡最值得看的東西。年輕的鸛鳥們以為這不過是視覺的幻影，因為這一切都太可愛了。

「這兒的情形就是如此。在我們溫暖的國度裡，它永遠是這樣的！」鸛鳥媽媽說。小傢伙們的肚皮馬上就覺得癢了起來。

「還有什麼別的東西可以看嗎？」他們問。「我們是不是還

要飛向遙遠的內地去呢？」

「再也沒有什麼別的東西可看了，」鸛鳥媽媽說。「這豐饒的地帶裡現在只有莽莽的森林。那裡面的樹木緊密地交織著，並且被多刺的爬藤連接在一起——只有大象才能用粗笨的腳打開一條路。蛇對我們來說是太大了，而蜥蜴又太快了。假如你們要到沙漠裡去，只要有一點兒風吹來，你們的眼睛便會塞滿了沙子；可是風猛颳起來的時候，你們可能會被捲到沙柱⑥中去的。唉，最好還是待在這兒吧！這兒有的是青蛙和蝗蟲！我要在這兒住下來；你們也將要在這兒住下來！」

於是，他們就住下來了。爸爸媽媽坐在一個尖塔頂上的巢裡；休息了一會兒以後，它們就忙著整理羽毛，在紅色的腿上磨嘴。它們不時伸出長頸子來，莊嚴地在敬禮，然後又把頭舉起來，露出高額角，展示美麗而柔滑的羽毛，露出聰明的光亮的棕色的眼睛。年輕的女鸛鳥們在豐茂的蘆葦中高視闊步地走著，頑皮地瞧著別的年輕鸛鳥，交了一些朋友，每走三步就吞一隻青蛙，或者用嘴銜著一條小蛇前後擺動——他們認為這東西對他們的身體有益，而且味道很美。

年輕的男鸛鳥們開始吵鬧起來，用翅膀互相打著，用嘴互相啄著，有時甚至啄得流出血來。年輕的男鸛鳥和女鸛鳥就這麼訂了婚，有時另一對也訂了婚。這就是他們生活的目的。於是他們就築了一個新的巢，又開始新的吵鬧，因為在熱帶的國度裡，人們的脾氣總是急躁的。不過這也很有趣，特別引起老年人的高興，因為自己的孩子所做的事情總是可愛的！這裡每天都有太陽光，每天都有許多東西吃。它們除了娛樂以外，什麼也不想。

但是在他們的埃及主人——他們這樣稱呼他——的宮殿裡，愉快的事情可就沒有了。

那位富有的、威嚴的主人躺在床榻上；在這四壁五光十色的大廳裡，他像一具木乃伊似的，僵直地伸展著四肢；看樣子，他像是躺在一朵鬱金香裡面一樣。他的家人和奴僕都站在他的周圍，因爲他並沒有死，雖然人們不能肯定地說他是活著的。那朵產自北國沼澤地的、能治病的花兒，原是要由一個最愛他的女兒去採來送回家的；但是她永遠沒有送回來。他美麗的年輕女兒，穿著天鵝的羽衣，越過大海和陸地飛到遙遠的北方以後，就再也沒有回來過。「她已經死了！」回來的那兩個天鵝姑娘報告說。她們編了一套完整的故事，內容是這樣的：

「我們三個人一起在空中高高地飛：一個獵人看到了我們，向我們射出箭來。那箭射中了我們年輕的朋友。她一邊唱著告別的歌，一邊就慢慢地落下去了。她成爲一隻垂死的天鵝落到樹林中的湖裡去了。我們把她埋葬在湖岸旁的一株芬芳的、低垂的赤楊樹下。但是我們報了仇。燕子在那獵人的草屋頂下築了一個巢；我們就在燕子的翅膀下綁了一把火。房子燒起來了；那個獵人就被燒死在房子裡了。火光照到湖上，一直照到那株低垂的赤楊——她在赤楊樹根旁的泥土底下安息，永遠也不能再回到埃及來了！」

這兩個人於是就哭了起來。當鸛鳥爸爸聽到這個故事的時候，它的嘴就響了起來，響得很遠都可以聽得見。

「全是捏造的謊話！」鸛鳥爸爸說。「我真想把我的嘴啄進她們的胸口裡去！」

「可能把你的嘴啄斷了啦！」鸛鳥媽媽說。「那時你的一副尊容才好看呢！你先想想自己和家庭吧！別的事情你都不用管！」

「不過明天早晨我要到那個圓屋頂上坐下來。學者和聰明人將要在那裡集會，研究病人的情況：可能他們的結論比較更能接近眞理。」

學者和聰明人都來了，講了許多話，許多高深的話；鸛鳥爸爸完全摸不著頭緒。而且這些話對於病人和身處在荒涼沼澤地的女兒也沒有什麼好處。不過我們聽聽也沒有什麼關係，因為我們在這個世界上得聽許多話。

不過把過去發生的事再聽一次，瞭解清楚，也是完全應該的。這樣，我們就可以把整件事瞭解得更多一些，最低限度瞭解得和鸛鳥爸爸一樣多。

「愛產生生命！最高貴的愛情產生最美好的生命！只有通過愛才能把他的生命救出來。」人們這樣說。那些學者說，這些話講得非常聰明，很有道理。

「這是一種非常好的想法！」鸛鳥爸爸立刻說。

「這話的意思我不太瞭解！」鸛鳥媽媽說。「而且這不能怪我，只能怪那個想法。不過讓它去吧，我有別的問題要考慮！」

那些學者討論著這種愛，那種愛，愛與愛之間的分別，戀人之間的愛，父母和兒女之間的愛，植物和陽光之間的愛，太陽光怎樣吻著沼澤地，怎樣使嫩芽冒出來——這一切被闡釋得那麼複雜和深奧，使得鸛鳥爸爸完全沒有辦法聽懂，當然更談不上傳達出來了。學問把他壓得透不過氣來。他半閉著眼睛；第二天他

若有所思地用一隻腿站了一整天。這麼多的學問，他眞是負擔不了。

　　不過鸛鳥爸爸懂得一件事情：他聽到富貴貧賤的人都講出心裡的話。他們說，這個病人躺下來，不能恢復健康；這對於成千上萬的人——對於整個國家——來說，是一椿極大的不幸。他們說，如果他能復元的話，那麼大家都會感到快樂和幸福。「不過能使他恢復健康的那朵花，是生長在什麼地方呢？」大家都探討過這個問題，在高深的書籍中，在閃耀的星星上，在天氣和風中探討過。他們探討過他們所能想到的種種方法。最後，學者和聰明人，正如我們已經說過的那樣，都說：「愛產生生命——父親的生命。」在這種場合下，他們所說出的東西比他們所能理解的多。他們反覆地說，並且開出藥方：「愛產生生命。」不過他們怎樣照這個藥方去準備這服藥呢？這時他們遇到了一個難題。

　　最後他們取得了一致的意見：只有全心全意愛她父親的那位公主才能夠解決這個問題。他們後來想出一個解決問題的辦法。是的，在這件事發生以前，許多年已經過去了：一天夜裡，當新月正要落下去的時候，公主向沙漠裡的大理石斯芬克斯像走去；她把石像基石入口前面的沙撥開，走過一條通向一個大金字塔的長廊。古代一個偉大的皇帝，躺在裝滿金銀財寶的木乃伊盒子裡，就葬在這些金字塔底下。在這裡面，她把頭貼著死者，爲的是要聽出在什麼地方可以找到恢復父親生命和健康的法寶。

　　這些事做完了以後，她做了一個夢：她必須到丹麥一個很

深的沼澤地去摘回一朵蓮花，地點已經詳細地指點給她。她可以
用她的胸脯在深水裡觸到這朵蓮花——它可以使她的父親恢復
健康。

　　由於這個緣故，她才穿著天鵝的羽衣，飛出埃及，來到這荒
野的沼澤地裡來。這全部的經過，鸛鳥爸爸和鸛鳥媽媽都知道得
清清楚楚。現在我們也比以前知道得更詳細了。我們的沼澤王把
她拖下去了；我們還知道，對於她家裡的人來說，她算是永遠死
掉了。他們當中只有最聰明的人才會像鸛鳥媽媽那樣說：「她會
自己想辦法！」因此他們只有等待，因爲他們再也沒有更好的辦
法。

　　「我倒想把那兩名惡毒公主的天鵝羽衣偷走呢！」鸛鳥爸爸
說，「好叫她們不能再飛到沼澤地去搞鬼。我將把那兩件天鵝羽
衣藏起來，等到要用的時候再拿出來！」

　　「不過你打算把它們藏在什麼地方呢？」鸛鳥媽媽問。

　　「藏在我們沼澤地的巢裡！」他說。「我和我們最小的孩子
們可以一起把它們帶走。如果這樣還有困難，我們可以在路上找
到適當的地方把它們藏起來，直到我們下次旅行的時候再帶
走。當然，那個公主只須有一件天鵝羽衣就夠了，但是有兩件也
並不壞。在北國，人們總是不會嫌衣服多的。」

　　「誰也不會感謝你的！」鸛鳥媽媽說。「不過你是家長。與
孵卵無關的事情，我都沒有意見！」

　　那個維京人的堡寨是在荒野沼澤地的近旁。在春天的時
候，鸛鳥就向那兒飛去。人們替那個小女孩子取了一個名字，叫

做赫爾珈。不過這個名字對於有這種脾氣和這種美貌的女子來說，是太柔和了。她的容貌每過一個月就顯得更漂亮。在幾年之內——在這期間，鸛鳥們往返做過好幾次同樣的旅行：秋天飛向尼羅河，春天飛回沼澤的湖地裡來——這個小小的孩子就長成爲一個大姑娘了。她在人們不知不覺中變成了一個十六歲的美女。雖然她的外表可愛，她的內心可是非常殘暴，比那個艱苦、陰暗時代中的大多數人都還要殘暴。

她喜歡把那爲祭祀而殺死的馬的冒著熱氣的血，灑在她雪白的手上。在狂野中，她把祭司獻給神的一隻黑公雞的脖子用牙齒咬斷。她一本正經地對她的養父說：

「你睡著的時候，如果敵人到來，就算你把繩子套在屋樑上、把你的屋子拉倒，我也不會喊醒你的，哪怕我有這個力氣也不會！我是聽不見的，因爲你多年以前，打在我耳朵上的巴掌，現在還在我的耳邊響著！你知道，我永遠也忘不了這件事！」

可是維京人不相信這話，因爲他也像別的人一樣，被她的美貌迷住了。此外，他不知道脾氣和外貌是怎樣在小赫爾珈身上變幻著。

她騎馬可以不用馬鞍，好像她是生長馬身上似的。馬飛快地奔馳，她也不會掉下來，哪怕這匹馬跟別的馬在互相嘶叫、鬥咬，她也不在乎。當維京人的船要靠岸的時候，她常常穿著衣服從懸崖上跳到海峽的波濤裡，游過去迎接他。她把她美麗的長髮剪下來，搓成弦裝在她的弓上。

「自己做的東西總是最好的！」她說。

照那個時代的標準，維京人的妻子是一個有堅強性格和意

志力的人。不過比起她的女兒來，她要算是一個軟弱和膽小的女人。此外，她也知道，這個可怕的孩子身上附有一種魔力。

當她的母親站在走廊上或走進院子裡來的時候，赫爾珈總是要故意惡作劇一番。她坐在井邊，擺動著手臂和腿，接著就一縱身跳到那個又窄又深的井裡去。這時她青蛙的特性便使她下沉、上升，直到她最後像一頭貓似的又爬出來。她全身滴著水，走進大廳；掉在地上的許多綠葉，在滴水裡旋轉。

不過有一條線可以牽制住小赫爾珈，那就是黃昏的幽暗。在黃昏中，她就變得很安靜，很深沉；同時她也很容易接受使喚和指揮。這時某種內在的情感似乎把她吸向她的母親。太陽一下山，她的外表和內心就起了變化；於是她就安靜地、悲哀地坐著，收縮成為一隻青蛙。的確，她的身體要比青蛙大得多，但她也就因此更難看。她的外表像一個長著青蛙頭和蹼的可憐的矮子。她的眼睛裡露出一種非常陰鬱的表情。她不能講話，只能像一個在夢中哭泣的孩子，發出一種空洞的呱呱聲。這時維京人的妻子就把她抱在膝上。她忘記了這種奇醜的外形，只是對著女兒那對悲哀的眼睛凝視。她不只一次說過這種話：

「我倒希望妳永遠是我可憐的青蛙啞巴孩子呢！妳一變得美麗的時候，妳的樣子就顯得更可怕。」

於是她寫出一些驅魔祛病的神祕文字，把它放在這可憐的孩子的身上，但是這並沒有產生什麼效果。

「誰也不會相信，她曾經是那麼小，小得可以躺在一朵睡蓮的花瓣裡！」鸛鳥爸爸說。「現在她長成為一個女人，跟她的埃及母親完全一模一樣。我們再也沒有看到這個母親！正如你和

那最有學問的人的看法一樣，她完全不知道怎樣照料自己。我們年年在荒野的沼澤上空飛來飛去，但是從來沒有任何跡象表現出她仍然活在人間！是的，我現在可以告訴妳，每年我比妳先幾天到這兒來，修理巢和辦理許多其他的事情。那時我就花一整夜的時間，像一隻貓頭鷹或蝙蝠似的，在這湖上，在這廣闊的水上，飛來飛去，但是從來沒有得到一點結果。我和那幾個小傢伙從尼羅河的國家運來那兩件羽衣，也就因此一直沒有機會使用。我們費了很大的力氣，在三次旅行中把它們帶到這兒來。現在它們墊在巢裡已經有好多年了。如果鬧起火災，把這座木房子燒掉，那麼羽衣也就完了！」

「那麼我們舒服的巢也就跟著完了！」鸛鳥媽媽說。「不過在這一點上，你動的腦筋似乎沒有比在什麼羽衣、什麼沼澤公主身上動得多！你最好還是鑽到泥巴裡去，和她待在一起吧！自從我孵第一窩孩子的時候起，我就說過，對於你的孩子，你是一個最糟糕的父親。我只希望那個野蠻的女孩子不會在我們和我們孩子的翅膀上射一箭。她幹起事情來是從不考慮後果的。我希望她能想想：我們在這兒比她住得久！我們從來沒有忘記我們的義務：我們每年付出我們應該付的稅金——一根羽毛、一個蛋、一隻小鳥。當她在外面蕩來蕩去的時候，你以為我像往時一樣，願意走下來嗎？你以為我可以像在埃及那樣，成為當地人的玩伴，同時也不忘記我自己，偶爾向罐子裡和壺裡東張西望一下嗎？不，我坐在這兒滿肚子都是在生她的氣——她這個丫頭！我對你也生氣啦！你應該讓她躺在睡蓮裡才好，讓她死掉才對！」

「妳的心比妳的嘴要慈善得多，」鸛鳥爸爸說。「我瞭解妳，比妳瞭解你自己要透徹得多！」

說完這話以後，他就跳了一下，重重地拍了兩下翅膀，把腿向後一伸，便飛走了——也可以說連翅膀都沒有動一下就滑走了。當他飛到相當遠的時候，就用力地拍一下！太陽照在他白色的羽毛上；他把脖子和頭向前伸著！這表示它的快速和敏捷。

「他畢竟是所有鸛鳥中最漂亮的一隻！」鸛鳥媽媽說，「但是這話我不願意當著他的面講！」

這年秋天，維京人很早就帶著許多戰利品和俘虜回家來了。在俘虜中有一個信仰基督的年輕牧師；他是一個反對北歐異教神祇的人。

在那個時候，人們常常在客廳和閨房裡談論著這個新的宗教。這個宗教正在所有的南方國家傳播，而且通過聖·安斯加里烏斯⑦已經傳播到斯里恩⑧的赫得埠去了。連小赫爾珈也聽到人們對這個白基督⑨的信仰。這個人為了愛人類，不惜犧牲自己的生命，來解救他們。不過對於她來說，正如俗話所說的，她只是一隻耳朵進，一隻耳朵出。看樣子只有當她變成一隻可憐的青蛙、待在緊閉房間裡的時候，才會懂得「愛」這個字的意義。不過維京人的妻子聽到過，而且還特別被那些在南方流傳著的、關於這個唯一真正上帝的兒子的故事和傳說感動過。

遠征回來的人也談起那些用昂貴的石頭為他所砌的許多壯麗的教堂——他這個傳播「愛」的人。他們帶回了兩個雕刻得很精緻的、沉重的金屬容器，每個都發出特別的香氣，因為那些都

是香爐──基督的牧師在祭壇面前搖動的香爐。在這祭壇前面流著的不是血而是酒；聖餐就是他的血──他爲世世代代的後人所流的血。

這個基督的年輕牧師被囚禁在維京人家中陰森的石窖裡；他的腳和手都被皮條綁著。維京人的妻子說，他長得非常好看，「簡直像巴爾都⑩！」他的不幸感動了她的心。不過年輕的赫爾珈說，他的腳應該用繩子捆住，然後再把他綁在野牛的尾巴上。

「那麼我就把狗放出來──好呀！讓牠們在沼澤地和水潭上飛跑，向那荒地跑去！那才有趣呢！不過更有趣的是跟在這個人後面跑。」

但野蠻的維京人不願意讓他這樣死去。他建議第二天把牧師放在樹林裡的處死石上，把他當做衆神的蔑視者和敵人，用來活活地祭神。這將是頭一次把一個活人獻給神。

年輕的赫爾珈要求親自把這犧牲者的血拿來灑在神像上和集會的人身上。她把她那把明晃晃的刀子磨利。當一隻大惡狗──這樣的狗，維京人家裡有的是──在她身邊跑過去的時候，她就把刀口捅進牠的身體裡去，「爲了要試試這把刀子銳利不銳利！」她說。維京人的妻子悲哀地看著這個狂野和惡毒的女孩子。當黑夜到來、這個姑娘把美麗的形態轉換爲溫柔心靈的時候，維京人的妻子就用溫暖的話語告訴赫爾珈說，在她內心深處是多麼的悲哀。

這隻外形古怪的醜青蛙，現在站在她的面前。她的棕色的、陰鬱的眼睛盯著她的面孔，靜聽著她講話，好像她也有人的理智，能夠理解這一番話似的。

「我從來沒有把我因爲妳而感到的痛苦，對我的丈夫講過半個字。」維京人的妻子說。「我心中對於妳的憐憫比我自己能夠體會得到的要多得多。一個母親的愛是無邊無際的！但是，妳的心裡卻是一點愛的痕跡也沒有——妳的心簡直像一塊寒冷的沼澤地！妳從什麼地方來到我家裡的呢？」

於是這個可憐的怪物就奇怪地哆嗦起來了，好像這句話觸動了聯繫身體和靈魂的那根看不見的弦似的。大顆的淚珠在她的眼裡亮著。

「妳艱苦的日子不久就會到來！」維京人的妻子說。「對我來說，那也是一件可怕的事情！如果把妳視爲一個孩子放在大路上，讓夜風把妳吹得睡去，那也許對妳是有好處的。」

維京人的妻子哭得流出悲痛的眼淚，懷著忿怒和苦痛的心情走開了。她走到那張掛在大樑上、把堂屋隔開的毛毯後面就不見了。

這隻瑟縮成一團的青蛙孤獨地蹲在一個角落裡。周圍是一片深沉的靜寂；不過一種半抑制住的嘆息聲不時從她的胸中發出來。一種新的生命好像在痛苦中、在她內心深處萌芽了。她向前爬了一步，靜聽著。於是她又向前爬，用她笨拙的手握著那橫攔在門上的沉重門閂。她靜靜地把門閂拉開，靜靜地把插銷抽掉。他把前房裡那盞閃動著的燈拿起來。一股堅強的意志似乎使她鼓起勇氣。她把地窖門上的鐵插銷拿出來，然後輕輕地爬進囚室裡。牧師睡著了。她用冰冷和黏濕的手摸了他一下。他一睜開眼睛，看見這隻奇醜可憎的動物時，不禁打了一個寒顫，好像看見一個邪惡的幻象似的。她把刀子抽出來，割斷他的繩子，同時

對他示意，叫他跟著她走。

牧師口中唸出一些神聖的名字，同時劃了十字。這動物絲毫沒有改變它的形狀，於是他唸出《聖經》上的話來：

「一個人能爲窮困的人著想是有福的；在他困難的時候上帝就會救助他！⑪妳是誰？妳是從什麼地方得到這樣一個動物的形體的？但妳卻是那麼溫柔慈善！」

這個蛙形女子示意，叫他跟著她走。她領著他、在掩蔽著他的帷帘後面，在一個靜寂無人的走廊上走著，一直走到馬廄裡去。她指著一匹馬給他看。他跳上馬，她也坐在他的面前，緊緊地抓住馬鬃。這囚徒懂得她的意思。他們趕著馬急速地奔上一條路——這條路他自己是絕不會找得到的。他們向一片廣闊的荒地上奔馳而去。

他忘記了她醜惡的形體。他通過這個怪物的形象，感覺到上帝的仁慈和恩典。他虔誠地祈禱，虔誠地唱著讚美歌。這時她就發起抖來了。難道是讚美歌和祈禱在她身上發生了作用，或者是那快要到來的寒冷的黎明，使她發抖呢？她現在產生了一種什麼情感呢？她高高地站起來，想勒住馬，跳到地上。可是這位信仰基督的牧師用所有的力氣把她抱住，同時高聲地唱了一首聖詩，好像這樣做就可以解除使她變成可憎的青蛙的那種魔咒似的。馬更狂野地奔馳起來。天邊在發紅，初升的太陽從雲朵裡射出光彩。陽光一出現，青蛙就變形了。赫爾珈又變成一個充滿邪惡精神的美女。他懷裡抱著這樣一個絕色的姑娘，心中不禁感到非常驚駭。他跳下馬，把它勒住。他相信他現在又遇見了一種新的破壞性的魔咒。不過年輕的赫爾珈也同時跳下馬來，站在地

上。她身上的短短童裝只達到她的膝頭。她抽出腰間的銳利的刀子，跑到這位驚愕的牧師面前來。

「等著我吧！」她大聲說。「等著我吧，等著刀子捅進你身體裡去吧！你簡直白得像草一樣！你這個奴隸！你這個沒有鬍鬚的傢伙！」

她逼近他。他們你死我活地纏鬥著，不過上天似乎給了這個信仰基督的人一種看不見的力量。他牢牢地抱著她。他們身旁的那棵老櫟樹也來幫他的忙，因為它半露在地面上的根似乎要絆住這女孩子的腳——事實上已經把她纏住了。在他們附近有一股泉水在流動著。他把這新鮮的水灑到赫爾珈的臉上和脖子上，命令那不潔的魔氣散開，同時依照基督的教規祝福她。可是這做為洗禮的水對她卻發生不了什麼作用，因為信心的源泉還沒有從她內心裡流出來。

但是，即使在這種情況下，他也表現出他的力量——他的行動產生了一種超乎常人的力量，足以對付這種凶猛的魔氣。他的行動似乎降服了她；她垂下手，用驚奇的眼光和慘白的面孔看著他。在她看來，他似乎是一個知道一切祕密法術的、有威力的魔法師。他似乎在唸那神祕的龍尼文⑫，在空中劃著魔術的符號！如果他在她面前揮著明晃晃的尖刀或利斧，她也絕不會眨眼睛的。不過當他在她的眉間和胸口上劃著十字的時候，她就發起抖來了。於是她坐下來，垂著頭，像一隻馴服的鳥兒一樣。

他溫柔地對她講起她前一天晚上為他所做的善行。那時她以一個面貌可憎的青蛙的形態向他走來，割斷他的羈絆，把他引向生命和光明的道路。他對她說，她被綁得比他還牢，但她也會

和他一起走向生命和光明。他要把她帶到赫得埠去，帶到神聖的
安斯加里烏斯那兒去。在這個城市裡，他可以解除她身上的魔
咒。不過當他騎上馬、領著她走的時候，他不敢讓她坐在他前
面，雖然她有這個意思。

「妳應該坐在後面，不能坐在我的前面！」他說。「妳的妖
魅的美是從魔咒中產生出來的——我害怕它。但是信心會使我
得到勝利！」

於是他跪下來，熱忱地祈禱著。這時靜寂的山林好像變成一
個神聖的教堂。鳥兒開始唱著歌，好像它們也是新信徒中的一
員。野薄荷散發出的香氣，宛如龍涎香和供香。他高聲地唸著福
音：

「上天的光明現在降到我們身上，照耀在那些坐在黑暗中和
死神陰影裡的人們，使他們走上安息的大道！」

於是他談起永恆的生命。當他正在講的時候，馱著他們沒命
地奔跑的那匹馬也在一些高大的黑莓子下面停了下來，使得那
些成熟多汁的莓子正好落到小赫爾珈的手中，自動獻給她做為
食物。

她耐心地讓牧師把她抱到馬上。她像一個夢遊患者似地坐
著，既沒有完全睡，也沒有完全醒來。這位信仰上帝的男子用樹
皮把兩根樹枝綁成一個十字架。他高高地把它舉起來，在森林中
騎著馬向前走。他們越向前走，就發現樹木越濃密，簡直連路徑
都找不到了。

路上長滿了野李樹，因此他們不得不繞著樹走。泉水沒有形
成溪流，而是積成一潭死水。他們也得繞著走過去。森林的涼風

給人帶來了力量和一種新鮮的感覺。溫柔的話語也產生同樣的
力量——這些話語是憑信心、憑基督的愛、憑一種要把這迷途的
孩子引到光明和生活的路上去的那種內心的渴望而講出來的。

　　人們說，雨點可以滴穿堅硬的石頭，海浪可以把石崖的尖角
磨圓。滴到赫爾珈身上的慈悲露水，也可以打穿她的堅硬，磨圓
她的尖角。但是人們卻看不出效果；她自己也看不出來。不過埋
在地裡的種子，一接觸到新鮮的露水和溫暖的陽光，知道不知道
它身體裡面已經有了生長和開花的力量呢？

　　同樣，母親的歌聲不知不覺地印在孩子的心裡，於是孩子就
喃喃地學著這些聲音，雖然孩子不懂得其中的意義。這些聲音後
來慢慢代表一種思想，它的意義也就愈變愈清楚了。上帝的話
語，也跟這一樣，能發揮出創造的力量。

　　他們騎著馬走出森林，走過荒地，然後又走進沒有路的森
林。在黃昏的時候，他們碰到了一群強盜。

　　「你是從什麼地方偷來這個漂亮的姑娘的？」強盜們吼著。
他們擋住馬的去路，把這兩個人從馬上拉下來，因為他們的人數
很多。牧師除了他從赫爾珈身上拿來的那把刀子以外，沒有帶別
的武器。他揮著這把刀子來保衛自己。有一個強盜舉起斧頭，但
是這位年輕的牧師避開了，否則他就會被砍到了。斧頭深深地砍
進馬的脖子，於是血花四濺，這個動物就倒在地上了。這時小赫
爾珈好像是從她長期夢境中醒轉過來似的，急忙跑過來，倒在這
個正在斷氣的動物身上。牧師站在她面前做為她的護衛者來保
護她，不過另一個強盜把一個鐵錘向這基督的信徒的腦袋上打
來。他打得那麼猛烈，血和腦漿噴滿一地。牧師倒在地上死了。

　　這些強盜抓住赫爾珈的白手臂。這時太陽已經下山了，最後
一絲陽光也消失了，於是她又變成一隻醜惡的青蛙。她半邊臉上
張著一個白而帶綠的嘴，手臂變得又細又黏，長著鴨掌的大手張
開來，像一把扇子。強盜們見了就害怕，便把她放了。她站在他
們中間，完全是一個可憎的怪物。她顯出青蛙的特性，跳得比她
自己還要高，隨後就在叢林中不見了。這些強盜認爲這一定是洛
基⑬或者別的妖魔在惡作劇。他們恐懼地從這地方逃走。

　　圓圓的月亮已經升起來了，發出了美麗的光輝。小赫爾珈披
著一身難看的青蛙皮，從叢林裡爬出來；她站在牧師的屍體和
被砍死的馬的屍體旁邊，用哭泣的眼睛望著他們。青蛙的腦袋裡
發出呱呱的聲音，好像一個孩子忽然哭起來似的。她一下倒在牧
師身上，一下倒在馬身上。她那變得更空更大的長著蹼的手，現
在捧著水，灑在他們身上。這時她懂得了：他們已經死了，永遠
也活轉不過來了。不久野獸就會走來，咬他們的屍體。不行！絕
不能讓這樣的事情發生。因此她就掘著土，能掘多深就掘多深。
她要爲他們挖一個墳墓。

　　但是除了一根堅硬的樹枝和一雙手以外，她再也沒有其他
的器具。手指間長著的蹼被撕開了，流出血來。最後她看出她的
工作不會有什麼結果，於是就拿些水來，把死人的臉洗了，然後
把新鮮的綠葉蓋在他的臉上。她搬來一些大樹枝架在他的身
上，再用枯葉塡滿其中的空隙，又盡力搬了一些大石頭來壓在他
身上，最後又用青苔把空處塡滿。這時她才相信，墳墓是堅固和
安全的。這一夜就是在這種艱苦的工作中過去的。太陽衝出了雲
層。美麗的小赫爾珈站在那兒，完全是一個美麗的形象。她的雙

手流著血，羞紅的少女的臉上第一次淌下淚珠。

在這種轉變中，她的雙性格好像就在她的內心裡掙扎著。她整個身體在顫抖。她向四周張望，好像她是剛從一個惡夢中醒來似的。她跑向那株瘦長的山毛櫸，緊緊地抱著它做倚靠；不久她忽然像一隻貓似地爬到樹梢，抓住不放。她像是一隻受了驚的松鼠，坐在那上面。她在寂靜的樹林中這樣待了一整天。這兒一切都是沉寂的，而且像人們說的那樣，沒有生命。沒有生命！但是這兒卻有兩隻蝴蝶在飛，在嬉戲，在互相追逐。周圍有許多蟻穴——每一個穴裡有無數忙碌的小居民在成群地走來走去。天空中飛舞著數不清的、一群一群的蚊蚋，嗡嗡的蒼蠅、瓢蟲、金色的甲蟲以及其他有翅膀的小生物也飛過來了。蚯蚓從潮濕的地裡爬出來，鼴鼠也跑出來了。除了這些東西以外，四周是一片靜寂——正如人們所說的和所理解的一樣，死一般的靜寂。

誰也沒有注意到赫爾珈，只有幾群喜鵲在她坐著的那株樹梢上飛著，叫著。這些鳥兒，懷著大膽的好奇心，在她身旁的枝椏上向她跳過來。不過只要她一眨眼，它們就逃走了。它們不理解她，她也不理解她自己。

黃昏時，太陽開始下沉。她變了形，又重新活躍起來。她從樹上溜下來。等到太陽最後的光線消失了，她又變成一隻萎縮的青蛙；她手上仍然長著撕裂了的蹼。不過她的眼睛射出美麗的光彩；這種光彩，當她有一個美麗的人體的時候，是不曾有過的。這是一對溫和的、虔誠的、少女的眼睛。它們雖然是長在青蛙的臉上，卻代表一種深沉的感情，一顆溫柔的心。這對美麗的眼睛充滿了眼淚，流出安慰人的、大顆的淚珠。

在她做好的那個墳墓旁邊仍然有著那個由兩根樹枝綁成的十字架——這是那個死者的最後作品。小赫爾珈把它拿起來，這時她心中想起了一件事情：她把它插在石頭中間，豎在牧師和死馬的上面。她悲哀的回憶使得她又流出眼淚來。她懷著難過的心情，在墳墓周圍的土上劃出許多十字，像一道好看的圍牆。當她用手劃這些十字的時候，手上的蹼就像撕碎了的手套似地脫落下來了。當她在泉水裡洗濯和驚奇地看著她柔嫩的雙手時，她又在死者和她中間的上空劃了一些十字。於是她的嘴唇顫抖起來了，她的舌頭在動；那個神聖的名字——她在樹林裡騎著馬的時候，曾聽見人唱過許多次，唸過許多次——也在她的嘴裡飄出來了。她唸：「耶穌基督！」

青蛙的皮脫落了，她又變成了一個美麗的少女。但是她的頭倦怠地垂下來；她的肢體需要休息，於是她便睡去了。

但是睡眠的時間是很短促的。到半夜的時候，她醒過來了。那匹死了的馬現在站在她面前，生命的光輝從它的眼裡和砍傷的脖子上射出來。它旁邊站著那個被殺害了的牧師。像維京人的妻子說過的一樣，他比「巴爾都還要好看得多」。然而他好像是站在火焰的中央。

他溫厚的大眼睛射出一種莊嚴的光輝，一種公正的裁判和一種銳利的視線。這種視線似乎透進這個被考驗者的心中的每一個角落。小赫爾珈顫抖起來；她的記憶蘇醒過來了，好像是在世界末日的那天一樣。牧師為她做過的每一件事，為她說過的每一個充滿了愛的話語，現在似乎都有了生命。她懂得了，在考驗的日子裡，當泥土和靈魂所造成的生物⑭在戰鬥和掙扎著的時

候，愛在保護著她。她現在認識到了，她一直是在感情用事，沒
有切實地為自己做過任何工作。她所需要的一切都有了，而且上
天在指導她。她在這能洞察人心的神力前面卑微地、羞慚地垂下
頭來。在這片刻間，她似乎看到了一道純潔的火焰，一道聖靈的
光。

「妳這沼澤的女兒！」牧師說。「妳是從土裡，從沼澤裡出
生的。但是妳將從土裡重生。妳身體裡的太陽光——它不是從太
陽裡產生的，而是從上帝產生的——將要自動地回到它原來的
地方去。沒有任何靈魂是不能得救的，不過把生命變成永恒卻要
花很長的時間。我是從死人的國度裡來的。妳也將會走過深沉的
峽谷，而到達光華燦爛的山國——在那裡只有慈悲和圓滿。我不
能領妳到赫得埠去接受基督的洗禮。妳得渡過淹沒那深沼澤的
水，拔起那給妳生命和使妳發育的生命之根。妳得做出實際的行
動才能獲得超升。」

他把她抱起來，放在馬上，同時給她一個金香爐——這跟他
在維京人家裡所看到的那個香爐一樣，發出非常強烈的香氣。這
個被殺害的牧師額頭上的那個傷口發出光來，像一頂王冠。他把
十字架從墳上拿起來，高高地舉起。於是他們就開始飛奔起來，
越過簌簌響的樹林，越過和戰馬一起被埋葬掉的古代英雄的墳
墓。這些威武的人物都站起來，也向前飛奔，直到山丘上才停下
來。他們額頭上那個有金鈕扣的寬大的金環在月光中發著光，他
們的披肩在夜風中飄蕩著。看守寶藏的飛龍抬起頭來，凝視著這
些騎士。山精和樹精在山裡，在田野的溝裡窺探。他們舉著紅色
的、藍色的和綠色的火炬，像燒過了的紙灰裡的火星一樣，擁擠

成爲一團。

他們飛奔過山林和荒地，河流和池塘，一直來到這片荒野的沼澤。他們在這上面繞著圈子奔馳。這位信仰基督的牧師高高地舉著十字架：它像金子似的發亮；他的嘴唇唱著彌撒。小小的赫爾珈也跟著他一起唱，像一個孩子跟母親唱一樣。她搖晃著香爐。一股神聖的、強烈的異香從它裡面飄散出來，使得沼澤地裡的蘆葦和草都開出了花朵。所有的嫩芽都從深泥底裡冒出來。凡是有生命的東西都站立了起來。一朵大睡蓮，像繡花地毯一樣展開花瓣。這花毯上躺著一個年輕美麗的、睡著的女人。小赫爾珈以爲她在這平靜的水上看到的就是她自己的倒影。但是她看到的正是她的母親——沼澤王的妻子：從尼羅河上來的那位公主。

那個沒有生命的牧師下命令，叫她把這個昏睡的女人抱到馬背上來。不過馬兒卻被她的重量壓垮了，好像馬兒的身軀不過是飄在風中的一塊裹屍布似的。但是那個神聖的十字架增強了這個縹緲的幽靈的氣力，所以這三個人又能從沼澤向堅實的地上奔來。

這時維京人堡寨裡的雞叫起來了；這些幽靈就在風中飄來的煙霧裡消失了。但是母親和女兒面對面站著。

「我在深水中看到的是我自己嗎？」母親問。

「我在那光滑的水面上看到的東西，就是我自己嗎？」女兒大聲說。

於是她們靠攏在一起，心貼著心擁抱著。母親的心跳得最快；她懂得其中的道理。

「我的孩子！我心中的一朵花！我在深水裡長出來的蓮花！」

她又把她的孩子擁抱了一次，然後就哭了起來。對於小赫爾珈來說，這眼淚就是新生命和愛的洗禮。

「我是穿著天鵝的羽衣到這兒來的，後來我把它脫掉了！」母親說。「我沉到滑動的泥濘裡去了，沉到沼澤的污泥底去了。污泥底像一堵牆，牢牢地把我抱住。但是，不久我就感到一股新鮮的激流，一種力量——它拉著我越沉越深。我感到我眼皮上沉重地壓著睡意。我睡過去了，在做夢。我好像覺得自己又躺在埃及的金字塔裡，然而那根搖擺著的赤楊殘株——它曾經在沼澤的水面上使得我害怕——卻一直站在我的面前。我望著它樹皮上的裂紋；它們射出種種不同顏色的光彩，形成象形的文字：我所看著的原來是一個木乃伊的盒子。盒子裂開了，一位一千歲的老國王從裡面走出來。他具有木乃伊的形狀，黑得像漆，發出類似樹上蝸牛或沼澤地的肥泥那種黑光。究竟他是沼澤王，還是金字塔裡的木乃伊，我一點也不知道。他用雙臂抱住我，我覺得自己一定會死去。只有當我感到胸口上有點溫暖的時候，才恢復了知覺；這時我的胸口上站著一隻小鳥，它拍著翅膀，喃喃地唱著歌。它從我的胸口上飛走，向那沉重漆黑的頂蓋飛去，但是一條長長的綠帶仍然把它和我綁在一起。我聽到、同時也懂得它渴望的聲調：『自由啊！陽光啊！到我的父親那兒去！』於是我就想起住在那充滿了陽光的故鄉的父親、我的生活和我的愛。於是我解開這條帶子，讓鳥兒向我的住在故鄉的父親飛去。從這一點鐘起，我就再也不做夢了。我睡了一覺，很長很深沉的一覺，

直到此刻和諧的聲音和香氣把我喚醒、把我解脫為止！」

　　這條綁著母親的心和鳥兒翅膀的綠帶子，現在飄到什麼地方去了呢？它現在落到什麼地方去了呢？只有鸛鳥看到過它。這帶子就是那根綠梗子，它上面的一個蝴蝶結就是那朵鮮豔的花──孩子的搖籃。孩子長成為一個美女，重新躺在她母親的心上。

　　當母女兩人緊緊地擁抱著的時候，鸛鳥爸爸就在她們上面盤旋。後來他就一直飛回到自己的巢裡去，他把他藏了許多年的那兩件天鵝羽衣送來，丟給她們每人一件。羽衣緊緊地裹著她們，於是她們就以兩隻白天鵝的形態，從地面飛向高空。

　　「現在我們可以談談話了！」鸛鳥爸爸說，「我們現在能夠彼此瞭解，雖然我們嘴的形狀不大相同。妳們今天晚上來了，這是再幸運不過的事情。明天我們──媽媽，我自己和孩子們──就要走了！我們要回到南方去！是的，請妳們看看我吧！我是從尼羅河國度來的一個老朋友呀；媽媽也是一樣──她的心比她的嘴要慈善得多。她一直在說，公主會有辦法解救自己的；我和孩子們把天鵝的羽衣送到這兒來。咳，我是多麼高興啊！我現在還在這兒，這是多麼幸運啊！天一亮，我們就要從這兒飛走，我們這一大群鸛鳥！我們在前頭飛，妳們在後面飛，這樣妳們就不會迷路了。當然，我和孩子們也會照顧妳們的！」

　　「還有那朵蓮花，我也得帶著，」這位埃及的公主說。「它也穿上天鵝的羽衣，和我一起飛！我把這朵心愛的花帶走，這樣一切問題就解決了。回家去啊！回家去啊！」

　　不過，赫爾珈說，她得先去看看她的養母──那個慈愛的維

京女人，否則她就不願離開丹麥這個國家。關於她養母的每一個甜蜜的記憶，每一句慈愛的話，和養母爲她所流的每一滴慈愛的眼淚，現在都回到她的心上來了。在這個時刻，她似乎覺得她最愛的就是這個維京女人。

「是的，我們必須到維京人的家裡去一趟！」鸛鳥爸爸說。「媽媽和孩子們都在那兒等我們！他們該會把眼睛睜得多麼大，把翅膀拍得多麼響啊！是的，妳看，媽媽現在不喜歡囉嗦了——媽媽的話總是簡單明瞭，而且用意是很好的！我馬上就要叫一聲，好讓他們知道我們來了！」

鸛鳥爸爸嘴裡發出一個聲音。於是他和天鵝們就向維京人的堡寨飛去。

堡寨裡的人還在熟睡。維京人的妻子是最晚睡的一個，因爲赫爾珈跟那個信仰基督的牧師在三天以前失蹤了，她心裡非常焦急。一定是赫爾珈幫助他逃跑的，因爲她的一匹馬在馬廐裡不見了。是什麼力量使這樣的事情發生的呢？維京女人思量著她所聽到的關於那個白衣基督的奇蹟和那些信仰他、追隨他的人。她的這些思想在夢裡變成了事實。她好像覺得她仍然是睜著眼睛坐在床上思索，外面是漆黑一團。大風暴逼近了：她聽到海中的巨浪在北海和卡特加海峽之間一下子滾向東，一下子滾向西。那條在海底下把整個地球盤著的巨蛇，現在正痙攣著。她夢見衆神滅亡的那一個晚上到來了；異教徒所謂的末日「拉格納洛克」⑮到來了：在這天，一切東西就要滅亡，甚至那些偉大的神祇也要滅亡。戰鬥的號角吹起來了；衆神騎在虹上，穿著鎧甲，要做最後一次戰鬥。長著翅膀的女神⑯在他們前面飛；最後

面跟著的是陣亡戰士的幽靈。在他們周圍，整個天空閃耀著北極光，然而黑暗仍然占著優勢。這是一個可怕的時刻。

在這驚恐的維京女人身旁，小赫爾珈以可憎的青蛙的形態又出現了，她坐在地上。她緊貼著她的養母，全身在發抖。這女人把她抱在膝上；雖然她的青蛙皮難看極了，她卻仍然親熱地擁抱著她。空中發出棍棒和劍的回音，箭在噓噓地四射，好像天上有一陣冰雹要向她們打下來似的。這一時刻到來了：地球和天空要爆炸，星星要墜落，一切東西將要被蘇爾特的火海所吞沒。不過她知道，一個新的世界和新的天空將要誕生；在海浪沖洗著的這一片荒涼的沙地上，泛著金黃色的麥田將要出現；一個不知名的上帝將會來統治著；從死者的王國裡解救出來的那個溫和、慈愛的巴爾都將向他走去。祂來到了。維京女人看到祂，認出祂的面孔——這就是那個信仰基督的、被俘的牧師。

「白基督！」她大聲地喊。在唸出這個名字的同時，她吻了這個難看的青蛙孩子的前額。於是她的青蛙皮就脫落了，小赫爾珈現出了她全部的美；她的眼睛射出亮光，她從來沒有像現在這樣溫柔。她吻了養母的手，為了她在那艱苦的受考驗的日子裡所給予她的愛和關懷。她祝福她，她感謝她，為了她在她心中啓發了一個思想，為了她告訴了她一個她現在常常唸出的名字：「白基督」。於是美麗的赫爾珈變成了一隻莊嚴的天鵝，飛起來。她展開雙翼，發出像一群候鳥掠過高空時的聲音。

維京女人這時醒過來了，外面的拍翅聲仍然可以聽得見。她知道，這正是鸛鳥離去的時候；她知道，她聽到的就是它們的聲音。她希望再看它們一下，在它們動身的時候和他們說聲再會！

因此她就站起來，走到陽台上去。她看到鸛鳥在鄰近房子的屋脊上一行一行地排列著。成群的鸛鳥在樹梢，在庭園的上空盤旋著。不過在她的對面，在那口井邊——小赫爾珈常常坐在那邊，做出野蠻的樣子來恐嚇她——有兩隻天鵝用著聰明的眼睛看著她。於是她就記起了她的夢——這夢仍然在她的腦海中縈繞著，像真實的一樣。她想著變成天鵝的小赫爾珈，她想著那個信仰基督的牧師。於是她心裡感到一種稀有的愉快。

那些天鵝拍著翅膀，彎下脖子，好像是在向她致敬。維京人的妻子向他們伸開雙臂，好像她懂得它們的意思。她噙著眼淚微笑，想起了許多事情。

所有的鸛鳥都升到空中，拍著翅膀，嘴裡咯咯地叫著，一齊飛往南方。

「我們不再等待天鵝了，」鸛鳥媽媽說。「如果她們要和我們一起去，那最好馬上就來！我們不能等在這兒讓鷸鳥飛在我們前面。像我們這樣的整個家族在一起飛要漂亮得多；不要像鷸鳥和千鳥那樣，男的在一邊飛，女的在另一邊飛——老實講，那太不像樣了！那兒的天鵝又在拍著翅膀做什麼呢？」

「每一種鳥兒都有自己飛行的方式，」鸛鳥爸爸說。「天鵝成一條斜線飛，白鶴成一個三角形飛，鷸鳥成一個蛇形飛！」

「當我們在高空飛的時候，請不要提起蛇來吧！」鸛鳥媽媽說。「這只會令我們的小傢伙嘴饞，而嘴又吃不到！」

「這就是我所聽說過的那些高山嗎？」穿著天鵝羽衣的赫爾珈問。

「那是浮在我們下面的暴風雨的雲朵，」媽媽說。

「那些升得很高的白雲是什麼呢？」赫爾珈問。

「妳所看到的，是覆蓋著永不融化的積雪的高山，」媽媽說。

它們飛過高大雄偉的阿爾卑斯山脈，向蔚藍的地中海前進。

「非洲的陸地！埃及的海灘！」穿著天鵝羽衣的尼羅河的女兒歡呼著。這時她在高空中看到一條淡黃色的、波浪形的緞帶——她的祖國。

其他的鳥兒也都看到了這一個情景，所以它們加快速度飛行。

「我已經能嗅到尼羅河的泥土和濕青蛙的氣味！」鸛鳥媽媽說。「這真叫我的喉嚨發癢！是的，現在你們可以嚐到一點了。你們將會看到禿鸛⑰、白鶴和朱鷺！它們都是屬於我們這個家族的，雖然它們一點也不比我們漂亮。它們喜歡擺架子，特別是朱鷺。它被埃及人慣壞了，他們把它裝滿香料，做成木乃伊。我自己倒是願意裝滿青蛙呢；你們也會是這樣的，而你們也將做得到！與其死後大排場一番，倒不如活著時吃個痛快。這是我的看法，而我永遠是對的！」

「現在鸛鳥飛來了，」住在尼羅河岸上的那個富有的家庭裡的人說。那位皇族的主人，在華麗的大廳裡，躺在鋪著豹皮的柔軟墊子上。他既沒有活，也沒有死，只是等待那從北國沼澤地裡採回來的蓮花。他的親屬和僕人都守候在他的周圍。

這時有兩隻美麗的白天鵝飛進廳堂裡來了。它們是跟著鸛鳥一起飛來的。它們脫掉光亮的羽衣，於是兩位美麗的女子就出現了。她們兩人的外貌一模一樣，像兩顆露珠。她們對這衰老

的、慘白的老人彎下腰來，把她們的長頭髮披在腦後。當赫爾珈彎下腰來看著她的外祖父的時候，外祖父的雙頰就發出紅光，他的眼睛有了光彩，他僵硬的四肢獲得了生命力。這位老人站起來了，變得年輕而又健康。女兒和外孫女把他緊緊地擁抱著，好像她們做了一個很長的惡夢，現在來向他道聲早安。

整個宮廷裡現在充滿了快樂。那隻鸛鳥的巢裡也充滿了快樂，不過主要是因爲巢裡現在有了很好的食物——數不清的青蛙。這時那些學者們就忙著記錄關於這兩位公主和那朵能治病的花的簡要歷史。對於這個家庭和這個國家來說，這是一件幸福的大事。那對鸛鳥夫婦按照自己的一套方式把這故事講給他們的族人聽，不過他們得先吃飽，否則他們寧願做點別的事情而不願聽故事。

「嗯，你終於成爲一個人物了！」鸛鳥媽媽低聲說。「這是不用懷疑的了！」

「咳，我成了什麼人物呢？」鸛鳥爸爸問。「我做了什麼呢？什麼也沒做！」

「你做的事情比任何人都多！沒有你和孩子們，那兩位公主恐怕永遠也看不到埃及，也治不好那個老人的病。你是一個了不起的人！你一定會得到一個博士學位，我們未來的孩子和孩子們的孩子將會繼承它，一代一代地傳下去。你的樣子很像一個埃及的博士——起碼在我的眼中是如此！」

學者和聰明人把貫串這整個事件的那個基本概念——他們這樣叫它——又向前發展了一步。「愛產生生命」——他們對這

句話各人有各人的解釋。「這位埃及的公主是溫暖的太陽光；她下降到沼澤王那裡去。他們的會合就產生了那朵花——」

「那段話我不能完整地說出來！」鸛鳥爸爸說。現在他把他在屋頂上聽見的話，在巢裡轉述出來。「他們講得那麼深奧，那麼聰明和有學問，所以他們馬上就得到學位和禮品：甚至那個廚師也受到特別的表揚——可能是因為他的湯做得好的緣故。」

「你得到了什麼呢？」鸛鳥媽媽問。「無疑地，他們不應該把最重要的人物忘記，而重要的人物當然就是你啦！那批學者只是空口說白話。不過你一定會得到你應該得到的東西！」

在深夜，當那個幸福的家正在安靜地睡眠的時候，有一個人仍然醒著。這不是鸛鳥爸爸，雖然他是用一隻腿站在巢裡，似睡非睡地守望著。不，醒著的是小赫爾珈。她在陽台上向前彎著腰，向夜空裡凝望。夜空裡的星星又大又亮，它們的光彩比她在北國所看到的要大得多，晶瑩得多，但它們仍然是一樣的星星。她想起住在荒野沼澤地上的那個維京女人，想起她的養母的溫柔的眼睛，想起這個慈愛的女人為那個可憐的青蛙孩子所流的眼淚——這個孩子現在站在美麗的星光下面，沐浴著尼羅河上的舒暢的春天空氣。她想起這個異教徒女人心中蘊藏著的愛。那個可惡的生物——它變成人的時候是一個可惡的動物，變成動物的時候樣子可怕，誰也不敢接近它——曾經得到了這種愛。她仰望著那閃耀著的星星；她記起那個死人額上射出的光輝。那時她跟他一起奔馳過樹林和沼澤地。聲音現在回到她的記憶中來了：她聽到他所講的話語——從愛的偉大源泉中發出的、擁抱著一切生物的話語。那時他們正在向前奔馳，她像著了魔似地

坐在他前面。

　　是的，什麼都獲得、爭取和贏到手了！小小的赫爾珈日日夜夜沉浸在深思中──深思她一切幸福的成果。她站在那兒沉思，就像一個孩子從贈送禮物給她的人急忙轉過身來，去看她所得到的禮物──精美的禮物。在這不斷增長的幸福中，她似乎完全忘記了自己；這種幸福可能到來，而且一定會到來。的確，她曾經被奇蹟帶到不斷增長的快樂和幸福中去過。有一天她完全沉醉在這種感受中，甚至把幸福的賜予者也完全忘記了。這是因爲她年少氣盛，所以才變得這樣荒唐！她的眼睛裡露出這種神情。這時她下面的院子裡發出了一個很大的聲音，把她從漫無邊際的沉思中拉回來，她看到兩隻巨大的鴕鳥在繞著一個小圈子跑。她以前從來沒有看見過這種動物──這樣龐大的鳥兒，這樣又笨又重，好像它們的翅膀被剪掉了似的。這兩隻鳥兒似乎曾經受過傷害。因此她就問這到底是怎麼一回事。這時她第一次聽到埃及人講到關於鴕鳥的故事。

　　鴕鳥曾經是一種漂亮的鳥兒，翅膀又大又強。有一天晚上，森林裡的大鳥對鴕鳥說：「兄弟，只要上帝准許，我們明天飛到河邊去喝水好嗎？」鴕鳥回答說：「好吧。」天明的時候，它們就起飛了。起初它們向太陽──上帝的眼睛──飛，越飛越高。鴕鳥遠遠地飛到別的鳥兒前面去了。鴕鳥驕傲地一直向太陽飛。它誇耀著自己的力氣，一點也沒有想到造物主，也沒有想到這句話：「只要上帝准許！」這時懲罰的天使忽然把掩著太陽的火焰的幃幔拉開。不一會兒，這隻驕傲的鳥兒的翅膀就被燒焦了，於是它就悲慘地掉落到地上來了。從那時起，鴕鳥和它的族

人就再也不能飛起來了；它只能膽怯地在地上跑，繞著一個小
圈子跑。這對於我們人類是一個警告，使我們在一切思想中，在
一切行為中，要記起「只要上帝准許」這句話。

赫爾珈深思地垂下頭來，看著那跑著的鴕鳥，看著它的害怕
神情，看著它看到自己粗大的影子投射在太陽照著的白牆上時
所產生的那種愚蠢的快感。她心中和腦子裡產生了一種莊嚴的
感覺。她已經被賜予和獲得了豐富的生活和不斷增長的幸福。還
有什麼事會發生呢？還有什麼事會到來呢？最好的東西是：
「只要上帝准許！」

當鸛鳥在早春又要向北方飛去的時候，小小的赫爾珈把她
的金手鐲脫下來，把自己的名字刻在上面，對鸛鳥爸爸招手，把
這金環戴在他的脖子上，請求他帶去給維京女人，使她知道自己
的養女現在生活得很好，而且沒有忘記她。

「這東西戴起來太重了，」鸛鳥爸爸把金環戴到脖子上的時
候這樣想著。「但是金子和榮譽是不能隨便扔到路上去的！鸛
鳥帶來幸運；那兒的人們不得不承認這個事實！」

「你生下金子，我生下蛋！」鸛鳥媽媽說。「不過這類事兒
你只是偶爾做一次，而我卻是年年生蛋。不過誰也不感謝我們
──這真是太豈有此理！」

「不過我們自己心裡知道呀，媽媽！」鸛鳥爸爸說。

「但是你不能把它戴在身上，」鸛鳥媽媽說。「它既不能給
你順風，也不能給你飯吃。」

於是他們就飛走了。

在羅望子樹裡唱著歌的那隻小夜鶯,很快地也要飛到北國去。小小的赫爾珈以前在那塊荒涼的沼澤地也聽到過它的歌聲。她現在也要它帶一件消息,因為當她穿著天鵝羽衣飛行的時候,她已經學會了鳥類的語言:她常常跟鸛鳥和燕子談話,夜鶯一定會懂得她的。所以她請求這隻小鳥飛到尤蘭半島上那個山毛欅樹林裡去。她曾經在那兒用石頭和樹枝做了一個墳墓。她請求夜鶯告訴所有其他的小鳥們在這墳墓的周圍築巢,並且經常在那兒唱歌。

於是夜鶯便飛走了——時間也飛走了!

一隻蒼鷹站在金字塔的頂上,看見秋天裡的一群雄壯的駱駝,馱著很多的東西。和它們走在一起的是一群服裝華麗的武士。他們騎在噴著鼻息的阿拉伯的駿馬上。這些馬兒白得像銀子似地發亮,它們紅色的鼻孔在顫抖著,它們密密的馬鬃鋪到細長的腿上。華貴的客人們和一位阿拉伯的王子——他具有一個王子絕頂的美貌——現在向這個豪華的大廳裡走來。這屋子上面的鸛鳥巢都已經空了。因為住在巢裡的主人都飛到遙遠的北國去了,但是它們不久就要回來的。的確,在那豪華、快樂、高興的一天,它們回來了。這兒有一個婚禮正在進行。新嫁娘就是小小的赫爾珈;她身上的珍珠和絲綢射出光彩。新郎是阿拉伯的一位年輕王子。新郎和新娘一起坐在桌子的上端,坐在母親和外祖父中間。

但是她的視線並沒有集中在這新郎英俊的、棕色的、留著黑色鬍鬚的臉龐上。她也沒有看著他那副凝視著她的、火熱的、深

沉的眼睛。她正仰望著天空，仰望著天上一顆閃爍著的星星。

這時空中發出一陣強健的翅膀的拍擊聲。鸛鳥們飛回來了。那對年老的鸛鳥夫婦，不管旅行得多麼睏倦，也不管多麼需要休息，卻一直飛到陽台的欄杆上來，因為他們知道，人們是在舉行一個非常盛大的宴會。它們在飛入這個國家的國境時，就已經聽說赫爾珈曾經把他們的像畫在牆上——因為它們也成了她的生命史的一部分。

「這倒想得很周到！」鸛鳥爸爸說。

「但是這所費有限！」鸛鳥媽媽說。「他們不可能連這點表示都沒有。」

赫爾珈一看到他們就站起來，走到陽台上去，撫摸著鸛鳥的背。這對老鸛鳥夫婦垂下頭來。那些年輕的鸛鳥呆呆地在旁邊看著，也感到很榮幸。

赫爾珈又抬起頭來看了看明亮的星星。星星的光顯得比以前更亮。在星星和她之間飄浮著一個比空氣還要純潔的形體，但是可以看得見。它正飄來。這就是那個死去了的信仰基督的牧師。他也是來參加她的婚禮的——從天國裡來的。

「天上的光華燦爛，超過地上所有的一切美景！」他說。

美麗的赫爾珈溫柔地、誠懇地祈禱——她從來沒有這樣祈求過——准許她向天國望一眼，向天父望一眼，哪怕一分鐘也好。

於是他把她在和諧的音樂和思想的交流中帶到光華燦爛的景象裡去。現在不僅在她的周圍是一片光明和和諧的音樂，而且在她的內心裡也是這樣。語言無法把這表達出來。

「現在我們要回去了；客人在等著妳！」他說。

「請再讓我看一眼吧！」她要求著。「只看短短的一分鐘！」

「我們必須回到人間去，客人都快要走光了。」

「請再讓我看一眼——最後一眼吧！」

美麗的赫爾珈又回到陽台上來。但是屋子外面的火炬已經沒有了，洞房裡的燈也滅了，鸛鳥也走了，客人也不見了，新郎也沒有了，一切在瞬息間都消失了。

赫爾珈的心裡這時起了一陣恐怖。她走過空洞的大廳，走進旁邊的一個房間裡去。這兒睡著一些陌生的武士。她打開一個通到自己臥房的房門。當她正以為她在自己的房間裡的時候，忽然發現自己是在花園裡面。這裡的情況和剛才的完全不一樣。天空中出現了朝霞，天快要亮了。

在天上過的三分鐘，恰恰是地上的一整夜！

於是她看到了那些鸛鳥。她喊著它們，用它們的語言講話。鸛鳥爸爸把頭抬起來，聽著她講，然後便向她走近。

「妳講我們的語言！」它說。「妳想要什麼呢？妳為什麼在這兒出現呢——妳，陌生的女人？」

「是我呀！——是赫爾珈呀！妳不認識我嗎？三分鐘以前我們還在陽台上一起講話呀！」

「那是一個誤會！」鸛鳥說。「妳一定是在做夢！」

「不是，不是！」她說。於是她就提起維京人的堡寨，沼澤地和回到這兒來的那次旅行。

鸛鳥爸爸眨了眨眼睛，說：

「那是一個老故事。我聽說它發生在我曾祖母的曾祖母的那

個時代裡！的確，在埃及曾經有過那樣一個公主。她是從丹麥來的，不過她在結婚那天就不見了，以後就再也沒有回來，那是好幾百年以前的事！妳自己可以在花園的石碑上讀到這則故事。那上面刻著天鵝和鸛鳥；石碑頂上就是你自己的大理石像。」

事情的經過就是這樣。赫爾珈看見它，瞭解它。她跪了下來。

太陽出來了。像在遠古的時代裡一樣，青蛙一接觸到它的光芒就不見了，變成一個美麗的人形。現在在太陽光的洗禮中，同樣一個美麗的、比空氣還要純潔的人形———一條光帶———向天上飄去！

她的身體化做塵土。赫爾珈站過的地方，現在只剩下一朵凋謝的蓮花。

「這就是那個故事的一個新的結尾，」鸛鳥爸爸說。「我的確沒有想到！不過我倒不討厭它。」

「不過我們的孩們對它會有什麼意見呢？」鸛鳥媽媽問。

「是的，這倒是一個重要的問題！」鸛鳥爸爸說。〔1858 年〕

這篇童話首次發表於 1858 年 5 月 15 日在哥本哈根出版的《新的童話和故事集》第一卷。這是一篇情節複雜的作品，故事的場景一會兒在埃及，一會兒在北歐，人物有異教徒也有基督徒，有的生物一會兒是美女，一會兒是青蛙，有的人一會兒在地

上，一會兒在天空，有躺在病床上的國王，也有藏在地下的沼澤王，死人可以復活，傳遞上帝的旨意，沼澤上的玫瑰花可以轉化成為王子的新娘……。但這一切忽然間又變為烏有……。「文以載道」。故事的情節不管怎麼曲折和複雜，安徒生在這裡所要說明的就是上帝──基督教的上帝──的「愛」。「愛產生生命」。「愛」甚至把異教徒和魔力的「結晶」赫爾珈「在和諧的音樂和思想的交流中帶到光華燦爛的景像裡去。現在不僅在她的周圍是一片光明和和諧的音樂，而且在她的內心裡也是這樣。語言無法把這表達出來。」這就是「天國」──安徒生的最高理想境界。基督教是排他性的，與異教甚至同樣信奉耶和華為上帝的猶太教──是勢不兩立的，但在安徒生的信念中對異教徒維京人和〈猶太女子〉中的嚴格遵守猶太教紀律的猶太女子都是一視同仁，毫無惡感，瀰遍無私的「愛」，絲毫也沒有傳統基督教所確信的那種觀念，即基督教的上帝是一個嫉妒的上帝，不容許別的信念存在。這也說明安徒生的上帝是怎樣一個性質的上帝。這是安徒生關於他的宗教信仰的自由，所以他寫這篇故事也非常認真。安徒生在他的手記中說：「這篇故事是我所花費力氣最大的故事之一，人們從中可以認真地看出，好像通過一個顯微鏡一樣，這個故事是怎樣地逐漸形成的。像我所寫的一切童話一樣，故事的實質是忽然來到我心中的，來得像我們忽然聽到一支名曲或一支名歌一樣。我立刻把這個童話的情節告訴我的一個朋友，於是我又立刻把它寫下來，然後又重寫。在我寫了第三遍以後，我意識到故事的各種情節並未能清楚明白地表達出它應該而且必須表達的內容。我讀了一些冰島的傳說，這些傳說又把我

帶到遠古的時代裡去，我從中得到靈感。由此我更接近了眞實。
於是我又讀了一些有關非洲的遊記。熱帶的豐饒，一些新奇的景
象，使我著了迷。我瞭解了那裡的國土，使我對它也有發言權
了。一些關於候鳥遷徙的書籍也很有幫助。它們提供我有關鳥兒
生活的知識和特點──像我已經應用到這篇童話中的那樣。這
樣，在短時期內，我把這個故事重寫了五、六次，直到最後我不
能再加以改進爲止。」這也說明安徒生的寫作態度是如何嚴謹。
故事中的維京人是北歐古代的異教徒，以侵襲他國、從事劫掠爲
生。他們是古時候橫行海上的海盜。

【註釋】

①根據古代希伯來人的傳說，猶太人摩西生在埃及。那時埃及的國王，爲了要消滅猶
　太種族，下命令說，凡是猶太人生下的男孩子都要殺死。摩西的母親因此就把摩西
　放在尼羅河上的一個方舟裡。埃及國王的女兒看到這個美貌的孩子，就把他收來做
　爲養子。他後來帶領猶太民族離開埃及到迦南去開始新的生活。事見《聖經·舊約
　全書·出埃及記》。

②維京人（Viking）是最先住在北歐的好戰民族，被稱爲北歐海盜，他們在第八世紀
　和第九世紀征服過英國，並曾在愛爾蘭建立一個王國。

③叔林（Hjoring）是現在丹麥的一個縣。

④這都是古代北歐神話中的神仙，與基督教無關。

⑤這是古代土著的北歐人，經常到法國和英國從事擄掠的活動。

⑥沙柱是沙漠中被旋風捲起成柱子形狀的沙子。

⑦聖·安斯加里烏斯（St. Ansgarius, 801〜865）是第一個到丹麥、瑞典和德國去宣
　傳基督教的牧師，他是法蘭克人。

⑧斯里恩（Slien）是德國普魯士境內位於波羅的的海的一個海灣。

⑨即宣傳基督的教義的牧師，因爲他穿著白色的長袍。

⑩巴爾都（Baldur）是北歐神話中光明之神。他是一個美男子。

⑪見《聖經‧舊約全書‧詩篇》第四十一篇第一節。通行的中文譯本譯爲：「眷顧貧
　窮的有福了，他遭難的日子，耶和華必搭救他。」

⑫這是北歐古時的一種文字。

⑬洛基（Loki）是北歐神話中的一個神仙。

⑭據基督教《聖經》上說，人是上帝用泥巴照自己的形狀捏成的，然後再把靈魂吹進
　去，使它有生命。見《舊約全書‧創世記》第一章。

⑮「拉格納洛克」（Ragnarok）是北歐神話中的神的「末日」。這時神的敵人蘇爾特
　（Surt）來與神作戰。戰爭結束後整個舊世界都被燒毀。

⑯「女神」（skjoldmøər）在北歐神話中是一群決定戰爭勝負的女神。

⑰這是產於非洲和東印度的一種鳥。

兩兄弟

丹麥有一個島，島上的麥田裡露出古代法庭的遺跡，山毛櫸林中冒出高大的樹。在這中間有一個小市鎮；鎮上的房子都很矮，屋頂上蓋的全是紅瓦。其中的一座屋子裡有一個開口的竈；竈裡白熱的炭火上熬著一些稀奇的東西。有的東西在玻璃杯裡煮，有的東西在攪和，有的東西在蒸發，有的草藥在舂臼裡被搗碎。一個老人在做這些事情。

「一個人只能做正確的事情，」他說。「是的，只能做正確

的事情。我們應該認識一切造物的本來面目，同時堅持眞理。」

那個賢德的主婦這時候正和她的兩個兒子坐在房間裡。這兩個孩子的年紀雖小，但是思想已經很像成年人。媽媽常常和他們談起眞理和正義，同時也敎育他們堅持眞理，因爲眞理就是上帝在這世界上的一面鏡子。

較大的孩子看起來是很聰明伶俐的。他最大的興趣是閱讀關於大自然的威力、關於太陽和星星這類的事情——什麼童話也沒有比這更使他感到興趣的。啊，如果他能出去探險旅行，或發明一種辦法來替代鳥兒的翅膀在空中飛行，那將是多麼愉快的事情！是的，發明這些東西是正當的事情！爸爸說得對，媽媽也說得對：眞理使世界前進。

弟弟比較安靜些，整天跟書本在一起。當他讀到雅各穿上羊皮僞裝成以撒，以便騙取他哥哥的繼承權的時候①，他的小手就捏成一個拳頭，表示出他對於欺騙者的憤怒。當他讀到關於暴君、世上的罪惡和不義的事情的時候，他的眼睛裡就會掉出眼淚。在他心中有一個強烈的思想：正義和眞理最後一定會勝利的。有一天晚上，他已經上床去睡了，不過窗簾還沒有拉攏；一道亮光射到他的身上：他抱著書睡覺，因爲他想把索龍②的故事讀完。

他的思想領著他做奇異的航行；他的床簡直就像一艘鼓滿了風的船。他在做夢嗎？這是怎麼回事兒？他在波濤洶湧的海上，在時間的大洋中航行。他聽到索龍的聲音。他聽見有人以一種奇怪但是易懂的方言，唸出一則丹麥的諺語：「國家是應該以法治理的！」

人類的智慧之神現在就在這個貧寒的屋子裡。他向床上彎下腰，在這個孩子的額上親吻了一下：「願你堅強地保持你的榮譽！願你堅強地在生活中奮鬥！願你擁抱著眞理，向眞理的國度飛去！」

哥哥還沒有上床。他站在窗旁，望著草原上升起的白霧。這並非像老保姆所說的那樣，是小鬼在跳舞。他現在知道得很淸楚，這是水蒸氣：因爲它比空氣還要溫暖，所以它能上升。一顆流星把天空照亮起來，於是這孩子的思想就馬上從地上的霧氣飛到閃爍的流星上去。天上的星星在眨著眼睛，好像在向地上放下許多金絲。

「跟我一起飛吧！」這孩子的心裡發出這樣的一個歌聲。人類偉大的智慧帶著他向太空飛去——飛得比雀鳥、比箭、比地上所有能飛的東西還要快。星星射出的光線，把太空中的球體彼此聯繫在一起。我們的地球在稀薄的空氣中旋轉；它上面所有的城市似乎都連接在一起。有一個聲音在這些天體間響著：

「當偉大的精神智慧把你帶到太空中去的時候，什麼是遠，什麼是近呢？」

這個孩子又站在窗子旁邊向外眺望，弟弟睡在床上，媽媽喊著他們的名字：安得爾斯和漢斯・克利斯仙。

丹麥知道他們；全世界也知道他們——他們是奧爾斯得兄弟③。〔1853 年〕

　　這篇小品發表於1859年12月25日出版的《新聞畫報》上。它是在丹麥兩位世界知名的學者奧爾斯得兄弟的感召下而寫成的。從小這兩兄弟的「媽媽常常和他們談起眞理和正義，同時也教育他們堅持眞理。」這就是他們在學問上取得成就的基礎。

【註釋】

①雅各和以撒是兄弟。以撒是長子，有繼承權，當他們的父親要死的時候，雅各穿上羊皮（因爲以撒身上多毛），僞裝成以撒；父親的眼睛看不見，摸了他一下，以爲他眞是以撒，就給予他長子應得的權利。事見《聖經・舊約・創世記》第二十七章。

②索龍（Solon）是古希臘一個有名的立法者，爲當時「七大智者」之一。

③安得爾斯・奧爾斯得（Anders Sandö örsted,1778～1860）是丹麥的哲學家，名律師和政治家，1853年曾任丹麥的首相。漢斯・克利斯仙・奧爾斯得（Hans Christian örsted,1777～1851）是丹麥的名哲學家，發明家和作家。他發明電磁力。

一年的故事

這是一月的末尾，可怕的暴風雪在外面呼嘯。雪花掃過街道
和小巷；玻璃窗外面好像糊滿了一層雪；積雪整塊整塊地從屋
頂上向下面墜落。人們東跑西竄起來；你撞到我的懷裡，我倒到
你的懷裡；他們只有緊緊地相互抱住，才能把腳跟站穩。馬車和
馬好像都撲上了一層白粉似的。馬車夫把背靠著車子，逆著風把
車往回趕。車子只能在深雪中慢慢地移動，而行人則在車子能擋
住風的一邊走。當暴風雪最後平息下來以後，當房屋中間露出一

條小路的時候，人們一碰頭，仍然是停下來站著不動。誰也不願意先挪開步子，自動站到旁邊的深雪裡去，好讓別人通過。他們這樣靜靜地站著，直到最後大家好像有了默契似地，每人犧牲一條腿，把它伸向深深的雪堆裡面去。

　　天黑的時候，天氣變得晴朗起來了，天空好像是打掃過似的，比以前更高闊、更透明了。星星似乎都是嶄新的，有幾顆分外地湛藍和明亮哩。天冷得發凍，凍得嗦嗦地響。這使得表層的積雪一下子就變硬了，明天早晨麻雀就可以在它上面散步。這些小鳥兒在雪掃過了的地面上跑跑跳跳；但是它們找不到任何東西吃，它們的確在挨凍。

　　「吱吱喳喳！」這一隻對另一隻說，「人們把這叫做新年！比起舊年來，它真糟糕透了！我們還不如把那個舊年留下來好。我覺得很不高興，而且我有不高興的理由。」

　　「是的，人們正跑來跑去，在慶賀新年，」一隻凍得發抖的小麻雀說。「他們拿著罐子往門上打①，快樂得發狂，因為舊年過去了。我也很高興，因為我希望暖和的天氣就會到來，但是這個希望落了空——天氣比以前凍得更厲害！人們把時間計算錯了！」

　　「他們確實弄錯了！」第三隻麻雀說。它的年紀老，頭頂上還有一撮白髮。「他們有個叫做日曆的東西。這是他們發明的，因此每件事情都是照它安排的！但是這樣卻行不通。只有春天到來的時候，一年才算開始——這是大自然的規律。我就是照這辦事的。」

　　「不過春天在什麼時候到來呢？」其他幾隻一齊問。

「鸛鳥回來的時候，春天也就到來了。不過鸛鳥的行蹤不能肯定，而且住在這城裡的人誰也不知道這類的事情；他們只有到鄉下才能知道得更多一點。我們飛到鄉下去，在那兒等待好不好？在那兒，我們是更接近春天的。」

「是的，那也很好！」一隻跳了很久的麻雀說；它吱吱喳喳地叫了一陣，沒有說出什麼了不起的話語。「我在城裡有許多方便；飛到鄉下以後，我恐怕難免要懷念它。在這附近的一個房子裡有一個人類的家庭。他們很聰明，在牆邊放了三四個花盆，並且把它們的口向裡，底向外。花盆上打了一個小洞，大得足夠讓我飛進飛出。我和我的丈夫就在這裡面築了一個巢。我們的孩子們都是從這兒飛出去的。人類的家庭當然是爲了要欣賞我們才這樣布置的，否則他們就不會這麼做了。他們還撒了些麵包屑，這也是爲了他們自己的欣賞。所以我們吃的東西也有了；這倒好像他們是在供養我們哩。所以我想，我還不如住下來，我的丈夫也住下來，雖然我們感到並不太高興——但是我們還是住下來了！」

「那麼我們就飛到鄉下去，看看春天是不是快要來了！」於是他們就飛走了。

鄉下還是嚴寒的冬天；寒冷的程度要比城裡厲害得多。刺骨的寒風在鋪滿了雪的田野上吹。農夫戴著無指手套，坐在雪橇上，揮動著雙臂來以得到一點熱力。鞭子在膝蓋上擱著，瘦馬在奔跑——跑得全身冒出蒸氣來。雪發出碎裂聲，麻雀在轍溝裡跳來跳去，凍得發抖：「吱吱！春天什麼時候到來呢？它來得眞慢！」

「眞慢！」田野對面那座蓋滿了雪的小山發出這樣一個聲音。這可能是我們聽到的一個回音，但也許是那個奇怪的老頭兒在說話。他在寒風和冰凍中，高高地坐在一堆雪上。他全身是白，像一個穿著白粗絨的種田人一樣。他有很長的白頭髮、白鬍子、蒼白的臉孔和一雙又大又藍的眼睛。

「那個老頭子是誰呢？」麻雀們問。

「我知道！」一隻老烏鴉說。他坐在一個籬笆的欄柵上，相當謙虛地承認我們在上帝面前都是一羣平等的小鳥，因此它願意跟麻雀混在一起，向它們做些解釋。「我知道這老頭子是誰。他就是『冬天』——去年的老人。他不像曆書上說的，並沒有死去；沒有，他是快要到來的那個小王子『春天』的保護人。是的，冬天在這兒統治著。噢！你們還在發抖，你們這些小傢伙！」

「是的，我不是已經說過嗎？」最小的那隻麻雀說。「曆書不過是人類的一種發明罷了；它跟大自然並不符合！他們應該讓我們來做這些事，我們要比他們聰明多了。」

一個星期過去了；兩個星期又差不多過去了。森林是黑的；湖上的冰結得又硬又厚，像一塊堅硬的鉛。雲朵——的確也不能算是雲朵；而是潮濕的、冰凍的濃霧——低低地籠罩著大地。大黑烏鴉成羣地飛著，一聲也不叫，好像一切東西都睡著了似的。這時有一道太陽光在湖上滑過，像一片熔化了的鉛似地發著亮光。田野和山丘上的積雪沒有像過去那樣發出閃光，但是那個白色的人形——「冬天」本人——仍然坐在那兒，他的眼睛緊緊地瞪著南方。他沒有注意到，雪鋪的地毯在向地下沉，這兒那兒有小片的綠草地在浮現，而草上擠滿了無數的麻雀。

「吱呀！吱呀！春天現在到來了嗎？」

「春天？」這個呼聲在田野上、在草原上升起來了。它穿過深棕色的樹林——這兒樹幹上的青苔發出深綠色的閃光。於是從南方飛來了兩隻最早的鸛鳥；在每一隻的背上都坐著一個美麗的孩子②——一個是男孩子，一個是女孩子。他們獻了一個飛吻，向這大地敬禮。凡是他們腳底所接觸到的地方，白色的花兒就從雪底下冒出來。然後他們手挽著手走向那個年老的冰人——「冬天」。他們倒在他的胸脯上，做了一次新的敬禮。在這同時他們三個人就不見了，周圍的一切景象也消失了。一層又厚又潮的、又黑又濃的煙霧把一切都籠罩住了。不一會兒風吹了起來。它奔馳著，它呼嘯著，把霧氣趕走，使太陽光能溫暖地照射出來。冬天老人消逝了，春天的美麗孩子坐上了這一年的皇位。

「這就是我所謂的新年！」一隻麻雀說，「我們重新獲得了我們的權利，做爲這個嚴峻的冬天的報償。」

凡是這兩個孩子所到的地方，綠芽就在灌木叢上或樹上冒出來，草也長得更高。麥田慢慢染上一層活潑的綠色。於是那個小姑娘就在四處散著花。她的圍裙裡兜滿了花兒——花兒簡直像是從那裡面生出來的一樣，因爲，不管她怎樣熱心地向四處散著花朵，她的圍裙裡總是滿的。她懷著一片熱忱，在蘋果樹上和桃樹上撒下一層花朵織成的雪花，使得它們在綠葉還沒有長好以前，就已經美得可愛了。

於是她就拍著手，那男孩子也拍著手。接著就有許多鳥兒飛來了——誰也不知道它們是從哪兒飛來的。它們喃喃地叫著，唱著：「春天到來了！」

這是一幅美麗的景色。許多老祖母蹣跚地走出來，走到太陽光裡來。她們簡直像年輕的時候一樣，向那田野裡遍地長著的黃花凝望。世界又變年輕了。「今天外面真是快樂！」老祖母說。

森林仍然是棕綠色的，佈滿了花苞。又香又新鮮的車葉草已經長出來了。紫羅蘭遍地都有，還有秋牡丹和櫻草花；它們的每片葉子裡都充滿了汁液和力量。這的確是一張可以坐的、美麗的地毯，而一對春天的年輕人也真的手挽著手地坐在它上面，唱著歌，微笑著，生長著。

一陣毛毛細雨從天上向他們落下來，但是他們並沒有注意到。因為雨點和歡樂的眼淚混在一起，變成同樣的水滴。這對新婚夫婦互相吻著，而當他們正在擁吻的時候，樹林就開始欣欣向榮地生長。太陽升起來了，所有的森林都染上了一層綠色。

這對新婚的年輕人手挽著手，在垂著的新鮮葉簇下面散步。太陽光和陰影在這些綠葉上組合出變幻無窮的色調。這些細嫩的葉子裡充滿了處女般的純潔和新鮮的香氣。溪澗晶瑩地、快樂地在天鵝絨般的綠色燈芯草中間，在五光十色的小石子上，潺潺地流著。整個大自然在說：「世界是豐饒的，世界將永遠是豐饒的！」杜鵑在唱著歌，百靈鳥也在唱著歌：這是美麗的春天。但是，柳樹已經在它們的花朵上戴上了羊毛般的手套——它們把自己保護得太仔細了，這真使人感到討厭。

許多日子過去了，許多星期過去了，炎熱的天氣就接踵而來。熱浪從那漸漸變黃的麥林中襲來。北國的雪白的睡蓮，在山區鏡子般的湖上，展開巨大的綠葉子。魚兒跑到它們下面休息和乘涼。在樹林擋著風的一邊，太陽照到農家屋子的牆上，溫暖著

正在開放的玫瑰花；櫻桃樹上掛著充滿了汁汁的、紅得發黑的、被太陽光曬熱了的漿果。這兒坐著那位美麗的「夏天」少婦——她就是我們先前所看到的那個小女孩和後來的新嫁娘。她的視線正盯著一堆正在密集的烏雲；它們像重疊的山峰，又青又沉重，一層比一層高。它們是從三方面集攏來的。它們像變成了化石的、倒掛的大海一樣，向這片樹林壓下來；這片樹林，像著了魔一樣，變得靜寂無聲。空中沒有一點動靜；每一隻飛鳥都變得沉默了。大自然中有一種莊嚴的氣氛——有一種緊張的沉寂。但是在大路和小徑上，行人、騎馬的人和坐車子的人都在忙著找隱蔽的地方。

這時好像是從太陽裡爆裂出來的閃光，在燃燒著，在耀眼，要把一切都吞沒掉。一聲轟雷把黑暗又帶回來了。大雨在傾盆地倒瀉著。一會兒黑夜，一會兒白天；一會兒靜寂，一會兒發出巨響。沼地上細嫩的、棕色羽毛般的蘆葦，像長條的波浪似地前後搖曳著。樹林裡的枝椏籠罩在水霧裡。接著又是黑暗，又是閃光；又是靜寂，又是巨響。草和麥子被打到地上，浸在水裡，好像永遠不能再起來似的。但是不一會兒雨就變成了個別的細點；太陽出來了；水滴像珍珠似地在葉子和草上發出閃光；鳥兒在歌唱；魚兒從湖水裡跳出來；蚊蚋在跳著舞。在那鹹味的、起伏波動著的海水中的大礁石上，坐著「夏天」本人——他是一個強健的人，有粗壯的肢體和滴著水的長髮。他坐在溫暖的太陽光裡，洗完冷水澡後，更顯得精神抖擻。四周的大自然又復活起來了；一切都顯得豐茂、強壯和美麗。這是夏天，溫暖的、可愛的夏天。

從那一片豐茂的苜蓿地上升起一陣愉快和甜美的香氣；蜜
蜂在一個廟會舊址上嗡嗡地唱歌。荆棘在做爲祭壇的石桌上蔓
延著。這個祭壇經過了雨的刷洗後，在太陽光中射出光芒來。蜂
后帶著她的一羣工蜂向那兒飛去，忙著製造蠟和蜜。只有「夏天」
和他強健的妻子看到了這情景。這個堆滿了大自然的供品的祭
壇，就是爲他們而設的。

黃昏的天空射出金光，任何教堂的圓頂都沒有這樣華麗。月
光在晚霞和朝霞之間亮著③：這是夏天。

許多日子過去了，許多星期過去了，收割人明晃晃的鐮刀在
麥田裡發著光；蘋果樹枝結著紅而帶黃的果實，彎下來了。蛇麻
一叢一叢地低垂著，發出甜美的香氣。榛子林下掛著一串一串的
硬殼果。一個男子和女子——「夏天」和他安靜的妻子——在這
兒休息著。

「多麼豐富啊！」她說，「周圍是一種豐饒的景象，使人覺
得溫暖和舒適。但是我不知道爲什麼，我渴望安靜和休息——我
不知道怎樣把這感覺表達出來。現在大家又在田裡工作了。人們
總想獲得更多、更多的東西。看吧，鸛鳥成羣地來了，遙遙地在
犁頭後面跟著。替我們從空中送來孩子的埃及鳥兒啊！你記得
當我們還是一對小孩的時候，我們怎樣來到這北方的國度嗎？
我們帶來花兒、愉快的陽光和樹林的綠色外衣。風兒對樹林非常
粗暴。那些樹像南方的樹一樣，變成了黑色和棕色；可是它們沒
有像那些樹一樣，結出金黃的果實！」

「你想看到金黃的果實嗎？」「夏天」說，「那麼請你欣賞
吧。」

他舉起他的手臂，於是樹林裡的葉子就染上一片深紅和金黃；於是整個樹林就染上了美麗的色彩。玫瑰花裡面亮著鮮紅的野薔薇子，接骨木樹枝上沉重地掛著串串的黑果實；成熟了的野栗子從殼裡脫落下來。在樹林的深處，紫羅蘭又開花了。

但是這「一年的皇后」一天一天地變得沉寂，一天一天地變得慘白。

「風吹得冷起來了！」她說，「夜帶來了潮濕的霧。我渴望回到我兒時的故鄉去。」

於是她看到鸛鳥飛走了。每一隻都飛走了！她在它們後面伸著手。她抬頭看看它們的巢——那裡面是空的。有一個巢裡還長出了一棵梗子很長的矢車菊；另一個巢裡長出了一棵黃芥子，好像這巢就是為了保護它而存在似的。麻雀飛上來了。

「吱吱！主人跑到什麼地方去了？風一吹起來，他就有些吃不消了，所以他離開這國家了。祝他有一個愉快的旅行！」

樹林裡的葉子漸漸變枯黃了，一片一片地落下來；狂暴的秋風在怒號。這已經是深秋了；「一年的皇后」躺在枯黃的落葉上，用她溫和的眼睛望著那些閃亮的星星，這時她的丈夫就站在她的身邊。有一陣風從葉子上掃過；葉子又落了，皇后也不見了，只有一隻蝴蝶——這一年最後的生物——在寒冷的空中飛過去。

潮濕的霧降下；接著就是冰凍的風和漫長的黑夜。這年的國王的頭髮都變得雪白了，但是他自己不知道；他以為那是從雲朵上飛下來的雪花。不久，薄薄的一層雪就蓋滿了綠色的田野。

這時教堂上敲出聖誕節的鐘聲。

「這是嬰孩④出生的鐘聲！」這年的國王說，「不久新的國王和皇后就要出生了。我將像我的妻子一樣，要去休息了——到那明亮的星兒上去休息。」

在一個新鮮的、蓋滿了雪的綠樅樹林裡，站著聖誕節的天使。他封這些年輕的樹兒爲他聖誕晚會的裝飾品⑤。

「願客廳裡和綠枝下充滿了快樂！」這年的老國王說。在幾個星期以內，他就變成了一個滿頭白髮的老人。「我休息的時間快到了。這年的一對年輕人將得到我的王冠和王節。」

「然而權還是屬於你的，」聖誕節的天使說，「你有權，你不能休息！讓雪花溫暖地蓋在年幼的種子上吧！請你學習忍受著這樣的事實：別人得到尊敬，雖然實際上是你在統治著。請你學習忍受著這樣的事實：別人忘記你，雖然實際上你是活著的！當春天到來的時候，你休息的時期也就不遠了。」

「春天什麼時候到來呢？」「冬天」問。

「當鸛鳥回來的時候，他就到來了！」

滿頭白髮和滿臉白鬍子的「冬天」，現出一副寒冷、佝僂和蒼老的樣子，不過他卻健壯得像多天的風暴，堅強得像冰塊。他坐在山頂的積雪上，向著南方望，正如他在上一個「冬天」坐著和望著一樣。冰塊發出刮刮的聲音；雪在嘰嘰地響；溜冰人在光滑的湖面上飄來飄去；渡鳥和烏鴉站立在白色的地上，樣子非常好看。風兒沒有一絲動靜。在這無聲無息的空氣中，「冬天」緊揝著他的拳頭，冰塊在山峰與山峰間結了幾尺厚。

這時麻雀又從城裡飛出來了，同時問：「那兒的老人是誰

呢？」

渡鳥又坐在那兒——也許這就是它的兒子吧，反正都是一樣的——對它們說：「那是『冬天』——去年的老人。他並沒有像曆書上所說的死去了；他正是快要到來的春天的保護者。」

「春天會在什麼時候到來呢？」麻雀問，「只有他到來，我們才有快樂的時光和更好的統治！那個老傢伙一點也不行。」

「冬天」望著那沒有葉子的黑樹林沉思地點著頭。樹林裡的每一棵樹都露出枝條的美麗形態和曲線。在這冬眠的時期，冰冷的霧從雲層上降落下來；於是這位統治者就想起了他的少年時期。將近天明的時候，整個的樹林已經穿上一層美麗的白霜衣。這是「冬天」的夏夜夢。接著太陽就把白霜從樹枝上趕走。

「『春天』會在什麼時候到來呢？」麻雀問。

「春天！」就像一個回音似的從蓋滿了雪的山丘上飄來。太陽照得更溫暖，雪也融化了，鳥兒在喃喃地唱「春天到來了！」

於是第一隻鸛鳥高高地從空中飛來了，接著第二隻也飛來了。每隻鸛鳥的背上都坐著一個美麗的孩子。他們飛落到田野上來，親吻這塊土地，也吻了那個沉默的老人。於是這名老人就像站在山上的摩西⑥一樣，在一團迷濛的霧氣中不見了。

這一年的故事也就結束了。

「這是非常好！」麻雀們說，「而且這也是非常美，但是它跟曆書上說的不相符，因此是不對的。」〔**1852 年**〕

　　這篇作品收集在安徒生 1852 年 4 月 5 日在哥本哈根出版的《故事集》裡。安徒生說：「我寫的那些不入經卷的故事，我覺得無論從性質和所涉及的範圍方面說，可以用《故事集》概括在一起。」因爲「在嬰兒室裡講的故事、寓言和傳說，孩子們、農民和一般人都稱之爲『故事』。」這一篇故事就是根據民間對一年四季的理解和傳說用童話的形式寫成的。當然這裡所說的「民間」具有北歐的特點，而不是其他。

【註釋】

①這是丹麥的一個古老風俗：每年 12 月 31 日，年輕人把土罐子往農舍的門上打，發出很大的聲音來。這時主人就會出來追趕，最後就請他們到家裡來喝酒。

②鸛鳥是一種候鳥。據丹麥民間的傳說，它冬天飛到埃及去避寒；它同時還是「送子」的特使：小孩都是由它從遙遠的地方送來的。

③在北歐，特別是在瑞典，夏天有一個時期幾乎沒有黑夜。

④指耶穌，聖誕節就是他的生日。

⑤基督教國家的習慣：在聖誕節的時候，客廳中總有一株裝飾得很華麗的樅樹，上面掛著許多送給孩子們的聖誕禮物。

⑥據古代希伯來人的傳說，摩西是他們最早的立法者（見《聖經·舊約·出埃及記》第三十四章），而他所定的法律是他站在西乃山上時與上帝商量好的。

乾爸爸的畫冊

乾爸爸會講故事，講得又多又長。他還能剪紙和畫圖。在聖誕節快要到來的時候，他就拿出一本用乾淨白紙訂成的剪貼簿，把他從書上和報上剪下來的圖畫都貼上去。如果他沒有足夠的圖畫來說明他所要講的故事，就自己畫出幾張來。我小時候曾經得到過好幾本這樣的書冊，不過最好看的一本是關於「哥本哈根用瓦斯代替老油燈的那個值得紀念的一年」——這就是寫在第一頁上的標題。

「這本畫册必須好好地保存著，」爸爸和媽媽說。「你只有在很重要的場合才能把它拿出來。」

但是乾爸爸在封面上卻這樣寫著：

即使把這本書撕破也沒有什麼關係，
許多別的小朋友幹的事情比這還糟。

最好玩的是乾爸爸親自把這本書拿出來，唸裡面的詩句和其他的說明，還講出一番大道理。這時故事就會成眞了。

第一頁上是從《飛行郵報》上剪下來的一張畫。你可以從這張畫上看到哥本哈根、圓塔和聖母院教堂。在這張畫的左邊貼著一張關於舊燈的畫，上面寫著「鯨油」；在右邊貼著一張關於燈台的畫，上面寫著「瓦斯」。

「你看，這就是標題頁，」乾爸爸說。「這就是你要聽的故事的開頭。它也可以說是一齣戲，如果你會演的話：『鯨油和瓦斯——或哥本哈根的生活和工作』。這是一個非常好的標題！在這一頁的下面還有一張小圖畫。這張畫可不容易懂，因此我得解釋給你聽。這是一匹地獄馬①，它應該是在書後面出現的，但是卻跑到書前面來了，爲的是要說：開頭、中間和結尾都不好。也許只有它來辦這件事情才算是最理想的——如果它辦得到的話。我可以告訴你，這匹地獄馬白天是拴在報紙上的，而且正如大家所說的，在專欄中兜圈子。不過在晚上它就溜出去，待在詩人的門外，發出嘶鳴聲，使住在裡面的人立刻死去——但是假如這個人身體裡有眞正的生命，他是不會死去的。地獄馬似乎永遠

是一個可憐的動物；他不瞭解自己，老是找不到飯吃。它只有到處嘶鳴才找得到一點空氣和植物來維持生命。我相信它不會喜歡乾爸爸的畫冊的，雖然如此，它畢竟還值得它所占用的這一頁紙。

「這就是這本書的第一頁，也就是標題頁！」

這正是油燈亮著的最後一晚。街上已經有了瓦斯燈。這種燈非常明亮，讓許多老油燈顯得一點兒光彩也沒有。

「我那天晚上就在街上，」乾爸爸說。「大家在街上走來走去，觀看這新舊兩種燈。人很多，而腿和腦更要多一倍。守夜人哭喪著臉站在一旁。他們不知道自己會在什麼時候像油燈一樣被取消掉。他們把過去的事情回想得很遠，因此就不敢想將來的事情了。他們想起許多安靜的黃昏和黑暗的夜。我正靠著一個路燈桿站著，」乾爸爸說，「油和燈芯正在發出吱吱的聲音。我聽到燈所講的話，你現在也可以聽聽。」

「我們能做到的事，我們全都做了，」燈說。「我們對我們的時代已經做了足夠的工作。我們照著快樂的事情，也照著悲哀的事情。我們親眼看見過許多重大的事情。我們可以說我們曾經是哥本哈根的夜眼睛。現在讓新的亮光來接我們的班，來執行我們的職務吧。不過他們能夠照多少年，能夠照出一些什麼事情來，這倒要看他們的表現了。比起我們這些老燈來，他們當然是要亮得多。但是這並不是什麼了不起的事情，特別是因為他們被裝成了瓦斯燈，有那麼多的聯繫，彼此都相通！他們四面八方都有管子，在城裡城外都可以得到支援！但是我們每盞油燈只是

憑著自己的力量發出光來，並沒有什麼裙帶關係。我們和我們的
祖先在許許多多年以前，不知把哥本哈根照亮了多麼久。不過今
天是我們發亮的最後一晚，而且跟你們——閃耀的朋友——在
街上一起處於一個所謂次等的地位。但是我們並不生氣或嫉
妒。不，完全不是這樣，我們很高興，很愉快。我們是一些年老
的哨兵，現在有了穿著比我們更漂亮的制服的士兵來接班。現在
我們可以把我們的家族———一直到我們十八代的老祖母燈
——所看到和經歷過的事情統統都告訴你們：整個哥本哈根的
歷史。有一天你們也要交班的，那時我希望你們和你們的後代也
有我們這樣的經驗，同時也能講出像我們這樣驚人的事情來。你
們會交班的，你們最好能做好準備！人類一定會發現比瓦斯還
要強烈的光來。我聽到一個學生說過，人類有一天可能會把海水
拿來點燈呢。」

當油燈正說著這些話的時候，燈芯就發出吱吱的聲音來，好
像它裡面真的有水一樣。

乾爸爸仔細地聽。他想了想，覺得老街燈要在這個從油燈轉
換成瓦斯燈的新舊交替之夜裡，把整個哥本哈根的歷史都敍述
出來，非常的有道理。「有道理的事情不能讓它滑過去，」乾爸
爸說。「我馬上就把它記住，回到家裡來，為你編好這本畫册。
它裡面的故事比這些燈所講的還要老。

「這就是畫册；這就是『哥本哈根的生活和時代』的故事。
它是從黑暗開始——漆黑的一頁：它就是黑暗時代。」

「現在我們翻下一頁吧！」乾爸爸說。

「你看到這張圖畫沒有？只有波濤洶湧的大海和狂暴的東

北風在號叫。它推動著大塊的浮冰。除了從挪威的石山上滾下來
的大石塊以外，冰上沒有什麼人在航行。北風把冰塊向前吹，因
爲他故意要讓德國的山岳看到，北國有多麼龐大的石塊。整隊的
浮冰已經流到瑟蘭海岸外的松德海峽。哥本哈根就在這個島
上，但是那時哥本哈根並不存在。當時只有一大塊浸在水底下的
沙洲。這一大堆浮冰和一些龐大的石塊在沙洲上擱淺了。這整堆
的浮冰再也移動不了。北風沒有辦法使它再浮起來，因此他氣憤
得不可開交。他詛咒著這沙洲，把它稱爲『賊島』。他發誓，假
如它有一天從海底露出來，它上面一定會住著賊和強盜，一定會
豎立起絞架和輪子。

　　「當他正在詛咒和發誓的時候，太陽就出來了。太陽光中有
許多光明和溫柔的精靈──光的孩子──在飛翔。他們在寒冷
的浮冰上跳舞，使浮冰融化。那些龐大的石塊就沉到多沙的海底
去了。

　　「『這混蛋的太陽！』東北風說。『他們是有交情呢，還是有
親族關係？我要記住這件事，將來要報仇！我要詛咒！』

　　「『我們要祝福！』光的孩子們唱著。『沙洲要升起來，我們
要保護它！眞、善、美將會住在上面！』

　　「『完全是胡說八道！』東北風說。

　　「你要知道，對於這件事情，燈沒有什麼話可說，」乾爸爸
說。「不過我全知道。這對於哥本哈根的生活和時代是非常重要
的。」

　　「現在我們再翻下一頁吧！」乾爸爸說。「許多年過去了。

沙洲冒出水面了。一隻水鳥站在一塊冒出水面的石頭上。你可以
在圖畫裡看見它。許多年又過去了。海水把許多死魚沖到沙洲上
來。堅韌的蘆葦長出來了，枯萎了，腐爛了，這使得土地也變得
肥沃起來。接著許多不同種類的草和植物也長出來了。沙洲成了
一個綠島。維京人就在這兒登陸，因為這兒有平地可以作戰，同
時瑟蘭海岸外的這個島也是一個良好的船隻停泊處。

　　「我相信，最初的一盞油燈被點起來，完全是因為人們要在
它上面烤魚的緣故。那時的魚才多呢。鯡魚成群地從松德海峽游
過來；要想把船在它們上面推過去真是非常困難。它們像閃電
似地在水裡閃耀著；它們像北極光似地在海底燃燒。松德海峽
裡藏著大量的魚，因此人們就在瑟蘭沿岸蓋起房子來：房子的
牆是用櫟樹做的，房子的頂是用樹皮蓋的。人們所需要的樹簡直
用不完。船隻開進海港裡來；油燈掛在搖擺的繩子上。東北風在
吹，在唱著歌：『呼——呼——呼！』假如島上點起一盞燈的
話，那麼這就是盜賊的燈：走私販子和盜賊就在這個『賊島』上
進行他們的活動。

　　「『我相信，我所希望的那些壞事將會在這個島上發生，』
東北風說。『樹馬上就要長出來；我可以從它上面搖下果實。』

　　「樹就在這兒，」乾爸爸說。「你沒有看到這『賊島』上的
絞架嗎？被鐵鍊子套著的強盜和殺人犯就吊在那上面，跟往時
一模一樣。風把這些長串的骸骨吹得格格做響，但月亮卻沉靜地
照著它們，正如它現在照著人跳集體舞一樣。太陽也在愉快地照
著，把那些吊著的骸骨打散。光的孩子在太陽光中唱著歌：『我
們知道！我們知道！在不久的將來，這兒將是一塊美麗的地

方，一塊又好又漂亮的地方！」

「『這簡直像小鷄講的話！』東北風說。

「我們再翻下一頁吧！」乾爸爸說。

「羅斯基勒②這個小鎮的敎堂鐘聲響起來了。亞卜薩龍主敎就住在這兒。他旣能讀《聖經》，也能比劍。他旣有威力，也有決心。這個小鎮在不斷地發展，現在變成了一個商業中心。亞卜薩龍保護著港口的一些忙碌的漁夫，免得他們受到侵略。他在這個汚穢的土地上灑了聖水：『賊島』算是得到了一次光榮的洗禮。石匠和木匠開始工作。在主敎的指揮下，一棟建築物出現了。當紅牆被築起來的時候，太陽光就吻著它們。

「這就是『亞克塞爾之家』③。

> 有塔的宮殿，
>
> 非常莊嚴；
>
> 有台階，
>
> 有陽台；
>
> 呼！
>
> 噓！
>
> 東北風，
>
> 吹得臉腫，
>
> 吹呀！
>
> 掃呀！
>
> 宮堡仍然屹立不動！

「宮堡外面就是『海墳』④——商人的港口。

人魚姑娘的閨房，
在海上綠林的中央。⑤

「外國人到這兒來買魚，同時搭起棚子，建築房屋。這些房屋的窗上都鑲著膀胱皮，因爲玻璃太貴。不久以後，具有山形牆和起錨機的棧房也建立起來了。你看吧，這些店裡坐著許多老光棍。他們不敢結婚；他們做生薑和胡椒的買賣——他們是『胡椒紳士』⑥！

「東北風在大街小巷裡吹，揚起許多灰塵，有時把草紮的屋頂也掀開了。母牛和豬在街上的溝裡走來走去。

「『我要嚇唬他們，降服他們，』東北風說。『我要在那些屋子上吹，在「亞克塞爾之家」上吹。我絕不會弄錯的！人們把它叫做賊島上的「死刑堡」。』」

於是乾爸爸指著一張圖畫——這是他親手畫的；牆上插著一行一行的椿子，每根椿子上都掛著一個擄來的海盜的露出牙齒的腦袋。

「這都是眞的，」乾爸爸說。「是值得知道的；能夠理解它也有益處。

「亞卜薩龍主教正在浴室裡，他隔著薄牆聽到外邊有海盜來到，便馬上從澡盆裡跳出來，跑到船上，吹起號角，水手們立刻集合起來。箭射中海盜的背。他們拚命搖著槳，想逃命。箭射中他們的手，他們連拔出的工夫都沒有。一個個的海盜都被亞卜薩

龍主教活捉過來，砍掉腦袋，然後把這些腦袋掛在城堡的外牆
上。東北風鼓起腮來吹，滿嘴含著壞天氣──正如水手說的一
樣。

　　「『我要在這兒攤開四肢，』風兒說。『我要躺在這兒看完這
全部把戲。』

　　「他躺了好幾點鐘，吹了好幾天。許多年過去了。」

　　「守塔人在塔門口出現了；他看看東方，看看西方，看看南
方和北方。你可以在圖畫裡看到他這副樣兒，」乾爸爸說，同時
用手指著：「你看他就在那兒。不過他看到了一些什麼東西，我
等一會兒再告訴你。

　　「『死刑堡』的牆外是一片汪洋大海──它一直伸展到卻格
灣。這條通到西蘭的海峽是很寬的。塞里斯勒夫草原上和索爾堡
草原⑦上有許多村莊。在它們前面，一個由許多具有山形牆的
木房子所組成的新城市漸漸發展起來了。有好幾條街全是住著
鞋匠、裁縫、雜貨商人和啤酒商人；另外還有一個市場，一個同
業公會的會所；在曾經是一個小島的海邊上現在還有一座美麗
的聖尼古拉教堂。這教堂有一個非常高的尖塔──它的倒影映
在清亮的水裡是多麼清楚啊！離這兒不遠是聖母院。人們在這
裡唸著和唱著彌撒，焚著芬芳的香，點著蠟燭。商人的港口⑧現
在成了一座主教城。羅斯吉爾得的主教就在這裡統治著。

　　「愛蘭生主教坐在『亞克塞爾之家』裡。廚房裡正在烤著
肉，僕人端上啤酒和紅葡萄酒，提琴和黃銅鼓奏出了音樂。蠟燭
和燈在燃燒；城堡正大放光明，好像它是整個王國裡的一盞明
燈。東北風吹著塔和牆，但是塔和牆仍然屹立不動。東北風吹著

城西邊的堡壘——只不過是一道木欄柵，但是這堡壘也是屹立
不動。丹麥國王克利斯朵夫一世⑨就站在堡壘外面。叛亂者在
雪爾卻爾攻打他；他現在要到這個主教的城市來避亂。

「風兒在呼嘯，在像主教一樣地說：『請你站在外面！請你
站在外面！門是不會爲你而開的！』」

「那是一個困苦的時代，那是一些艱難的日子。每個人喜歡
怎樣就怎樣。霍爾斯坦的旗幟在宮殿的塔上飄揚。處處是貧困和
悲哀。這是痛苦的黑夜。全國都有戰爭，還有黑死病在流行著。
這是漆黑的夜——但是好日子快要來臨了。

「主教的城現在成了國王的城。城裡羅列著山形牆的屋子和
窄狹的街道；有守夜人和一座市政廳；它的西區設有一個固定
的絞架——只有市民才夠資格在那上面受絞刑。一個人必須是
這城市的居民才能被吊在那上面，高高地眺望卻格和卻格的母
鷄⑩。

「『這是一座美麗的絞架，』東北風說，『美要不斷地發揚！』
它吹著，它呼嘯著。

「它從德國吹來了災害和苦惱。

「漢薩的商人到來了，」乾爸爸說。「他們是從棧房裡和櫃
台後面來的；他們是羅斯托克、呂貝克和卜列門的富有商人。他
們所希望得到的不只是瓦爾得馬爾塔上的那隻金鵝。他們在丹
麥國王的城裡所擁有的權力比丹麥國王要大得多。他們乘著武
裝的船隻闖進來；誰也沒有準備。此外，國王愛立克也沒有心情
來和他的德國族人作戰⑪。他們的人數是那麼多，而且是那麼厲
害。國王愛立克帶著他的朝臣們急忙從西城逃走，逃到一個小鎮

蘇洛去——到安靜的湖邊和綠樹林中去，到戀歌和美酒杯中去。

「但是有一個人留在哥本哈根——一個具有高貴的心和高貴的靈魂的人。你看到這張圖畫沒有？這是一個年輕的婦人——那麼優雅，那麼嬌嫩，她的眼睛像海一樣深沉，頭髮像亞麻一樣金黃。她就是丹麥的皇后、英國的公主菲力巴⑫。她留在混亂的城裡。大街小巷裡全是陡峭的台階，棚子和灰泥木板條的店鋪。市民都湧進來，不知怎樣辦才好。

「她有男子的勇氣和一顆男子的心。她把市民和農人召集起來，啓發他們，鼓舞他們。他們裝備好船，駐守那些碉堡。他們放著馬槍；處處是煙火和歡樂的心情。我們的上帝絕不會放棄丹麥的。太陽照著每個人的心；所有的眼睛都射出勝利的光。祝福菲力巴吧！她在茅屋裡，在房子裡，在國王的宮殿裡，看守傷病人員；她得到了祝福。我剪了一個花圈，放在這張畫上，」乾爸爸說。「祝福菲力巴皇后吧！」

「現在我們向前再跳過幾年吧！」乾爸爸說。「哥本哈根也一起向前跳。國王克利斯蒂安一世⑬在羅馬。他得到了教皇的祝福。在長途的旅行中，他處處受到尊敬。他在家裡砌了一棟紅磚房子。通過拉丁文傳授的學術將要在這兒發揚光大。農夫和窮手藝工人的孩子都到這裡來。他們可以求乞，可以穿上黑衣袍，可以在市民的門口唱歌。

「在這個一切用拉丁文教學的學校旁邊，另外還有一棟小房子。在這裡面，大家講著丹麥文和遵守丹麥的習俗。早餐是啤酒熬的粥；午飯時間在上午十點鐘。太陽通過小塊的窗玻璃射到

碗櫃和書架上。書架裡放著手抄的寶藏：密加爾長老的《念珠》和《神曲》，亨利・哈卜斯倫的《藥物集》和蘇洛的尼爾斯兄弟所著的《韶文丹麥史記》。『每個丹麥人應該熟悉這些書，』這房子的主人說，而他就是使大家熟悉這些書的人。他是丹麥第一個印書的人──荷蘭籍的高特夫列・萬・格曼。他從事這項對大家有利的魔術：印書的技術。

「書籍來到國王的宮殿裡，來到市民的住屋裡。諺語和詩歌從此獲得了永恒的生命。人們在痛苦和快樂中不敢說的話，民歌的鳥兒就把它唱出來──雖然用的是寓言形式，但是清楚易懂。這歌鳥自由地在廣闊的空中飛翔──飛過平民的客廳，也飛過武士的宮殿。它像蒼鷹似地坐在一個貴婦人的手上，喃喃地歌唱。它像一隻小老鼠似地鑽進地牢，對那些被奴役的農奴吱吱地講話⑭。

「『這完全是一堆廢話！』銳利的東北風說。

「『這正是春天！』太陽光說。『你看，綠芽都在偷偷地露面了！』」

「我們把畫册翻下去吧！」乾爸爸說。

「哥本哈根是多麼光華燦爛啊！這兒有馬上比武和雜技表演；這兒有壯麗的遊行行列。請看那些穿著華麗甲冑的武士；請看那些穿綢戴金的貴婦人。國王漢斯⑮把他的女兒伊麗莎白嫁給勃蘭登堡的選帝侯⑯。她是多麼年輕，多麼快樂啊！她走過的地方都鋪有天鵝絨。她想著她的將來：幸福的家庭生活。在她身邊站著的是她皇族哥哥──擁有一雙憂鬱眼睛和沸騰熱血的

克利斯蒂安王子。他是市民愛戴的人，因爲他知道他們所受到的
壓迫。他心中關懷著窮人的未來。

「只有上帝能決定我們的幸福！」

「現在再把我們的畫册翻下去吧！」乾爸爸說。「風吹得非
常銳利。它在歌唱著那銳利的劍、那艱難的時代和那些不安的日
子。

「那是四月裡一個嚴寒的日子。爲什麼有那麼多的人聚集在
宮殿前面稅捐稽徵所的門口呢？國王的船在那兒停著，揚起了
帆，掛著國旗。許多人擠在窗子後面和屋頂上觀看。大家都充滿
著悲哀、痛苦、焦急和渴望的心情。大家都望著宮殿。不久以前，
人們在那金碧輝煌的大廳裡舉著火炬開舞會，但是現在那裡面
卻是寂靜無聲。大家望著那些陽台。國王克利斯蒂安常常在那上
面眺望『御橋』，同時沿著那窄狹的『御橋街』眺望他從貝爾根
帶來的那名荷蘭女子『小鴿子』。百葉窗是關著的。衆人望著宮
殿：它的門是開著的，吊橋已經放下來了。國王克利斯蒂安帶著
他忠實的妻子伊麗莎白來了。她將不會離開她高貴的主人，特別
是在他正遭遇著極大的困難時⑰。

「他的血液裡焚著火，他的思想裡焚著火。他要粉碎與舊時
代的聯繫，他要粉碎農民的羈絆，他要對市民和善，他要剪斷那
些『貪婪的鷹』的翅膀，但是這些鷹太多了。他離開了他的王
國，希望能夠在外國爭取更多的朋友和族人。他的妻子和忠實的
部下追隨著他。在這別離的時刻，每個人的眼睛都濕了。

「聲音和時代之歌混雜在一起；有的反對他，有的贊成他。

這是一個三部合唱。請聽那些貴族們所講的話吧。這些話被寫下來和印出來了：

「『萬惡的克利斯蒂安，願你倒楣吧！流在斯德哥爾摩廣場上的血在高聲地詛咒著你！⑱』

「僧侶們也同樣地咒罵他：『讓上帝和我們遺棄你吧！你把路德的一套教義搬到這兒來；你使它占用教堂和講台；你讓魔鬼現身說法。萬惡的克利斯蒂安，願你倒楣吧！』

「但是農民和平民卻哭得非常難過：『克利斯蒂安，人民愛戴你！不准人們把農民當做牲畜一樣買賣，不准人們把農民隨便拿去交換一隻獵犬！你所定的法律就是你的見證！』

「不過窮人所說的話只像風裡的糟糠。

「船現在在宮殿旁邊開過去了。平民都跑到圍牆邊來，希望能再看這艘御艇一眼。」

「時代是漫長的，時代是艱苦的；不要相信朋友，也不要相信族人。

「住在吉爾宮殿裡的佛列得里克⑲倒很想做丹麥國王呢。

「國王佛列得里克現在來到了哥本哈根。你看到這幅圖『忠誠的哥本哈根』沒有？它的周圍是一片漆黑的烏雲，呈現出一系列的畫面。看看每一幅畫吧！這是一種能發出回響的圖畫：它現在還在歌聲和故事中發出回音——經歷過一連串歲月的艱難和困苦的時代。

「那隻遊踪不定的鳥兒，國王克利斯蒂安的遭遇怎樣呢？許多別的鳥兒曾經歌唱過它；它們已經飛得很遠，飛過了國家

和大海。鸛鳥在春天來得很早；它是從南方飛過德國而來的。它
看到過下面所講的事情：

「『我看到亡命的國王克利斯蒂安在長滿了石楠的沼澤地上
乘著車子走過。他遇見一輛單隻馬拉著的破車。車裡坐著一個女
人──國王克利斯蒂安的妹妹，勃蘭登堡選帝侯的夫人。她因為
忠實於路德的教義而被她的丈夫驅逐出境了。這兩個流亡的兄
妹在這陰暗的沼澤地上見面了。時代是艱難的；時代是漫長
的。不要相信朋友或族人吧。』

「燕子從松德堡宮殿⑳那兒飛來，它們唱著悲歌：『國王克
利斯蒂安被人出賣了。他坐在一座像井一樣深的塔裡。他沉重的
步伐在石鋪的地上留下足印，他的手指在堅硬的大理石上刻下
痕跡。』

> 啊，什麼憂愁能比得上
> 刻在石縫裡的這些話語？㉑

「魚鷹從波濤洶湧的大海飛來──那廣闊無邊的大海。一條
船在這海上駛來，帶著富恩島上的蘇倫・諾爾布㉒。他是幸運的，
但是幸運像風和天氣一樣，不停地在變幻。

「在尤蘭和富恩島上，大渡鳥和烏鴉在尖叫：『我們現在出
來尋找食物！真是好極了，好極了！這兒有死馬的屍體，也有死
人的屍體。』這是一個動亂的時代；這是侯爵㉓作戰的時代。農
人拿起他們的棒子，市民拿起他們的刀子，大聲地喊著：『我們
要打死所有的豺狼，一隻幼狼也不要讓它留下。』煙雲籠罩著正

在焚毀的城市。

「國王克利斯蒂安是松德堡宮殿裡的一個囚徒。他沒有辦法逃跑，也沒有辦法看到哥本哈根和它的災難。克利斯蒂安三世㉔站在北邊的公共草原上㉕，像從前他的父親一樣。失望的空氣籠罩著這整座城市；這兒充滿了饑荒和瘟疫。

「有一個骨瘦如柴的、衣衫襤褸的女人靠著教堂的牆坐著。她是一具屍體。兩個活著的孩子躺在她的懷裡，從她沒有生命的乳房裡吸出血液。

「勇氣沒有了，抵抗力消逝了。你──忠誠的哥本哈根！」

「禮號吹奏起來了。請聽鼓聲和喇叭聲吧！貴族老爺們穿著華麗的絲綢和天鵝絨的衣服，戴著飄動著的羽毛，騎著飾著金銀的駿馬到來了。他們向舊市場走去。他們是不是依照慣例要在馬上比槍或在馬上比武呢？市民和農人都穿著最好的衣服集中到這兒來。他們將會看到什麼呢？是不是要把教皇的偶像收集在一起，燒起一堆篝火呢？是不是劊子手站在那兒，正如他站在斯拉霍克㉖的火葬堆旁邊一樣呢？做為這個國家的統治者的國王是一個路德教徒。這件事現在要讓大家知道、證實和承認。

「高貴的太太和出自名門的小姐──她們穿著高領的衣服，帽子上飾著珍珠──坐在敞開的窗子後面，觀看著這整個場面。大臣們穿著古雅的服裝，坐在華蓋下地毯上的皇位旁邊。國王是沉默的。現在他的命令──朝廷的命令──用丹麥的語言向公眾宣布了：因為市民和農人對貴族表示過反抗，現在要受到嚴屬的懲罰。市民成了賤民；農人成了奴隸。全國的主教也受

到了責罰。他們的權力已經沒有了。教會和修道院的一切財產，現在都移交給國王和貴族了。

「一面是驕奢和豪華，一面是憎恨和貧困。

> 貧窮的鳥兒蹒跚地走著，
> 不穩地走著……
> 富貴的鳥兒歌唱地走著，
> 喧鬧地走著！

「變亂的時代帶來濃重的烏雲，但也帶來陽光。它在學術的大廳裡、在學生的家裡照耀著。許多名字從那個時代一直照到我們這個時代。其中有一位叫做漢斯・道生；他是富恩島上一個窮苦鐵匠的兒子：

> 這個孩子來自貝根德小鎮，
> 他的名字在整個丹麥馳名。
> 他，丹麥的馬丁路德，揮著福音的劍，
> 勝利地使人民接受上帝的真言。㉗

「貝特魯斯・巴拉弟烏斯這個名字也發出光輝。這是一個拉丁名字；在丹麥文裡，它是貝特爾・卜拉德。他是羅斯吉爾得的主教，也是尤蘭一個窮苦鐵匠的兒子。在貴族中，漢斯・佛里斯這個名字也發出光輝。他是王國的樞密顧問。他請學生到他家裡來吃飯，同時照顧他們。他也同樣地照顧小學生。在所有的名字

當中，特別有一個名字受到衆人的喝彩和傳頌：

> 只要亞克塞港㉘有一個學生
> 能寫出一個字母，
> 那麼國王克利斯蒂安的姓名
> 就處處被人傳頌。㉙

「在一個變亂的時代裡，陽光也會從濃密的烏雲裡射出來。」

「現在我們再翻下一頁吧。

「在『巨帶』裡㉚，在撒姆叔海岸下，有什麼東西在呼嘯，在歌唱呢？一個披著一頭蔚藍色頭髮的美人魚從海面上升起來。她對農人做出未來的預言：有一個王子將要誕生；他將成爲一個有權力的偉大國王㉛。

「他誕生在田野裡的一棵花朵盛開的山楂樹下。他的名字現在在傳說和歌聲中，在鄰近騎士的大廳和城堡中開了花。有尖塔的交易所建立起來了。羅森堡宮殿高高地聳立著，俯視著遠在城牆以外的東西。學生現在有他們自己的宿舍。在這宿舍附近，升向天空的、做爲烏蘭妮亞㉜紀念碑的『圓塔』㉝，遙對著曾經是烏蘭妮亞宮所在地的汶島。宮的金圓頂在月光中發出閃光；人魚姑娘歌唱著住在宮裡面的主人——國王和聖哲常來拜訪的、有貴族血統的智者杜卻·布拉赫。他把丹麥的聲譽提得那麼高，使丹麥跟天上的星星一樣高，全世界有文化的國家都知道這件事。但是丹麥卻把他趕走了。

「他在痛苦中用這樣的歌安慰自己：

天空不是處處都有？
我還能有什麼要求？

「他的歌在民歌中獲得了生命，像人魚姑娘所唱的關於克利斯蒂安四世的歌一樣。」

「這一頁你要好好地看！」乾爸爸說。「畫的後面還有畫，正如英雄敍事詩中的後面有詩一樣。這是一支歌；它的開頭非常愉快，結尾卻很悲哀。

「一個國王的女兒在國王的宮殿裡跳舞。她是多麼漂亮啊！她坐在國王克利斯蒂安四世的膝上；她是他心愛的女兒愛勒奧諾娜。她是在道德的教養中長大起來的。她的未婚夫是一個最優秀的顯赫貴族哥爾非·烏惠德。她還不過是一個孩子；卻常常受到嚴厲女教師的鞭打。她向親愛的人哭訴，而她有理由這樣做。她是多麼聰明，多麼有教養，多麼有學問啊！她會希臘文和拉丁文；她能伴著琵琶唱義大利歌；還能談談關於教皇和路德的事情。

「國王克利斯蒂安躺在羅斯吉爾得主教堂的墓窖裡，愛勒奧諾娜兄弟成了國王。哥本哈根的皇宮裡是一片富麗堂皇的景象。這兒充滿了美與智慧：最突出的代表人物是皇后——路尼堡的蘇菲亞·阿瑪利亞。誰能像她那樣善於騎馬呢？誰能像她那樣精於跳舞呢？做為丹麥的皇后，誰能像她那樣談笑風生呢？

「『愛勒奧諾娜·克利斯汀妮·烏惠德！』這是法國大使親

自講的話，『就美和聰明來說，她超過了所有的人。』

「在宮殿光滑的舞池裡，嫉妒的牛蒡長出來了。它在那兒生了根，蔓延起來，為那裡一種引人藐視的笑柄：『這個私生子！她的馬車應該在御橋上停下來。皇后可以坐車子走過的地方，普通婦女也可以走過！』

「閒話、誹謗和謊言如雪片般地飛來。

「於是烏惠德在靜寂的夜裡挽著妻子的手，他有城門的鑰匙，他打開一扇門。馬就在外面等著。他們騎馬沿著海岸走，他們乘船逃到瑞典。」

「像命運對這對夫婦所帶來的變化一樣，我們再看另一頁吧。

「這是秋天。白天短，黑夜長。天氣是灰暗和潮濕的，寒風越吹越厲害。堤岸上的樹葉在瑟瑟作響；這些樹葉飛到貝德·奧克斯㉞的庭院裡──這房子已經空了，被它的主人遺棄了。風在克利斯仙港上呼嘯，在現在做為普通監獄使用的開·路克㉟的公館周圍吹著。他本人受到了差辱，而且被放逐了。他的族徽被打碎了。他的畫像高高地吊在絞架上。他對這個國家的尊貴的皇后說了一些粗心大意的話；這是他應得的懲罰。

「風在強勁地吹著，掃過曾經是加冕禮事務總長公館所在地的廣場。現在那兒只剩下一塊石頭。『而且這還是我把它當做一塊水磨石放到浮冰上才吹到這兒來的呢，』風蕭蕭地說。『這塊石頭擱了淺；我所詛咒的『賊島』就是在這兒冒出來的。它成了烏惠德大爺的公館的一部分──他的夫人在這公館裡伴著清脆

的琵琶歌唱，讀希臘文和拉丁文，驕傲地生活著。現在這兒只剩下這塊石頭，上面刻著這樣的碑文：

此石永遠做爲叛國者哥菲茲‧烏惠德的譏笑、羞恥和臭名的紀念。

「『但是那位高貴的夫人——她現在到什麼地方去了呢？呼——噓——呼——噓！』風在用一種尖銳的聲音呼嘯著。

「海水不停地拍打著宮殿裡黏濕的牆，在宮殿後面的那座『藍塔』裡，她已經待了好幾年。這個房間裡不暖而多煙。天花板下面的那個小窗子很高。國王克利斯蒂安四世這位嬌生慣養的孩子——這位最文雅的小姐和夫人，她生活得多麼平庸，多麼痛苦啊！這座被煙燻黑了的監獄的牆上掛滿了引起她回憶的窗帘和織錦。她記起了她兒童時代的幸福時光，她父親的溫柔和光彩的面貌。她記起了她那華貴的婚禮，她的光榮的日子，她在荷蘭、英國和波霍爾姆的困苦時刻。

在眞誠的愛情面前，
無所謂困苦和艱難。

「那時她仍然和他生活在一起。但現在她卻是孤獨的，永遠孤獨的。她不知道他的墳墓在什麼地方——誰也不知道。

她對丈夫的忠誠，

是她唯一的罪行。

「她成年累月地待在那裡面，而外面的生活卻在不停地進展。時間永遠不會靜止下來，但是我們不妨靜止一會兒來把她和這首歌的意義聯想一下：

我要保持我對丈夫的誓言，
不管怎樣困苦和怎樣艱難！

「你看到這幅圖畫嗎？」乾爸爸問。

「這正是冬天。冰凍在洛蘭和富恩島之間造出一座橋──一座為卡爾‧古斯塔夫㊱用的橋。他正不可抗拒地前進。整個國家遭受到搶劫和焚燒，恐怖和饑餓。

「瑞典人已經齊集在哥本哈根城下。天氣冷得刺骨，雪花在紛飛。但是男人和女人，忠實於他們自己的國王，忠實於他們自己，現在正在準備作戰。每一個手藝工人、店員、學生和教師都在城牆上守城。誰也不怕那些火紅的炮彈。國王佛列得里克宣誓要死在自己的老家。他騎在馬上巡視，皇后在後面跟隨著他。這兒充滿了勇氣、紀律和愛國的熱忱。

「讓瑞典人穿著白衣、在白雪裡向前爬。準備突擊吧！大家不停地把樑木和石頭扔到他們頭上。是的，女人提著滾燙的鐵鍋，用沸騰的柏油向這些進攻的敵人頭上淋下去。

「在這天晚上，國王和平民是一個團結在一起的力量。他們得救了，他們勝利了。教堂的鐘齊鳴；處處是一片感謝的歌聲。」

「下一頁是什麼呢？請看這張畫吧！」

「斯萬尼主教的夫人坐著一輛緊閉著的車子來了。只有顯貴才能這樣做。那些凶猛的年輕貴族把車子打得稀爛。主教夫人只好親自步行到主教公館裡去。

「整個故事就只這一點嗎？下一步是摧毀更重要的一件東西——過度的傲慢。

「漢斯・南生市長和斯萬尼主教㊲，在上帝的名義下，攜手進行合作。他們的話語充滿了智慧與誠懇；人們在教堂裡，在市公所裡都能聽見。

「他們一攜手，港口就堵住了，城門就關閉了，警鐘就響起來了。只有國王可以掌握大權。他曾經在危險的時刻留在他的老家。達官貴人和平民都由他來管理和統治。

「這是一個專權的時代。」

「我們再跳一頁，也再跳一個時代吧。

「『嗨咿！啊嗨咿！』犁被扔到一邊，石楠遍地叢生，但是人們卻非常喜歡打獵。『嗨咿！啊嗨咿！』

「請聽那響亮的號角和狂吠著的獵犬吧！請看那些獵人吧！請看國王克利斯蒂安五世吧！他是年輕和快樂的。宮裡和城裡全是一片快樂的景象。大廳裡點著蠟燭，院子裡點著火把，街上點著路燈。一切東西是那麼煥然一新！從德國請來的新貴族——男爵和伯爵——接收了恩惠和禮物。當時最流行的東西是稱號、官職和德國語言。

「於是人們聽到一個眞正的丹麥聲音：這是一個職工的兒子——他現在當上了主教。這就是根果㊳的聲音。他唱著美麗的聖詩。

「還有一個平民的兒子——一個賣酒人的兒子。他的名字在法律和正義中射出光輝。他那有關法律的著作成爲國王的名字的金底。它將永遠不會被人忘記。這個平民的兒子是這個國家最偉大的人；他得到了一個貴族的徽章，但也因此招致了嫉恨。因此在刑場上，格里菲爾德㊴的頭上擱著劊子手的刀子，但是他及時被赦罪，改爲終身監禁。人們把他送到特龍罕海岸外的一座小小石島上去。

蒙霍姆成了丹麥的聖赫勒拿㊵。

「但是宮殿裡的舞會仍然在愉快地進行著。這裡是一派豪華富貴的景象；這裡有輕鬆的音樂。朝臣和太太們在這裡跳舞。」

「現在是佛列得里克四世的時代！」

「請看那些莊嚴的船隻和勝利的旗幟吧！請看那波濤洶湧的大海吧！是的，人們可以談談丹麥的事跡、成就和光榮。我們記起一些名字——勝利的塞赫斯得和谷爾登洛㊶！我們記起衛特菲爾得㊷——他爲了要救出丹麥的艦隊，炸毀了他自己的船隻，他本人則拿著丹麥的國旗，被拋到空中去。我們想著那個時代和那個時代裡的戰鬥，想起了從挪威山上跑下來保衛丹麥的英雄：比得・托登叔㊸。在那美麗的海上，在那狂暴的海上，他

的名字像轟雷似地從這條海岸傳到那條海岸。

> 閃電透過塵埃，
> 雷聲打亂時代的低語；
> 一個裁縫的學徒離開案枱，
> 划著一條小船走過挪威沿岸。
> 維京人那種年輕和鋼鐵般的精神，
> 飄揚在北海上。㊹

　　「這時從格陵蘭的沿岸吹來一陣輕快的風———一陣像來自伯利恆土地上的香氣。它帶來漢斯·愛格得㊺和他的妻子所點起的福音之光。

　　「因此半頁的篇幅有金底；另外半頁的篇幅，為了表示悲哀，是一片灰黑———上面有些黑點，好像表示火花，又好像表示疾病和瘟疫。

　　「瘟疫在哥本哈根橫行。街上都空了，所有的門都關上了，處處是粉筆畫的十字，表示屋子裡有瘟疫。但是畫有黑十字的地方，就表示住在裡面的人全都死光了。

　　「屍體都在夜間被運走，沒有人敲什麼喪鐘。躺在街上半死的人也跟死人一起被運走了。軍車裝滿了屍體，發出隆隆的聲音。但是啤酒店裡卻發出醉漢的可怕的歌聲和狂叫。他們想借酒來忘掉悲慘的境遇。他們要忘記，然後滅亡———滅亡！的確，他們終於走向滅亡。這一頁，跟哥本哈根第二次的災難和考驗一起，就在這兒結束。」

「國王佛列得里克四世仍然活著。在歲月的飛逝中，他的頭髮都變得灰白了。他站在王宮的窗口眺望著外面的風景。這是歲暮的時候。

「在西門附近的一棟小房子裡，有一個男孩子在玩球。球飛到頂樓上去了。這小傢伙拿著一根蠟燭爬上去找。於是這棟小房子就起了火，接著整條街就燒起來了。火光衝上天空；雲層反射出光來。火在不停地擴大！火的燃料可是不少：有乾草和麥稈，有臘肉和柏油，有整堆爲了過多用的木柴。什麼東西都燒起來了。處處是哭聲和叫聲，一片混亂。老國王騎著馬走到這混亂中來。他鼓勵大家；對大家下命令。火藥在爆炸，房屋在崩塌。這時北城也燒起來了；許多教堂——包括聖・彼得教堂和聖母院——也都燒起來了。請聽教堂的鐘最後發出的聲音吧：『仁慈的上帝，請您收回您對我們的憤怒吧！』

「只有圓塔和皇宮被保留了下來；它們周圍的一切都成了煙霧迷漫的廢墟。

「國王佛列得里克對老百姓很好。他安慰他們，給他們東西吃。他跟他們在一起；他是那些無家可歸的人的朋友。祝福國王佛列得里克四世吧！」

「現在請看這一頁！

「請看這鑲著金子的馬車，它旁邊的隨從和前前後後的騎士吧。馬車從皇宮裡開出來；皇宮兩邊攔著鐵鏈，爲的是怕老百姓走得太近。每個平民必須光著頭才能走過廣場。因爲這個緣故，你看不見廣場上有什麼人——大家都避開這塊地方。現在可是

有一個人走過來了；他的眼睛下垂，手裡拿著帽子。在這個時候，他正是我們很願意推崇的一個人：

> 他的話語像掃淨一切的狂風，
> 一直吹到明天太陽光出現；
> 外來的不良風俗像許多蚱蜢；
> 匆忙地逃回到它發源的地點。㊻

「這就是充滿了機智和幽默的路德維格・荷爾堡㊼。他的偉大表現在丹麥的劇場上。但是丹麥的劇場卻都關上了門，好像它們是羞恥的發源地似的。一切娛樂都受到限制。歌舞和音樂都被禁止了。基督教陰暗的一面現在占了上風。」

「『丹麥王子！』他的母親這樣稱呼他。現在是他的時代——充滿了明朗的陽光、鳥兒的歌聲、歡樂和道地的丹麥式生活的時代：佛列得里克五世成了國王。

「皇宮廣場上的鐵鏈現在拆除了。丹麥的劇場的門又開了。處處充滿著笑聲、歌聲和快樂的心情。農人舉行夏日的聯歡節。經過饑餓的壓迫以後，他們現在可以歡樂了。『美』現在繁榮起來，開出了花朵，在聲、色和創造性的藝術中結出果實。請聽格勒特里㊽的音樂吧！請看倫得曼㊾的戲劇吧！丹麥的皇后喜愛一切道地的東西。英國的路薏絲，妳是那麼美麗和溫柔！願天上的上帝祝福妳！願太陽光以愉快的大合唱來歌頌丹麥的那些皇后——菲利巴，伊麗莎白和路薏絲。」

「塵世的部分早已被埋葬掉了，但是靈魂仍然活著，名字也仍然留著。英國又送來一個皇族的新嫁娘——瑪蒂德⑩。她是那麼年輕，卻那麼快就被遺棄掉！詩人有一天將會歌頌妳，歌頌妳年輕的心和妳所過的艱難日子。歌聲在時間的過程中，在人民中間，有一種力量，一種無法形容的力量。請看那皇宮——國王克利斯蒂安的皇宮——的大火吧！人們在想盡一切辦法要救搶出他們所能找到的最好的東西。請看那些碼頭工人拖出的一籃子銀盤和貴重的東西吧。這是一筆了不起的財富。不過他們馬上看到在熊熊大火燒著的一扇敞開的門後面，有國王克利斯蒂安四世的一尊古銅半身像。於是他們扔掉他們揹著的那筆財富。這尊像對他們有更重大的意義！必須把它救出來，不管它有多重。他們從愛華德⑪的詩歌中，從哈特曼⑫悅耳的曲調中認識了他。

「語言和歌曲都具有力量；對於可憐的瑪蒂德皇后來說，這更具有力量。」

「我們再繼續翻翻我們的畫册吧。

「烏菲德廣場上立著一個羞恥的紀念碑。世界上還有什麼地方豎著同樣的東西呢？在西門附近立著一根圓柱。世界上像這樣的東西有多少呢？

「太陽吻著做為『自由圓柱』基石的那塊石頭。所有教堂的鐘都響起來了；旗幟在飄揚。大家對佛列得里克親王高呼萬歲。貝爾斯托夫，勒汶特洛和柯爾邊生⑬這幾個名字永遠留在老年人和青年人的心裡和嘴上。大家帶著微笑的眼光和感激的心

情唸著圓柱上刻著的神聖碑文：

　　　　國王命令：廢除農奴制；制定並實施土地法，以使農
　　民成爲勇敢、聰明、勤勞、善良、正直和幸福的公民！

　　「這是陽光普照的一天！這是多麼美好的一個『夏日聯歡
節』啊！
　　「陽光之神唱著歌：『善在生長！美在生長！』烏惠德廣場
上那塊石碑將會倒下，但是『自由圓柱』將會永遠在陽光下佇立
──上帝、國王和人民都祝福它。

　　　　我們有一條古老的公路，
　　　　它一直通到世界的盡頭，⑤

　　「這就是那廣闊的大海──敵人或朋友都可以使用的大
海。敵人也就來了。強大的英國艦隊駛進來了：一個大國來攻打
一個小國⑤。這場戰鬥是艱苦的，但是丹麥人民卻非常勇敢。

　　　　每個人都英勇無敵，
　　　　戰鬥到最後一口氣。⑤

　　「他們受到敵人的敬佩；他們感動了丹麥的詩人。現在我們
紀念這天的戰鬥的時候，就高高地掛起國旗：這是丹麥光榮的
四月二日──哥本哈根港外的濯足日⑤的海戰。」

「許多年過去了。奧列•松得海峽出現了一支艦隊。它是開向俄國去呢，還是開到丹麥來呢？誰也不知道，甚至艦隊上的人也不知道。

「人們的嘴裡流傳著一個故事：這天早晨在奧列•松得海面上，一道密封的命令拆開了，並且立即宣佈。它上面寫著：圍剿丹麥的艦隊。這時一個年輕的上校———一個言行一致的英國男兒——站在首長的面前，說：

「『我發誓，在公開和正義的戰鬥中，我願爲英國的國旗戰鬥到死。但是我不能去摧毀一個弱國。』

「他說完這話，就跳到海裡去了！

　　　於是艦隊向哥本哈根前進，
　　　遠離它應該去的戰場㊽，
　　　那個無名上校的冰冷屍身，
　　　在深藍的水底下隱藏，
　　　直到浪潮把它推向海邊。
　　　瑞典的漁人們在星空下撒網，
　　　撈起他，用船把他運上岸：
　　　每人都想保留住死者的肩章。㊾

「敵人向哥本哈根進攻。整個城市都燒起來了。我們喪失了我們的艦隊，但是卻沒有喪失勇氣和對上帝的信心。他倒下來了，但是他又能站起來。像愛赫里亞㊿的戰鬥一樣，創傷終於治好了。哥本哈根的歷史充滿了值得安慰的事。

　　　　我們人民永遠有一個信心：
　　　　上帝是丹麥的一個好友人。
　　　　他會伸出援手，只要我們堅持到底，
　　　　明朗的太陽明天一定會升起。

　　「不久陽光照耀著新建的城市，照耀著豐饒的麥田，照耀著
我們人民的技能和藝術。這是一個和平幸福的夏天。這時候奧倫
施拉格⑥到來了；詩神建立起她豐富多彩的海市蜃樓。
　　「科學上現在有了一個重大的發現。它比人們古時發現的一
隻『金角』還要重要。現在發現的是一條金橋：

　　　　這條橋可以使思想的光輝
　　　　隨時射進別的國家和人民心中。

　　「這橋上寫著漢斯·克利斯蒂安·奧爾斯得特⑥的名字。
　　「看吧！在皇宮附近的教堂旁邊，現在出現了一個建築物。
甚至最窮苦的男人和女人都願意為它的建築捐獻出最後的一個
銅板。」

　　「在這畫册的開頭，」乾爸爸說，「你記得，那些古老的圓
石從挪威的山上滾下來，然後被搬到這兒的冰塊上。現在在多瓦
爾生的指揮下，它們又從海底被搬出來，變成美麗的大理石雕
像。才好看呢！

「記住我給你看過這些東西和給你講過的這些事情吧！海的沙底冒出水面來，成爲防波堤，載著『阿克塞爾之家』，載著主教的公館和國王的皇宮。現在它又載著美神的廟。詛咒已經是過去的事情了。空中充滿了光明的孩子對於未來世紀所唱的歡樂頌歌。

「多少暴風雨曾經在這兒經過；多少暴風雨又會到來，但是它終究又會消逝。眞、善、美總會獲得勝利的。

「畫册到這兒就結束了，但是哥本哈根的歷史並沒有結束——還早得很呢。誰知道你這一生會看到什麼呢？

「天常常是黑的，暴風在吹，但是它總是沒有辦法把太陽光吹走。陽光永遠在那兒。不過上帝比最亮的陽光還要亮！我們的主比哥本哈根所統治的地方要寬廣得多。」

乾爸爸說完這些話以後，就把畫册送給我。我把這本書接過來的時候是那麼高興，那麼驕傲，那麼誠心，正如我最近第一次抱著我的小妹妹一樣。

乾爸爸說：「我贊成你把這本畫册給大家看，同時你也可以說明，它是我編的，黏的，畫的。不過最重要的一件事情是，他們應該立刻知道我從什麼地方得到這個主題。你知道得很清楚，你可以告訴他們。主題是從那些老油燈那兒得來的。當人們在最後一晚點著它們的時候，它們把一切東西，像一個海市蜃樓似的，指給新的瓦斯燈看：把這個港口第一次點起路燈時的事情，直到哥本哈根同時點著油燈和瓦斯燈這一晚上的事情，統統都指出來看。

「這本書你喜歡給什麼人看就給什麼人看——這也就是

說，給有溫柔的眼睛與和善良的心的人看。但是假如『地獄馬』來了的話，那麼請你馬上就合起《乾爸爸的畫册》。」〔1868 年〕

———————————————————————

這篇散文式的作品發表在 1868 年哥本哈根出版的《新聞畫報》，連載於該年 1 月 19 日，26 日和 2 月 2 日上。這是一篇充滿了愛國主義思想的作品，以哥本哈根爲中心敍述丹麥的過去和現在、國家和人民的命運、災亂和歡樂，但著重點是現代。歷史的道路不管怎麼曲折，總是在向進步的方向發展。「多少暴風雨曾經在這兒經過；多少暴風雨又會到來，但是終究又會消逝。眞、美、善總會獲得勝利的。」「詛咒已經是過去的事情了。空中充滿了光明的孩子對於未來世紀所唱的歡樂頌歌。」安徒生對於人類，對於未來總是充滿樂觀，而這也一直是他童話創作的基調。

【註釋】

①地獄馬（Helhest）是北歐神話中掌管死亡的女神。她的外貌像一匹沒有頭的馬，只有一隻後腿。據說人一看見她就會死亡。

②羅斯基勒是位於丹麥西蘭島東北部的一個港口。

③亞克塞爾或亞卜薩龍（Axel 又名 Absalon,1123～1201）是丹麥的一個將軍、政治家和大主教。他曾經多次打退外國人的侵略，他把丹麥從溫德族野蠻人的手中解放出來。他同時任龍得城（現屬瑞典）的主教。

④「海墳」是丹麥文 Havn 一字的譯音，指哥本哈根，因爲這個城的名字在丹麥文裡
　是 Köbenhavn（買賣的港口）。

⑤這幾句詩是從丹麥詩人格蘭特維格（N.F.S.Grundtvig,1783～1872）的作品中引來
　的。

⑥請參看本《全集三·單身漢的睡帽》。

⑦塞里斯勒夫（Serritslev）和索爾堡（Solbjerg）草原是兩個大村子，後來與哥本哈
　根連接在一起，成爲現在的佛列得里克斯堡公園。

⑧指哥本哈根。

⑨克利斯朵夫一世（Christopher I,1219～1259）是丹麥的國王（1253～1259）。他在
　位時是丹麥的大動亂時代。

⑩卻格是一個小鎮，以產母雞著名。請參看本《全集四·小杜克》

⑪德國的漢薩人於 1428 年圍攻哥本哈根。

⑫菲力巴（Philippa,1314？～1369）原是英國威廉·固德（William rhc Good）的
　女兒。

⑬克利斯蒂安一世（Christian I,1448～1481）是丹麥國王。哥本哈根大學就是他和
　皇后創立的。

⑭請參看本《全集一·民歌的鳥兒》。

⑮漢斯（Hans,1455～1513）是丹麥國王。

⑯即有權選舉神聖羅馬帝國皇帝權利的諸侯。勃蘭登堡是德國的一個皇族。

⑰國王克利斯蒂安二世於 1523 年 4 月 13 日被丹麥的諸侯罷免。這裡所指的是他離
　開宮殿準備到荷蘭去的情景。他從荷蘭帶來的一位心愛的女子「小鴿子」（Duelil）
　就住在這裡所說的那條狹窄的「御橋街」上。

⑱克利斯蒂安二世在 1520 年征服了瑞典。這一年他在斯德哥爾摩大肆屠殺瑞典貴
　族。1521 年他被趕出瑞典。

⑲佛列得里克（Frederick I,1523～1533）是丹麥的國王。

⑳克利斯蒂安二世在 1532 年企圖恢復王位而被捕，並且被囚禁在松德堡宮裡。

㉑引自丹麥詩人保呂丹－繆勒（Fr・Paludan-Muller,1807～1876）的一首詩。

㉒他是丹麥的海軍大將，克利斯蒂安二世的支持者，曾協助他逃亡。

㉓指奧登堡（Oldenburg）侯爵，他 1448 至 1481 年統治丹麥。

㉔克利斯蒂安三世（Christian III,1503～1559）於 1503～1523 年成為丹麥和挪威的國
　王，被譽為「人民之父」。

㉕在哥本哈根的北邊。

㉖斯拉霍克（Slaghaek）是一個牧師的兒子，曾當過克利斯蒂安二世（Christian II,
　1481～1559）的祕書，1522 年 1 月 24 日在哥本哈根的廣場上被當眾燒死。

㉗這是引自丹麥詩人英格曼（Bernhard Severin Ingemann,1789～1862）的一首詩。
　漢斯・道生（Hans Tausen,1495～1561）是丹麥一個有名的宗教改革家。

㉘即哥本哈根的舊稱。

㉙引自丹麥的詩人繆勒（Paul M・Muller）的一首詩。

㉚指西蘭和富恩島之間的一條海峽。

㉛指國王克利斯蒂安四世（Christian IV,1577～1648）。在他統治時期，丹麥的文化
　得到了發展。

㉜烏蘭妮亞（Uraniag）是希臘神話中九女神之一；她的任務是掌管天文。

㉝這是哥本哈根的一個天文台，由丹麥的名天文學家杜卻・布拉赫在 1576 至 1580 年
　建造的。

㉞貝德・奧克斯（Peder Oxe,1520～1575）是當時丹麥皇家一個權力很大的家臣，後
　來被撤職。

㉟開・路克（Kaj Lykke,1625～1699）是當時丹麥的一個大臣，因誹謗皇后而被判罪，
　後來逃亡到外國去。

㊱瑞典國王古斯塔夫於 1658 年圍攻哥本哈根。丹麥國王佛列得里克三世與他訂了不
利於丹麥的條約才算解圍。

㊲南生市長（Borgemester Hans Nansen）和斯萬尼主教（Biskop Svane）是瑞典
人圍攻哥本哈根時幫助丹麥國王最得力的人。戰後他們又幫助國王建立起專制政
體。

㊳根果（Thomas Hansen Kingo,1634～1703）是丹麥有名的宗教詩人，寫過許多讚
美詩。

㊴格里菲爾德（P.S.Griffelde,1635～1699）是丹麥的政治家。從 1679 年起，他在蒙
霍姆（Munkholm）島被監禁了二十二年。

㊵這是大西洋上的一個海島，拿破崙曾被監禁在這裡。

㊶這是丹麥兩個有名的海軍大將，曾經兩次戰勝挪威的海軍。

㊷這是丹麥的另一個海軍大將。

㊸這是一個挪威人，服務於丹麥艦隊。當丹麥和瑞典作戰的時候，他立過大功。

㊹引自丹麥名詩人和政治家卜洛（Parmo Carl Ploug,1813～1894）的一首詩。

㊺這是一個丹麥的牧師，他把基督的福音傳到格陵蘭島上愛斯基摩人中間去。

㊻引自丹麥詩人愛密爾（Christian Frederik Emil,1797～1840）的一首詩。

㊼荷爾堡（Ludvig Holberg,1684～1754），一般稱爲丹麥戲劇的創始人。

㊽格勒特里（A.E.M.Grètry,1741～1813）是法國的名作曲家。

㊾倫得曼（Gert Londemann,1718～1774）是丹麥有名的戲劇家。

㊿瑪蒂德（Karoline Mathilde,1751～1775）是丹麥國王克利斯蒂安七世的妻子，因
失寵而被囚禁在克隆堡監獄，並死於獄中。

51愛華德（Johannes Ewald,1743～1781）是丹麥的名詩人和劇作家。

52哈特曼（Johan Peter Emilius Hartmann,1805～1900）是丹麥的名作曲家。

53貝爾斯托夫（A.B.Bernstortf,1735～1797），勒汶特洛（Reventlow,1748～1827）和

柯爾邊生（C.Colbjörnsen,1749～1814）都是丹麥的政治家和社會改革家。

(54)這是丹麥詩人格蘭特維格的兩句詩。

(55)在拿破崙戰爭期間，英國不准丹麥中立，並於1807年向丹麥進攻，把丹麥的海軍全部消滅了。

(56)這是丹麥作家弗列德里克（Werner Hans Frederik,1744～1812）的詩句。

(57)這是耶穌受難的前一天，在這一天，耶穌親自爲他的門徒洗腳，以表示謙虛。事見《聖經・新約全書・約翰福音》第十三章。

(58)指它應該去打它眞正的敵人拿破崙。

(59)這是丹麥詩人巴梭（Carl Christian Bassu,1807～1846）的一首詩。

(60)在北歐神話中，愛赫里亞（Einheria）是一群英勇的戰士，死後可以走進衆神之祖奧丁的大殿。

(61)奧倫施拉格（A.G.Oehlenschlager,1779～1850）是丹麥的敍事詩人和劇作家，歐洲十九世紀浪漫主義運動的一個領導人。

(62)奧爾斯得特（Hans Christian Orsted,1777～1851）是丹麥著名的物理學家，電磁力的發明人。

「美」

雕刻家阿爾夫勒得——是的，你認識他吧？我們都認識他。他獲得了金質獎章，到義大利去旅行過，然後又回到家裡來。那時他很年輕。事實上，他現在仍然很年輕，雖然已經又長了十歲了。

他回家以後，又到瑟蘭島上的一個小市鎮上去遊覽過。鎮上所有的人都知道這位來客，知道他是誰。一個非常富有的家庭甚至還爲他開過一次宴會。所有有地位和有錢的人都被邀請來做

陪。這眞是一件大事情，全鎮的人不須打鼓通知就都知道了。學
徒和窮人的孩子，還有他們幾個人的爸爸和媽媽，都跑到門外
來，看著那些拉下的、映著燈光的窗帘子。守夜人可以認爲這個
宴會是他舉辦的，因爲他管轄的這條街上的居民來得特別多。處
處是一片歡樂的景象。當然屋子裡也是歡樂的，因爲雕刻家阿爾
夫勒得就在裡面。

　　他談話，講故事。大家滿懷熱忱、高高興興地聽他講，但是
誰的熱忱也比不上一位官員的寡婦。就阿爾夫勒得先生來說，她
簡直像一張灰色的空白吸墨紙。所有的話她立刻就吸進去了，而
且要求多吸一些。她過度地敏感。出乎意外的無知──她是一種
女性的加斯伯・好塞爾①。

　　「我眞想去看看羅馬！」她說。「它總是有那麼多的遊客，
一定是個了不起的城市。請講點羅馬的事情給我們聽聽吧！當
您從城門走進去的時候，這個城市究竟是什麼樣子呢？」

　　「要描寫出來可不太容易！」年輕的雕刻家說。「那裡有一
個很大的廣場。廣場中央有一個方尖石塔。這塔已經有四千年的
歷史了。」

　　「一位風琴師！」這位太太大叫了一聲，因爲她從來沒有聽
到過「方尖石塔」②這個字。

　　有些客人幾乎要笑起來了。雕刻家也是一樣，但是他的笑一
到嘴邊就消失了，因爲他看到有一對深藍色的大眼睛緊盯著這
位太太。她是剛才講話的太太的女兒。一個人有這樣的女兒絕不
會是一個糊塗蟲。媽媽很像一個專門冒出問話的噴泉，但女兒則
是靜靜地聽著，宛如美麗的泉水女神。她是多麼可愛啊！她是一

個雕刻家應該靜看、但不應該和她交談的人。事實上她很沉默，話講得非常少。

「教皇的家庭很大嗎？」太太問。

年輕人似乎覺得這句話問得不妥當，而答說：「他不是一個有大家庭的人！」

「我並不是這個意思！」太太說。「我的意思是說：他有太太和孩子嗎？」

「教皇是不能結婚的！」他回答說。

「這個我不贊成！」太太說。

她可能做出比這還要聰明的發問和談話。但是如果她沒有像剛才那樣，發出這樣的問題和講出這樣的話，也許是因為她的女兒正靠著她的肩，發出略帶憂鬱的微笑吧？

阿爾夫勒得先生談論起來了。他談論著：義大利的色彩是多麼美，山是多麼紫，地中海是多麼綠，南方的天是多麼藍——這種美只有北國姑娘的藍眼珠才能比得過。他這句話是有所感而發的，但是應該懂得這話的她卻一點也沒有顯現出懂的樣子。這也可以算是「美」吧！

「義大利！」有幾個人嘆了一口氣。「旅行！」另外幾個人也嘆了一口氣。「美！美！」

「嗯，如果我中了五萬塊錢的彩券，」寡婦說，「那麼我們就可以去旅行了！我和我的女兒。還有你，阿爾夫勒得先生，你可以當我們的嚮導！我們三個人一起去旅行！我們還可以與一兩個好朋友同行！」於是她對所有在場的人和和氣氣地點了點頭，這使得每個人都胡思亂想，以為自己會被她邀請去旅行。

「我們都到義大利去！但是有強盜的地方可不能去。我們將待在羅馬，只是到安全的公路上去看一看。」

女兒輕微地嘆了一口氣。一聲輕微的嘆息可能包含著許多意義，或被解釋出許多意義啊！這位年輕人發現它裡面的意義特別深長。她這雙藍眼睛今晚特別爲他而發亮；這雙眼睛裡一定蘊藏著比豪華羅馬更寶貴的內心和靈魂的美。當她離開宴會時，他完全被迷住了——被這個年輕的姑娘迷住了。

寡婦的住所現在成了雕刻家阿爾夫勒得先生最常去的地方。人們可以看得出來，他並不是專誠去拜訪媽媽的，雖然他總是和媽媽在一起談話。他是爲了那個姑娘才去的。大家都叫她珈拉。她的眞名叫做珈倫•瑪麗妮。這兩個字的簡寫起來就成了珈拉。她非常美麗，但是有人說她很遲鈍。她喜歡在早晨睡睡懶覺。

「這是她在小時候養成的習慣！」媽媽說，「她像維納斯一樣美麗；一個美人是容易疲倦的。她喜歡多睡一會兒，正因爲這樣，她的眼睛才顯得那麼亮。」

這對淸亮的眼睛——這像海一樣藍的水！這深不見底的靜靜的水！——該是有多大的魔力啊！年輕人現在感覺到這一點了：他已經深深地墜入水底。他不停地談；媽媽則不停地問一些天眞的、索然無味的問題——他們初次見面時她已經問過的一些問題。

聽阿爾夫勒得先生談話是一件愉快的事情。他談起那不勒斯，談起在維蘇威火山上的漫遊。他還拿出幾張描繪火山爆發的彩色圖片。寡婦從來沒有聽到過這樣的事情，連想都沒有想到

過。

「上天保佑！」她說，「那原來是一座噴火的山！住在那兒的人不會受傷麼？」

「整個城市都被毀滅了呢！」他回答說。「龐貝和赫庫蘭尼姆③就是這樣！」

「那些人眞是不幸！你親眼看過那些事情嗎？」

「沒有。這些圖片上畫的火山爆發，我一次也沒見過。不過我可以親自畫一張爆發的情景給您看──這是我親眼見到的。」

他拿出一張鉛筆畫的速寫。媽媽坐著一直在細看那幾張鮮豔的彩色畫。但她一看到鉛筆素描就驚奇地大叫一聲：

「你居然看到它噴出白火！」

過了一會兒，阿爾夫勒得先生對媽媽的尊敬似乎消褪了；不過他馬上從珈拉閃亮的眼眸中理解到，她的媽媽沒有色彩的感覺。這也沒有什麼關係。她有最好和最美的東西：她有珈拉。

阿爾夫勒得終於和珈拉訂婚了。這是很自然的事。訂婚的消息在鎮上的報紙上登出來了。媽媽把報紙買了三十份，因爲她要把這消息剪下來，送給她的朋友和熟人。這對訂婚的戀人是非常幸福的，丈母娘也是如此──她覺得好像是跟多瓦爾生有了親戚關係似的。

「無論如何，你將是他的繼承人！」她說。

阿爾夫勒得覺得她這次倒說了一句聰明話。珈拉什麼也沒有說，不過她的眼睛在閃著光，她的嘴角上飄著一個微笑──她的每一個動作都是可愛的。是的，她是美麗的，但是這句話不能老是重複著說。

阿爾夫勒得為珈拉和丈母娘塑造了一個半身像。她們坐著讓他觀察，同時看著他怎樣用手指塑造和修整柔軟的泥土。

「我想這次你是因為我們才做這種瑣碎的工作，」丈母娘說，「才不讓你的助手插手的。」

「我必須親自使用泥土才能塑像！」他說。

「是的，你的禮貌永遠是非常周到！」媽媽說。這時珈拉把他有泥巴的手緊握了一下。

於是他在這件創作中把大自然的美揭露給她們兩人看，同時解釋活著的東西是怎樣高於死的東西，植物是怎樣高於礦物，動物是怎樣高於植物，人是怎樣高於禽獸，精神和美是怎樣由形式所表達，一個雕刻師的任務是怎樣用具體的形象把這種美表現出來。

珈拉坐著一句話也不講，只對他的這種思想點頭。丈母娘很坦白地說：

「這一套理論很不容易懂！不過我是在跟著你的思想摸索前進。你的思想在打旋轉，但是我要緊盯著它不放。」

同時「美」卻盯著他不放，充滿了他整個精神世界，征服了他，控制住了他的全身。「美」從珈拉的形態內放射出來，從她的雙眸裡，從她的嘴角旁，甚至從她手指的動作中放射出來。阿爾夫勒得坦白地把這話講出來了，而且他，身為一個雕刻家，也能體會這話的意義。他只是談論著她，想著她，一直到他的思想和言論完全統合起來。因為他總是經常談論著她，所以她也經常談論著他。

這是訂婚期間的事情。現在結婚的日子到了。伴娘和禮物都

齊全——這在結婚的致詞中已提到。

在新娘的房子裡，丈母娘在桌子的一端放了一尊半身像。這是多瓦爾生穿著便服的半身像。他應該也是一個客人——這是她的意思。大家唱歌，大家乾杯，因爲這是一個愉快的婚禮，而新婚夫婦也是一對美麗的人兒。有一首歌唱著：「皮格馬利翁得到了珈拉苔婭④」。

「這是神話裡的一個故事！」丈母娘說。

第二天，這對年輕夫婦搬到哥本哈根去，因爲他們將要在那兒住下來。丈母娘也跟著搬去，爲的是要照顧他們——這也就是說：爲他們管家。珈拉將要過著少奶奶的日子⑤。一切是新鮮、美好和幸福的！他們三個人住在一座房子裡。至於阿爾夫勒得，我們可以引用一句成語來描寫他的處境：他像坐在鵝巢裡的一位主教。

形態的魔力把他迷惑住了。他看到了一只箱子，但是卻沒有看到箱子裡到底裝的是什麼東西。這是一件不幸，而在結婚的生活中這要算是一件絕大的不幸。如果箱子一旦裂開了，它上面的金褪掉了，買它的人一定要後悔不該做這椿交易的。在一個大宴會中，如果一個人發現自己吊帶上的扣子落掉了、卻沒有褲帶可以應急，他一定會感到狼狽不堪。不過更糟糕的是：你在一個大宴會中發現你的妻子和丈母娘專門講些無聊的傻話，而你一時又找不出聰明的辦法把這些傻話遮掩過去。

這對年輕夫婦常常手握著手坐著。他談論著，她偶爾之間吐出個把字眼——老是同樣的聲調，老是像鐘一樣敲兩三下。只有當他們的朋友蘇菲來拜訪的時候，他的精神才算是得到了一點

解脫。

　　蘇菲不是太漂亮。她的身體當然也沒有什麼缺陷。珈拉說她的背有點駝，但是這只有女性朋友才看得出來。她是一個頭腦冷靜的女子，她一點也沒有想到自己在這個家裡可能是一個危險的人物。她在這個玩偶之家裡等於是一股新鮮的空氣，而新鮮的空氣大家都認為是必須的。他們需要更多的新鮮空氣，因此就走到新鮮空氣中去。丈母娘和這新婚的一對到義大利去旅行。

　　「感謝上帝，我們又回到自己的家裡來了！」一年以後媽媽和女兒跟阿爾夫勒得回到家裡來時說。

　　「旅行一點意思也沒有！」丈母娘說。「旅行真叫人感到乏味！請原諒我說這樣的話。雖然我帶著我的孩子在一起，我還是感到乏味。而且旅行費用，太貴了！你得去參觀所有的畫室，你得去看一切的東西！當你回到家來，別人問起你的時候，你簡直沒有別的辦法回答！別人會告訴你，哪些是最美的東西，哪些東西你忘記看了。那些千篇一律的聖母像我真看厭了，我自己差不多都要變成聖母了。」

　　「而且那裡的飲食才糟呢！」珈拉說。

　　「連一碗真正的肉湯都沒有！」媽媽說。「他們做菜的手藝也真夠糟！」

　　珈拉對於旅行感到厭倦了。她老是感到疲倦——這是最糟糕的事兒。蘇菲來和他們住在一起；這對他們來說是一件愉快的事情。

　　丈母娘說：「你得承認，蘇菲既精於管家，也懂得藝術。就她的家世來說，這是很不容易的。此外，她非常正派，絕對可靠。

這一點，當珈拉躺在病床上，一天不如一天的時候，蘇菲表現得特別明顯。」

如果箱子真正是一隻好箱子的話，那麼它就應該很結實，否則它就應該報廢。這箱子現在真的報廢了——珈拉死了。

「她是那麼美！」媽媽說。「她跟古董完全不同，因為古董沒有一件是完整的！珈拉是完整的——『美』就應該是這樣。」

阿爾夫勒得哭了，媽媽也哭了。他們兩人都穿上喪服。她穿起喪服很好看，所以她一直穿著喪服，穿了很久。於是另一件悲痛的事情接上來了：阿爾夫勒得又結婚了。他跟蘇菲結婚了；她的外表並不動人。

「他走向另一個極端！」丈母娘說，「他從最美走向最醜。他居然能把頭一個妻子忘掉。男人真是靠不住。不過我的丈夫完全不是這樣！他比我死得早。」

「皮格馬利翁得到了珈拉苔婭！」阿爾夫勒得說。「是的，這是結婚曲中的話。我也對一尊美麗的塑像產生了愛情——它在我的懷抱中獲得了生命。不過靈魂是上帝送給我們的天使；他安慰我們，同情我們，使我們有高超的感覺；而這尊塑像的靈魂我現在才第一次發現和得到。蘇菲妳並沒有帶著美麗的形體和光彩到我身邊來——但是妳已經夠好了，妳的美已經超過了必須的程度！主要的東西究竟還是主要的東西！妳的到來教育了一個雕刻家。他的作品不過是泥土和灰塵；我們應該追尋那蘊藏在它內部的精神。可憐的珈拉！我們的一生不過是像一次旅行罷了！在天上，我們將通過彼此的同情聚集在一起，那時我們可能彼此達到一半的認識吧。」

　　「這話說得不太和善!」蘇菲說。「這不像一個基督徒說的話!在天上人們是不結婚的;不過正如你所說的,在那上邊,靈魂通過彼此的同情而碰到一起,一切美的東西都在發展和提高,她的靈魂可能變得完美無缺,甚至比我的還要完美。那時——那時你將又會發生你在第一次戀愛時的那種讚嘆聲:美呀!美呀!」〔1860 年〕

　　這個小故事最先發表在《新的童話和故事集》第一卷第四部。安徒生在手記中寫道:「〈美〉中那個寡婦的一些平庸、愚蠢、天真的話語基本上都是取自實際的生活。」但通過這個故事,安徒生身為一個童話作家,卻提出一個可能是他經常在思考的問題:「美」。在我們的生活中,醜和美、庸俗和高雅、表面和實質,經常混雜在一起,很難分辨。甚至這個故事中的「藝術家」阿爾夫勒得,也把庸俗當成美,而就是這樣混過了一生,「感覺良好。」

【註釋】

①加斯伯・好塞爾 (Caspar Hauser,1812～1833) 是一個神祕的德國孤兒。人們傳說他出身於貴族,甚至皇族,因此許多要人信以為真,和他交往。他驕傲自滿,許多人都受了他的騙。德國作家瓦塞曼 (Jakob Wassermann,1873～1934) 曾寫過一部關於他的長篇小說《加斯伯・好塞爾》。

②方尖石塔的原文是 obelisk。這是古代埃及人在廟門口豎立的一種四方形的尖頂石柱。後來羅馬人搬運了幾根到羅馬。北歐根本沒有這種東西，因此這位太太把 obelisk 這個字聽成了 organist（風琴師）。這兩個字的發音雖然有些相近，但意思完全不同。

③這是兩個在公元 79 年 8 月被維蘇威火山噴發時毀掉的古城。

④據希臘神話，塞浦路斯的國王皮格馬利翁（Pygmalion）用象牙雕刻出一尊美女像，結果他愛上了這尊雕像。愛情女神維納斯因此在這尊雕像上吹了一口仙氣，使她有了生命。她的名字是珈拉苔婭（Galathea）。

⑤原文是：「將要住在玩偶之家裡」（sidde i dukkeskab），這是北歐的一句成語，請參看易卜生的劇本《玩偶之家》。

在小寶寶的房間裡

爸爸、媽媽和兄弟姊妹們都看戲去了。只有小小的安娜和乾爸爸在家。

「我們也來看看戲吧！」乾爸爸說，「而且馬上就開始。」

「但是我們沒有舞台呀，」小安娜說，「而且還沒有人來演呢！我的老木偶不能演，因為他太討厭了。我的新木偶又怕把她的漂亮新衣弄皺了。」

「一個人只要把自己的本領使出來，就可以演戲，」乾爸爸

說。「現在我們來搭一個舞台吧。我們在這邊放上一本書，再放上另一本，再加上第三本，成爲斜斜的一排。然後在另一邊又放三本——這樣，我們就可以有側面布景了！那邊的木盒子可以當做背景；我們可以把它的底向外放。誰都可以看得出來，這個舞台代表一個房間！我們現在只缺少演員了！看看玩具盒裡還有些什麼東西！只要把人物安排好，我們就可以演戲了。一個角色配一個角色：這樣就成！這是一個煙斗頭，那是一隻單手套。他們可以扮演父親和女兒！」

「不過他們只有兩個人呀！」小安娜說。「我哥哥的舊馬甲還在這裡，他可以不可以也參加演出呢？」

「他倒是相當寬大，」乾爸爸說。「那麼就讓他演戀人這個角色吧。他的衣袋裡什麼東西也沒有——這倒是一件蠻有趣的事情，因爲戀人的不幸一半是由於衣袋裡太空的緣故！這兒還有一個硬果鉗的長統靴，上面還有踢馬刺呢！達達，得得，砰！他不是跺腳，就是大搖大擺地走路。讓他代表一個不受歡迎的求婚者吧，因爲小姐並不喜歡他。妳覺得我們應該演哪一種戲呢？悲劇呢，還是家庭劇？」

「演一齣家庭劇吧！」小安娜說。「大家都喜歡這種戲。你能演一齣嗎？」

「我能演一百齣！」乾爸爸說。「最好看的是改編的法國戲，不過小女孩子不適宜看這種戲。當然我們也可以選一齣最適宜的戲，因爲它們的內容都差不多。現在我把袋子搖一搖！撒——撒！嶄新的！我們變出一齣嶄——嶄新的戲！請聽節目單吧。」

乾爸爸拿起一張報紙，好像唸著上面的字似的：

煙斗頭和「好頭」①
────────────────獨幕家庭劇

登場人物
煙斗頭先生：父親
馬甲先生：戀人
手套小姐：女兒
靴子先生：求婚者

「現在我們要開始了！幕啓：我們沒有幕，所以就算它已經
『啓』了吧。一切人物都在場，所以我們就算他們『登場』了吧。
現在我扮演煙斗頭爸爸在講話。他今天脾氣不好。人們一看就知
道，他是一個彩色的海泡石。

「『哎哎喲，嗨，我是一家之主！是我女兒的爸爸！你要不
要聽我講的話！在馮‧靴子先生身上，你可以照映出你自己的臉
孔②。他的上部是鞣皮，他的下部有踢馬刺。哎哎喲，嗨！他要
娶我的女兒做太太！』

「小安娜，現在請聽聽馬甲講的話，」乾爸爸說。「現在馬
甲講話了。馬甲有一個向下翻的領子，所以他非常的謙虛。但是
他知道他的價值，同時也有權利講他所要講的話：

「『我身上沒有一點污點！良好的質地應該引起人的重視。
我是眞絲做的，而且我身上還有帶子。』

「『只有結婚那天是這樣，不能持久。你的顏色一洗就會褪色！』這是煙斗頭先生在講話。『馮·靴子先生有堅韌的皮，水浸不透，但同時又非常柔嫩。他能發出格格的聲音，他的踢馬刺還發出鏗鏘的音調。他具有義大利人的相貌。』」

「不過他們應該用詩講話才對！」小安娜說，「因為只有這樣才能算是美麗的講法。」

「這樣也行！」乾爸爸說。「觀眾要求怎麼講，演員就得怎麼講！請看小小的手套姑娘吧，請看她伸著手指的那副模樣兒：

　　　　一個手套沒有配偶，
　　　　只好天天坐著等候！
　　　　唉！
　　　　這真叫我忍受不了，
　　　　我想我的皮要裂掉──
　　　　嗨！

「最後這個『嗨』是煙斗頭爸爸講出來的。現在輪到馬甲先生講了：

　　　　親愛的手套姑娘呀！
　　　　雖然妳來自西班牙，
　　　　妳還是應該嫁給我！
　　　　這是丹麥人荷爾格的話。

「馮·靴子先生大步地走進來了，把他的踢馬刺弄得琅琅地
響，一腳把那三個側面背景踢翻了。」

「這真是好玩極了！」小安娜說。

「不要出聲！不要出聲！」乾爸爸說。「讚賞而不發出聲音，
說明你是頭等席位中有教養的觀衆。現在手套小姐要用顫音唱
一首偉大的歌：

　　　　我講不出一個道理，

　　　　只好學雞啼：

　　　　喔喔喔──在高大的客廳裡！

「小安娜，最動人的場面現在要開演了！這是整齣戲中最重
要的一段。妳看，馬甲先生解開扣子了；他要面對妳做一番白，
好叫妳為他鼓掌。但是妳不要理他──這是文雅的表示。聽吧，
妳聽他的綢子③發出的聲音：

「『你逼得我走向極端！請你當心！現在請看我的辦法吧！
你是一個煙斗頭，我是一個「好頭」──呸，滾你的蛋吧！』

「小安娜，妳看到沒有？」乾爸爸說。「這是最好玩的一幕
喜劇：馬甲先生一把抓住這個老煙斗頭，把它塞進自己的口袋
裡去。他待在那裡面，於是馬甲就說：

「現在你在我的衣袋裡，在我深深的衣袋裡！你永遠也跑不
出來，除非你答應我跟你的女兒──左手的手套小姐──結為
夫婦。現在我伸出右手來！』」

「這真是可愛極了！」」小安娜說。
「於是老煙斗頭回答說：

> 我的頭腦很混亂！
> 不像以前那樣新鮮。
> 我的好心情忽然不見，
> 我覺得我失去了煙桿。
> 嗨，我過去從來不是這樣——
> 心裡怎麼會變得這樣慌張？
> 啊，請把我的頭
> 從你的衣袋裡取出來，
> 你只可以在這時候
> 跟我的女兒戀愛！」

「戲已經演完了嗎？」小安娜問。
「還早得很！」乾爸爸說。「只是靴子先生這個角色演完了。
現在這對情人雙雙跪下來。他們有一位唱道：

> 爸爸！

「另一位又唱：

> 請把您的頭腦理一理，
> 來祝福您的女兒和女婿。

「他們得到他們的祝福，他們結了婚。所有的家具一起合唱著：

　　　　叮叮！噹噹！
　　　　多謝各位！
　　　　戲已經終場！

「現在我們來鼓掌吧！」乾爸爸說。「我們來請他們謝幕——也請這些家俱一起來謝幕，因爲他們都是桃花心木做的呀！」

「我們的戲是不是跟別人在眞實舞台上演的一樣好？」

「我們演得棒多了！」乾爸爸說。「它不長，而且不花錢就可以看到，同時又可以把吃茶以前的那段時間消磨過去。」〔**1865年**〕

───────────────────────

這是一篇很風趣的小品，發表在 1865 年出版的《新的童話和故事集》第二卷第三部裡。它代表安徒生對於當時一些戲劇演出的善意諷刺：「我們演的棒多了。它不長，而且不花錢就可以看到，同時又可以把吃茶以前的那段時間消磨過去。」它是作者 1865 年夏天在佛里生城堡寫成的，最初的篇名是〈一齣完善的

戲〉，發表時爲了減少刺激性，改成現在的篇名。

【註釋】

①「好頭」是丹麥文「godt hoved」的直譯；在丹麥的俗語中，它的意思是「聰明人」。

②靴子先生頭上加的「馮」（Von）是一個德文字，表示他是出身於貴族血統。「靴子」
　擦得很亮，所以能照映出人的臉孔。

③西服中的馬甲，後背總是用綢子做的。

小杜克

是的，那就是小杜克。他的名字並不是真的叫杜克；不過當他還不會講話的時候，就把自己叫做杜克。他的名字應該叫做「加爾」──明瞭這一點是有好處的。現在他得照料比他小很多的妹妹古斯塔烏，自己還要溫習功課。但是同時要做好這兩件事情是不太容易的。這個可憐的孩子把小妹妹抱在膝上，對她唱些他所會唱的歌；在這同時，他還要看攤在面前的那本地理課本。在明天到來以前，他必須記好西蘭①主教區所屬的一切城

市名字，知道人們應該知道的一切關於它們的事情。

　　現在媽媽回來了，因爲她到外面去過。她把小小的古斯塔烏抱起來。杜克跑到窗子那兒，拚命看書，幾乎把眼睛都看花了，因爲天已經慢慢黑下來了；但是媽媽沒有錢買蠟燭。

　　「那個洗衣的老太婆在街上走來了，」正在向窗子外面看的媽媽說。「她連走路也走不動，還要從井裡汲一桶水上來。做個好孩子吧，杜克，快過去幫助這個老太太一下！」

　　杜克立刻跑過去幫她的忙。不過當他回到房裡來的時候，天已經很黑了。蠟燭他們是買不起的；他只得上床去睡覺，而他的床只是一張舊長椅子。他躺在那上面，想著他的地理功課：西蘭主教區和老師所講的一切東西。他的確應該先溫習好，但是他現在沒有法子做到，所以只好把地理課本放在枕頭底下，因爲他聽說這可以幫助人記住課文，不過這個辦法不一定靠得住。

　　他躺在那上面，想了許多事情。忽然覺得有人親吻他的眼睛和嘴。他似乎睡著了，又似乎沒有睡著。他好像覺得那個洗衣老太太溫柔的眼睛在看他，並且對他說：

　　「如果你記不住功課，那真是可惜得很！你幫助過我，我現在應該幫助你。我們的上帝總是幫助人的！」

　　杜克的那本書馬上就在他頭底下悉悉索索地動起來了。

　　「吉克——哩基！咕！咕！」原來是一隻老母雞跑出來了——而且它是一隻卻格②雞。「我是一隻卻格的母雞，」它說。

　　於是它就告訴他，那個小鎮有多少居民，那兒曾經打過一次仗——雖然這的確不值得一提③。

　　「克里布里，克里布里，噗！」有一樣什麼東西落下來了，

這是一隻木雕的鳥———一隻在布列斯托④射鳥比賽時贏來的鸚鵡。它說那兒居民數目很多，有如它身上的釘子。它是很驕傲的。「多瓦爾生就住在我的附近。噗！我睡得眞舒服！」

不過現在小杜克已經不是在睡覺。他忽然騎上了一匹馬。跑！跑！跳！跳！馬兒在奔跑著。一位穿得很漂亮的騎士，戴著發亮的頭盔和修長的羽毛，把他抱在馬鞍前面坐著。他們穿過森林，來到古老的城市伏爾丁堡⑤———這是一個非常熱鬧的大城市。國王的宮殿上聳立著許多高塔；塔上的窗子裡射出亮光。那裡面有歌聲和舞會。國王瓦爾得馬爾和許多漂亮的宮女們在一起跳著舞。這時天已經亮了。當太陽出來的時候，整個城市和國王的宮殿就沉下去了，那些高塔也一個接著一個地不見。最後只有一座塔矗立在原來宮殿所在地的山上。這個城市顯得藐小和寒酸。小學生把書本夾在臂下走來了，說：「兩千個居民。」不過這不是眞的，因爲事實上並沒有這麼多人。

小杜克躺在床上，好像在做夢，又不像在做夢，不過有一個人站在他身邊。

「小杜克！小杜克！」這聲音說。這是一個水手———一個相當矮小的人，小得好像一個海軍學生，不過他並不是一個海軍學生。「我特別代表柯蘇爾來向你致敬———這是一個正在發展中的城市，一個活躍的、有汽船和郵車的城市。在過去，大家都說它很醜，不過現在這話卻不對了。」

「我住在海邊」，柯蘇爾的代表說。「我有一條公路和遊樂的公園。我還擁有一個詩人⑥，他是非常的幽默的———就一般的詩人來說，這是少有的。有一次我很想送一條船出去，周遊世界一

番。不過我沒有這樣做，雖然我可以做得到。我的氣味很香，因爲在我的城門附近盛開著許多最美麗的玫瑰花。」

　　小杜克看見它們；它們在他眼中是紅色和綠色的。當這種種的色彩漸漸消失了以後，附近清亮的海灣上就出現了一個長滿樹林的斜坡。上面有一座美麗的老教堂，它的頂上有兩個高高的尖塔。一股湧泉從山裡流出來，發出潺潺的聲音。一位年老的國王坐在近旁，他的長頭髮戴著一頂金王冠。這就是「泉水旁的赫洛爾王」──也就是人們現在所謂的羅斯吉爾得鎮⑦。丹麥所有的國王和王后，頭上都戴著金冠，都手挽著手，走到這座山上的古教堂裡來。琴樓上的風琴彈奏起來了，泉水也發出潺潺的鳴聲。杜克看到這些景象，也聽到這些聲音。

　　「請不要忘記這王國的各個省份！」國王赫洛爾說。

　　立刻一切東西就不見了。是的，它們又變成什麼了呢？這真像翻了一頁書似的。這兒現在有一個年老的農家婦人。她是一個鋤草的農婦。她來自蘇洛⑧──這兒連市場上都長起草來了。她把灰布圍裙披在頭上和肩上。圍裙是潮濕的，一定是下過雨了。

　　「是的，下過了一陣雨！」她說。她知道荷爾堡的劇本中的某些有趣片斷，也全知道關於瓦爾得馬爾和亞卜薩龍⑨的事情。不過她忽然蹲下來，搖著頭，好像要跳躍似的。「呱──呱！」她說。「下雨了！下雨了！蘇洛像墳墓一樣地靜寂，」她現在變成了一隻青蛙──「呱──呱！」──不一會兒她又變成了一個老女人。「一個人應該看天氣穿衣服才對！」她說。「下雨了！下雨了！我住的這個城市像一個瓶子。你同瓶塞一塊兒進去，你還得從瓶口那兒出來！從前那裡面裝著些鯰魚，現在這裡面有一些

紅臉蛋的孩子。他們學到了許多學問——希伯萊文，希臘文
——呱—呱！」

這很像青蛙的叫聲，或者某人穿著一雙大靴子在沼澤地上
走過的聲音；老是同一個調調，旣枯燥，又討厭，討厭得叫小杜
克要酣睡了，而酣睡是再好不過的事情。

就是在這樣的睡眠中也居然會做起夢來——或者說類似做
夢一般。他那個有一雙藍眼睛和金黃色鬈髮的小妹妹古斯塔烏
忽然變成一個亭亭玉立的小姐。她沒有翅膀，但是她能飛翔。現
在他們一起飛到西蘭，飛過綠色的森林和蔚藍色的湖泊。

「你聽到公雞叫嗎？小杜克？吉—克—哩—基！許多母雞
從卻格飛出來！你可以有一個養雞場——一個很大、很大的養
雞場！你將不會飢餓和貧困！像俗話所說的，你將射得鸚鵡；
你將是一個富有和快樂的人！你的房子將會聳入雲霄，像國王
瓦爾得馬爾的塔一樣。它將有許多美麗的大理石像——像從布
列斯托那兒搬來的一樣——做爲裝飾。懂得我的意思了吧。你的
名字將會像從柯蘇爾開出的船一樣，周遊世界。」同時從羅斯吉
爾得——「請不要忘記這些城市吧！」飄來國王赫洛爾的聲音，
「小杜克，你將會說出聰明而有理智的話來。當你最後走進墳墓
裡去的時候，你將會睡得很平安——」

「倒好像我是躺在蘇洛似的！」小杜克說，於是他便醒來
了。這是一個晴朗的早晨。他一點也記不起這場夢。不過這倒也
沒有什麼必要，因爲一個人是不需要知道未來會發生的事情
的。

現在他從床上跳下來，讀他的書；馬上他就懂得全部的功

課了。那個洗衣的老太太把頭伸進門來，對他點點頭，說：

「好孩子，謝謝你昨天的幫忙！願上帝使你美麗的夢變成事實！」

小杜克完全不知道自己做了一場什麼夢，不過上帝知道！

〔1847 年〕

這篇小故事最初收集在《新的童話》裡。安徒生的母親是一個窮苦的洗衣婦。這個小故事的某些情節來自有關她的記憶。作者在有關他的《童話全集》的手記中寫道：「這篇故事中有些情節牽涉到我兒時的記憶。」當然這裡自然也牽涉到安徒生自己，「你的名字將會像從柯蘇爾開出的船一樣，周遊世界。同時從羅斯奇爾得──請不要忘記這些城市吧！飄來國王赫洛爾的聲音，『小杜克，你將會說出聰明而有理智的話來。當你最後走進墳墓的時候，你將會睡得很平安』。」這也說明安徒生當時從事童話創作時的心情。

【註釋】

①西蘭（Sjaeland）是丹麥東部的群島。面積爲 7514 平方公里。

②郆格（Kjøge）是丹麥郆格灣上的一個小鎮。

③1677 年 6 月 1 日，丹麥的艦隊在郆格灣擊潰了瑞典艦隊。但是法國國王路易十四卻不准丹麥獲得任何勝利果實。這裡所說「不值得一提」也許就是因爲這個緣故。

④布列斯托（Praesto）是丹麥的另一個小鎮。它附近有一個尼索（Nysö）農莊。丹
　麥的名雕刻師多瓦爾生曾經住在這兒。

⑤在國王瓦爾得馬爾時代，伏爾丁堡是丹麥一個很重要的城市。現在只剩下宮殿的廢
　墟。

⑥指柏格森（Baggesen,1764～1826）。他是安徒生所喜愛的一個詩人。

⑦赫洛爾王（Hroar）是丹麥傳說中的一個國王，大約生活在第五世紀後半期。羅斯
　吉爾得鎮（Rosekilde）據說就是他建立起來的。此鎮到 1445 年爲止是丹麥的首都。
　在這兒的禮拜堂裡埋葬著許多丹麥的國王和王后。

⑧蘇洛（Sorö）是十二世紀建立起來的一個小鎮，丹麥的偉大劇作家荷爾堡在這兒創
　辦了有名的「蘇洛書院」。安徒生在這裡讀過書。

⑨亞卜薩龍（Absalon,1123～1201）是丹麥的一個將軍和政治家，曾征服過愛沙尼亞。

在養鴨場裡

有一隻母鴨從葡萄牙到來了。有人說她是從西班牙來的，不過這也沒有什麼了不起的分別。大家都叫她葡萄牙鴨子。她下蛋，被人殺掉，然後做成菜吃了——這就是她一生的事業。不過，從她蛋裡爬出的那些小鴨子居然也被叫做葡萄牙鴨子——這裡面倒有些文章。這整個家族現在只剩下一隻鴨子了。她住在養鴨場裡，而這個養鴨場雞也可以進去。有一隻公雞就在裡面趾高氣揚地走來走去。

「他的大聲啼叫倒使我感到怪討厭的，」葡萄牙鴨子說。「不過，雖然他不是一隻公鴨，他倒還算蠻漂亮的──誰也不能否認這一點。他應該把他的聲音略微節制一下，但是『節制』是一種藝術，只有受過高等教育的人才能做得到。附近菩提樹上的那些小小歌鳥就是這樣。他們唱得才好聽呢！他們的歌裡有某種感動人的特點。我認爲這種特點才配得上『葡萄牙』這個形容詞。如果我有這樣的一隻小歌鳥，我倒很願意成爲他慈愛的母親呢，因爲在我的血統裡──葡萄牙的血統裡──我有這種慈愛的心腸。」

當她正在說這話的時候，忽然有一隻小小歌鳥墜落下來了。他是從屋頂上倒栽葱地墜落下來的。一隻貓兒追著他，但是鳥兒拍著受傷的翅膀逃脫了，最後落到養鴨場裡來。

「你看貓兒這個壞東西，簡直原形畢露！」葡萄牙鴨子說。「自從我有了孩子以後，我就領敎過他了！這樣一個東西居然得到生存的權利，在屋頂上跑來跑去！我想這種事情在葡萄牙是不容許的。」

她可憐這隻小歌鳥，別的非葡萄牙種鴨子也可憐他。

「可憐的小東西！」她們說，於是她們一個接著一個地圍攏過來。「我們是不會唱歌的，」她們說，「不過我們有一種內在的『歌唱感』──或者類似這樣的東西。這一點我們可以感覺得到，雖然我們沒把它掛在嘴邊。」

「但是我可要講出來，」葡萄牙鴨子說，「而且我要幫助他，因爲這是我的責任。」於是她走進水槽裡去，用翅膀在水裡大拍一通。她拍出的水幾乎要把這隻小歌鳥淹死了，但是她的用意是

好的。「這才是幫助人呢，」她說；「別的人可以仔細瞧瞧，向我學習。」

「吱！」小鳥說。他有一隻翅膀受了傷，很難飛動，不過他知道，這次會被水淋完全是由善意所造成的。「太太，您是一個好心腸的人！」他說，不過他不希望再淋一次水。

「我從來沒有想到過我的心腸，」葡萄牙鴨子說。「不過有一件事我知道：我愛我周遭所有的生物──只有貓例外。誰也不能希望我愛他，因為他吃掉過我的兩個孩子！不過請你把這兒當做你的家吧，因為你可以這樣辦呀！我本人就是從外國來的──這一點你可以從我的態度和我的羽毛衣看得出來。我的鴨公是本地人，沒有我這樣的血統──但我並不因此而驕傲！如果這裡有什麼人瞭解你的話，我敢說這人就是我。」

「她的嗉子裡全是葡萄拉①，」一隻很風趣的普通小鴨說。其他的普通小鴨認為「馬齒莧」這個字用得非常妙，因為它的發音跟「葡萄牙」這名詞差不多。大家彼此輕輕地推了一下，同時說一聲「嘎！」這隻小鴨真是滑稽透了！於是大家便開始注意那隻小小的歌鳥了。

「葡萄牙鴨子在使用語言方面真有本領，」大家說。「我們的嘴裡就裝不住這樣大的字眼，不過我們的同情心卻並不比她小。如果我們不能替你做點什麼事情，我們就一句話也不講──我們覺得這是一種最好的辦法！」

「你有一個很美麗的聲音，」最老的一隻鴨子說。「你這樣做能令許多人感到快樂，你自己一定也會很滿意的吧。我對於唱歌不內行，因此我就把我的嘴閉起來。這比講無聊的話好得多了

——別人就是喜歡對你講無聊話。」

「請不要這樣麻煩他吧！」葡萄牙鴨子說。「他需要休息和保養呀。小小的歌鳥，要不要我們再給你淋一次水？」

「哎唷，不要！我寧可保持乾燥！」他要求說。

「就我來說，唯一有效的辦法是水療，」葡萄牙鴨子說。「不過遊戲也有效！鄰近的雞不久就要來拜訪我們。其中有兩隻中國母雞。她們穿著長褲子，都受過很好的教育，而且是從外國來的。在我看來，她們的地位提高不少。」

於是母雞來了，公雞也來了。這隻公雞今天還算相當客氣，沒有當場擺架子。

「你是一隻真正的歌鳥，」他說。「凡是你的小聲音所能做到的事情，你全都做到了。不過你還得加把勁兒，好使人家一聽就知道你是一隻公鳥。」

這兩隻中國雞被歌鳥的模樣兒迷住了。他的毛淋了水以後仍然是蓬著的，因此她們都覺得他的樣子很像一隻中國小雞。

「他很可愛！」於是她們開始跟他聊起天來。她們用貴族的中國話——其中包括低聲和「呸」這類的聲音——和他交談。

「我們和你是同一個種族。鴨子——甚至葡萄牙鴨子——是屬於水鳥這一族的，這一點你一眼就可以看得出來。你還不認識我們，不過有多少人認識我們或願意花點工夫來認識我們呢？沒有一個人，連一隻母雞也沒有，雖然比起大多數人來，我們生來就是要棲息在更高一層的柱子上。不過這也沒有什麼了不起：我們跟大家一起安靜地過我們自己的日子。他們的理想跟我們的理想大不相同，但是我們只看好的一面，我們只談好的事

情，雖然本來沒有什麼好話而硬要說好是很困難的。除了我們兩個和那隻公雞以外，雞舍裡再沒有一個有天才的人。談到『誠實』，養鴨場裡沒有一個人是誠實的。小小的歌鳥，我們忠告你：你千萬不要相信那邊那個短尾巴的女人，她才狡猾呢。那個翅膀上長著彎線條的雜色女人專門找人吵架。雖然她明知自己沒理，她可不讓別人講半句話。那邊的那隻肥鴨子總是說人家的壞話，這是和我們的性格相反的。如果你不能說人家的好話，那麼你把嘴閉起來好了。那隻葡萄牙鴨子是唯一受過一點教育的人。你可以跟她來往，不過她太情緒化了，老是談起葡萄牙。」

「那兩個中國女人的話眞多！」有一對鴨子說。「她們眞使我感到討厭！我從來沒有跟她們講過話。」

現在公鴨來了！他以爲歌鳥是一隻麻雀。

「嗯，我看不出什麼分別，」他說，「全是半斤八兩！他是一個玩物。有沒有他都是一樣。」

「不要理他說的這一套！」葡萄牙鴨子低聲說。「他做起生意來可是蠻有道理的，而且他只懂得生意。不過現在我要躺下來休息一下。我應該這樣辦，爲的是要使我能長得胖些，好叫人能在我身上塗一層蘋果和梅子醬②。」

於是她眨著一隻眼在太陽光裡躺下來。她舒舒服服地躺著，感到非常舒服，也睡得非常舒服。歌鳥忙著啄他那隻受了傷的翅膀，最後他也在他的恩人身旁躺下來。太陽照得又溫暖，又光明。這眞是一個好地方。

鄰家來的母雞在扒土。老實講，她們來拜訪完全是爲了找點東西吃。那兩隻中國雞先離開，其餘的也跟著走了。那隻風趣的

小鴨談到葡萄牙鴨子的時候說，這個老太婆快要過她的「第二度童年」了。別的鴨子都笑起來：「第二度童年！他的話說得眞妙！」於是大家又提起關於「葡萄拉」的玩笑。這眞是非常滑稽！於是大家都躺下來了。

　　他們躺了一會兒以後，忽然有人拋了一點吃的東西到場子裡來。這東西「砰」的一聲落到地上，使得大家從睡夢中驚醒過來，拍起翅膀。葡萄牙鴨子也醒了。她翻了一個身，把那隻小歌鳥壓得透不過氣來。

　　「吱！」他叫起來。「太太，您壓得太重了！」

　　「誰叫你躺在我前面呢？」她說。「你太神經質了！我也有神經呀，但是我從來不說一聲『吱』！」

　　「請您不要生氣！」小鳥說。「這個『吱』是不知不覺地從我嘴裡冒出來的。」

　　葡萄牙鴨子不理他，但是盡快地搶那食物吃，而且吃得很痛快。她吃完以後又躺下來。小歌鳥走過來，想引起她的好感：

　　　　滴──麗，滴──麗！
　　　　您的好心腸
　　　　是我歌唱的主題，
　　　　我要飛起，飛起。

　　「吃完飯以後我得休息一下，」她說。「你住在這裡，必須遵守這裡的規矩！我現在要睡了。」

　　小歌鳥大吃一驚，因爲他本來的用意是很好的。太太睡醒了

以後，他銜著他所尋到的一顆麥粒站在她面前。他把麥粒放在她的腳下。但是她沒有睡好，所以她的心情自然很不好。

「把這送給小雞吃吧，」她說，「不要老待在我旁邊呀！」

「但是您爲什麼要生我的氣呢？」他問。「我做了什麼對不起您的事情呢？」

「做了什麼對不起我的事情！」葡萄牙鴨子說。「你用的字眼不太文雅！這一點我請你注意。」

「昨天這裡有太陽光，」小歌鳥說。「今天這裡卻是陰暗的！這使我感到怪難過的。」

「你對於天氣的知識一竅不通！」葡萄牙鴨子說。「這一天還沒有完呀。不要待在這兒像個傻瓜吧！」

「您看人的這副凶樣子，跟我掉落到這裡時那些用惡眼睛看我的凶樣子差不多。」

「簡直豈有此理！」葡萄牙鴨子說。「難道你把我跟那個強盜──那隻貓相比嗎？我身體裡一滴壞血也沒有。我得爲你負責任，我要敎你學些禮貌。」

於是她就把這歌鳥的頭咬掉了。他倒下死了。

「這是什麼意思？」她說，「難道他連這一點都受不了？這樣說來，他是不配活在這個世界上的！我對他一直是像一個母親，這一點我知道，因爲我有一顆母親的心。」

鄰家的公雞把頭伸進院子裡來，像一個火車頭似地大叫了一聲。

「你這一叫簡直要把我嚇死了，」她說。「這完全要怪你。他嚇掉了他的頭，我也幾乎要嚇掉我的頭。」

「他這點子小的東西有什麼值得一提，」公雞說。

「對他說話放客氣些吧！」葡萄牙鴨子說。「他有聲音，他
會唱歌，他受過好的教育！他很體貼，也很溫柔——無論在動物
中，或在你所謂的人類中，這都是很好的。」

所有的鴨子都擠到這隻死去的小歌鳥身邊來。不管他們是
感到嫉妒或憐憫。這些鴨子都表現得非常熱情。但是現在這兒既
然沒有什麼東西可嫉妒，他們自然感到憐憫。甚至那兩隻中國母
雞都是這樣。

「我們再也找不到這樣的歌鳥了！他差不多算得上是一隻
中國鳥。」於是母雞都嘎嘎地哭起來，不過鴨子只是使眼睛紅了
一點而已。

「我們都是好心腸的人，」她們說。「這一點誰也不能否認。」

「好心腸！」葡萄牙鴨子說，「是的，我們都有好心腸，差
不多跟在葡萄牙一樣！」

「我們現在還是找點東西塞進身子裡去吧，」鴨公說。「這
才是重要的事情呢！一個玩物打碎了算什麼？我們有的是！」

〔1861 年〕

這個故事最初發表在《新的童話和故事集》第二卷第一部
裡。這裡的「養鴨場」實際上也是人世間的一個小縮影：你爭我
奪，各人都「從實際出發」，損人利己，小心眼，但卻又要裝得

慷慨大方，做出一派正人君子相。葡萄牙鴨子對小歌鳥的表現就
是如此。葡萄牙鴨子說：「他有聲音，他會歌唱，他受過好的教
育！他很體貼，也很溫柔——無論在動物中，或在你所謂的人類
中，這都是很好的。」事實上他（小歌鳥）就是被這隻葡萄牙鴨
子咬死的。

【註釋】

①原文是 Hun har Portulak i Kroen,無法翻譯。葡萄拉（Portulak）在丹麥文裡是
　「馬齒莧」，而 Portulak 這個字跟「葡萄牙」（Portugal）的讀音相似。因此當葡萄
　牙鴨子說她身體裡有葡萄牙血統時，這隻小鴨就開她一個文字玩笑，說她的身體裡
　全是「葡萄拉」（馬齒莧）。

②歐洲人吃烤鴨時經常用蘋果和梅子醬做佐料。

全家人講的話

全家的人講了些什麼話呢？唔，請先聽小瑪莉說了些什麼吧。

這是小瑪莉的生日；她覺得這是所有日子中最美好的一天。她所有的小男朋友和小女朋友們都來和她玩耍；她穿著最漂亮的衣服。這是她從祖母那兒得到的。祖母已經到好上帝那兒去了，不過在她走進明亮和美麗的天國以前，她就已經把衣服裁好，縫好了。

　　瑪莉房裡的桌上擺滿了華麗的禮物：有設備最齊全的精緻
廚房，有能夠轉動眼珠子和在肚皮上一按就能說聲「噢！」的木
偶，還有一本畫册，裡面有最美妙的故事可讀——如果你認識字
的話！但是比所有故事都更美妙的是，過許多生日！

　　「活著本身就是美妙的！」小瑪莉說。

　　乾爸爸還補充了一句，說活著本身就是最美妙的童話。

　　她的兩個哥哥住在旁邊的一個房間裡。他們都是大孩子，一
個九歲，一個十一歲。他們也覺得活著是很可愛的——照自己的
方式活著，而不是像瑪莉這樣一個孩子活著；不，而是像一個活
潑的小學生一樣地活著：品行通知書上寫著「優等」，跟同學痛
快地比比力氣，在冬天滑冰，在夏天踩腳踏車，閱讀關於城堡、
吊橋和地牢的故事，靜聽關於非洲中部的探險。但是有一個孩子
卻有一種不安的情緒：他害怕在他沒有長大以前，一切東西就
已經被發現了。他自己非常希望去做一番冒險。乾爸爸曾經說
過，生活是最美妙的童話①，而且人本身就在這個童話裡面。

　　這些孩子住在第一層樓。在更高的一層樓上住著這個家族
的另一分支，他們也有孩子，不過都長大了：一個十七歲，另一
個二十歲，但是第三個，據小瑪莉的意見，要算年紀最大——他
有二十五歲，而且還訂了婚。

　　他們的情況都很好；他們的父母好，衣服好，能力也好。他
們知道自己的要求：「向前進！打倒一切舊的障礙！把整個世
界攤開來自由地看一看——這才是我們認為最美妙的事情呢。
乾爸爸說得對：「生活本身就是最美妙的童話！」

　　爸爸和媽媽都是年紀大的人——他們的年紀自然會比孩子

大一些的。他們的嘴角總是飄著微笑，眼裡和心裡也藏著微笑；
他們說：

　　「這些年輕人是多麼年輕啊！世界上的事情並不會按照他
們所想像的那樣去發展，但是卻不停地在發展。生活是一個奇怪
而可愛的童話！」

　　乾爸爸住在最上層，略微接近天空──大家這樣形容住在
頂樓的人。他已經老了，但是精神卻非常年輕。他的心情老是很
好；他會講的故事是又多又長。他周遊過世界；他的房間裡擺
滿各國可愛的東西：從地板一直到天花板都掛滿了畫；有些窗
玻璃是紅的，有些是黃的──如果人們向裡面看，不管外面的天
氣怎樣陰，世界總像是充滿了太陽光。

　　一個大玻璃盆裡栽著綠色的植物；在這玻璃盆的另一邊，
有幾條金魚在游泳──它們望著你，好像它們知道的事情太
多，而不屑於和人講話似的。這兒甚至在冬天都有花的香味。火
在爐子裡熊熊地燃著。坐在這兒望著火，聽它燒得噼啪噼啪地
響，真是有趣得很。

　　「這使我回憶起許多過去的事情，」乾爸爸說。小瑪莉也似
乎看見火裡出現了許多圖景。

　　但是在旁邊的一個大書架裡放著許多真正的書。有一本是
乾爸爸常讀的，他把它叫做書中之書：這是一部《聖經》。在插
圖裡，整個世界和整個人類的歷史都被描寫出來了：洪水、國王
和國王中的國王。

　　「一切已經發生過和將要發生的事情，這書裡全有！」乾爸
爸說。「一本書包羅萬象！請想想看！的確，人類所祈求的一切

東西，〈主禱文〉用幾個字就說清楚了：『我們在天上的父！』
②這是慈悲的水滴！這是上帝賜予的安慰的珠子。它是放在孩
子搖籃裡、放在孩子心裡的一件禮物。小寶貝，把它好好地收藏
著！不管你長得多大，不要遺失它；那麼你在變幻無窮的道路
上就不會迷失方向！讓它照著你，你就不會走錯路！」

乾爸爸說到這兒眼睛就亮起來了，射出快樂的光輝。這雙眼
睛在年輕的時候曾經哭過。「那是很好的，」他說，「那時正是考
驗的時候，一切都顯得灰暗。現在我身裡身外都有陽光。人的年
紀一大，就更能在幸福的災難時刻中看出上帝是和我們在一
起，生活是一個最美妙的童話──只有上帝才能給我們這些東
西，而且永遠是如此！」

「活著本身就是最美妙的！」小瑪莉說。

小男孩子和大男孩子也都這樣說。爸爸、媽媽和全家的人也
都這樣說。特別是乾爸爸也這樣說。他有生活的經驗，他的年紀
最大，他知道所有的故事、所有的童話，而且他說──直接從心
裡說出來的：「生活本身就是一個最美妙的童話！」〔**1870 年**〕

這篇作品發表在 1870 年 9 月哥本哈根出版的《傳奇和歷史
故事》雜誌。「活著本身就是一個最美妙的童話，」但是「只有
上帝才能給我們這些東西，而且永遠是如此！」這是安徒生對人
生的美好願望，但在現實生活中他卻找不到達到這個願望的手

段，只好求助於他想像中的「仁慈的上帝」。但在現實生活中「上帝」也往往使他失望。這是安徒生身爲一個熱愛兒童，熱愛人類的童話作家一生所面臨的苦惱。

【註釋】

①這兒的「童話」跟上句的「冒險」在丹麥文裡同是 eventyr 這個字，因爲這個字有兩種意義。這種雙關意義，在中文裡是無法譯出來的。

②〈主禱文〉是基督教最常用的一篇祈禱經文。見《聖經·新約全書·馬太福音》第六章第九至十三節。

影 子

在熱帶國度裡，太陽曬得非常厲害。人們都給曬成棕色，像桃花心木一樣；在最熱的國度裡，人們就被曬成了黑人。不過現在有一位住在寒帶的學者偏偏要到這些熱的國家裡來。他以為自己可以在這些國家裡面漫遊一番，像在本國一樣；不過沒多久他就改變了看法。像一切有理智的人一樣，他得待在家裡，把百葉窗和門整天都關起來。這看起來好像整屋子裡的人都在睡覺或者家裡沒有半個人似的。他所住的那條有許多高房子的狹

小街道，開闢得恰恰使太陽從早到晚都照在它上面。這眞叫人吃不消！

這位從寒帶國家來的學者是一個聰明的年輕人。他覺得好像坐在一個白熱的爐子裡面。這使得他精疲力盡。他變得非常瘦，連他的影子也萎縮起來，比在家時不知小了多少。太陽也把它烤得沒精打采。只有太陽下山以後，他和影子在晚間才恢復過來。這種情形看起來倒眞是一椿很有趣味的事兒。蠟燭一拿進房間裡來，影子就在牆上伸長起來。它把自己伸得很高，甚至伸到天花板上面去了。爲了要重新獲得力氣，它不得不伸長。

這位學者走到陽台上去，伸了伸腰。星星在那美麗的晴空一出現，他覺得自己又有了生氣。在街上的所有陽台上面──在熱帶國家裡，每個窗子上都有一個陽台──現在都有人走出來了，因爲人們總要呼吸些新鮮空氣，即使變成桃花心木的顏色也管不了。這時上上下下都顯得生氣勃勃。鞋匠啦，裁縫師啦，大家都來到街上。桌子和椅子也被搬出來了；蠟燭也點起來了──是的，不止一千隻蠟燭。這個人聊天，那個人唱歌；人們散步，馬車奔馳，驢子走路──叮噹──叮噹──叮噹！因爲它們身上都戴著鈴鐺。死人在聖詩聲中入了土；野孩子在放焰火；教堂鐘聲在響。的確，街上充滿了活躍的氣息。

只有在那位外國學者住所對面的一間房子裡，一切是沉寂的。但是那裡面卻住著一個人，因爲陽台上有好幾朵花。這些花兒在太陽光中長得十分美麗。如果沒有人澆水，它們絕不會長得那樣好的；那麼一定有什麼人在那兒爲它們澆水，所以一定有人住在那兒。天黑的時候，那扇門打開了，但是裡面卻很黑暗，

至少前房是如此。再裡面一點有音樂飄出來。這位外國學者認爲
這音樂很美妙；不過這可能只是他的幻想，因爲他發現在這些
熱帶國家裡面，東西都是美麗的——如果沒有太陽的話。這位外
國人的房東說，他不知道誰租了對面的房子——那裡從來沒有
任何人出現過；至於那音樂，他覺得單調得很。

　　他說：「好像有某個人坐在那兒，老是練習他彈不好的一個
調子———一個不變的曲調。他似乎在說：『我終究要學會它。』
但是不管他彈多久，他老是學不會。」

　　這個外國人有天晚上醒來了。他睡在敞開的陽台門口的。風
把它前面的帘子掀開，於是他幻想著自己看見一道奇異的光從
對面陽台上射過來。所有花兒都亮起來了，很像色彩鮮豔的火
焰。在這些花兒中間佇立著一位美麗苗條的姑娘。她似乎也射出
一道光來。這光的確刺傷了他的眼睛。不過這是因爲他從睡夢中
驚醒時把眼睛睜得太大的緣故。他一翻身就跳到地上來了。他輕
輕地走到帘子後面去，但是那個姑娘卻不見了，光也沒有了，花
兒也不再閃亮，只是立在那兒，像平時一樣地好看。那扇門還是
半掩著，從裡面飄出一陣音樂聲——那麼柔和，那麼美妙，使人
一聽到它就沉浸到甜美的幻想中去。這眞像是一個幻境。是誰住
在那裡呢？眞正的入口是在什麼地方呢？因爲最下面一層全是
店鋪，人們不能老是隨便從這些鋪子進出的。

　　有一天晚上，這個外國人坐在他的陽台上。在他後邊的那個
房間裡點著燈，所以他的影子很自然地就射到對面屋子的牆上
去了。它的確坐在那個陽台上的花叢中間。當這外國人動一下的
時候，他的影子也就動一下。

「我相信，我們在這兒所能看到的唯一活著的東西，就是我的影子。」這位學者說。「你看，它坐在花叢中間的那副模樣兒多麼可愛。門是半開著的，但是這影子應該要聰明些，走進裡面去看看，然後再回來把它所看到的東西告訴我。」

「是的，你應該變得有用一點才對啊！」他開玩笑地說。「請你走進去吧。嗯，你進去嗎？」於是他對影子點點頭；影子也對他點點頭。「那麼就請你進去吧，但是不要一去就不回來啦。」

這位外國人站了起來；對面陽台上的影子也站了起來。外國人轉身；影子也同時轉身。如果有人仔細注意一下的話，就可以清楚地看出，當外國人走進自己的房間、放下那長帘子的時候，影子也走進對面陽台上那扇半掩著的門裡去。

第二天早晨，這位學者出去喝咖啡，還要去看看報紙。

「這是怎麼一回事兒？」當他走到太陽光裡的時候，他忽然問。「我的影子不見了！它昨天晚上眞的走開了，再也沒有回來。這眞是一件令人討厭的事兒！」

這使他煩惱起來，並不完全是因爲他的影子不見了，而是因爲他知道一個關於沒有影子的人的故事。住在寒帶國度裡的家鄉人都知道這個故事。如果這位學者回到家裡、把自己的故事講出來的話，大家將會說這是他模仿那個故事編出來的。他不願意人們這樣議論他。因此他就打算完全不提這事情——這是一個合理的想法。

晚上他又走到他的陽台上來；他已經把燭燈仔細地在他後面放好，因爲他知道影子總是需要它的主人做爲掩護的，但是他沒有辦法把它引出來。他把自己變小，把自己擴大，但是卻沒有

影子產生，因此也沒有影子走出來。他說：「出來！出來！」但是一點用也沒有。

這真使人苦惱。不過在熱帶的國度裡，一切東西都長得非常快。過了一個星期以後，有一件事使他非常高興：他發現當他走到太陽光裡去的時候，一個新的影子從他的腿上生出來了。他身上一定有一個影子的根。三個星期以後，他已經有了一個相當可觀的影子了。當他動身回到他北國去的時候，影子在路上更長了許多；到後來它長得又高又大，就是去掉半截也沒有關係。

這位學者回到家裡來了。他寫了許多書，研究這世界上什麼是真，什麼是善，什麼是美。於是日子一天一天地過去了，許多歲月也過去了，許多許多年也過去了。

一天晚上，他正坐在房間裡，有人在門上輕輕地敲了幾下。「請進來！」他說；可是沒有什麼人進來。於是他把門打開；他看到自己面前站著一個瘦得出奇的人。這使他感到非常驚奇。但是這個人的衣服卻穿得非常入時；他一定是一個有地位的人。

「請問尊姓大名？」這位教授問。

「咳！」這位有紳士風度的客人說，「我早就想到，您是不會認識我的！我現在成了一個具體的人，有了真正的血肉和衣服。您從來也沒有想到會看到我是這個樣子。您不認識您的老影子了嗎？您絕沒有想到我會再來。自從我上次跟您在一起以後，我的一切情況進展得非常順利。無論從哪方面說起來，我現在算得上是很富有了；如果我想擺脫奴役，贖回自由，我也可以辦得到！」

於是他把掛在錶上的一串護身符①搖了一下，然後把手伸

到脖子上戴著的一條很粗的金項鏈上去。這時鑽石戒指在他的
手指上發出多麼亮的閃光啊！而且每件東西都是真的！

「不行，你把我弄糊塗了！」學者說。「這究竟是怎麼一回
事情？」

「絕不是普通的事情！」影子說。「不過您自己也不是一個
普通人呀。您知道得很清楚，從我小時候起，我就跟您寸步不
離。只有當您覺得我成熟了、可以單獨在這個世界上生活了，我
才自找出路。我現在的境遇是再美好不過了，不過我對您起了一
種懷念的心情，想在您死去以前來看您一次。您總會死去的！同
時我也想再看看這些地方，因爲一個人總是喜愛自己的祖國
的。我知道您現在已經有了另一個影子；要不要我對您──或
者對它──付出一點什麼代價呢？您只須告訴我就好了。」

「嗨，原來是你呀！」學者說。「真是奇怪極了！我從來沒
有想到，一個人的舊影子會像人一樣地又轉回來！」

「請告訴我，我應該付出些什麼，」影子說，「因爲我討厭
老欠別人的債。」

「你怎能講這樣的話呢？」學者說。「現在談什麼債呢？你
跟任何人一樣，是自由的！你有這樣的好運氣，我感到非常快
樂。請坐吧，老朋友，請告訴我一點你過去的生活情況，和你在
那個熱帶國家、在我們對面那所房子裡所看到的事情。」

「是的，我可以告訴您，」影子說。於是他就坐下來。「不
過請您答應我：隨便您在什麼地方遇見我，請不要告訴這城裡
的任何人，說我曾經是您的影子！我現在有意訂婚；因爲我現
在的能力供養一個家庭已經綽綽有餘了。」

影　　子

「請放心，」學者說，「我絕不會把你的本來面目告訴任何人。請握我的手吧。我答應你。一個男子漢──說話算話。」

「一個影子──說話算話！」影子說，因為他不得不這樣講。

說來也真夠了不起，他現在成了一個很完整的人。他全身是黑色的打扮：他穿著最好的黑衣服，漆黑的皮鞋；戴著一頂可以疊得只剩下一個頂和邊的帽子。除此以外，他還有我們已經知道的護身符、金項鍊和鑽石戒指。影子真是穿得異乎尋常地漂亮。正是這種打扮使他看起來像一個人。

「現在我對您講吧，」影子說。於是他把他穿著漆黑皮鞋的腳使勁地踩在學者新影子的手臂上──它躺在他的腳下像一隻小獅子狗。這種做法可能是來自於驕傲，也可能是因為他想要把這新影子黏在他的腳上。不過這個伏著的影子非常的安靜，因為它想靜靜聽他們講話。它也想知道，一個影子怎樣可以獲得自由，成為自己的主人。

「您知道住在那對面房間裡的人是誰嗎？」影子問。「那是一切生物中最可愛的一個人；那是詩神！事實上我只在那兒住了三個星期。但卻好像在那兒住上了一千年、讀了世界上所有的詩和文章似的。我敢說這話，而且這是真話。我看到了一切，我知道了一切！」

「詩神！」學者大叫一聲。「是的，是的！她常常變做一個隱士，住在大城市裡面。詩神！是的，我曾在剎那間親眼看過她，不過我的眼皮那時被睡蟲壓得沉重；她站在陽台上，發出一道很像北極光的光線。請告訴我吧！請告訴我吧！你那時是站

在陽台上的。你走進那個門裡去，於是───」

「於是我就走進了前房，」影子說，「那時您坐在對面，老
是向著這個前房裡瞧。那兒沒有點燈，只有一種模糊的光。不過
裡面卻有一整排廳堂和房間，門都是一個接著一個地開著的；
房裡都點著燈。要不是我直接走進去，到那個姑娘的身旁，我簡
直要被這道強烈的光照死了。不過我是很冷靜的，我靜靜地等著
───這正是一個人所應採取的態度。」

「你看到了什麼呢？」這位學者問。

「我看到了一切，我將全部告訴您。不過───這並不是因為
我高傲自大───身為一個自由人，加上我所有的學問，且不說我
高尚的地位和優越的條件，───我希望您用『您』稱呼我。」

「請原諒！」學者說。「這是一個老習慣，很不容易改掉。
───您是絕對正確的，我一定記住。不過現在請您把您所看到的
一切都告訴我吧。」

「一切！」影子說，「因為我看到了一切，同時我知道一切。」

「那個內房裡的一切到底是什麼樣子的呢？」學者問。「是
像在一個空氣新鮮的山林裡嗎？是像在一個神廟裡嗎？那些房
間是像一個人站在高山上看到的滿天星斗的高空嗎？」

「那兒一切都有，」影子說，「我沒有完全走進裡面去，只
是站在陰暗的前房裡，不過我在那裡站的位置非常好。我看到一
切，我知道一切。我曾經到前房詩之宮裡去過。」

「不過您到底看到了什麼呢？在那些大廳裡面是不是有遠
古的神祇走過？是不是有古代的英雄在那兒比武？是不是有美
麗的孩子們在那兒嬉戲，在那兒講他們曾做過的夢？」

「我告訴您，我到那兒去過。因此您知道我在那兒看到了我
所能看到的一切！如果您到那兒去過，您不會成為另外一個
人；但是我卻成了一個人了，同時我還學到了理解我內在的天
性，我的本質和我與詩的關係。是的，當我以前和您在一起的時
候，我不曾想到過這些東西。不過您知道，在太陽上升或落下去
的時候，我就變得分外地高大。在月光裡，我看起來比您更真
實。那時我不認識自己內在的本質；我只有到了那個前房裡才
認出來。我變成一個人了！

　　「我完全成形了。您已經不再在那些溫暖的國度裡。做為一
個人，我覺得以原來的形態出現是羞恥的；我需要皮鞋、衣服和
一個具體的人所應當有的各種修飾。——我將自己藏起來；是
的，我把這都告訴您了——請您不要把它寫進任何書裡去。我跑
到賣糕餅女人的裙子下面去，在那裡面藏起來。這個女人一點也
不知道她藏著一件多麼大的東西。起初我只有在晚上才走出
來；我在街上的月光下面走來走去。我在牆上伸得很長；這使
得我背上發癢，還怪舒服的啦！我跑上跑下，我透過最高的窗子
向客廳裡面望去；我通過屋頂向誰也看不見的地方望去；我看
到誰也沒有看過和誰也不應該看到的東西。整個地說來，這是一
個卑鄙骯髒的世界！要不是大家認為做一個人是件了不起的事
情，我絕不願意做一個人。

　　「我看到一些在男人、女人、父母和『親愛無比的』孩子們
當中發生最不可思議的事情。我看到誰也不知道、但是大家卻非
常想知道的事情——他們的鄰居做的壞事。如果我把這些事情
寫出來在報紙上發表的話，那麼看的人可就多了！但是我只直

接寫給一些有關的人看，所以我到哪個城市，哪個城市就起了一陣恐怖。人們那麼害怕我，結果他們都變得非常喜歡我。教授推選我做教授；裁縫師送給我新衣服穿，我什麼也不缺少。造幣廠廠長為我鑄錢；女人們說我長得漂亮！──這麼一來，我就變成現在這樣的一個人了。咳，現在我要告別了。這是我的名片；我住在有太陽的那一邊。下雨的時候我總在家裡。」

影子告別了。

「這真是稀奇。」學者說。

許多歲月過去了。影子又來拜訪。

「您好嗎？」他問。

「哎呀！」學者說，「我正在寫關於真、關於善、關於美的文章。但是誰也不願意聽這類的事兒；我簡直有些失望，因為這使我難過。」

「但是我卻不這樣，」影子說。「我正長得心寬體胖──一個人應該這樣才對。您不瞭解這個世界，因此您快要病了。您應該去旅行一下。這個夏天我將要到外面去跑跑；您也來嗎？我倒很希望有一位旅伴呢。您願不願做為我的影子，跟我一起去？有您在一起，對我說來將是一件很愉快的事。我願意擔負您所有的旅費。」

「這未免有點太過分了。」學者說。

「這要看您對這個問題採取一種什麼樣的態度，」影子回答說。「旅行一次會對您有很大的好處。如果您願意當我的影子，那麼您將得到一切旅行的利益，而沒有任何旅行的負擔。」

「這未免有點太那個了！」學者說。

「世事就是如此呀！」影子說，「而且將來也會是如此！」
於是影子就走了。

這位學者並不完全是很舒服的。憂愁和顧慮緊跟著他。他所
談的眞、善、美對於大多數的人來說，正如玫瑰花對於一頭母牛
一樣，引不起興趣。──最後他病了。

「你看起來眞像一個影子，」大家對他說。他想到這句話時，
身上就冷了半截。

「您應該到個溫泉區去療養！」影子來拜訪他的時候說。
「再沒有別的辦法。看在我們老交情的分上，我可以把您帶去。
我支付一切旅行的費用，您可以把這次旅行描寫一番，同時也可
以使我在路上消遣消遣。我要到一個溫泉區去住住。我的鬍子長
得不正常，而這是一種病態。但是我必須有鬍子。現在請您變聰
明一些，接受我的提議吧：我們可以成爲好朋友一起去旅行一
番。」

就這樣，他們就去旅行了。影子現在成爲主人了，而主人卻
成了影子。他們一起坐著車子，一起騎著馬，一起併肩走著路；
他們彼此有時在前，有時在後，完全依太陽的位置而定。影子總
是很刻意地要顯出主人的身分。這位學者卻沒有想到這一點，因
爲他有一顆善良的心，而且是一個特別溫和和友愛的人。因而有
一天主人對影子說：

「我們現在成爲旅伴了──這一點不用懷疑；同時我們也
是從小一起長大的，我們結拜爲兄弟好不好？這樣我們就可以
變得更親密些。」

「您說得對！」影子說──他現在事實上是主人。「您這句

話非常直率，而且用意很好。我現在也要以誠相見，想什麼就說什麼。您是一個有學問的人；我想您知道得很清楚，人性是多麼古怪。有些人不能摸一下灰紙——他們一看到灰紙就討厭。有些人看到一個人用釘子在玻璃窗上劃一下就全身發抖。我聽到您把我稱爲『你』，也有同樣的感覺。像我跟您當初的關係一樣，我覺得好像我是被踩到地上。您要知道，這是一種感覺，並不是高傲自大的問題。我不能讓您對我說『你』，但是我倒很願意把您稱爲『你』呢。這樣我們就互不吃虧了。」

從這時起，影子就把他從前的主人稱爲「你」。

「這未免有點太過火了，」後者想，「我得喊他『您』，而他卻把我稱爲『你』。」但是他也只好忍受了。

他們來到一個溫泉區。這兒住著許多外國人；其中有一位美麗的公主。她得了一種病，那就是她的眼睛看東西非常銳利——這可以使人感到極端地不安。

她馬上就注意到，新來的這個人物跟其他的人不同。

「大家都說他到這兒來爲的是要使他的鬍子長出來。不過我卻能看出眞正的原因——他不能投射出影子來。」

她有些好奇，因此她馬上就在散步場上跟這位陌生的紳士聊天。做爲一個公主，她沒有什麼客氣的必要，因此她就直截了當地對他說：

「你的毛病就是不能投射出影子。」

「公主殿下的身體現在好多了，」影子說；「我知道您的毛病是：您看事情過於尖銳。不過這毛病已經沒有了，您已經治好了。我恰恰有一個相當不平常的影子！您沒有看到老跟我在一

起的這個人嗎？別的人都有一個普通的影子，但是我卻不喜歡普通的東西。有人喜歡用比自己衣服的質料還要好的料子給僕人做制服穿；同樣，我要讓我的影子打扮得像一個獨立的人。您看我還讓他有一個自己的影子。這筆費用可不小，但是我喜歡與衆不同一點。」

「怎麼！」公主想。「我的病眞的已經治好了嗎？這是世界上最好的溫泉。它的水現在有一種奇異的力量。不過我現在還不打算離開這裡，因爲這地方開始使我很感興趣。這個陌生人非常討我的喜愛。我只希望他的鬍鬚不要長起來，因爲如果長出來的話，那麼他就要走了。」

這天晚上公主和影子在一個寬廣的大廳裡跳舞。她的體態輕盈，但是他的身體更輕。她從來沒有遇見過這樣一個會跳舞的人。她告訴他，她是從哪一個國家來的，而他恰恰知道這個國家——他到那兒去過，但是那時她已經離開了。他曾經從窗口向她的宮殿內部看過——上上下下地看過。他看到了這，也看到了那。因此他可以回答公主的問題，同時暗示一些事情——這使得她非常驚奇。他一定是世界上最聰明的人！因此她對於他知識的淵博起了無限的敬意。當她再次和他跳舞的時候，她不禁對他產生了愛情。影子特別注意到了這一點，因爲她的眼睛一直盯著他。

她跟他又跳了一次舞。她幾乎把心中的話都說出來了，不過她是一個很懂得分寸的人：她想到了她的國家、她的王國和她將要統治的那些人民。

「他是一個聰明人，」她對自己說。「這是很好的；而且他

的舞也跳得很出色——這也是很好的。但我不知道他的學問是不是根底很深？這也是一個重要的問題：我必須考察他一下才是。」

於是她馬上問了他一個非常困難、連她自己也回答不出來的問題。影子做了一個鬼臉。

「你回答不了。」公主說。

「我小時候就知道了，」影子說，「而且我相信，連我那站在門口的影子都能回答得出來。」

「你的影子！」公主叫了一聲，「那倒眞是了不起。」

「我並不是肯定地說他能回答，」影子說。「不過我相信他能夠回答。這許多年來，他一直跟著我，聽我談話。不過請殿下原諒，我要提醒您注意，他認爲自己是一個人，而且以此自豪；所以如果您要使他的心情好、使他能正確地回答問題，那麼您得把他當做一個眞正的人來看待。」

「我可以這樣做，」公主說。

於是她走到那位站在門旁的學者身邊去。她跟他談到太陽和月亮，談到人類的內心和外表；這位學者回答得旣聰明，又正確。

「有這樣一個聰明的影子的人，一定不是普通人，」她想。「如果我選他做我的丈夫，那對於我的國家和人民一定是一件莫大的喜事。——我要這麼辦！」

於是他們——公主和影子——馬上就達成了一個諒解。不過在她沒有回到自己的王國去以前，誰也不能知道這件事情。

「誰也不會知道——即使我的影子也不會知道的，」影子

說。他說這句話有他自己的理由。

他們一起回到公主所統治的國家裡去。

「請聽著，我的好朋友，」影子對學者說。「現在一個人所能希望得到的幸運和權力，我都有了。我現在也要為你做點特別的事情。你將永遠跟我一起住在我的宮殿裡，跟我一起乘坐我的皇家御車，而且每年還能領十萬塊錢的俸祿。不過你得讓大家把你叫做影子，同時永遠不准你說你曾經是一個人。一年一度，當我坐在陽台上太陽光裡讓大家看到我的時候②，你得像個影子的樣子，乖乖地躺在我的腳下。我可以告訴你，我快要跟公主結婚了；婚禮就在今天晚上舉行。」

「哎，這未免做得太過火了！」學者說。「我不能接受，我絕不幹這種事。這簡直是欺騙公主和全國的人民。我要把一切事情講出來——我是人，你是影子，你不過是打扮得像一個人罷了！」

「絕對沒有人會相信你的話！」影子說。「請你放聰明一點，否則我就要喊警衛來！」

「我將直接去告訴公主！」學者說。

「但是我會比你先去，」影子說；「你將走進監牢。」

事實上，結果也是如此，因為警衛知道他要跟公主結婚，所以就服從了他的指揮。

「你在發抖，」當影子走進房裡的時候，公主說。「出了什麼事情嗎？我們快要結婚了，你今晚不能生病呀！」

「我遇見世上一件最駭人聽聞的事情！」影子說。「請想想吧！——當然，一個可憐的影子的頭腦是經不起抬舉的——請

想想吧！我的影子瘋了：他幻想他變成了一個人；他以爲
——請想想吧——他以爲我是他的影子！」

「這眞可怕！」公主說。「我想他已經被關起來了吧？」

「當然啦。我恐怕他永遠也恢復不了理智了。」

「可憐的影子！」公主說，「他眞是不幸。把他從他渺小的
生命中解脫出來，我想也算是一件善行吧。當我把這事情仔細思
量一番以後，我覺得把他不聲不響地處決掉是必要的。」

「這當然有點過火，因爲他一直是一個很忠實的僕人，」影
子說，同時假裝嘆了一口氣。

「你眞是一個品質高貴的人，」公主說，在他面前深深地鞠
了一躬。

這天晚上，整個城市大放光明；禮炮在一齊放射——轟
轟！兵士們都在舉槍致敬。這是舉行婚禮！公主和影子在陽台
上向百姓露面，再次接受群眾的歡呼。

那位學者對於這個盛大的慶祝一點也沒有聽到，因爲他已
經被處決了。〔1846 年〕

這篇寓言性的故事首先發表在《新的童話》裡。這是作者
1846 年夏天在義大利南部濱海城市那布勒斯寫成的。那裡的氣
候炎熱，特別是在夏天。這種「炎熱」可能是促使作者寫成這篇
故事的「靈感」。但這個故事本身卻是「冷酷」的，冷酷得使人

感到毛骨悚然，可是這也並非不是現實人生中不可能發生的
事。那位學者，即所謂知識分子，有時總免不了會被自己的影子
所淹滅而成爲無辜的犧牲品，只不過他本人意識不到罷了。這也
說明善良、天眞、仁愛的安徒生觀察生活是多麼銳利──不愧是
一個偉大的作家！

【註釋】

①在歐洲，特別是在民間，人們常常在身邊帶些小玩意兒，迷信地認爲它們可以帶來
　　好運。

②在歐洲，根據封建時代遺留下來的慣例，國王和王后，或者公主和駙馬，在每年國
　　慶節日的時候，都會走到陽台上來，向外面歡呼的民衆答禮。

傷心事

我們現在所講的這個故事實際上分做兩部分：第一個部分可以刪掉，但是它可以告訴我們一點初步的情節——這是很有用的。

我們是佳在鄉下的一個官邸裡。碰巧主人要出去一天。在這同時，有一位太太從鄰近的小鎮裡來了。她帶著一隻哈巴狗；據她說，她來的目的是爲了要處理她在製革廠的一些股份。她把所有的文件都帶來了；我們都忠告她，叫她把這些文件放在一個

封套裡，在上面寫出姓名和地址：「作戰兵站總監，爵士」等等。

　　她聽我們講，同時拿起筆，沉思了一會兒，於是就要求我們把這意見又慢慢地唸一次。我們同意，於是她就寫起來。當她寫「作戰……總監……」的時候，她把筆停住了，嘆了一口氣說：「不過我只是一個女人！」

　　當她在寫的時候，她把那隻哈巴狗放在地上。它猖猖地叫起來。她是為了它的興趣和健康才把它帶來的，因此人們不應該把它放在地上。它外表的特點是一個朝天的鼻子和一個肥胖的背。

　　「它並不咬人！」太太說。「它沒有牙齒。它像家裡的一個成員，忠心卻脾氣很壞。不過這是因為我的孫子常常開它的玩笑的緣故：他們玩結婚的遊戲，要它扮新娘。可憐的小老頭兒，這太使它吃不消了！」

　　她把她的文件交出來了，於是她便把她的哈巴狗抱在懷裡。這就是故事的第一部分，可以刪去。「哈巴狗死掉了！」這是故事的第二部分。

　　這是一個星期以後的事情：我們來到城裡，在一個客棧裡安頓下來。

　　我們的窗子面對著製革廠的院子。院子用木欄柵隔成兩部分。一部分裡面掛著許多皮革——生皮和製好了的皮。這兒一切製革的必須器具都有，而且是屬於這個寡婦的。哈巴狗在早晨死去了，被埋葬在院子裡。寡婦的孫子們（也就是製革廠老板未亡人的孫子們，因為哈巴狗從來沒有結過婚）整理好了這座墳墓。它是一座很美的墳墓——躺在裡面一定是很愉快的。

　　墳墓的四周鑲了一些花盆的碎片，上面還撒了一些沙子。墳頂上還插了半個啤酒瓶，瓶頸向上——這並沒有什麼象徵的意義。

　　孩子們在墳墓的周圍跳舞。他們中最大的一個孩子——一個很實際的、七歲、小孩子——提議開一個哈巴狗墳墓展覽會，讓街上所有的人都來看。門票是一個褲子扣，因爲這是每個男孩子都有的東西，而且還可以有多餘的來替女孩子買門票。這個提議得到大家一致同意意。

　　街上所有的孩子——甚至後街上的孩子——都湧到這個地方來，獻出他們的扣子。這天下午人們可以看到許多孩子只有一根背帶吊著他們的褲子，但是他們卻看到了哈巴狗的墳墓，而這也值得出那麼多的代價一看。

　　不過在製革廠的外面，緊靠著入口的地方，站著一個衣衫襤褸的女孩子。她很可愛，她的鬈髮很美麗，她的眼睛又藍又亮，使人看了就感覺愉快。她一句話也不說，但是她也不哭。每當那扇門一打開的時候，她就向裡面悵然地看很久。她沒有一個扣子——這點她知道得清清楚楚，因此她就悲哀地待在外面，一直等到別的孩子們都參觀了墳墓後離開爲止。然後她就坐下來，把她那雙棕色的小手蒙住自己的眼睛，大哭一場；只有她一個人沒有看過哈巴狗的墳墓。就她來說，這是一件傷心事，跟成年人常常碰到的傷心事幾乎差不多。

　　我們在上面看到這情景，而且是高高地在上面觀看。這件傷心事，像我們自己和許多別人的傷心事一樣，使我們微笑！這就是整個的故事。任何人如果不瞭解它，可以到這個寡婦的製革廠

去買一個股份。〔1853 年〕

　　這個小品收在安徒生於 1853 年 11 月 30 日在哥本哈根出版的一本只有 68 頁的《故事集》裡，這是該書五篇中的一篇。它是根據一件眞實事件寫成的：安徒生在丹麥富恩島旅行的時候，有一個製革廠的婦人向他兜售製革廠的股票。他當然沒有買，但他由此寫了這篇小故事。

　　故事的前一部分，的確「可以刪掉」，但與第二部的眞正故事也不無聯繫。哈巴狗是那婦人的寵物，她走到哪裡就把它帶到哪裡。在製革廠，她就在那裡爲它修了一座墳墓。這本是件無聊的事，但對孩子們卻不尋常。它成了他們的一件轟動一時的展覽品。他們當中的那個七歲的孩子是個偉大的「實用主義」者。他靈機一動，爲這個展覽賣起門票來。每張票——一顆褲子的扣子——的代價並不高，但一個小女孩恰恰沒有這樣的一顆扣子，因而就沒有機會一睹這個盛況。她的傷心是眞正的傷心。「跟成年人常常碰到的傷心事幾乎差不多。」對孩子的心理，安徒生寥寥幾筆就勾勒出一個活靈活現的圖畫。至於「傷心」的問題，在孩子身上，正如在成年人身上一樣，他用比寥寥幾筆還更少的字描出它的本質：「把她那隻棕色的小手蒙住自己的眼睛，大哭一場」——這眞是傷心的大哭，跟一個百萬富翁在股市市場破了產差不多。

彗星

彗星出現了，它的火球發出閃光，它的尾巴使人害怕。人們從華貴的宮殿上望它，從簡陋的村屋裡望它；街道上的人群望著它，孤獨的步行者在沒有路徑的荒地上望著它。各人對它有各自不同的想法。

「請來看看天上的信號吧！請來看看這個美麗景象吧！」大家說。於是大家都跑來看。

但是有一個小孩子和他的母親卻還是坐在房間裡。蠟燭在

燃燒著；母親覺得燭光裡有一塊刨花。蠟燭周圍堆起一層尖尖的熔蠟，然後就慢慢地倒下來。她相信這意味著她的孩子快要死去。那塊刨花的確也正在轉向她。

這是一個古老的迷信，而她相信它。

可是這個孩子恰恰要在世界上活得很久，一直活到要看見這六十幾年以後又重新出現的彗星。

孩子沒有看見蠟光裡的刨花，他也沒有想到他生平第一次看到的出現在天空的彗星。他坐在一個修補過的破碗面前。這裡面盛著肥皂水，他把一個小泥煙斗放進去，把煙管銜在嘴裡，吹出一堆大大小小的肥皂泡來。肥皂泡放射出一堆最美麗的顏色，在空中飄著，浮著，這些顏色從黃變紅，從紫變藍，最後變成像被太陽透射的樹林裡的葉子。

「願上帝讓你在這世界上所活著的年月，能像你所吹出的泡泡那樣多！」

「可多啦！可多啦！」小傢伙說。「肥皂水怎麼也吹不完！」

於是孩子吹出一連串的肥皂泡。

「一年過去了！一年過去了！它們過得多快啊！」每一個肥皂泡吹出去和飛走了的時候，他就這樣說。有幾個泡飛進他的眼睛裡去，引起刺痛和難過，於是他的眼淚就流出來了。在每一個泡裡，他看到光華燦爛的、未來的幻景。

「現在我們可以看到彗星了！」鄰居們喊著。「快出來看吧，不要待在屋子裡呀！」

於是媽媽就牽著這小傢伙走出來；他不得不把泥煙斗放到一邊，停止玩肥皂泡，因為彗星出現了。

小傢伙看見這個發光的火球後面拖著一條亮晶晶的尾巴。有人說，這條尾巴有三個亞倫長；還有些人說，它有一百萬個亞倫長。每個人的看法是那樣的不同。

「它再出現的時候，孩子和孫子也許早已死了！」人們說。

說這話的人，在彗星下次出現以前，大多數真的都死了。不過這個小孩子──燭光裡的刨火曾為他出現過，他的媽媽也曾經相信「他不久就要死了！」──卻仍然活著，只是年紀很老，頭髮全都白了。俗話說：「白髮是老年之花！」他現在的花可不少。他現在是一個年老的教師。

小學生都說他非常聰明，知道的東西很多，懂得歷史、地理和人類所有關於天體的知識。

「一切東西都會再來的！」他說。「你只要注意人和事，那麼你就會知道，他們又會重新到來──只是穿著不同的衣服，在不同的國家裡罷了。」

教師剛剛講完關於威廉‧泰爾的故事：他不得不用箭來射那個放在他兒子頭上的蘋果。不過在他射出這支箭以前，他懷裡還藏著另外一支箭，為的是準備把它射進那個惡毒的蓋斯勒爾的心裡去。這件事發生在瑞士，同樣的事情也曾發生在丹麥的巴爾納托克身上。他也不得不射一個放在他兒子頭上的蘋果，同時像泰爾一樣，身上也藏著一支箭準備報仇。在一千多年以前，歷史上記載著埃及也發生過同樣的事情。這些同樣的事情像彗星一樣常常重新出現。它們過去了，消逝了，然後又回來。

於是他又談起大家所盼望的那顆彗星──他在小時曾經看見過的那顆彗星。教師知道關於各種天體的事情，思索著它們，

但他並不因此就忘記了他的歷史和地理。

　　他把他的花園布置成為一張丹麥的地圖。植物和花，在這個國家的哪個地區長得最好，他就栽在哪個區域裡。「替我摘顆豌豆！」他說。於是人們就到代表洛蘭的那塊花圃上去。「替我種點蕎麥！」於是人們就到代表朗蘭的那塊花圃上去。美麗的藍龍膽和楊梅生長在斯卡根，光澤的多青生長在西爾克堡。城市則是用石像來做代表。聖·克努得和龍在一起代表奧登塞。阿卜薩龍和一根主教的牧杖代表蘇洛。一條小船和槳說明這兒就是奧湖斯鎮。在這位教師的花園裡，人們可以學會丹麥的地理。不過人們得先請教他一下，而這是非常愉快的事情。

　　現在大家都在等待彗星出現。他告訴大家，在多少年以前彗星出現的時候，人們曾經說過一些什麼話，有過一些怎樣的想法。

　　「彗星出現的那年就是產美酒的一年，」他說。「人們可以在酒裡滲水，而不會有人嚐得出來。酒商應該非常喜歡彗星年。」

　　整整有十四天和十四夜，天上覆蓋著烏雲。彗星是沒有辦法看見了，但是它卻在那兒。

　　老教師坐在教室旁邊的一個小房間裡。牆角裡是一座他父親時代的、波爾霍爾姆造的鐘。沉重的鉛錘既不上升，也不下降；鐘擺也不搖動。那隻每過一點鐘就跳出來叫一次的杜鵑，已經待在關著的門後好幾年沒有出聲了。鐘裡沉寂無聲，它已經不走了。

　　不過那架老鋼琴——也是父親時代的東西——仍然還有生命。弦還能發出聲音——雖然不免有些粗啞，同時還能彈出一代

的歌曲。老教師聽到這些曲子，記起了許多歡樂和憂鬱的事情
——從他小時看到彗星的時候起，直到彗星重新出現的時候爲
止。他記起母親所說的關於燭裡刨花的話；他記起他所吹起的
那些美麗的肥皂泡。他曾經說過，每一顆肥皂泡代表一年的生活
——多麼光彩奪目啊！他在它裡面所看見的東西完全是美麗
的，歡樂的：孩子的遊戲和青春的快樂。整個世界充滿了陽光，
而他就要走進這個世界裡去！這代表未來的泡影。他現在做爲
一個老人，聽著鋼琴弦所發出的過去一代的歌曲。回憶的肥皂泡
渲染著回憶的種種色彩。這是祖母織毛襪時唱出的一首歌：

> 織頭一隻襪子的人，
> 當然不會是阿瑪琮①。

這是家裡的老女傭人在他小時唱給他聽的一支歌：

> 年紀輕輕的小伙子，
> 和不懂事的天眞漢，
> 在這茫茫的世界裡，
> 會碰見許多的危險。

　　一會兒是他參加第一次舞會時的樂曲——一支徐緩的舞曲
和一支波蘭舞曲，一會兒又是一支柔和的、抑鬱的曲調——使這
位老教師流出眼淚；一會兒又是戰爭進行曲；一會兒又是唱聖
詩的樂曲；一會兒又是歡樂的樂曲。這個泡影接著那個泡影

——正如他小時候用肥皂水吹出的那樣。

他的眼睛凝視著窗外：有一朵白雲在天上飄浮過去了；他在晴空中看見了彗星，它耀眼的核心和它發光而模糊的「掃帚」。

他似乎覺得他是在昨天晚上頭一次看見它的，然而上一次和這一次之間卻是整個一生的時間。那時他還是一個孩子，而且是在泡影裡來看「未來」；但是現在他卻是從泡影裡去看「過去」。他感覺到一種兒時的心境和兒時的信念。他的眼睛亮起來，他的手落到鋼琴鍵上——它發出的聲音好像有一根弦斷了。

「出來瞧瞧吧，彗星出來了，」鄰居們說。「天空非常明朗，美麗極了！出來瞧瞧吧！」

老教師不回答。他為了要看得更清楚，已經到別的地方去了。他的靈魂已經開始了一個更遠的旅行，已經到了比彗星所飛的地方還要廣大的空間裡。

華貴宮殿裡的人們，簡陋的村屋裡的人們，街道上的人群，在沒有路徑的荒地上的孤獨的步行者，現在又看到彗星了。但是上帝和他那些逝去了的親愛的人們——他所想念的那些人們——都看到了他的靈魂。〔1869 年〕

────────────────────────

這篇小品首次發表在 1869 年 6 月紐約出版的《青少年河邊

雜誌》第三卷上，兩個月以後——即 1869 年 8 月又發表在丹麥的《思想與現實》雜誌上。它通過「彗星」引伸到人的一生經歷——這也像彗星一樣，瞬即成為「泡影」。「他似乎覺得他是在昨天晚上頭一次看見它的，然而上一次和這一次之間是整個一生的時間。那時他還是一個孩子，而且是在泡影裡來看『未來』；但是現在他卻是從泡影裡去看『過去』。他感覺到一種兒時的心境和兒時的信念。他的眼睛亮起來，他的手落到鋼琴鍵上——它發出的聲音好像有一根弦斷了。」一根弦是斷了，但他的靈魂卻得到了昇華，飛到他先逝去的親愛的人中間去了。

【註釋】

①古代的希臘女戰士。

柳樹下的夢

卻格附近一帶是一片荒涼的地區。這個小城市是在海岸的近旁——這永遠要算是一個美麗的位置。要不是因爲周圍全是平淡無奇的田野，而且離森林很遠，它可能還會更可愛一點。但是，當你在一個地方眞正住慣了的時候，你總會發現某些可愛的東西，你就算是住到世界上別的最可愛的地方，你也是會懷念它的。我們還得承認：在這個小城的外圍，在一條流向大海的小溪兩岸，有幾個簡陋的小花園，這兒，夏天的風景是很美麗的。兩

個小鄰居，克努得和約翰妮，尤其是有這樣的感覺。他們在那兒
一起玩耍；他們彼此穿過醋栗叢來相會。

在這樣的一個小花園裡，長著一棵接骨木樹；在另一個小
花園裡長著一棵老柳樹。這兩個小孩子特別喜歡在這棵柳樹下
面玩耍；他們也得到許可到這兒來玩耍。儘管這樹長在溪流的
近旁，很容易使他們掉到水裡去。不過上帝的眼睛是留神著他
們，否則他們可能會出亂子。此外，他們自己是非常謹慎的。事
實上，男孩子是一個非常怕水的懦夫，在夏天誰也沒有辦法勸他
走下海去，雖然別的孩子很喜歡到浪花上去嬉戲。因此他成了一
個被別人譏笑的對象；他只好忍受下來。不過有一次鄰家的小
小約翰妮做了一個夢，夢見她自己駕著一艘船在卻格灣航行。克
努得涉水向她走來，水淹到他的脖子，最後淹沒了他的頭頂。自
從克努得聽到了這個夢的時候起，他就再也不能忍受別人把他
稱爲怕水的懦夫。他常常提起約翰妮所做的那個夢——這是他
的一件很得意的事情，但是他卻不走下水去。

他們的父母都是窮苦的人，經常互相拜訪。克努得和約翰妮
在花園裡和公路上玩耍。公路上沿著水溝長著一排柳樹。柳樹並
不漂亮，因爲它們的樹梢都被剪禿了；不過它們栽在那兒並不
是爲了裝飾，而是爲了實際的用處。花園裡的那棵老柳樹要漂亮
許多，所以他們常常喜歡坐在它的下面。

卻格城裡有一個大市場。在市集的日子，整條街都是滿滿的
篷攤，出賣緞帶、靴子和人們所想要買的一切東西。來的人總是
擁擠不堪，天氣經常在下雨。這時你就可以聞到農人衣服上所散
發出來的一股氣味，但是你也可以聞到薑餅的香氣——有一個

篷攤子擺滿了這些東西。最可愛的的事情是：每年在市集的季節，賣這些蜜糕的那個人就來寄住在小克努得的家裡。因此，他們自然能嚐得到一點薑餅。當然小約翰妮也能分吃到一點。不過最妙的事情是，那個賣薑餅的人還會講故事：他可以講關於任何一件東西的故事，甚至關於他賣的薑餅的故事。有一天晚上他講了一個關於薑餅的故事。這故事給了孩子們一個很深刻的印象，他們永遠忘不了。因為這個緣故，我想我們最好也聽聽它，尤其是這個故事並不太長。

他說：「櫃台上放著兩塊薑餅。有一塊是一個男子的形狀，戴一頂禮帽；另一塊是一個小姑娘，沒有戴帽子，但是戴著一片金葉子。他們的臉都是在餅乾向上的那一面，好使人們一眼就能看清楚，不致於弄錯。的確，誰也不會從反面去看他們的。男子的左邊有一顆味苦的杏仁──這是他的心；相反地，姑娘的全身都是薑餅。他們被放在櫃台上當做樣品。他們在那上面待了很久，最後他們兩人生了愛情，但是誰也不說出口來。如果他們想得到一個什麼結果的話，他們就應該說出來才是。

「『他是一個男子，他應該先開口。』她想。

「不過她仍然感到很滿意，因為她知道他同樣地愛著她。

「他的想法卻是有點過分──男子一般都是這樣。他夢想著自己是一個真正有生命的街頭孩子，身邊帶著四枚銅板，把這姑娘買過來，一口吃掉。

「他們就這樣在櫃台上躺了許多天和許多星期，終於變得很乾。她的思想卻越變越溫柔和越女孩子氣。

「『我能跟他在櫃台上躺在一起，就已經很滿足了！』她

想。於是——砰——她裂成兩半。

「『如果她知道我的愛情，她也許可以活得更久一點！』」他想。

「這就是那個故事。他們兩個人現在都在這兒！」糕餅老板說。「就他們的歷史和他們沒有結果的沉默愛情來說，他們真是了不起！現在我就把他們送給你們吧！」於是他就把那個還是完整的男子送給約翰妮，把那個碎裂了的姑娘送給克努得。不過這個故事感動了他們，他們鼓不起勇氣來把這對戀人吃掉。

第二天他們帶著薑餅到卻格公墓去。教堂的牆上長滿了最茂盛的長春藤；它多天和夏天掛在牆上，簡直像是一張華麗的地毯。他們把薑餅放在陽光中的綠葉裡，然後把這個沒有結果的、沉默的愛情的故事講給一群小孩聽。這叫做「愛」，因為這故事很可愛——這一點大家都同意。不過，當他們再看看這對薑餅戀人的時候，哎呀，一個存心搗蛋的大孩子已經把那個碎裂的姑娘吃掉了。兩個孩子們大哭了一場，然後——大概是為了不讓那個男戀人在這世界上感到寂寞——他們也把他吃掉了。但是他們一直沒有忘掉這個故事。

孩子們經常在接骨木樹旁和柳樹底下玩耍。那個小女孩用銀鈴一般的聲音唱著最美麗的歌。可是克努得沒有唱歌的天才；他只知道歌中的詞句——不過這也不壞。當約翰妮在唱歌的時候，卻格的鄰居們，甚至鐵匠鋪的老板娘，都靜靜地站著聽。「那個小姑娘有一副甜美的嗓子！」她說。

這是人生最美麗的時節，但不能永遠這樣。鄰居已經搬走了。小姑娘的媽媽已經去世了；她的爸爸打算遷到京城裡去，再

娶一個新太太，因爲他在那兒可以找到一個職業——他要在一個機關裡當個送信人，這是一個收入很好的差事。因此兩個鄰居孩子就流著淚分手了，孩子們很傷心地痛哭了一場；不過兩家的老人都答應一年至少通信一次。

克努得當一個鞋匠的學徒，因爲一個大孩子不能再把日子荒廢下去；此外他已經受過了堅信禮！

啊，他多麼希望能找一個節日到哥本哈根去看看約翰妮啊！但他沒有去，他從來沒有到過那裡，雖然它離卻格只不過七十多里遠的路程。不過當天氣晴朗的時候，克努得從海灣望去，可以遙遙看到塔頂；在他受堅信禮的那天，他還清楚地看見聖母院教堂上那發著閃光的十字架呢。

啊，他多麼懷念約翰妮啊！也許她還記得他吧？是的，在聖誕節的時候，她的父親寄了一封信給克努得的爸爸和媽媽。信上說，他們在哥本哈根生活得很好，尤其是約翰妮，因爲她有美麗的聲音，她希望有一個光明的前途。她已經跟她常去演出的一個歌劇院訂了合同，而且已經開始賺些錢了。她現在從她的收入中省下一塊大洋，寄給她住在卻格的親愛的鄰居過這個快樂的聖誕節。在「附言」中她親自加了一筆，請他們喝一杯祝她健康的酒；同時還有：「向克努得親切地致意。」

一家人全哭起來了，然而這是愉快的——他們所流出來的是愉快的眼淚。克努得的思想每天都縈繞在約翰妮的身上；現在他知道她也在想念他。當他快要學完手藝的時候，他更清楚地覺得他愛上約翰妮了。她一定得成爲他的親愛的妻子。當他想到這點的時候，他的嘴唇上就飄出一絲微笑；於是他做鞋的速度

也就加快了兩倍，用腳緊扣著膝蓋上的皮墊子。他的錐子刺進了
他的手指，但是他也不在意。他下定決心不要像那對薑餅一樣，
扮演一對啞巴戀人的角色；他從那個故事得到了一個很好的教
訓。

　　現在他成了一個皮鞋師傅。他整理好他的行李；他終於要
去哥本哈根了。他已經在那兒接洽好了一個老闆。嗨，約翰妮一
定會非常奇怪和高興的！她現在已經十七歲了，而他也十九歲
了。

　　當他還在卻格的時候，他就想爲她買一只金戒指。不過他
想，他可以在哥本哈根買到更漂亮的戒指。因此他就向他的父母
告別。這是一個晚秋下雨的天氣，他在微微的細雨中動身了。樹
上的葉子正簌簌地落下；當他到達哥本哈根新老闆家裡的時
候，他已經全身透濕了。

　　在接著的一個星期日裡，他就去拜訪約翰妮的父親。他穿上
了一套手藝人的新衣服，戴上一頂卻格的禮帽。這裝束對現在的
克努得很相稱，從前他只戴一頂小便帽。

　　他找到了他所要拜訪的那座房子。他爬了好幾層樓，他的頭
幾乎要暈了。在這個人煙稠密的城市裡，人們一層堆上一層地住
在一起。

　　房間裡是一種幸福的樣子；約翰妮的父親對他非常客氣。
他的新太太對他來說，是一個陌生人，不過她仍跟他握手，請他
喝咖啡。

　　「約翰妮看到你一定會很高興的！」父親說；「你現在長成
一個很英俊的年輕人了……你馬上就可以看到她！她是一個使

我快樂的孩子，上帝保佑，我希望她更快樂。她自己住一間小房，還付給我們房租！」

於是父親就在門上非常客氣地敲了一下，好像他是一個客人似的。然後他們走進去了。嗨，這房間是多麼漂亮啊！這樣的房間在整個卻格地區是找不到的；就算皇后也不會有比這更可愛的房間！它地上鋪著地毯，窗帘一直垂到地上；還有天鵝絨的椅子；四周全是花和畫，還有一面鏡子——它大得像一扇門，人們一不留心就很容易向它走進去。

克努得一眼就看見了這些東西；不過他眼中只有約翰妮。她現在已經是一個成年的小姐了。她跟克努得所想像的完全不同，但是更美麗。她不再是卻格的姑娘了，她是多麼文雅啊！她向克努得看了一眼，她的視線顯得多麼奇怪和生疏啊！不過這情形只持續了片刻；不一會她向他跑過來，好像想要吻他一下似的。事實上她沒有這樣做，但是她幾乎要這樣做了。是的，她看到她兒時的朋友，心中感到非常高興！她的眼睛裡亮著淚珠。她有許多話要說，她有許多事情要問——從克努得的父母一直問到接骨木樹和柳樹——她把它們叫做接骨木樹媽媽和柳樹爸爸，好像它們就像人一樣。的確，像薑餅一樣，它們也可以當做人看。她也談起薑餅，談起他們沉默的愛情，他們怎樣躺在櫃台上，然後裂為兩半——這時她就哈哈大笑起來。不過克努得的血卻湧到臉上來了，他的心跳得比什麼時候都快。不，她一點也沒有變得驕傲！他注意到，她的父母請他來玩一個晚上，完全是她的意思。她親手倒茶，把杯子遞給他。後來她拿出一本書，大聲地唸給他聽。克努得似乎覺得她所唸的是關於他自己的愛

情，因爲那跟他的思想恰恰相吻合。而且她又唱了一首簡單的歌；在她的歌聲中，這支歌好像是一段歷史，好像從她的心裡傾倒出來的話語。是的，她一定是喜歡克努得的。眼淚從他的臉上流下來了──他抑制不了，他也說不出半個字來。他覺得自己很傻；但是她緊握著他的手，說：

「你有一顆善良的心，克努得──我希望你永遠是這樣！」

這是克努得無比幸福的一晚。想要睡著是不可能的，實際上克努得也沒有睡。

在告別的時候，約翰妮的父親曾經說過：「唔，你不會馬上就忘記我們吧！我們看吧！你不會讓這整個冬天過去，而不再來看我們一次吧！」因此他下個禮拜天又可以再去，而他也就決定再去一次。

每天晚上，工作完了以後──他們在燭光下工作──克努得就穿過這城市，走過街道，到約翰妮住的地方去。他抬起頭來向她的窗子望，窗子總是亮著的。有一天晚上他清楚地看到她的臉孔映在窗帘上──這真是最可愛的一晚！他的老闆娘不喜歡他每天晚上在外面「冶遊」──引用她的話──所以她常常搖頭。不過老板只是笑笑。

「他是一個年輕小伙子呀！」他說。

「我們在禮拜天要見面。我要告訴她，說我整個的腦子裡只有她，她一定要做我親愛的妻子才行。我知道我不過是一個受僱的鞋匠，但是我可以成爲一個師傅，最低限度成爲一個獨立的師傅。我要工作和奮鬥下去──是的，我要把這告訴她。沉默的愛情是不會有什麼結果的：我從那兩塊薑餅已經得到教訓了。」

　　星期天到來了。克努得大步地走到約翰妮的家去。不過，很
不幸！他們一家人都要出去，而且不得不當面告訴他。約翰妮握
著他的手，問道：

　　「你到戲院去過沒有？你應該去一次。星期三我將要上台去
唱歌，如果你那天晚上有時間的話，我將送你一張票。我父親知
道你的老闆的住址。」

　　她的用意多好啊！星期三中午，他收到一個封好了的紙
套，上面一個字也沒有寫，但是裡面卻有一張票。晚間，克努得
生平第一次到戲院裡去。他看到了什麼呢？他看到了約翰妮
──她是那麼美麗，那麼可愛！她跟一個陌生人結婚了，不過那
是在演戲──克努得知道得很清楚，這不過是在演戲而已，否則
她絕不會有那麼大的勇氣送他一張票，讓他去看她結婚的！觀
衆都在喝彩，鼓掌。克努得喊：「好！」

　　連國王也對約翰妮微笑起來，好像他也很喜歡她似的。上帝
啊！克努得感到自己多麼渺小啊！不過他是那麼熱烈地愛著
她，而她也喜歡他。但是男子應該先開口──那個薑餅姑娘就是
這樣想的。這個故事的意義是深長的。

　　當星期天一到來的時候，克努得又去她家了。他的心情跟去
領聖餐的時候差不多。約翰妮一個人單獨在家。她接待他──世
界上再沒有比這更幸運的事情了。

　　「你來得正好！」她說，「我原來想叫我的父親去告訴你的，
不過我有一個預感，覺得你今晚會來。我要告訴你，星期五我就
要到法國去了：如果我想要有一點成就的話，我非得這樣做不
可。」

克努得覺得整個房間都在打轉，他的心好像要爆裂。不過他的眼裡並沒有湧出眼淚來，人們可以很清楚地看出，他感到多麼悲哀。

約翰妮看到了這個情景，也幾乎要哭出來。

「你這老實的、忠誠的人啊！」她說。

她的這句話使克努得敢於開口了。他告訴她說，他怎麼熱烈地愛她，她一定要做他親愛的妻子才行。當他說這話的時候，他看到約翰妮的面孔變得慘白。她放鬆了手，同時嚴肅地、悲哀地回答說：

「克努得，請不要把你自己和我逼向痛苦吧。我將永遠是你的一個好妹妹———你可以相信我。不過除此以外，我什麼也辦不到！」

於是她把她柔嫩的手貼到他灼熱的額上。「上帝會給我們勇氣應付一切，只要人有這個志願。」

這時候她的繼母走到房間裡來。

「克努得難過得很，因為我要離去！」她說，「拿出男子氣概來吧！」她把手搭在他的肩上，好像他們在談論著關於旅行的事情而沒有談別的東西似的。「你還是一個孩子！」她說；「不過現在你必須要聽話，要有理智，像我們小時在那棵柳樹底下一樣。」

克努得覺得世界似乎有一塊已經塌下去了。他的心思像一根無所歸依的線，在風中飄蕩。他待下沒有走，他不知道他們有沒有留他坐下來，但是他們一家都是很和氣和善良的。約翰妮倒茶給他喝，對他唱歌。她的歌調跟以前不同，但是聽起來是分外

動聽，使得他的心要裂成碎片。然後他們就告別了。克努得沒有
向她伸出手來。但是她握著他的手，說：

　　「我小時一起玩的兄弟，你一定會握一下你的妹妹的手，做
爲告別吧！」

　　她微笑著，眼淚從她的臉上流下來。她又重複地說一次：
「哥哥」──是的，這應該產生很好的效果──這就是他們的告
別。

　　她坐船到法國去了，克努得在滿地泥濘的哥本哈根走著。皮
鞋店裡其他人問他爲什麼老是這樣心事重重地走來走去，他應
該跟大伙兒一塊去玩玩才對，因爲他終究還是一個年輕人。

　　他們帶著他到跳舞的地方去。那兒有許多漂亮的女子，但是
沒有一個像約翰妮。他想在這些地方把她忘記掉，而她卻更生動
地在他的腦海中顯現出來。「上帝會給我們勇氣應付一切，只要
人有這個志願！」她曾經這樣說過。這時他有一種虔誠的感覺，
他疊著手什麼也不玩。提琴正奏出音樂，年輕的姑娘在圍成圓圈
在跳舞。他楞了一下，因爲他似乎覺得他不應該把約翰妮帶到這
地方來──因爲她就活在他的心裡。所以他就走出去了。他跑過
許多街道，經過他所住的那個屋子。那兒是陰暗的──處處都是
陰暗、空洞和孤寂。世界走著自己的道路，克努得也走著自己的
道路。

　　冬天來了。水都結冰了。一切東西似乎都在準備入葬。

　　不過當春天到來的時候，當第一艘輪船開航的時候，他就有
了一種遠行的渴望，遠行到遙遠的世界裡去，但是他不願意走進
法國。因此他整理好自己的行李，流浪到德國去。他從這個城走

　　到那個城，一點也不想休息和安靜下來，只有當他來到那個美麗的古老的城市紐倫堡的時候，他不安的情緒才算穩定下來。他決定住下來。

　　紐倫堡是一個稀有的古城。它好像是從畫册裡剪下來的一樣。它的街道隨意地伸展開來；它的房屋不是排成死板的直行。那些有小塔、蔓藤花紋和雕像裝飾著的吊窗掛在人行道上；從奇形的尖屋頂上伸出來的水筧嘴，以飛龍或長腰犬的形式，高高地俯視著下邊的街道。

　　克努得背著行李站在這兒的一個市場上。他佇立在一個古老的噴泉塔旁邊。《聖經》時代的、歷史性的莊嚴銅像矗立在兩股噴泉的中間。一個漂亮的女傭人正在用桶汲水。她給克努得一口新鮮的水喝。因為她手中滿滿地握著一束玫瑰花，所以她也給他一朵。他把它當做一個好的預兆。

　　風琴的聲音從鄰近的一個教堂裡飄到他的耳邊來；它的調子，對他說來，跟他故鄉卻格的風琴的調子一樣地親切。他走進一個大禮拜堂裡去。日光透過繪有彩色畫的窗玻璃，照在高而細長的圓柱之間。他的心中有一種虔誠的感覺，他的靈魂變得安靜起來。

　　他在紐倫堡找到了一個很好的老闆；於是他便安住下來，同時學習這個國家的語言。

　　城周圍的古老塹壕已經變成許多小塊的菜園，不過高大的城牆和它上面的高塔仍然是存留著的。在城牆裡邊，搓繩子的人正在一個木走廊或行人道上搓繩子。接骨木樹叢從城牆的縫隙裡生長出來，把它們的綠枝伸展到它們下面的那些低矮的小屋

上。克努得的老闆就住在這樣的一座小屋子裡。在他睡覺的那個頂樓上——接骨木樹就在他的床前垂下枝椏。

他在這兒住了一個夏天和冬天。不過當夏天到來的時候，他再也忍受不了了。接骨木樹正開著花，而這花香使他記起了故鄉。他似乎回到了卻格的花園裡去。因此克努得離開了他的老闆，搬到住在離城牆較遠的一個老闆家去工作；這個屋子上面沒有接骨木樹。

他的工作坊離一座古老的石橋很近，面對著一個老是發出嗡嗡聲的水推磨房。外邊有一條激流在許多房子中間沖過去。這些房子上掛著許多腐朽的陽台；它們好像隨時要倒進水裡去似的。這兒沒有接骨木樹——連栽種一點小綠植物的花缽子也沒有。不過這兒有一棵高大的老柳樹。它緊緊地貼著那兒的一棟房子，生怕被水沖走。它像卻格河邊花園裡的那棵柳樹一樣，也把它的樹枝在激流上展開來。

是的，他從「接骨木樹媽媽」那兒搬到「柳樹爸爸」的近旁來了。這棵樹引起了他的某種觸動，尤其是在有月光的晚上。

這種丹麥的心情，在月光下面流露了出來。但是使他感觸的不是月光。不，是那棵老柳樹。

他住不下去了。為什麼住不下去呢？請你去問那棵柳樹，去問那棵開著花的接骨木樹吧！因此他跟老闆告別，跟紐倫堡告別，走到更遠的地方去。

他從不對任何人提起約翰妮——他只是把自己的憂愁祕密地藏在心裡。那兩塊薑餅的故事對他特別有深刻的意義。現在他懂得了那個男子為什麼胸口上有一顆苦味的杏仁——他現在自

己嚐到這苦味了。約翰妮永遠是那麼溫柔和微笑著的,但她只是一塊畫餅。

他背包的帶子似乎在緊緊束縛著他,使他感到呼吸困難。他把它鬆開,但是仍然感到不舒暢。他的周圍只有半個世界;另外的一半壓在他的心裡,這就是他的處境!

只有當他看到一群高山的時候,世界才似乎對他擴大了一點。這時他的思想才向外面流露;他的眼眶湧出了淚水。

阿爾卑斯山,對他說來,似乎是地球的一雙收斂著的翅膀。假如這雙翅膀展開了,顯示出一片湧泉、雲朵和積雪的種種景象所組成的羽毛,那又會怎樣呢?

在世界末日那天,地球將會展開它巨大的翅膀,向上帝飛去,同時在它明朗的亮光中將會像水泡似地爆裂!啊,但願現在就是最後的末日!

他靜靜地走過這塊土地。在他看來,這塊土地像一個長滿了草的果樹園。從許多屋子的木陽台上,忙著織絲帶的女孩子們在對他點頭。許多山峰在落日的晚霞中散發出紅光。當他看到深樹林中的綠湖時,他就想起了卻格灣的海岸。這時他感到一陣淒涼,但是他心中卻沒有痛苦。

萊茵河像一股很長的巨浪在滾流,在翻騰,在沖撞,在變成雪白的雲霧,好像雲朵就是在這兒製造出來的。虹在它上面飄浮著,像一條解開了的緞帶。他現在不禁想起了卻格灣的水推磨坊和沖撞著的發出喧鬧聲的流水。

他倒是很願意在這個安靜的、萊茵河畔的城市裡住下來,可惜這兒的接骨木樹和楊柳太多。因此他又繼續向前走。他爬過巨

大的高山，越過石峽，走過像燕子窠似的、貼在山邊的山路。水
在山峽裡潺潺地流著，雲朵在他的下面飛著。在溫暖夏天的太陽
光下，他在光亮的薊草上、石楠屬植物上和雪上走著。他告別了
北方的國家，來到了葡萄園和玉蜀黍田之間的栗樹的樹蔭下。這
些山是他和他的回憶之間的一座牆——也應該是如此。

　　現在他眼前出現了一座美麗的、雄偉的城市——人們把它
叫做米蘭。他在這兒找到了一個德國籍的老闆，同時也找到了工
作。他們是一對和善的老年夫婦；他現在就在他們的工作坊裡
工作著。這對老人很喜歡這個安靜的工人。他的話很少，但工做
得很努力，表現出一種虔誠的、基督徒的性格。就他自己來說，
他也似乎覺得上帝除去了他心中的一個重負。

　　他最心愛的消遣是不時去參觀那個巍峨的大理石教堂。在
他看來，這教堂似乎是用他故國的雪所造成的，用雕像、尖塔和
華麗的大廳所組合起來的。雪白的大理石雕像似乎在從每一個
角落裡、從每一個尖端、每一個拱門上對他微笑。他上面是蔚藍
的天空，他下面是這個城市和廣闊的龍巴得平原。再向北一點就
是終年蓋著雪的高山。他不禁想起了卻格教堂和布滿紅色長春
藤的紅牆。不過他並不懷念它們，他希望他被埋葬在這些高山的
後面。

　　他在這兒住了一年。自從他離開家以後，三年已經過去了。
有一天他的老闆帶他到城裡去——不是到馬戲場去看騎師的表
演，不是的，而是去看一個大歌劇院。這是一個大建築物，值得
一看。它有七層大樓，每層樓上都掛著絲織的布帘子。從第一層
到那使人一看就頭暈的頂樓都坐滿了華貴的仕女。她們的手中

拿著花束，好像她們是在參加一個舞會似的。紳士們都穿著禮
服，有許多還戴著金質或銀質勳章。這地方非常亮，如同在最明
朗的太陽光底下一樣。響亮而悅耳的音樂奏起來了。這的確要比
哥本哈根的劇院華麗得多，但是那卻是約翰妮住著的地方；而
這兒呢——是的，這真是像魔術一樣——幕向兩邊分開了，約翰
妮穿著絲綢，戴著金飾和皇冠也出現了。她的歌聲只有上帝的天
使可以和她相比。她盡量走到舞台前面來，同時發出只有約翰妮
才能發出的微笑。她的眼睛盯著克努得。

　　可憐的克努得緊握著他老闆的手，高聲地喊出來：「約翰
妮！」不過誰也聽不見他。樂師在奏著響亮的音樂。老闆只點點
頭，說：「是的，是的，她的名字是叫做約翰妮！」

　　於是他拿出一張說明書來，他指著她的名字——她的全
名。

　　不，這不是一個夢！所有的人都在為她鼓掌，在對她拋擲著
花朵和花環。每次她回到後台的時候，喝彩聲就又把她請出來，
所以她不停地走出走進。

　　在街上，人們圍著她的車子，把她拉著。克努得站在最前
面，也是最高興的。當大家來到她那光耀奪目的房子前面的時
候，克努得緊緊地擠到她車子的門口。車門開了；她走了出來。
燈光正照在她幸福的臉上，她微笑著，她溫柔地向大家表示謝
意，她非常感動。克努得向她的臉上看，但是她不認識他。一位
胸前戴有徽章的紳士伸出他的手臂來扶她——大家都說，他們
已經訂婚了。

　　克努得回到家來，收拾好他的行李，他決定回到他的老家

去，回到接骨木樹和柳樹那兒去——啊，回到那棵柳樹下面去！

那對老年夫婦請他住下來，但是什麼話也留不住他。他們告訴他，說是冬天快要到來了。山上已經快要下雪。但是他背著行李，拄著拐杖，只能在慢慢前進的馬車後面的車轍裡走——因為這是唯一可走的路。

這樣他就向山上走去，一會兒爬坡，一會兒下坡。他的力氣沒有了，但是他還看不見一個村子或一間房屋。他不停地向北方走去，星星在他的頭上出現了，他的腳在搖擺，他的頭在發暈。在深深的山谷裡，也有星星在閃耀著；天空也好像伸展到他的下面去似的。他覺得他病了。他下面的星星越來越多，越閃越亮，而且還在前後擺動。這原來是一個小小的城市；家家都點上了燈火。當他瞭解到這情況以後，他就鼓起他一點殘留的力氣，最後到達了一個簡陋的客棧。

他在那兒待了一天一夜，因為他的身體需要休息和恢復。山谷裡是融雪和凍霜。上午有一個奏手風琴的人來了，他奏起一支丹麥的家鄉曲子，使得克努得又住不下去了。他走了幾天，走了許多天，他匆忙地走著，好像他想要在家裡的人沒有死完以前趕回去似的。不過他沒有對任何人說出他心中的渴望，誰也不會相信他心中的悲哀——一個人的心中所能感覺到的、最深的悲哀。這種悲哀是不需要世人瞭解的，因為它並不有趣；也不需要朋友瞭解——而且他根本就沒有朋友。他是一個陌生人，在一些陌生的國度裡旅行，向家鄉，向北國走去。他在許多年以前，從他父母接到的唯一的一封信裡，有這樣的話語：「你和我們家裡的人不一樣，你不是一個純粹的丹麥人。我們是太丹麥化了！你

只喜歡陌生的國家！」這是他父母親手寫的——是的，他們最瞭解他！

　　現在是黃昏了。他在荒野的公路上向前走。天開始冷起來了。這地方漸漸變得很平坦，是一片田野和草原。路旁有一棵很大的柳樹。一切景物是那麼親切，那麼富有丹麥風味！他在柳樹下坐下來。他感到困倦，他的頭向下垂，他的眼睛閉起來休息。但是他在冥冥中感到，柳樹在向他垂下枝條。這樹像一個威嚴的老人，一個「柳樹爸爸」，它把它困累了的兒子抱進懷裡，把他送回到那有廣闊的白色海岸的丹麥祖國去，送到卻格去，送到他兒時的花園裡去。

　　是的，這就是卻格的那棵柳樹。這老樹正在世界各處奔走尋找他，現在居然找到他了，把他帶回到小溪旁邊的那個小花園裡來——約翰妮在這兒出現了；她全身穿著漂亮的衣服，頭上戴著金冠，正如他上次見到她的那個樣子。她對他喊道：「歡迎你！」

　　他面前站著兩個奇怪的人形，不過比起他在兒時所看到的那個樣子來，他們似乎更近人情了。他們也有些改變，但是他們仍然是兩塊薑餅，一男一女。他們現在是正面朝上，顯出很快樂的樣子。

　　「我們感謝你！」他們兩人對克努得說。「你使我們有勇氣講出話來；你教導我們：一個人必須把心裡想的事情自由地講出來，否則什麼結果也不會有！現在總算是有一個結果了——我們已經訂了婚。」

　　於是他們就手挽著手在卻格的街上走過去；他們的反面甚

至都很像個樣子；你在他們身上找不出一點兒毛病！他們一直
向卻格的教堂走去。克努得和約翰妮跟在他們後面；他們也是
手挽著手的。教堂仍然像過去一樣，牆壁是紅的，牆上布滿了綠
色的長春藤。教堂大門向兩邊打開，風琴奏起來了。男的和女的
成雙地在教堂的通道上走進去。

　　「主人請先進去！」那對薑餅戀人說，同時退向兩邊，讓克
努得和約翰妮先進去。

　　他們跪下來。約翰妮向克努得低下頭來；冰冷的淚珠從她
的眼裡滾滾地往外流。這是冰；他的熱烈的愛情現在把它在她
的心裡融化了；它現在滴到他灼熱的臉上。於是他醒來了。他原
來是在一個嚴冬的晚上，坐在一棵異國的老柳樹下。一陣冰雹正
從雲中打下來，打到他的臉上。

　　「這是我生命中最甜美的一個時刻！」他說，「而這卻是一
個夢！上帝啊，讓我再夢下去吧！」

　　於是他又把他的眼睛閉起來，睡過去了，做起夢來。

　　天明的時候，下了一場雪。雪花捲到他的腳邊，他睡著了。
村人到教堂去做禮拜，發現路旁坐著一個手藝工人。他已經死
了，在這棵柳樹下凍死了。〔1853 年〕

────────────────────

　　這個故事首先收集在 1853 年哥本哈根出版的《故事集》第
二輯裡。這篇作品像〈醜小鴨〉一樣，多少也帶有一點自傳的性

質，但它表現出安徒生的生活的另一個方面：愛情。他年輕時崇
敬和熱愛瑞典著名的女歌唱珍妮·林德。林德也尊敬他，他想與
她成爲眷屬，卻被她婉言拒絕了，只表示願意當他的一個好妹
妹。在這篇故事中，安徒生把這個意思借女主人翁約翰妮的口複
述出來：「我將永遠是你的一個好妹妹──你可以相信我。不過
除此以外，我什麼也辦不到！」兒時的感情不管多麼深，但進入
社會後，受種種社會條件的約束，也只有分道揚鑣；各奔前程。
這就是人生，只不過這個故事中的男主人翁太癡情了，結果形成
了悲劇。安徒生沒有走上這條道路，但他也終身未婚，當了一輩
子的老光棍。

光榮的荆棘路

從前有一個古老的故事：「光榮的荆棘路：一個叫做布魯德的獵人得到了無上的光榮和尊嚴，但是他卻長時期遇到極大的困難和冒著生命的危險。」我們大多數的人在小時候已經聽到過這個故事，可能後來還讀到過它，並且也想起自己沒有被人歌頌過的「荆棘路」和「極大的困難」。故事和真實沒有什麼很大的差別。不過故事在我們的世界裡經常有一個愉快的結局，而事實常常在今生沒有結果，只好等到永恒的未來。

　　世界的歷史就像是幻燈片一樣。它在現代的黑暗背景上，放映出明朗的影像，說明那些造福人類的善良人和天才的殉道者怎樣走著荊棘路。

　　這些光輝的圖像把各個時代，各個國家都反映給我們看。每張片子只放映幾秒鐘，但是它卻代表整個的一生——充滿了奮鬥和勝利的一生。我們現在來看看這些殉道者行列中的人吧——除非這個世界本身遭到滅亡，這個行列是永遠沒有窮盡的。

　　我們現在來看看一個擠滿觀衆的圓形劇場吧。諷刺和幽默的語言像潮水一般從阿里斯托芬①的《雲》噴射出來。雅典最了不起的一個人物，在人身和精神方面，都受到了舞台上的嘲笑。他是保護人民反抗「三十僭主」②的戰士。他名叫蘇格拉底③，他在混戰中救援了阿爾基比阿德斯和色諾芬，他的天才超越了古代的神仙。他本人就在場。他從觀衆的位子上站起來，走到前面去，讓那些正在哄堂大笑的人可以看看，他本人和戲台上嘲笑的那個對象究竟有什麼相同點。他站在他們面前，高高地站在他們面前。

　　你，多汁的、綠色的毒蘿蔔樹，雅典的陰影不是橄欖樹而是你！④

　　七個城市國家⑤在彼此爭辯，都說荷馬是在自己的城裡出生的——這也就是說，在荷馬死了以後！請看看他活著的時候吧！他在這些城市裡流浪，靠朗誦自己的詩篇過日子。他一想起明天的生活，頭髮就變得灰白起來。他，這個偉大的先知，是一個孤獨的瞎子。銳利的荊棘把這位詩中聖哲的衣服撕得稀爛。

　　但是他的歌仍然是活著的；透過這些歌，古代的英雄和神仙也獲得了生命。

　　圖畫一幅接著一幅地從日出之國，從日落之國呈現出來。這些國家在空間和時間方面彼此的距離很遠，然而它們卻有著相同光榮的荊棘路。生滿刺的薊只有在它裝飾著墳墓的時候，才開出第一朵花。

　　駱駝在棕櫚樹下走過。它們滿載著靛青和貴重的財寶。這些東西是這個國家的君主送給一個人的禮物──這個人是人民的歡樂，是國家的光榮。嫉妒和毀謗逼得他不得不從這國家逃走，只有現在人們才發現他。這個駱駝隊現在快要走到他避亂的那個小鎮。人們抬出一具可憐的屍體走出城門，駱駝隊停下來了。這個死人正是他們所要尋找的那個人：菲爾多西 ⑥──光榮的荊棘路在這兒告一段落！

　　在葡萄牙的京城裡，在王宮的大理石台階上，坐著一個圓面孔、厚嘴唇、黑頭髮的非洲黑人，他在向人乞討。他是卡蒙斯⑦的忠實奴隸。如果沒有他和他求乞得到的許多銅板，他的主人──敘事詩《盧濟塔尼亞人之歌》的作者──恐怕早就餓死了。

　　現在卡蒙斯的墓上立著一座貴重的紀念碑。

　　還有一幅圖畫！

　　鐵欄杆後面站著一個人。他像死人一樣的慘白，長著一臉又長又亂的鬍子。

　　「我發明了一件東西──一件許多世紀以來最偉大的發明，」他說。「但是人們卻把我關在這裡二十多年了！」

　　「他是誰呢？」

「一個瘋子！」瘋人院的看守說。「這些瘋子的怪點子才多呢！他相信人們可以用蒸氣推動東西！」

這人名叫薩洛蒙・德・高斯⑧，黎士留⑨讀不懂他預言性的著作，因此他死在瘋人院裡。

現在哥倫布出現了。街上的野孩子常常跟在他後面譏笑他，因為他想發現一個新世界——而且他居然發現了。歡樂的鐘聲迎接著他的勝利歸來，但嫉妒的鐘聲敲得比這還要響亮。他，這個發現新大陸的人，這個把美洲黃金的土地從海裡撈起來的人，這個把一切貢獻給他的國王的人，所得到的酬報是一條鐵鏈。他希望把這條鏈子放在他的棺材上，讓世人可以看到他的時代所給予他的評價⑩。

圖畫一幅接著一幅地出現。光榮的荊棘路真是沒有盡頭。

在黑暗中坐著一個人，他要量出月亮裡山岳的高度。他探索星球與行星之間的太空。他這個巨人懂得大自然的規律。他能感覺到地球在他的腳下轉動。這人就是伽利略⑪。老邁的他，又聾又瞎，坐在那兒，在尖銳的苦痛中和人間的輕視中掙扎。他幾乎沒有力氣提起他的一雙腿：當人們不相信真理的時候，他在靈魂的極度痛苦中曾經在地上跺著這雙腳，高呼道：「但是地在轉動呀！」

這兒有一個女子，她有一顆孩子的心，但是這顆心充滿了熱情和信念。她在一個戰鬥的部隊前面高舉著旗幟；為她的祖國帶來勝利和解放。空中起了一片狂歡的聲音，於是柴堆燒起來了：大家燒死一個巫婆——貞德⑫。是的，接下來的一個世紀中人們唾棄這朵純潔的百合花，但智慧的鬼才伏爾泰卻歌頌《拉・

比塞爾》⑬。

在微堡的宮殿裡，丹麥的貴族燒毀了國王的法律。火焰升起來，把這個立法者和他的時代都照亮了，同時也向那個黑暗的監獄送進一點彩霞。他的頭髮斑白，腰也彎了；他坐在那兒，用手指在石桌上刻出許多線條。他曾經統治過三個王國。他是一個民衆愛戴的國王；他是市民和農人的朋友：克利斯仙二世⑭。他是一個莽撞時代裡的一個有性格的莽撞人。敵人寫下他的歷史。我們一方面不忘記他的血腥罪過，一方面也要記住：他被囚禁了二十七年。

有一艘船從丹麥開出去了。船上有一個人倚著桅杆站著，向汶島做最後的一瞥。他是杜卻•布拉赫⑮。他把丹麥的名字提升到星球上去，但他所得到的報酬是譏笑和傷害。他跑到國外去。他說：「處處都有天，我還要求什麼別的東西呢？」他走了；我們這位最有聲望的人在國外得到了尊榮和自由。

「啊，解脫！但願我身體中不可忍受的痛苦能夠得到解脫！」好幾個世紀以來我們就聽到這個聲音。這是一張什麼畫面呢？這是格里芬菲爾德⑯──丹麥的普洛米修士──被鐵鏈鎖在木克荷爾姆石島上的一幅圖畫。

我們現在來到美洲，來到一條大河的旁邊。有一大群人靠攏來，據說有一艘船可以在壞天氣中逆風行駛，因爲它本身具有抗拒風雨的力量。那個相信能夠做到這件事的人名叫羅伯特•富爾敦⑰。他的船開始航行，但是它忽然停下來了。觀衆大笑起來，並且還「噓」起來──連他自己的父親也跟大家一起「噓」起來：

「高傲自大！糊塗透頂！他現在得到報應了！應該把這個

瘋子關起來才對！」

　　一根小釘子搖斷了——剛才機器不能動就是因爲這個緣故。輪子轉動起來了，輪翼在水中向前推進，船在航行！蒸汽機的槓桿把世界各國間的距離從鐘頭縮短成爲分秒。

　　人類啊，當靈魂懂得它的使命以後，你能體會到在這清醒的片刻中所感受到的幸福嗎？在這片刻中，你在光榮的荊棘路上所得到的一切創傷——即使是你自己所造成的——也會痊癒，恢復健康、力量和愉快；噪音變成諧聲，人們可以在一個人身上看到上帝的仁慈，而這仁慈透過一個人普及到大眾。

　　光榮的荊棘路看起來像環繞著地球的一條燦爛的光帶。只有幸運的人才被送到這條帶上行進，才被指定爲建築那座連接上帝與人間的橋樑的、沒有薪水的總工程師。

　　歷史拍著它強大的翅膀，飛過許多世紀，同時在光榮的荊棘路的這個黑暗背景上，映出許多明朗的圖畫，來鼓起我們的勇氣，給予我們安慰，促進我們內心的平安。這條光榮的荊棘路，跟童話不同，並不在這個人世間走到一個輝煌和快樂的終點，但是它卻超越時代，走向永恒。〔1856 年〕

　　這篇作品發表於 1856 年的《丹麥曆書》上。它事實上不是一篇童話、或是故事，而是一首散文詩，由「那些造福人類的善良人和天才的殉道者在怎樣走著荊棘路」的一些事跡所組成。人

生的道路很少是平坦的，要完成一件有益的工作，總會碰到許多阻力。改變歷史的重大工作，如革命，有時還要付出生命的代價。這樣的道路總是布滿了荊棘。但是卻有很多人選擇這條荊棘路，而選擇這條道路的人往往都是人類的精英。「除非這個世界本身遭到滅亡，這個行列是永遠沒有窮盡的。」安徒生在這裡只不過舉出幾個走「荊棘路」的人典型的例子，「來鼓起我們的勇氣，給予我們安慰，促進我們內心的平安」。但這條荊棘路卻是「像環繞著地球的一條燦爛的光帶。只有幸運的人才被送到這條帶上行進，才被指定為建築那座連接上帝與人間的橋樑的、沒有薪水的總工程師。」所以它是光榮的。這條路不一定「在這個人世間走到一個輝煌和快樂的終點，但是它卻超越時代，走向永恒。」走過這條路的人，因為他們給人類造福、推動文明和歷史前進，因而在人類的歷史上永垂不朽。

【註釋】

①阿里斯托芬（約西元前446～前385），古代希臘喜劇作家。他在劇本《雲》裡猛烈攻擊蘇格拉底。

②僭主政治，指用武力奪取政權而建立的獨裁統治。公元前七至六世紀，希臘各城邦形成時期，較廣泛地出現過這種形式的政權。公元前404年，斯巴達打敗雅典，在雅典扶植一個三十人的委員會，後來被稱為「三十僭主政府」。

③蘇格拉底（公元前470～前399）。古代希臘哲學家。他曾在一次戰爭中救過雅典政治家和軍事家阿爾基比阿德斯（約公元前450～前404）的生命。在另一次戰爭中又救過他的學生希臘的歷史學家、軍事家和政論家色諾芬（約公元前444～前354）的生命。

④雅典政府逼迫蘇格拉底喝毒葡萄酒自殺。

⑤古代希臘的每個城市是一個國家。

⑥這是波斯的偉大詩人 Abul Kasim Mansur（940～1020？）的筆名，敘事詩《王書》
　（Shahnama）的作者。這部詩有六萬行，是波斯國王請他寫的，並且答應給他每
　行一塊金幣。但是詩完成後，國王的大臣卻給他每行一塊銀幣。他在盛怒之下寫了
　一首詩諷刺國王的愚劣。這首詩現在就成了《王書》的序言。待國王追捕他時，他
　已經逃出國境。

⑦全名是 Luiz Vaz de Camoes（1524？～1580），葡萄牙最偉大的詩人。他的敘事
　詩《盧濟塔尼亞之歌》（Os Lusiadas）是葡萄牙最偉大的史詩。他生前曾多次被關
　進監獄。

⑧高斯（Salomon de Caus,1576～1626），是法國的科學家，他的著作有《動力與各
　種機器的關係》（Raisons des forces mouvantes avecdiverses mcahines），說明
　蒸汽的原理。

⑨黎士留（Richelieu,1585～1642），是法國的首相，曾有一個時期擁有國家最高的權
　力。

⑩1500 年 8 月 24 日西班牙政府派人到美洲去把哥倫布逮捕起來，用鐵鏈子把他套
　著，送回西班牙。

⑪伽利略（Galilei,1564～1642），是義大利著名的天文學家。

⑫貞德（Jeanned,Arc,1412～1431），一譯冉·達克，又名拉·比塞爾（La Pucelle），
　是法國的女英雄。他在 1429 年帶領六千人擊退英國的侵略者。後來她被人出賣，
　被英國人當做巫婆燒死。

⑬伏爾泰（Voltaire,1694～1779），是法國著名的作家。《拉·比塞爾》是他寫的一部
　關於貞德的史詩。

⑭丹麥的國王克利斯仙二世（Christian den Anden,1481～1559），聯合農人和市民

反對貴族的專權，但他終於被貴族推翻，而被囚禁起來。他曾經連年對外發動戰爭。

⑮杜卻‧布拉赫（1546～1601），丹麥著名的天文學家。丹麥在汶島（Hveen）的天文台就是他建立的。「杜卻星球」就是他發現的。

⑯格里芬菲爾德（Peder Griffenfeld,1635～1699），是丹麥的一個大政治家。他的政策是發展工商業以增加國家財富；但首要的條件是保持國際間的和平，特別是與丹麥的鄰邦瑞典保持和平。1675 年丹麥對瑞典宣戰，1676 年 3 月格里芬菲爾德被捕，被判處死刑，後改爲終身囚禁。

⑰富爾敦（Robert Fulton,1765～1815），美國的發明家。他設計和建造美國的第一艘用蒸汽機推動的輪船。

豬 倌

從前有一個貧窮的王子，他有一個王國。王國雖然非常小，可是還足夠供給他結婚的費用，結婚是他現在最想要做的事。

他的膽子也真大，居然敢對皇帝的女兒說，「妳願意嫁我嗎？」不過他敢這樣說，是因為他的名字遠近馳名。成千成百的公主都會高高興興地說「願意」。不過我們看看這位公主會不會這樣說吧。

我們現在聽聽吧：王子的父親的墓上長著一株玫瑰———

株很美麗的玫瑰。它五年才開一次花，而且每次只開一朵。但這是一朵多麼美麗的玫瑰花啊！它發出那麼芬芳的香氣，無論誰只要聞一下，就會忘掉一切的憂愁和煩惱。王子還有一隻夜鶯。這隻鳥兒唱起歌來，就好像它小小的喉嚨裡藏著一切和諧的調子似的。這朵玫瑰花和這隻夜鶯應該送給那位公主。因此這兩件東西就被放在兩個大銀盒子裡，送給了她。

　　皇帝下令叫人把這禮物帶進大殿裡來，好讓他親眼看看。公主正在大殿裡和她的侍女們玩「拜客」的遊戲，因為她們沒有別的事情可做。當她看到大銀盒子裡的禮物時，就興高采烈地拍起手來。

　　「我希望那裡面是一隻小貓！」公主她說。

　　可是盒子裡卻是一朵美麗的玫瑰花。

　　「啊，這花做得多麼精巧啊！」侍女們齊聲說。

　　「它不僅精巧，」皇帝說，「而且美麗。」

　　公主把花摸了一下。她幾乎哭出來了。

　　「呸，爸爸！」她說，「這花不是人工做的，它是一朵天然的玫瑰花！」

　　「呸！」所有的宮女都說，「這只是一朵天然的花！」

　　「我們暫且不要生氣，讓我們先看看另一隻盒子裡是什麼再說吧，」皇帝說。於是那隻夜鶯就跳出來了。它唱得那麼好聽，他們一時還想不出什麼話來說它不好。

　　「Superbe!Charmant!」①侍女們齊聲說，因為她們都喜歡講法國話，但是一個比一個講得更糟。

　　「這鳥兒使我記起死去的皇后的那個八音盒，」一位老侍臣

說。「是的，它的調子，它的唱法完全跟那個八音盒一樣。」

「對的，」皇帝說。於是他就像一個小孩子似的哭起來了。

「我不相信它是一隻天然的鳥兒。」公主說。

「不，它是一隻天然的鳥兒！」那些送禮物來的人說。

「那麼就讓這隻鳥兒飛走吧，」公主說。但是她無論如何不讓王子來看她。

不過王子並不因此失望。他把自己的臉塗成棕裡透黑，把帽子拉下來蓋住眉毛，於是就來敲門。

「日安，皇上！」他說，「我能在宮裡找到一個差事做嗎？」

「嗨，找事的人實在太多了，」皇帝說，「不過讓我想想看吧。——我需要一個會看豬的人，因為我養了很多豬。」

這樣，王子就被任命為皇家的豬倌了。他們給他一間搭在豬棚旁邊的簡陋小屋，他不得不在這裡面住下。但是他從早到晚都坐在那裡工作。到了晚上，他做好了一口很精緻的小鍋，邊上掛著許多鈴。當鍋煮開了的時候，這些鈴就美妙地響起來，奏出一支和諧的老調：

> 啊，我親愛的奧古斯丁，
> 一切都完了，完了，完了！

不過這鍋巧妙的地方是：假如有人把手指伸進鍋中冒出來的蒸氣中，他就立刻可以聞到城裡每個灶上所煮的食物的味道。這鍋跟玫瑰花比起來，完全是兩回事。

公主剛好跟她的侍女從這兒走過。當她聽到這個調子的時

候，就停了下來；她顯得非常高興，因爲她也會彈「啊，我親愛
的奧古斯丁」這個調子。這是她唯一會彈的調子，不過她只是用
一個指頭彈。

「嗯，這正是我會彈的一個調子！」她說。「他一定是一個
有敎養的豬倌！你們聽著：進去問問他，這個樂器要多少錢。」

因此，一個侍女只好走進去了。可是在進去以前，她先換上
了一雙木套鞋②。

「你這個鍋要賣多少錢？」侍女問。

「我只要公主給我十個吻就夠了，」豬倌說。

「我的老天！」侍女說。

「是的，少一個吻也不行，」豬倌說。

「唔，他怎麼說？」公主問。

「我眞沒有辦法傳達他的話，」侍女說，「聽了眞是駭人！」

「那麼，你低聲一點說吧。」於是侍女就低聲說了。

「他太沒有禮貌啦！」公主說完便走開了。不過，她沒有走
多遠，鈴聲又動聽地響起來了：

啊，我親愛的奧古斯丁，
一切都完了，完了，完了！

「聽著，」公主說。「去問問他願意不願意讓我的侍女給他
十個吻。」

「謝謝您，不行，」豬倌回答說。「要公主給我十個吻，否
則我的鍋就不賣。」

「這眞是一件令人討厭的事情！」公主說。「不過最少你們
得站在我的周圍，免得別人看見我。」

於是侍女們都在她的周圍站著，同時把她們的裙子撐開。豬
倌得了公主的十個吻，公主也得到了那口鍋子。

她們眞是歡天喜地！這口鍋整天整夜不停地煮東西；她們
現在清清楚楚地知道城裡每一個廚房裡所煮的東西，包括從鞋
匠一直到家臣們的廚房裡所煮的東西。侍女們都跳起舞、鼓起掌
來。

「我們現在完全知道誰家在喝甜湯和吃煎餅，誰家在吃稀飯
和肉排啦。這多有趣啊！」

「非常有趣！」女管家說。

「是的，但不准你們說出去，因爲我是皇帝的女兒！」

「願上帝保佑我們！」大家齊聲說。

那個豬倌，也就是說，那位王子———她們當然一點也不知道
他是王子，都以爲他只是一個豬倌———是絕不會讓任何一天白
白地過去而不做出一點事情來的。因此他又做了一個能發出嘎
嘎聲的玩具。你只要把這個玩具旋轉幾下，它就能奏出大家從開
天闢地以來就知道的「華爾茲舞曲」、「快步舞曲」和「波蘭舞
曲」。

「這眞是 Superbe！」③公主在旁邊走過的時候說：「我從
來沒有聽到過比這更美的音樂！妳們聽呀！進去問問他這個樂
器值多少錢；不過我不能再給他什麼吻了。」

「他要求公主給他一百個吻，」那個到裡面去問的侍女說。

「我想他是瘋了！」公主說。於是她就走開了。不過她沒有

走幾步路，便又停了下來。「我們應該鼓勵藝術才是！」她說。
「我是皇帝的女兒啊！告訴他，像上次一樣，他可以得到十個
吻，其餘的可以由我的侍女給他。」

「哎呀！我們可不願意幹這種事情！」侍女們齊聲說。

「廢話！」公主說。「我既然可讓人吻幾下，妳們當然也可
以。請記住：是我給妳們飯吃，給妳們錢花的。」

這樣，侍女們只得又到豬倌那兒去一趟。

「我要公主親自給我一百個吻，」他說，「否則雙方不必談
什麼交易了。」

「你們都靠攏來站好吧！」公主說。所有的侍女都圍著她站
著；於是豬倌開始吻公主了。

「圍著豬圈的一大堆人是在幹什麼？」皇帝問。他這時已經
走到陽台上來了。他揉揉雙眼，戴上眼鏡。「怎麼，那些侍女們
在那兒搞什麼鬼！我要親自下去看一下。」

他把便鞋後跟拉上——這本來是一雙好鞋子；他喜歡隨意
把腳伸進去，所以就把後跟踩平了。

天啊，你看他那副匆忙的樣子！

他一跑進院子，就輕輕地走過去。侍女們都在忙著計算接吻
的次數，為的是要使交易公平，不使他吻得太多或太少。她們都
沒有注意到皇帝的到來。皇帝輕輕地踮起腳尖來。

「這是怎麼一回事呀？」他看到他們接吻的時候說。當豬倌
正吻到第八十六下的時候，他就用拖鞋在他們的頭上打了幾
下。「你們通通滾開！」皇帝說，因為他真的生氣了。於是公主
和豬倌一齊被趕出了他的王國。

　　公主站在屋外，哭了起來。豬倌也發起牢騷來。天正下著大雨。

　　「唉，我這個可憐人！」公主說。「我要是答應那個可愛的王子就好了！唉，我是多麼不幸啊！」

　　豬倌於是走到一棵大樹後面，擦掉臉上的顏色，脫掉身上破爛的衣服，穿上一身王子的服裝，又走了出來。他是那麼好看，連這位公主都不得不在他面前彎下腰來。

　　「妳，我現在有點瞧不起妳了，」他說，「一個老老實實的王子妳不願意要，玫瑰和夜鶯妳也不欣賞；但是為了一個玩具，妳卻願意去和一個豬倌接吻。現在妳總算得到報應了。」

　　於是王子回到他的王國，把她關在門外，並且插上門閂了。現在她只有站在外邊，唱——

　　　　啊，我親愛的奧古斯丁，
　　　　一切都完了，完了，完了！〔1842 年〕

　　關於這篇童話，安徒生說：「〈豬倌〉帶有一些古老丹麥民間故事的痕跡。這個故事是我在兒時聽到的——當然我不能照原樣把它複述出來。」他賦予它以新觀念：「一個老老實實的王子妳不願意要，玫瑰和夜鶯妳不欣賞；但是為了一個玩具，妳卻願意去和一個豬倌接吻。」這篇作品實際上是一篇有關統治階級

生活的無聊、頭腦愚蠢的生動而又深刻的素描。

【註釋】

①這是法語，意思是「好極了，眞迷人！」舊時歐洲的統治階級都以能講法語爲榮。

②因爲怕把她的腳弄髒了。

③同註釋①，意思是「美妙極了！」

蕎麥

在一陣大雷雨以後，當你走過一塊蕎麥田的時候，你常常會發現這裡的蕎麥又黑又焦，好像火焰在它上面燒過似的。這時種田人就說：「它是被閃電打到的。」但為什麼它會落得這個結果？我可以把麻雀告訴我的話說給你聽。麻雀是從一棵老柳樹那兒聽來的。這棵樹栽在蕎麥田的旁邊，而且現在還栽在那兒。它是一棵非常值得尊敬的大柳樹，不過它的年紀很老，皺紋很多。它身體的正中間裂開了，草和荊棘就從裂口裡長出來。這樹

向前彎，枝條一直垂到地上，像長長的綠頭髮一樣。

　　周圍的田都長著麥子，長著裸麥和大麥，也長著燕麥——是的，有可愛的燕麥，當成熟了的時候，它們看起來就像許多停在柔軟樹枝上的黃色金絲鳥。麥子立在那兒，顯得非常幸福。它的穗子長得越豐滿，它就越顯得虔誠，謙卑，把身子垂得很低。

　　可是另外有一塊田，裡面長滿了蕎麥。這塊田正好位於那棵老柳樹的對面。蕎麥不像別的麥子，它身子一點也不彎，卻直挺挺地立著，擺出一副驕傲的樣子。

　　「做為一根穗子，我長得真是豐滿，」它說。「此外我還非常漂亮；我的花像蘋果花一樣美麗：誰看到我和我的花就會感到愉快。你這老柳樹，你還知道有其他別的比我們更美麗的東西嗎？」

　　柳樹點點頭，好像想說：「我當然知道！」

　　不過蕎麥驕傲地擺出一副架子來，說

　　「愚蠢的樹！它是那麼老，連它的肚子都長出草來了。」

　　這時一陣可怕的暴風雨到來了：田野上所有的花兒，當暴風雨在它們身上掃過的時候，都把自己的葉子捲起來，把自己細嫩的頭兒垂下來，可是蕎麥仍然驕傲地立著不動。

　　「像我們一樣，把你的頭低下來呀，」花兒們說。

　　「我不須這樣做，」蕎麥說。

　　「像我們一樣，把你的頭低下來呀，」麥子大聲說。「暴風的使者現在飛來了。他的翅膀從雲朵那兒一直延伸到地面；你還來不及求情，他就已經把你砍成兩截了。」

　　「對，但是我不願意彎下來，」蕎麥說。

「把你的花兒閉起來，把你的葉子垂下來呀，」老柳樹說。
「當雲朵正在裂開的時候，你無論如何不要看著閃電：連人都
不敢這樣做，因為人們在閃電中可以看到天，這一看就會把人的
眼睛弄瞎了。假如我們敢這樣做，我們這些土生的植物會得到什
麼結果呢——況且我們遠不如他們。」

「遠不如他們！」蕎麥說。「我倒要望著天試試看。」它就
傲慢而自大地這樣做了。電光掣動得那麼厲害，好像整個世界都
燃燒了起來似的。

當惡劣的天氣過去以後，花兒和麥子在這沉靜和清潔的空
氣中站著，被雨洗得煥然一新。可是蕎麥卻被閃電燒得像炭一樣
焦黑。它現在成為田裡沒有用的枯草。

那棵老柳樹在風中搖動著枝條；大顆的水滴從綠葉上落下
來，好像這樹在哭泣似的。於是麻雀便問：「你為什麼要哭呢？
你看這兒一切是那麼幸福，你看太陽照得多美，你看雲朵飄得多
好。你沒有聞到花兒和灌木林散發出來的香氣嗎？你為什麼要
哭呢，老柳樹？」

於是柳樹就把蕎麥的驕傲、自大以及接踵而來的懲罰講給
它們聽。

我現在講的這個故事是從麻雀那兒聽來的。有一天晚上我
請求它們講一個童話，它們就把這件事情講給我聽。〔1842 年〕

蕎　　　麥

　　這個小故事收集在《講給孩子們聽的故事》第八集。故事的
內涵一看就可以明瞭：蕎麥自以爲了不起，一意孤行，不聽任何
忠告，結果「被閃電燒得像炭一樣焦黑。它現在成爲田裡沒有用
的枯草。」這個小故事也反映出安徒生的性靈的一面——謙虛，
質樸。

夜鶯①

你大概知道，在中國，皇帝是一個中國人。他周圍的人也是
中國人。這故事是許多年以前發生的，但是正因爲這個緣故，在
人們沒有忘記它以前，值得聽一聽。這位皇帝的宮殿是世界上最
華麗的，完全用細緻的瓷磚砌成，價值非常高，不過非常脆薄，
如果你想摸摸它，你必須萬分小心。人們在御花園裡可以看到世
界上最珍奇的花兒。那些最名貴的花上都綁著銀鈴，好使得走過
的人一聽到鈴聲就不得不注意這些花兒。是的，皇帝花園裡的一

切東西都布置得非常精巧。花園是那麼大，連園丁都不知道它的盡頭是在什麼地方。如果一個人不停地向前走，他會碰到一片茂密的樹林，裡面有很高的樹，還有很深的湖。這樹林一直伸展到蔚藍色的、深沉的海那兒去。巨大的船可以在樹枝底下航行。樹林裡住著一隻夜鶯。它的歌聲非常美妙，連一個忙碌的窮苦漁夫，在夜間出去收網的時候，一聽到夜鶯的聲音，也不得不會停下來欣賞一番。

「我的天，唱得多麼美啊！」他說。但是他不得不去做他的工作，所以只好把鳥兒忘掉。不過第二天晚上，這鳥兒又唱起來了。漁夫聽到了，同樣又情不自禁地說：「我的天，唱得多麼美啊！」

世界各國的旅行家都到這位皇帝的京城來，欣賞這座皇城、宮殿和花園。不過當他們聽到夜鶯的歌聲的時候，他們都說：「這是最美的東西！」

這些旅行家回到本國以後，就談論著這件事情。於是許多學者就寫了大量關於皇城、宮殿和花園的書籍。但是他們也沒有忘記掉這隻夜鶯，而且還把它的地位看得最高。那些會寫詩的人還寫了許多最美麗的詩篇，歌頌這隻住在深海旁邊樹林裡的夜鶯。

這些書流行到全世界。有幾本居然流傳到皇帝手裡。他坐在他的金椅子上，讀了又讀：每一秒鐘點一次頭，因為那些關於皇城、宮殿和花園的細緻描寫使他讀起來感到非常舒服。「不過夜鶯是這一切東西中最美的東西，」這句話清清楚楚地擺在他面前。

「這是怎麼一回事兒？」皇帝說。「夜鶯！我完全不知道有

這隻夜鶯！我的帝國裡有這隻鳥兒嗎？而且它居然就在我的花園裡面？我從來沒有聽到過這回事兒！這件事情我居然只能在書裡面讀到！」

於是他把他的侍臣召進來。他是一位高貴的人物。任何比他渺小一點的人，只要敢於跟他講話或者問他一件什麼事情，他一向只是簡單地回答一聲：「呸！」──這個字眼是任何意義也沒有的。

「據說這兒有一隻叫夜鶯的奇異的鳥兒啦！」皇帝說。「人們都說它是我偉大的帝國裡一件最珍貴的東西。為什麼從來沒有人在我面前提起過呢？」

「我從來沒有聽到過它的名字，」侍臣說。「從來沒有人把它進貢到宮裡來！」

「我命令你今晚必須把它抓來，在我面前唱唱歌，」皇帝說。「全世界都知道我有什麼好東西，而我自己卻不知道！」

「我從沒有聽到過它的名字，」侍臣說。「我得去找找它！我得去找找它！」

不過到什麼地方去找它呢？這位侍臣在台階上走上走下，在大廳和長廊裡跑來跑去，但是他所遇到的人都說沒有聽到過什麼夜鶯。這位侍臣只好跑回到皇帝那兒去，說這一定是寫書的人捏造的一個神話。

「陛下請不要相信書上所寫的東西。這些東西大多是無稽之談──也就是所謂『胡說八道』罷了。」

「不過我讀過的那本書，」皇帝，「是日本國的那位威武的皇帝送來的，因此它絕不可能是捏造的。我要聽聽夜鶯！今晚必

須把它抓到這兒來！我下聖旨叫它來！如果它今晚來不了，宮裡所有的人，一吃完晚飯就要在肚皮上結結實實地挨幾下！」

「欽佩②！」侍臣說。於是他又在台階上走上走下，在大廳和長廊裡跑來跑去。宮裡有一半的人都跟著他亂跑，因為大家都不願意在肚皮上挨揍。

於是他們便開始進行大規模的調查工作，調查這隻奇異的夜鶯──這隻除了宮廷的人以外、大家全都知道的夜鶯。

最後他們在廚房裡見到一個窮苦的小女孩。她說：

「哎呀，老天爺，原來你們要找夜鶯！我跟它再熟悉不過了，它唱得很好聽。每天晚上大家准許我把桌上剩下的一點兒飯粒帶回家去，送給我可憐的生病的母親──她住在海岸旁邊。當我在回家的路上、走得疲倦了的時候，我就在樹林裡休息一會兒，那時我就聽到夜鶯唱歌。這時我的眼淚就流出來了，我覺得好像我的母親在吻我似的！」

「小丫頭！」侍臣說，「我將設法在廚房裡為妳找一個固定的職位，同時使妳得到看皇上吃飯的特權。但是妳得把我們帶到夜鶯那兒去，因為它今晚得在皇上面前表演。」

這樣，他們就一齊走到夜鶯經常唱歌的那個樹林裡去。宮裡一半的人都出動了。當他們正在走的時候，一頭母牛開始叫起來。

「呀！」一位年輕的貴族說，「現在我們可找到它了！這麼一隻小動物，它的聲音可是特別洪亮！我以前在什麼地方聽到過這聲音。」

「錯了，這是牛的叫聲！」廚房的小女傭人說。「我們離那

個地方還遠著呢。」

　　現在沼澤裡的青蛙叫起來了。

　　中國的宮廷祭司說：「現在我算是聽到它了──它聽起來像廟裡的小小鐘聲。」

　　「錯了，這是青蛙的叫聲！」廚房小女傭人說。「不過，我想很快我們就可以聽到夜鶯了。」

　　於是夜鶯開始唱起來。

　　「這才是呢！」小女佣人說。「聽啊，聽啊！它就棲在那兒。」她指著樹枝上一隻小小的灰色鳥兒。

　　「這個可能嗎？」侍臣說。「我從來就沒有想到它是那麼一副樣兒！你們看它是多麼平凡啊！這一定是因為它看到有這麼多的官員在旁，嚇得失去光彩的緣故。」

　　「小小的夜鶯！」廚房的小女傭人高聲地喊，「我們仁慈的皇上希望你能到他面前去唱唱歌啦。」

　　「我非常高興！」夜鶯說，於是它唱出動聽的歌來。

　　「這聲音像玻璃鐘響！」侍臣說。「你們聽，它的小歌喉唱得多麼好！說來也稀奇，我們過去從來沒有聽到過它。這鳥兒到宮裡去一定會逗得大家喜歡！」

　　「還要我再在皇上面前唱一次嗎？」夜鶯問，因為它以為皇帝在場。

　　「我的最好小夜鶯啊！」侍臣說，「我感到非常榮幸，命令你到宮裡去參加晚會。你得用你最美妙的歌喉去娛樂聖朝的皇上。」

　　「我的歌只有在綠色的樹林裡才唱得最好！」夜鶯說。不

過，當它聽說皇帝希望見它的時候，它還是去了。

宮殿被裝飾得煥然一新。瓷磚砌的牆和鋪的地，在無數金燈的光中，閃閃地發亮。那些掛著銀鈴的、最美麗的花朵，現在都被搬到走廊上來了。走廊裡有許多人在跑來跑去，捲起一陣微風，使所有的銀鈴都叮噹叮噹地響起來，使得人們連自己說的話都聽不見。

在皇帝坐著的大殿中央，人們豎起了一根金製的柱子，好使夜鶯能在上面站著。整個宮廷的人都來了，廚房裡的那個小女傭人也得到許可站在門後侍候——因為她現在得到了一個真正「廚工」的職稱。大家都穿上了最好的衣服。大家都看著這隻灰色的小鳥：皇帝對它點頭。

於是這夜鶯唱了——唱得那麼美妙，連皇帝都流出眼淚來，一直流到臉上。當夜鶯唱得更美妙的時候，它的歌聲就打動了皇帝的心弦。皇帝顯得那麼高興，他甚至還下了一道命令，把他的金拖鞋掛在這隻鳥兒的脖子上。不過夜鶯謝絕了，說它所得到的報酬已經夠多了。

「我看到了皇上眼裡的淚珠——這對於我來說是最寶貴的東西。皇上的眼淚有一種特別的力量。上帝知道，我得到的報酬已經不少了！」於是它用甜蜜幸福的聲音又唱一次。

「這種逗人喜愛的撒嬌我簡直沒有看過！」在場的一些宮女們說。當人們跟她們講話的時候，她們就故意把水倒到嘴裡，弄出咯咯的響聲來：她們以為她們也是夜鶯。小廝和丫鬟們也發表意見，說他們也很滿意——這種評語並不很簡單，因為他們是最不容易得到滿足的一群人。總之，夜鶯獲得了極大的成功。

　　夜鶯現在要在宮裡住下來，要有它自己的籠子了——它現
在只有白天出去兩次、夜間出去一次散步的自由。每次總是有十
二個僕人跟著；他們牽著綁在它腿上的一根絲線——而且他們
老是拉得很緊。像這樣的出遊並不是一件輕鬆愉快的事情。

　　整個京城裡的人都在談論著這隻奇異的鳥兒，當兩個人遇
見的時候，一個只須說：「夜，」另一個就接著說：「鶯」③。
於是他們就互相嘆一口氣，彼此心照不宣。有十一個做小販的孩
子都取了「夜鶯」這個名字，不過他們誰也唱不出一個調子來。

　　有一天皇帝收到了一個大包裹，上面寫著「夜鶯」兩個字。

　　「這又是一本關於我們這隻名鳥的書！」皇帝說。

　　不過這並不是一本書，而是一件裝在盒子裡的工藝品
——一隻人造的夜鶯。它跟天生的夜鶯一模一樣，不過它全身裝
滿了鑽石、紅玉和青玉。這隻人造的鳥兒，只要上好發條，就能
唱出一曲那隻真正的夜鶯所唱的歌；同時它的尾巴會上上下下
地動著，射出金色和銀色的光來。它的脖子上掛有一條小絲帶，
上面寫著：「日本國皇帝的夜鶯，比起中國皇帝的夜鶯來，是很
寒酸的。」

　　「它真是好看！」大家都說。送來這隻人造夜鶯的那人馬上
就獲得了一個稱號：「皇家首席夜鶯使者」。

　　「現在讓它們一起唱吧；那將是多麼好聽的雙重奏啊！」

　　這樣，它們就得在一起唱了；不過這個辦法卻行不通，因為
那隻真正的夜鶯只是按照自己的方式隨意唱，而這隻人造的鳥
兒只能唱「華爾茲舞曲」那個老調。

　　「這不能怪它，」樂師說。「它唱得非常合拍，而且是屬於

我的這個學派。」

　　現在這隻人造鳥兒只好單獨唱了。它所獲得的成功，比得上那隻眞正的夜鶯；此外，它的外表卻是漂亮得多──它閃耀得如同金手鐲和領扣。

　　它把同樣的調子唱了三十三次，而且還不覺得疲倦。大家都願意繼續聽下去，不過皇帝說那隻活的夜鶯也應該唱點兒什麼東西才好──可是它到什麼地方去了呢？誰也沒有注意到它已經飛出窗外，回到那青翠的樹林裡面去了。

　　「但是這是什麼意思呢？」皇帝說。

　　所有的朝臣們都咒罵那隻夜鶯，說它是忘恩負義的東西。

　　「我們總算是有了一隻最好的鳥了，」他們說。

　　因此那隻人造鳥兒又得唱起來了。他們把那個同樣的曲調又聽了三十四遍。雖然如此，他們還是記不住它，因為這是一個很難的曲調。樂師把這隻鳥兒大大地稱讚了一番。是的，他很肯定地說，它比那隻眞的夜鶯要好得多：不僅就它的羽毛和許多鑽石來說，即使就它的內部來說，也是如此。

　　「因為，淑女和紳士們，特別是皇上陛下，你們各位要知道，你們永遠也猜不到一隻眞正的夜鶯會唱出什麼歌來；然而在這隻人造夜鶯的身體裡，一切早就安排好了：要它唱什麼曲調，它就唱什麼曲調！你可以說出一個道理來，可以把它拆開，可以看出它的內部活動：它的『華爾茲舞曲』是從什麼地方起，會到什麼地方止，會有什麼別的東西接上來。」

　　「這正是我們的要求，」大家都說。

　　於是樂師被批准下星期天把這隻人造夜鶯公開展覽，讓民

衆看一下。皇帝說，老百姓也應該聽聽它的歌。他們後來也就聽到了，而且還感到非常滿意。愉快的程度正好像他們喝過了茶一樣——因爲喝茶是中國的習慣。他們都說：「哎！」同時舉起食指，點點頭。可是聽到過眞正夜鶯唱歌的那個漁夫說：

「它唱得倒也不壞，很像一隻眞鳥兒，不過它似乎總缺少了一種什麼東西——雖然我不知道這究竟是什麼！」

眞正的夜鶯從這塊土地和帝國被放逐出去了。

那隻人造夜鶯在皇帝床邊的一塊絲墊子上占了一個位置。它所得到的一切禮物——金子和寶石——都被陳列在它的周圍。在稱號方面，它已經被封爲「高貴皇家夜間歌手」了。在等級上來說，它已經被提升到「左邊第一」的位置，因爲皇帝認爲心房所在的左邊是最重要的一邊——即使是一個皇帝，他的心也是偏左的。樂師寫了一部二十五卷關於這隻人造鳥兒的書：這是一部學問淵博、篇幅很長、用那些最難懂的中國字寫的一部書。因此大臣們都說，他們都讀過這部書，而且還懂得它的內容，因爲他們都怕被認爲是蠢才而在肚皮上挨揍。

整整一年過去了。皇帝、朝臣們以及其他的中國人都記得這隻人造鳥兒所唱的歌中的每一個調兒。不過正因爲現在大家都學會了，大家便特別喜歡這隻鳥兒——大家現在可以跟它一起唱，而他們實際上也是這麼做了。街上的孩子們唱：吱—吱—吱—格碌—格碌！皇帝自己也唱起來——是的，這眞是可愛得很！

不過一天晚上，當這隻人造鳥兒正在唱得最好的時候，當皇帝正躺在床上靜聽的時候，這隻鳥兒的身體裡面忽然發出一陣

「嘶嘶」的聲音來。有一件什麼東西斷了。「噓——」所有的輪子都狂轉起來，於是歌聲就停止了。

　　皇帝立即跳下床，命令他的御醫進來。不過醫生又能有什麼辦法呢？於是大家又去請一個鐘錶匠來。經過一番磋商和考查以後，他總算把這隻鳥兒勉強修好了；不過他說，這隻鳥兒今後必須仔細保護，因爲它裡面的齒輪已經壞了，要配上新的而又能奏出音樂，是一件困難的工作。這眞是一件悲哀的事情！這隻鳥兒只能一年唱一次，而這還算是使用過度呢！不過樂師做了一個簡短的演說——用的全是些難懂的字眼——他說這鳥兒跟從前一樣地好，因此當然是跟從前一樣地好……

　　五個年頭過去了。一件眞正悲哀的事情終於來到了這個國家，因爲這個國家的人都很是喜歡他們的皇帝的，而他現在卻病了，而且據說他不能久留於人世。新的皇帝已經選好了。老百姓都跑到街上來，向侍臣探問他們老皇帝的病情。

　　「呸！」他搖搖頭說。

　　皇帝躺在他華麗的大床上，冷冰冰的，面色慘白。整個宮廷的人都以爲他死了；每人都跑到新皇帝那兒去致敬。男僕人都跑出來談論這件事，丫鬟們開起盛大的咖啡會 ④ 來。所有的地方，在大廳和走廊裡，都鋪上了布，使得腳步聲不至於發出響聲；所以這兒現在很靜寂，非常地靜寂。可是皇帝還沒有死：他僵直地、慘白地躺在華麗的床上——床上掛著天鵝絨的帷幔，帷幔上綴著厚厚的金絲穗子。最上面的窗子是開著的，月亮照在皇帝和那隻人造鳥兒的身上。

　　這位可憐的皇帝幾乎不能夠呼吸了。他的胸口上好像有一

件什麼東西壓著：他睜開眼睛，看到死神坐在他的胸口上，並且還戴上了他的金王冠，一隻手拿著皇帝的寶劍，另一隻手拿著他的華貴的令旗。四周有許多奇形怪狀的腦袋從天鵝絨帷幔的褶紋裡偷偷地伸出來，有的很醜，有的溫和可愛。這些東西都代表皇帝所做過的好事和壞事。現在死神既然坐在他的心坎上，它們就特地伸出頭來看他。

「你記得這件事嗎？」它們一個接著一個低語著，「你記得那件事嗎？」它們告訴他許多事情，使得他的前額冒出了許多汗珠。

「我不知道這件事！」皇帝說。「快把音樂奏起來！快把音樂奏起來！快把大鼓敲起來！」他叫出聲來，「好使得我聽不到他們講的這些事情呀！」

然而它們還是不停地在講。死神對它們所講的話點點頭——像中國人那樣點法。

「把音樂奏起來呀！把音樂奏起來呀！」皇帝叫起來。「你這隻貴重的小金鳥兒，唱吧，唱吧！我曾送給你貴重的金禮物；我曾經親自把我的金拖鞋掛在你的脖子上——現在就唱呀，唱呀！」

可是這隻鳥兒站著動也不動一下，因為沒有誰來替它上好發條，而它不上好發條就唱不出歌來。不過死神繼續用他空洞的大眼睛盯著這位皇帝。四周是靜寂的，可怕的靜寂。

這時，正在這時候，窗子那兒有一個最美麗的歌聲唱起來了。就是那隻小小的、活的夜鶯；它棲息在外面的一根樹枝上，它聽到皇帝可悲的情況，它現在特地來對他唱點安慰和希望的

歌。當它在唱著的時候，那些幽靈的面孔就漸漸地變淡；同時在皇帝屛弱的肢體裡，血也開始流動得活躍起來。甚至死神自己也開始聽起歌來；而且還說：「唱吧，小小的夜鶯，請唱下去吧！」

「不過，」夜鶯說，「您願意給我那把美麗的金劍嗎？您願意給我那面華貴的令旗嗎？您願意給我那頂皇帝的王冠嗎？」

死神把這些寶貴的東西都交了出來，以交換一支歌。於是夜鶯不停地唱下去。它唱著那安靜的教堂墓地——那兒生長著白色的玫瑰花，那兒接骨木樹發出甜蜜的香氣，那兒新草染上了未亡人的眼淚。死神這時就眷戀地思念起自己的花園來；於是他變成一股寒冷的白霧，在窗口消失了。

「多謝你！多謝你！」皇帝說。「你這隻神聖的小鳥！我現在懂得你了。我把你從我的土地和帝國趕出去，而你卻用歌聲把那些邪惡的面孔從我的床邊趕走，也把死神從我的心中去掉。我將用什麼東西來報答你呢？」

「你已經報答我了！」夜鶯說，「當我第一次唱的時候，我從您的眼裡得到了你的淚珠——我將永遠不會忘記這件事。每一滴眼淚是一顆珠寶——它可以使得一個歌者心花怒放。不過現在請您睡吧，請您保養精神，變得健康起來吧，我將再為您唱一首歌。」

於是它唱起來——於是皇帝就甜蜜地睡著了。啊，這一覺是多麼溫和，多麼愉快啊！

當他醒來、感到神志清新、體力恢復的時候，太陽從窗子外射進來，照在他身上。他的侍從一個也沒有來，因為他們以為他死了。但是夜鶯仍然陪伴在他身邊，唱著歌。

「請你永遠跟我住在一起吧，」皇帝說。「你喜歡怎樣唱就怎樣唱。我將把那隻人造鳥兒拆成一千塊碎片。」

「請不要這樣做，」夜鶯說。「它已經盡了它最大的努力。讓它仍然留在您的身邊吧。我不能在宮裡築一個巢住下來；不過，當我想到要來的時候，就請您讓我來吧。我將在黃昏的時候停靠在窗外的樹枝上，為您唱首什麼歌，叫您快樂，也叫您深思。我將歌唱出那些幸福的人們和那些受難的人們。我將歌唱隱藏在您周圍的善和惡。您的小小的歌鳥現在要遠行了：它要飛到那個窮苦的漁夫身旁，飛到農人的屋頂上去，飛到住得離您和您的宮廷很遠的每個人身邊去。比起您的王冠來，我更愛您的心；然而王冠卻也有它神聖的一面。我將會再來，為您唱歌——不過我要求您答應我一件事。

「什麼事都可以！」皇帝說。他親自穿上他的龍袍站著，同時把他那把沉重的金劍按在心。

「我要求您一件事：請您不要告訴任何人，說您有一隻會把什麼事情都講給您聽的小鳥。只有這樣，一切才會美好。」

於是夜鶯就飛走了。

侍從們都進來瞧瞧他們死去了的皇帝——是的，他們都站在那兒，而皇帝卻說：「早安！」〔1844 年〕

這個故事發表於1844年，收集在《新的童話》裡，背景是

在中國，但它反映的實質內容並不限於中國皇帝，而是具有普遍意義：它揭露了統治階級的愚蠢和無知、庸俗和腐朽。那位中國皇帝驚奇地說：「夜鶯！我完全不知道有這隻夜鶯！我的帝國裡有這隻鳥兒嗎？而且居然它就在我的花園裡面？我從來沒有聽到過這回事兒！」他的大臣們也從來沒有告訴過他有這麼一隻遠近馳名的鳥兒，因爲他們養尊處優，脫離實際，無知到了這種程度，竟然把牛叫和蛙鳴當成是夜鶯的歌唱，後來他們聽到眞正夜鶯的歌唱時，他們也不能欣賞，倒喜歡起日本皇帝送來的那隻人造夜鶯所發出的一曲單調的「華爾茲舞曲」來。眞正能夠欣賞夜鶯的是一個「忙碌的窮苦漁夫」和一個在皇宮廚房裡幹粗活的小女孩。夜鶯的歌唱得那麼美好和感人，這個小女孩說：「每天晚上大家准許我把桌上剩下的一點兒飯粒帶回家去，送給我可憐的生病的母親——她住在海岸旁邊。當我在回家的路上、走得疲倦了的時候，我就在樹林裡休息一會兒，那時我就聽到夜鶯唱歌。這時我的眼淚就流出來了，我覺得好像我的母親在吻我似的！」後來那隻人造夜鶯的發條斷了，不再發生作用，皇帝才懂得眞正夜鶯的歌聲，希望把它留在宮裡。但這隻夜鶯說：「您的小小的歌鳥現在要遠行了：它要飛到那個窮苦的漁夫身旁，飛到農人的屋頂上去，飛到住得離您和您的宮廷很遠的每個人身邊去。」夜鶯是屬於普通人民的，也只有他們能眞正欣賞和理解它的歌聲。

【註釋】

①這是安徒生虛構的故事。其中關於中國的事情都不是眞實的。

②這是安徒生引用的一個中國字的譯音，原文是 Tsing-pei（欽佩）。

③「夜鶯」在丹麥文中是 Nattergal。作者在這兒似乎故意開了一個文字玩笑，因爲這個字如果拆開，頭一半成爲 natter（夜——複數），而下一半「鶯」就成 gal，而 Gal 這個字在丹麥文中卻是「發瘋」的意思。

④請朋友喝咖啡談天（Kafeeselskab）是北歐的一種社交習慣；中國沒有這樣的習慣。

聰明人的寶石

你當然知道《丹麥人荷爾格》這個故事。我不會再講這個故事給你聽，但是我可要問，你記不記得它裡面說過：荷爾格獲得了印度廣大的國土以後，一直向東走，走到世界的盡頭，甚至走到那棵太陽樹的跟前。」——這是克利斯仙‧貝德生講的話。你知道貝德生嗎？你不知道他也沒有什麼關係。丹麥人荷爾格把治理印度的大權全都交給約恩牧師。你知道約恩牧師嗎？如果你不知道他，這也不要緊，因為他跟這個故事完全沒有關係。你

將聽到一個關於太陽樹的故事。這樹是「在印度──那世界的盡
頭的東方」。人們都這樣說，因爲他們不像我們一樣學過地理。
不過這也沒有什麼關係！

　　太陽樹是一棵華貴的樹；我們從來沒有看見過它，將來恐
怕也永遠不會看到它。樹頂上的枝葉向周圍伸出好幾里路遠。它
本身就是一個不折不扣的樹林，因爲它每一根最細小的樹枝都
是一棵樹。這上面長著棕櫚樹、山毛櫸、松樹和梧桐樹，還長著
許多其他種類的樹──事實上世界各地的樹這兒都有了。它們
小是從大樹枝上冒出來的小樹枝，而這些大樹枝東一個結，西一
個彎，好像是溪谷和山丘──上面還蓋著天鵝絨般的草地和無
數的花朵呢。每一根樹枝像一片開滿了花的廣闊草坪，或者像一
個最美麗的花園。太陽向它射著溫暖的光，因爲它是一棵太陽
樹。

　　世界各個角落裡的鳥兒都飛到它上面來；有的來自美洲的
原始森林，有的來自大馬士革的玫瑰花園，有的來自非洲的沙漠
地帶──這個地帶的大象和獅子以爲它們自己是唯一的統治
者。南極和北極的鳥兒也飛來了；當然，鸛鳥和燕子也絕不會缺
席的。但是鳥兒並不是來到這兒的唯一的生物。雄鹿、松鼠、羚
羊以及幾百種其他會跳的動物也在這兒住下來。

　　樹頂本身就是一個廣大的、芬芳的花園。許多巨大的樹枝在
它裡面像綠色山丘向四周伸展開來。這些山丘中有一座水晶
宮，俯視著世界上所有的國家。它上面的每一座塔看起來都像一
朵百合花；人們可以從花梗子裡爬上去，因爲梗子裡有螺旋樓
梯。因此你現在也不難理解，人們可以走到葉子上去，因爲葉子

就是陽台。花萼裡有一個美麗、輝煌的圓廳，它的天花板就是嵌著太陽和星星的蔚藍的天空。

在下面的宮殿裡，那些廣大的廳堂也同樣輝煌燦爛的，雖然它們表現的方式不同。整個世界就在那些牆上被反射出來。人們可以看到世界上發生的一切事情。因此人們都沒有讀報紙的必要，事實上這裡也沒有什麼報紙。人們可以透過活動的圖畫看到一切東西——這就是說，你能夠看到、或者願意看的那點東西，因爲任何東西都有一個限度，就連聰明人都不能例外，但這兒卻住著一個聰明人。

這個人的名字很難唸。你也唸不出來，但這也沒有什麼關係。人們所知道的事情，或者人們在這個世界上所能知道的事情，他全都知道。每一件已經完成了的發明，或者快要完成的發明，他全都知道。但是除此以外的事情他就不知道了，因爲一切畢竟還是有一個限度。就算以聰明聞名的君主所羅門①，也不過只有他一半的聰明。但這位君主還算是一個非常聰明的人呢。他統治著大自然的一切威力，管理著所有凶猛的精靈。的確，連死神每天早晨都不得不把當天要死的人的名單送給他看。然而所羅門自己也不能不死。住在太陽樹上宮殿裡的這位法力很大的主人——這位探討者——經常在思索這個問題。不管他的智慧比人類要高多少，總有一天他也免不了一死。他知道，他的子孫也會死亡，正如樹林裡的葉子會枯萎並且化爲塵土一樣。他看得出，人類會像樹上的葉子一樣凋謝，爲的是好讓新一代來接替。但是葉子掉落下來就再也活轉不回來；它只有化爲塵土，成爲其他植物的一部分。

　　當死神到來的時候，人會獲得什麼結果呢？死究竟是什麼
呢？身體消滅了，但是靈魂會怎樣呢？它會變成什麼呢？它將
到什麼地方去呢？「到永恆的生命中去，」這是宗教所說的安慰
話。但是怎樣轉變過去呢？人在什麼地方生活，同時怎樣生活
呢？「生活在天上，」虔誠的人說，「我們將要到天上去！」

　　「到天上去？」這位聰明人重複著這句話說，同時向太陽和
星星凝望。

　　「到天上去！」從這個圓形的地球上看，天和地是一體的，
是同樣的東西。這完全要看一個人在這個旋轉的球體上從一個
什麼角度觀察而定。如果他爬到地球上最高的山峰上，那麼他就
可以看到，我們在下邊所謂澄淨透明的東西——「蒼天」——不
過是漆黑一團。它像一塊布似地蓋在一切東西上面，而太陽在這
種情形下也不過是一個不發光的火球，地球上飄著的不過是一
層橙黃的煙霧。肉眼的限制是多麼大！靈魂的眼睛所能看到的
東西是多麼少！與我們最有切身關係的事情，即使智慧最高的
聖人也只能看到很微小的一點。

　　在這宮殿的一個最祕密的房間裡藏著世界上一件最偉大的
寶物：《眞理的書》。這位聖人一頁一頁地翻閱著。這本書誰都
可以讀，但是只能讀幾個片斷。在許多人的眼中，這本書上的字
母似乎都在發抖，人們沒有辦法把它們拼成完整的字句。某些頁
上的字跡很淡，很模糊，看起來好像是一無所有的空白頁。一個
人越具有智慧，他就越能讀得懂，因此具有大智的人就能讀懂得
最多。正因爲這個緣故，聰明人知道怎樣把太陽光和星光跟理智
之光和靈魂的潛在力結合起來。在這種混合的強光中，書頁上所

寫的東西在他面前就顯得非常清楚。不過有一章叫做〈死後的生
活〉，它裡面沒有一個字可以看得清楚。這使他感到非常難過。
難道他在這世界上找不到一線光明，使他能看清楚《真理的書》
上所寫的一切東西嗎？

　　他像聰明的國王所羅門一樣，懂得動物的語言。他能解釋它
們所唱的歌和講的話。但是他並不因此而變得更聰明。他發現了
植物和金屬的力量──能夠治療疾病和延遲死亡的力量。可是
他卻找不到制止死亡的辦法，他在他所接觸到的一切創造出來
的事物中，希望尋求到一種可以使生命永恒不滅的啓示；但是
卻尋求不到。《真理的書》擺在他面前，但是書頁卻是一張白紙。
基督教在《聖經》裡給了他一個關於永恒生命的諾言。但是他希
望在自己的書中讀到它，當然在這書中他是讀不到的。

　　他有五個孩子，其中四個是男孩子；他們都得到一個最聰
明的父親所能供給他們的教育。另外一個是女孩子；她既美
麗，又溫柔，又聰明，但她卻是一個瞎子。然而這並不算是缺點。
爸爸和哥哥們都是她的眼睛，她敏銳的感覺也能看得見東西。

　　兒子們離開宮殿大廳的時候，從來不走出從樹幹伸出的所
有樹枝所涵蓋的那個範圍。妹妹更不會走遠。他們生活在兒時的
家裡，在兒時的國度裡，在美麗、芬芳的太陽樹裡，是非常幸福
的。像所有的孩子一樣，他們非常喜歡聽故事。爸爸告訴他們許
多別的孩子怎麼也聽不懂的故事。這些孩子聰明的程度，可以與
我們中間的許多老年人相比。他把他們在宮殿牆上所看到的一
些活動圖畫──人所做的事情和世界各國所發生的事情解釋給
他們聽──兒子們也希望他們能夠到外面去參與別人經歷的一

些偉大事情。爸爸告訴他們，外邊的世界既艱難又痛苦，跟他們
這個美麗的兒時世界是完全兩樣的。

他對他們談論著美、眞和善，而且告訴他們，這三件東西把
世界維繫在一起。它們在它們所承擔的壓力下，凝結成一塊寶
石。這塊寶石的光澤度勝過金剛鑽的光澤度。它的光澤，就是在
上帝的眼中也是非常有價值的。它比什麼東西都光亮。它叫做
「聰明人的寶石」。他告訴他們，一個人可以透過創造出來的事
物認識上帝；同樣，一個人也可透過人類知道「聰明人的寶石」
的確存在。他只能告訴他們這一點，他也只知道這一點。這種說
法對於其他的孩子是很難理解的，不過這些孩子卻能夠理解。以
後別的孩子也可以漸漸理解了。

他們問爸爸，什麼叫做眞、善、美。他一一解釋給他們聽。
他解釋了很久。還說，上帝用泥土造了人，並且還在這個創造物
身上吻了五次──火熱的吻，心裡的吻，我們的上帝溫柔的吻。
我們現在把這叫做五種感官。通過這些感官，我們可以感覺和理
解眞、善、美，可以判斷它們的價值，保護它們和使它們向前發
展。我們從裡到外，從根到頂，從身體到靈魂，都具有這五種感
官。

孩子們把這些事情想了很久，他們日夜都在想。於是最大的
哥哥做了一個美麗的夢。奇怪的是，第二個兄弟也做了同樣的
夢，接著第三個、第四個也做了同樣的夢。每個人都巧合地夢見
同樣的東西。每個人都夢見走向廣大的世界，找到了「聰明人的
寶石」。夢見有一天大清早，他們各自騎著一匹快馬穿過家裡天
鵝絨般的草地，走進父親的城堡裡去，這寶石就在每個人的額上

射出強烈的光輝。當這寶石的祥光射到書頁上的時候，書上所描寫的關於死後的生活就全部呈現出來了。但是妹妹卻沒有夢見走進廣大的世界去：她連想都沒有想到。爸爸的家就是她的世界。

「我要騎著馬到廣大的世界上去！」大哥說。「我要體驗實際的生活，我要在人群之間來往。我要遵從善和眞，我要用善和眞來保護美。只要我一去，許多東西就會改觀！」

的確，他的思想是勇敢和偉大的。當我們待在家中一個溫暖的角落裡的時候，在我們沒有到外面遇見荊棘和風雨以前，我們大家都是這個樣子。

這五種感官在他和他的幾個弟弟身上，裡裡外外都獲得了高度的發展。不過他們每個人都有一種特殊的感官，它的敏銳和發展的程度都超過了其餘的四個人。在大哥身上，這是視覺。這對於他有特別的好處。他說，他能看見一切時代，一切國家；他能直接看見地下的寶藏，看見人的心，好像這些東西外面罩著的只不過是一層玻璃。這也就是說，他能看見的東西，不僅僅是臉上所現出的紅暈或慘白，眼睛裡的哭泣或者微笑。雄鹿和羚羊陪送他向西走，一直走到邊境；野天鵝到這兒來迎接他，然後再向西北飛。他跟著它們走。他現在走到世界遙遠的角落，遠離他父親的國土──「一直延伸向東，達到世界盡頭」的國土。

但是他的眼睛睜得多麼大啊！要看的東西眞是太多。他現在親眼看見的地方和東西，完全跟他在圖畫中看到的不同；而且圖畫裡的東西總是好的，而他在父親的宮殿裡看到的比這更好。起初，他的眼睛驚奇得幾乎失去辨別的能力，因爲美是用許

多廉價的東西和狂歡節的一些裝飾品顯現出來的。但是他完全
沒有受到迷惑,他的眼睛還沒有失去作用。

　　他要徹底地、誠實地花費一番工夫來認識美、眞和善。但是
這幾樣東西在這個世界上是用什麼表示出來的呢?他發現,應
該屬於美的花束,常常被醜奪去了;善沒有被人理會;而應該
被噓下台的劣等東西,卻被人鼓掌稱讚。人們只是看到名義,而
沒有看到實質;只是看到了衣服,而沒有看到穿衣服的人;只是
看到職位,而沒有看到才能。處處都是這種現象。

　　「是的,我要認眞地來糾正這種現象!」他想。於是他就開
始糾正了。

　　不過正當他在追求眞的時候,魔鬼來了。它是欺騙的祖先,
而它本身就是欺騙。它倒很想直截了當地把這位觀察家的雙眼
挖下來,但是它覺得這太粗暴了。魔鬼的手段是很細緻的。它讓
他去尋求眞,而且也讓他去觀察美和善,不過當他正在觀察的時
候,魔鬼就把灰塵吹進他的眼睛裡——他的兩隻眼睛裡。魔鬼一
粒接著一粒地吹,使得他的眼睛完全看不見東西——即使最好
的眼睛也看不見。魔鬼一直把灰塵吹成一道光。於是這位觀察家
的眼睛也就作用失去了。這樣,他在這個茫茫的大世界裡變成了
瞎子,同時也失去了信心。他對世界和對自己都沒有好感。當一
個人對世界和對自己都沒有好感的時候,他的一切也就都完
了。

　　「完了!」橫渡大海,飛向東方的野天鵝說。「完了!」飛
向東方的太陽樹的燕子說。這對於家裡的人說來,並不是個好消
息。

「我想那位『觀察家』的運氣大概不太好，」第二個兄弟說。「但是『傾聽者』的運氣可能要好些！」

這位傾聽者的聽覺非常敏銳，他甚至連草的生長都能聽出來。他高高興興地向家人告別。他帶著超凡的聽覺和滿腔的善意騎著馬走了。燕子跟著他，他跟著天鵝。他離開家很遠了。走到茫茫的世界上去。

太好了就吃不消——他現在對這句話有了體會。他的聽覺太敏銳。他不僅能聽到草的生長，還能聽到每個人的心在悲哀或快樂時的搏動。他覺得這個世界好像一個鐘錶匠的大工作室，裡面所有的鐘都在「滴答！滴答！」地響，所有的屋頂上的鐘都在敲著：「叮噹！叮噹！」嗨，這真叫人吃不消！不過他還是盡量地讓他的耳朵聽下去。最後，這些吵雜聲和喧鬧聲實在太厲害了，使得人受不了。這時來了一群六十歲的野孩子——人不應該以年齡來判斷——到來了。他們狂叫了一陣子，使人不禁要發笑。但是這時「謠言」就產生了。它在屋子、大街和小巷裡流傳著，一直流傳到公路上去。「虛偽」高聲叫喊起來，想當首領。愚人帽上的鈴鐺②響起來，自稱是教堂的鐘聲。這使得「傾聽者」吃不消。他馬上用指頭塞住兩個耳朵。但是他仍然能聽到虛偽的歌聲，邪惡的喧鬧聲，以及謠言和誹謗。不值半文錢的廢話從嘴裡飛濺出來，吵嚷不休。裡裡外外都是嚎叫、哀鳴和喧鬧。請上帝大發慈悲！他用手指把耳朵塞得更緊，更深，直到後來把耳鼓都頂破了。

現在他什麼也聽不見了。他也聽不見美、真和善的聲音，因為聽覺是通到他思想的一座橋樑。他現在變得沉默起來，懷疑起

來。他什麼人也不相信；最後連自己也不相信了——這眞是一件非常不幸的事情。他再也不想去尋找那塊寶貴的寶石，把它帶到家裡。他完全放棄了這個念頭，也放棄了自己——這是最糟糕的事情。飛向東方的鳥兒帶著這個消息，送到太陽樹裡的父親的城堡裡去。那時沒有郵政，因此也沒有回信。

「我現在要試一試！」第三個兄弟說。「我有一個很敏銳的鼻子！」

這話說得不太文雅，但是他卻這樣說了，你不得不承認他是這樣的一個人物。他的心情老是很好。他是一個詩人，一個眞正的詩人。有許多事情他說不出來，但是唱得出來。有許多東西他比別人感覺得早些。

「人家心中懷疑的事情我都可以嗅得出來！」他說。他有高度發達的嗅覺；這擴大了他對於美的知識。

「有的人喜歡蘋果香，有的人喜歡馬廐的氣味！」他說。「在美的領域裡，每一種氣味都有它的群眾。有的人喜歡酒店的那種氣味，包括冒煙的蠟燭、酒和廉價煙草的混合氣味。有的人喜歡坐在強烈的素馨花香中，或者把濃鬱的丁香花油噴得滿身都是。有的人喜歡尋找清新的海風，有的人喜歡登最高的山頂，俯視下面那些忙碌的眾生。」

這是他說的話。看樣子好像他從前曾經到過這茫茫的大世界，好像他曾經跟人有過來往，而且認識他們。不過這種知識是從他的內心產生的，因爲他是一個詩人——這是當他在搖籃裡的時候，我們的上帝賜給他的一件禮物。

他告別了藏在太陽樹裡的父母家。他在故鄉美麗的風景中

步行出去，但是當他一走出邊境以後，就騎上一隻鴕鳥，因爲鴕鳥比馬跑得快些。後來當他看到一群野天鵝的時候，就爬到最強壯的一隻野天鵝背上。他喜歡換換口胃。他飛過大海，走向一個擁有大樹林、深淵、雄偉的山和美麗的城市的、陌生的國家。他無論向什麼地方走，總是覺得太陽在田野上跟著他。每一朵花，每一個灌木叢，都發出一種強烈的香氣，因爲它們知道一位愛護它們和瞭解它們的朋友和保護者就在它們附近。一叢凋零的玫瑰花也豎起枝椏，展開葉兒，開出最美麗的花來。每個人都可以看得見它的美，甚至樹林裡潮濕的黑蝸牛也注意到它的美。

「我要在這朵花上留下一點紀念！」蝸牛說。「我要在花上吐一口唾沫，因爲我沒有別的東西！」

「世界上的美的東西的命運就是這樣！」詩人說。

於是他唱了一首關於它的歌，是用他自己特有的調子唱的；但是誰也不聽。因此他送給一位鼓手兩個銀幣和一根孔雀毛，叫他把這支歌編成曲子，在這城市的大街小巷中用鼓聲把它傳播出去。大家都聽到了，而且還聽得懂——它的內容很深奧！詩人唱著關於美、眞和善的歌。人們在充滿蠟燭煙味的酒店中，在新鮮的草原上，在樹林裡，在廣闊的海上聽著他的歌。看樣子，這位兄弟的運氣要比其他兩位好多了。

但是魔鬼卻不高興。它立刻收集到皇家的香煙、教堂的香煙、他所能找到的其他香煙和一切他自己所能製造的香煙。這些煙的氣味都非常強烈，可以迷住所有的人，包括天使在內；一個可憐的詩人當然更不在話下。魔鬼是知道怎樣對付這種人的。它用香煙把這個詩人層層包住，使他昏頭昏腦，結果他忘掉了他的

任務和他的家。最後他把自己也忘掉了。他在煙霧中不見了。

當所有的小鳥聽到這個消息的時候，都感到非常傷心。它們有三天沒有唱歌。樹林裡的黑蝸牛變得更黑──這並不是因爲它傷心，而是因爲它嫉妒。

「香煙應該是爲我而點的，」它說，「因爲他這首馳名的、叫做『世事』的擊鼓歌是我教他寫的。玫瑰花上的黏液就是我吐出來的！我可以提出證明。」

不過這件消息並沒有傳到詩人在印度的家裡，因爲所有的鳥兒三天沒有唱歌。當哀悼期結束以後，它們還是感到非常悲痛，它們甚至忘記了自己是爲什麼人而哭。事情就是這樣！

「現在我要到外面的世界上去，像別的兄弟一樣遠行！」第四個兄弟說。

他像剛才說的那個兄弟一樣，心情也非常好；不過他並非詩人。因此他的心情好是理所當然的。這兩個兄弟使整個宮殿充滿了快樂，但是現在連這最後的快樂也要沒有了。視覺和聽覺一直被認爲是人類最重要的兩種感官，所以誰都希望這兩種感官變得敏銳。其餘的三種感官一般都認爲是不太重要的。不過這位少爺卻不是這樣的。他在可能的範圍內從各方面培養他的味覺，而他的味覺非常強烈，範圍也廣。凡是放進嘴裡和深入心裡的東西，都由它來控制。因此罐子裡和鍋裡的東西，瓶子裡和桶裡的東西，他都要嚐一下。他說，這是他的工作的庸俗的一面。對他來說，每個人都是一個炒菜的鍋，每個國家是一個龐大的廚房。當然這只是就精神層面而言──這是一件細緻的事情；他現在就要研究一下，究竟它細緻到什麼程度。

「可能我的運氣要比我的幾個哥哥好些！」他說。「我要去了。但是我用什麼工具去旅行呢？人們發明了氣球沒有？」他問他的父親。這個老頭兒知道已經發明過的和快要發明的一切東西，不過氣球還沒有人發明出來，汽船和鐵路也沒有發明出來。

「好吧，那麼我就乘氣球吧！」他說。「我的父親知道怎樣製造它，怎樣駕駛它；我將要學習使用它。現在還沒有誰把它發明出來，因此大家會認爲它是一個空中樓閣。我用過氣球以後，就把它燒掉。因此你必須給我一些下次發明的零件——也就是所謂化學火柴！」

他所需要的東西他都得到了。於是他飛走了。鳥兒陪著他飛了一程——比陪著其他幾個兄弟飛得遠。它們很想看看，這次飛行會有一個什麼結果。鳥兒越來越多，因爲它們都很好奇：它們以爲現在飛行的這個傢伙是一隻什麼新的鳥兒。是的，現在他的朋友倒是不少！天空都被這些鳥兒遮住了。它們像一大塊烏雲似地飛來，像飛在埃及國土上的蝗蟲。他就是這樣向廣大的世界飛去的。

「東風是我的好朋友，是幫助我的人。」他說。

「你是指東風和西風嗎？」風兒說。「我們兩個人一起合作，否則你就會飛到西北方來了！」

但是他卻沒有聽到風兒說的話，因此等於沒說。鳥兒現在也不再陪著他飛了。當它們的數目一多的時候，就有好幾隻對於飛行感到厭煩起來。這簡直是小題大做！它們這樣說。他的腦子裡裝的完全是一堆幻想。「跟他一起飛毫無道理，完全是浪費！完全是胡鬧！」於是它們就都回去了，全部都回去了。

氣球在一個最大的城市上空降落。氣球的駕駛人在最高的一點停下來──在教堂的尖塔頂上。氣球又升起來了；這種事情實在不應該發生。它究竟要飛到什麼地方去呢，誰也不知道；不過這也沒有什麼了不起的關係，因為它還沒有被人發明出來。

他坐在教堂的尖塔頂上。身邊再沒有什麼鳥兒在飛，因為它們對他感到厭煩，而他對它們也感到厭煩。

城裡所有的煙囪都在冒煙，在噴出氣味。

「這都是為你而建立起來的祭壇！」風兒說。它想對他說點愉快的事情。

他目空一切地坐在那上面，俯視著街上的人群。有一個人走過去，對於自己的錢包感到驕傲；另一個人對於掛在自己腰上的鑰匙感到得意，雖然他並沒有鎖著什麼寶貴的東西。還有一個人對自己被蟲蛀了的上衣感到驕傲，另外還有一個人覺得他那個無用的身軀很了不起。

「這全是虛榮！嗨！我必須趕快爬下去，把手指伸進罐子裡，嚐嚐裡面的味道！」他說。「但是我還不如在這兒坐一會兒，風吹在我的背上怪舒服的──這是一件很快樂的事。風吹多久，我就坐多久。我要在這裡休息一會兒。懶人說，一個人的事情多，就應該在早晨多睡一會兒。不過懶是萬惡之本，而我們家裡並沒有什麼惡事。我敢這樣說，所有的人也這樣說。風吹多久，我就要在這兒坐多久。我喜歡這味道。」

於是他就坐下來。不過他是坐在風信雞上，而風信雞是隨著他轉的，因此他以為風向一直沒有變。他坐著，而且可以一直坐

下去欣賞風吹的滋味。

　　但是在印度，太陽樹裡的宮殿變得空洞和寂寞的，因爲那兒的幾個兄弟就這樣一個接著一個地離去了。

　　「他們的遭遇並不好！」父親說。「他們永遠也不會把那顆亮晶晶的寶石拿回來。那不是我能夠獲得的。他們都走了，死去了！」

　　他低下頭來讀著《眞理的書》。書頁上寫著關於死後生活的問題。不過他什麼也看不見，什麼也不知道。

　　他瞎眼的女兒是他唯一的安慰和快樂。她對他懷著眞誠的感情。爲了他的快樂和幸福，她希望那顆寶石能夠尋到，帶回家來。她悲哀地、渴望地思念著她的幾個哥哥，他們在什麼地方呢？他們住在什麼地方呢？她渴望能夠在夢中見到他們，不過說來也奇怪，即使在夢中她也見不到他們。最後她總算做了一個夢，聽到了幾個哥哥的聲音。他們在外面廣大的世界上呼喚她。她不得不走出去，走得很遠。但是又似乎覺得她仍然在父親的屋子裡。她沒有遇見幾個哥哥，不過她覺得手上有火在燒。但是火燒得並不痛，原來那顆亮晶晶的寶石就在她的手上。她把它送給她的父親。

　　當她醒來以後，有一會兒還覺得手中揸著那顆寶石。事實上，她揸著的是紡車的把手。她經常在漫漫長夜裡紡紗。她在紡錘上紡出了一根比蜘蛛絲還要細的線。肉眼是看不見這根線的。她用眼淚把它打濕了，因此它比錨索還要結實。她從床上爬起來，下了一個決心，要把這個夢變成事實。

　　這正是黑夜，她的父親還在睡覺。她吻了他的手。她拿起紡

錘，把那根線的一端綁在父親的屋子上。的確，若不這樣做，以她這樣一個瞎子將永遠不會找到家的。她必須緊緊地捏著這根線，而且必須依靠它，自己和別人都是靠不住的。她從太陽樹摘下四片葉子，委託風和雨把它們當成她的信和問候帶給她的四個哥哥，因為她怕在這廣闊的大世界上遇不見他們。

她這個可憐的小瞎子，她在外面的遭遇會怎樣呢？她有那根看不見的線可以做為依靠。她有哥哥們全都缺少的一種官能：敏感性。有了這種敏感性，她的手指就好像是眼睛，她的心就好像是耳朵。

她一聲不響地走進這個熙熙攘攘的、新奇的世界。她走到的地方，天空就變得非常明朗。她可以感覺到溫暖的陽光。彩虹從烏黑的雲層裡露出來，掛在蔚藍色的天空上。她聽見鳥兒在唱著歌；她能夠聞到橙子和蘋果園的香氣。這種香氣是那麼強烈，她幾乎覺得自己嚐到了果子的味道。她聽到柔和的音調和美妙的歌聲，但是她也聽到嚎哭和尖叫。思想和判斷彼此起了不調和的衝突。人的思想和感情在她的心的最深處發出回響。這形成了一個合唱：

　　　　人間的生活不過是一陣煙雨──
　　　　一個可以使我們哭泣的黑夜！

但是另外一首歌又升起來了：

　　　　人間的生活是一個玫瑰花叢，

充滿了太陽光，充滿了歡樂。

接著又有一個這樣不愉快的調子唱出來：

每個人只是爲自己打算，
我們認識到了這個眞理。

於是來了一個回答：

愛的河流在不停地流，
在我們人間的生活中流！

她聽到了這樣的話語：

世上的一切都是非常渺小，
無論什麼東西，有利必有弊。

但是她又聽到：

世上偉大和善良的東西不知多少，
只是一般的人很難知道！

從各處飄來一陣合唱：

笑吧，把一切東西當做一個玩笑！
笑吧，跟犬吠聲一起發笑！

但是盲女子的心中有另外一個歌聲：

依靠你自己，依靠上帝，
上帝的意志總會實現，阿們！

在所有的男人和女人、老年人和少年人的心中，只要她一到
來，眞、美、善的光輝就閃耀起來。她走到哪裡——在藝術家的
工作室裡也好，在金碧輝煌的大廳裡也好，在機器聲隆隆的工廠
裡也好——哪裡就似乎有太陽光射進來，有音樂奏起來，有花香
噴來，枯葉子也似乎得到了新鮮的露水。

但是魔鬼卻不喜歡這種情況。它的狡猾超過了不只一萬
人；它總有辦法達到它的目的。它走到沼澤地上去，它收集一大
堆死水的泡沫，它在這些泡沫上注入七倍以上的謊言回音，使這
些謊言更有力量。於是，它盡量收集許多用錢買來的頌詞和騙人
的墓誌銘，把這些東西搗碎，再放進「嫉妒」哭出來的眼淚中煮
開，然後再加上一位小姐乾枯的臉上的胭脂。它把這些東西塑成
一個姑娘。她在體態和動作上跟那個虔誠的盲女子一模一樣
——人們把她叫做「溫柔的、眞誠的天使」。魔鬼的巧計就這樣
成功了。世人都不知道，她們之中究竟哪一個是眞的。的確，世
人怎麼能夠知道呢？

依靠你自己，依靠上帝，
上帝的意志總會實現，阿們！

　　盲女滿懷信心地唱著這首歌。她把她從太陽樹上摘下的那
四片葉子交給風雨，做爲她帶給她哥哥們的信和問候。她相信，
這些信一定能夠到達他們的手裡，同時那顆寶石也一定找得
到。這顆寶石的光輝將會超過世上一切的光輝；它將從人的額
上一直射到她父親的宮殿裡去。

　　「射到父親的屋子裡去，」她重複著說。「是的，寶石在這
個世界上是存在的；這一點我可以保證，而我帶回家去的將不
只是這個保證。我感到它在我緊握的手裡發光，膨脹！一毫一厘
的眞理，不管它是怎樣微小，只要銳利的風能把它托起，向我吹
來，我就要把它撿起，珍藏起來。我要讓一切美麗東西的香氣滲
進它裡面去——而世界上美的東西，即使對於一個盲女子來
說，也是多的不可勝數的。我還要把善良的心跳聲也加進去。我
現在得到的不過是一顆灰塵，然而它卻是我們正在尋找的那塊
寶石的灰塵。我有很多這樣的灰塵——我滿把都是這樣的灰
塵。」

　　於是她把手伸向她的父親。她立刻就回到家裡來了。她是騎
在思想的翅膀上回到家裡來的。但是她一直沒有放棄聯結著她
與家的那根看不見的線。

　　魔鬼的威力以暴風雨的迅猛向太陽樹襲來，像狂風似地闖
進敞開著的大門，一直闖進藏著《眞理的書》的祕室。

　　「暴風會把它吹走！」父親驚叫著，同時緊握著她伸著的

手。

「絕不可能！」她滿懷信心地說。「吹不走的！我在我的靈魂中已經感覺到了那種溫暖的光線！」

這時父親看到了一道強烈的光。這光是從她手中那些灰塵上射出來的。它射到《眞理的書》的那些空白頁上──那上面應該寫著這樣的話：永恒的生命一定存在的。但是在這耀眼的光中，書頁上只看到兩個字：信心。

那四個哥哥又回到家裡來了。當那四片綠葉子落到他們的胸口上的時候，他們就渴望回家。這種心情把他們引回家來。他們現在回來了；候鳥、雄鹿、羚羊和樹林中的一切動物也跟著他們一起來了，因爲它們也想分享他們的歡樂。如果可能的話，它們爲什麼不來分享呢？

我們常常看到，當一絲太陽光從門上的縫隙裡射進一間充滿灰塵的房間裡的時候，就有一根旋轉的、發亮的光柱。這不能算是一股平凡、微小的灰塵，因爲跟它的美比起來，甚至天空的彩虹都顯得缺少生氣。同樣，從這書頁上，從「信心」這光輝的字上，每一顆眞理的微粒，帶著眞的光彩和善的音調，射出比黑夜照著摩西帶領以色列人走向迦南的火炬還要強烈的光來。希望之橋就是從「信心」這兩個字開始的──而這是一座把我們引向無限博愛的橋。〔1859 年〕

　　這篇故事首先發表在 1859 年哥本哈根出版的《丹麥大眾曆書》上。這是一篇寓言意味很濃的作品，企圖探討人所共知的「真」、「善」、「美」這三個美學倫理學概念的實質。四個聰明的兄弟花了很大的力氣去追求這種實質，但越追越糊塗，最後無結果而終，倒是那個雙目失明的小妹妹領悟到了「真」、「善」、「美」的真諦，那就是「信心」：「依靠你自己，依靠上帝，上帝的意志總會實現，阿們！」當然這個概念也是很抽象的，但安徒生既然提出了這樣一個問題，他只能做這樣的解答——最後還是回到「上帝」身上。這是安徒生所有童話作品中唯一企圖以哲學的概念來闡述一個他自己也不是很有把握的問題。關於這篇作品他在手記中寫道：「多年以來我企圖使所謂『童話圈子的全部輻射線』發揮作用。因此當有一個新的思想或感覺在我心中出現，而我就照習慣開始動筆的時候，我忽然想改變一種方式，採取一種新的寫法。為此，在〈聰明人的寶石〉中我就採用了一種東方形式，蓋上了寓言的強烈印記。我曾為此受到指責，說我的童話在向哲學的方向傾斜，而這超越了我的創作範圍。在這篇文章中情況特別明顯。」

【註釋】

①所羅門是公元前十世紀以色列的國王，據說他具有非凡的智慧。

②從前丹麥扮演丑角的人，頭上戴一種尖帽子，上面掛著鈴鐺。

燭

從 前有一支粗蠟燭。它知道自己的價值。

「我是用蠟造出來的，」它說。「我能發出強烈的光，而且
燃燒的時間也比別的蠟燭長，我應該插在枝形燭架上或銀燭台
上！」

「這種生活一定很可愛！」牛油燭說。「我不過是牛油做的
一種普通燭，但我常常安慰自己，覺得我總比一枚銅板買來的那
種小燭要好些：這種燭只澆了兩次蠟，而我卻要澆八次才能有

這麼粗。我感到很滿意！當然，出身爲蠟是比出身爲牛油要好得多，不過一個人在這世界上的地位並不是自己可以主動選擇的。你是放在大廳的玻璃枝形燭台上，而我卻待在廚房裡──不過這也是一個很好的地方，因爲全家的飯菜就是在這兒做出來的！」

「不過還有一件東西比飯菜更重要，」蠟燭說。「社交！請看看社交的光輝和你自己在社交中射出來的光輝吧！今晚有一個舞會，不久我就要和我整個家族去參加了。」

這話剛剛一說完，所有的蠟燭就都被拿走了，這支牛油燭也一起被拿走了。太太用她細嫩的手親自拿著它，把它帶到廚房裡去。這兒有一個小小的孩子提著滿滿一籃馬鈴薯，裡面還有兩三個蘋果。這些東西都是這位好太太送給這個窮孩子的。

「我的小朋友，還有一支蠟燭送給你，」她說，「你的媽媽坐著工作到夜深，這對她有用！」

這家的小女兒正站在旁邊。當她聽「到夜深」這幾個字的時候，就非常高興地說：「我也要待到夜深！我們將有一個舞會，我將要戴上那個大紅蝴蝶結！」

她的臉上是多麼光亮啊！這是因爲她感到很高興的緣故！什麼蠟燭也發不出孩子那兩隻眼睛裡閃射出的光輝！

「看著這副模樣兒真叫人感到幸福！」牛油燭想。「我永遠也忘記不了這副模樣兒，當然我再也沒有機會看見它了！」

於是它就被放進籃子，蓋上了蓋子。孩子把它帶走了。

「我現在會到什麼地方去呢？」牛油燭想。「我將到窮人家裡去，可能我連一個銅燭台也沒有。但是，蠟燭卻坐在銀燭台

上，觀看一些大人物。爲那些大人物發出光來是件多麼痛快啊！
但我命中注定是牛油，而不是蠟！」

這樣，牛油燭就到窮人家裡來了：一個寡婦和三個孩子住
在這位富人家對面的一個又矮又小的房間裡。

「那位好太太贈送我們這些好禮物，願上帝祝福她！」媽媽
說，「這根燭眞是可愛！它可以一直點到深夜。」

這支牛油燭就被點著了。

「呸！呸！」它說，「她拿來點著我的那根火柴，氣味眞是
壞透了！在那個富人家裡，人們絕不會給蠟燭這種待遇的。」

那裡的蠟燭也點起來了。它們的亮光一直射到街上。馬車載
來許多參加舞會的華貴客人。音樂也奏起來了。

「對面已經開始了！」牛油燭幻想著，同時想起了那個有錢
小姑娘發光的面孔──它比所有的蠟燭還要亮。「那副模樣我
永遠也看不見了！」

這個窮人家最小的孩子──一個小女孩──走過來摟著她
哥哥和姊姊的脖子。她有一件非常重要的事情要告訴他們，因此
她必須低聲講：「今晚我們將會有──猜猜看吧──今晚我們
將會有熱馬鈴薯吃！」

她臉上立刻射出幸福的光彩來：牛油燭正照著這張小臉，
它看到了一種快樂，一種像對面那富人家所有的幸福──那兒
的小姑娘說：「今天夜晚我們將有一個舞會，我將要戴上那個大
紅蝴蝶結！」

「能得到熱馬鈴薯吃跟戴上蝴蝶結是同樣重要的，」牛油燭
想。「這兒的孩子們也感到同樣的快樂！」想到這兒，它就打了

一個噴嚏，這也就是說，它發出噼噼啪啪的響聲來——牛油燭所能做到的事情也就只有這一點。

桌子鋪好了，熱馬鈴薯也吃掉了。啊，味道多香啊！這簡直像打了一次牙祭。除此以外，每人還分得了一個蘋果。那個最小的孩子不禁唱出一支小曲來：

　　　　好上帝，我感謝您，
　　　　您又送給我飯吃！
　　　　阿們！

「媽媽，您看這支歌的意思好不好？」小傢伙天眞地說。

「你不應該問這樣的話，也不應該說這樣的話！」媽媽說。「妳只能心裡想著好上帝，他給妳飯吃！」

小傢伙們都上床了，每人得到一個吻，接著大家就睡著了。媽媽坐著縫衣服，一直縫到深夜，爲的是要養活這一家人和她自己。在對面那個有錢人的家裡，蠟燭點得非常亮，音樂也很熱鬧。星星在所有的屋子上照著——在富人的屋子上和在窮人的屋子上，同樣光明和快樂地照著。

「這眞是一個美麗的晚上！」牛油燭說。「我倒很想知道，是不是插在銀燭台上的蠟燭也能遇到比這還美麗的晚上。在我沒有點完以前，我倒想知道一個究竟呢！」

於是它想起了兩個幸福的孩子：一個被蠟燭照著，另一個被牛油燭照著。

是的，這就是整個故事！〔1870 年〕

　　這篇小品首先發表在紐約 1870 年 8 月出版的《青少年河邊雜誌》第四卷。安徒生在手記中寫道：「這個故事是來自現實生活，於 1870 年 3 月 27 日寫好，完成後就立即寄給《青少年河邊雜誌》的編輯斯古得（Horale Scudden），在美國發表。」不久這篇小故事又在丹麥 1871 年的《新曆書》上發表，但出版年月則是在 1870 年 10 月。孩子們臉上射出的光彩都是美麗的，不管孩子是富有或是貧窮。蠟燭，高級的蠟做的也好，低級的牛油做的也好，在美麗的東西面前，也都同等地感到愉快和幸福。

窮女人和她的小金絲鳥

她是一個非常窮的女人，老是垂頭喪氣。她的丈夫死了，當然得埋掉，但她是那麼窮困，連買一口棺材的錢都沒有。誰也不幫助她，連一個影子也沒有。她只有哭，祈求上帝幫助她——因為上帝對我們所有的人總是仁慈的。

窗子是開著的，一隻小鳥飛進屋裡來了。這是一隻從籠子裡逃出來的金絲鳥。她在一些屋頂上飛了一陣子，現在它鑽進這個窮女人的窗子裡來了。它停靠在死者的頭上，唱起美麗的歌來。

它似乎想對女人說：「妳不要這樣悲哀，瞧，我是多快樂！」

　　窮女人在手掌上放了一撮麵包屑，叫它飛過來。它向她跳過來。把麵包屑啄著吃了。這景象真有趣。

　　可是，門上響起了敲門聲。一個婦人走進來了。當她看見了從窗子鑽進來的這隻小金絲鳥時，她說：「它一定是今天報紙上談到的那隻小鳥。它是從街道上的一戶人家飛出來的。」

　　這樣，那個窮女人就帶著這隻小鳥到那戶人家去。那家人很高興，又找回了它。他們問她從哪裡找到它的。她告訴他們，它是從窗子飛進來的，曾經停在她死去的丈夫身邊，唱了一串那麼美麗的歌，使她不再哭泣——盡管她是那麼窮困，既沒有錢為她的丈夫買一口棺材，也得不到東西吃。

　　這一家人為她感到很難過。他們非常善良。他們現在既然又找回了這隻小鳥，也就很樂意為這窮女人的的丈夫買一口棺材。他們對這個窮女人說，她可以每天到他們家裡來吃飯。她變得快樂起來，感謝上帝在她最悲哀的時候給她送來了這隻小金絲鳥。

　　這篇小故事，由於是從藏在哥本哈根皇家圖書館裡的安徒生的一些雜物中發現的，所以無法確定它的寫作年代。它可能是在安徒生正式發表童話創作以前——也就是三十歲以前——寫的，因此，所存已出版的安徒生童話集子中都沒有收進這篇作品。

烏蘭紐斯

　　個修道院裡住著一個年輕的修道士，他的名字叫做烏蘭紐斯。他是個非常好學而虔誠的人。他被指定管理修道院的藏書室。他忠於職守嚴格認真地保護這些財富。他寫了好幾本優美的書，經常研讀《聖經》及其他的著作。

　　有一天，當他正在閱讀《聖徒保羅》的時候，他發現了《聖經》中這樣的一句話：「在你的眼裡，過去的一千年就像是昨天或昨夜的一更時間。」這位年輕人覺得這完全不可能。但他不敢

不相信，懷疑和困惑深深地威脅著他。

　　一天早晨，當這個年輕人從陰暗的藏書室裡走出來，邁進陽光燦爛的美麗修道院花園時，他見到一隻山林小鳥站在地上，它正想找一點穀粒吃。它立刻飛到一根樹枝上去了。它棲息在那兒，唱出一支奇怪而好聽的歌。

　　這隻小鳥並不害怕。修道士向它走近，它一點也不在乎。他倒很想把它捉住，但它飛走了——從這根樹枝飛向那根樹枝上。修道士跟著它，它繼續用它那清脆和可愛的聲調唱下去。但是這位年輕的修道士總是抓不到它，雖然他從修道院花園一直追到樹林中去——追了好長一段路。

　　最後他放棄了這個企圖，回到修道院裡來。可是他所看到的卻是面貌全非。一切都擴大了，變寬了，比以前更好看，屋子和花園都是如此；過去那座又低又小的祈禱室現在已變成了巍峨的大教室——還有三個塔頂。修道士覺得這很奇特，幾乎不可置信。當他走近修道院的大門正疑慮重重地拉著門鈴的繩子時，一個看門人走了出來，他完全不認識這個人，這個人也非常驚奇，避開了他。

　　修道士走過修道院的墓地，發現一大片墓碑，他也記不起是否曾經見過這些東西。

　　當他走近其他一些修道士時，大家都驚恐得很，紛紛避開了他。只有長者——比原來的長者還要年輕許多——站立著沒有動。他完全不認識這個長者。長者向他指著一個十字架，說：「我要以十字架的名義問你：你，污濁的靈魂，是什麼人呀！你剛從墳墓裡走出來，你要在我們這些活人中間尋找什麼呢？」

修道士出了一身冷汗。他眼睛下垂，幾乎站不住，像一個衰弱的老頭兒。看，他長出了一把長長的白鬍子，一直垂到他的腰帶下面——腰帶上仍掛著那一把開書櫃的鑰匙。

其他的修道士們，帶著敬而遠之的神色，把這面貌奇特的陌生人領到長老那裡去。

長老把藏書室的鑰匙交給這位修道士。他打開藏書室的門，取出一本編年史，那上面記載著：那位名字叫做烏蘭紐斯的修道士，在三百年前就完全失蹤了。誰也不知道，他究竟是逃跑了呢，還是遭遇到了什麼意外事故。

「啊，林中小鳥！那是你唱的歌嗎？！」這個陌生人修道士說，嘆了一口氣。「我跟著你，聽你唱歌還不到三分鐘，而就在這片刻裡，三個世紀已經過去了。你給我唱了一曲關於『永恒』的歌。但現在我理解了，啊，上帝，在塵土中我理解了。我自己也不過是一粒塵土。」他說著就低下頭來，接著他的軀體就在塵土中消失了。

───────────────

這篇故事和〈窮女人和她的小金絲鳥〉寫作時間差不多——也就是在安徒生三十歲以前，正是他幻想連篇想入非非的時候。

幸運的貝兒

1.

在一條非常有名的大街上，有一座漂亮的古老房子。它四面
的牆上都鑲有玻璃碎片；這些玻璃碎片在陽光和月光中閃亮，
好像牆上鑲有鑽石似的。這表示富有，而屋子裡的陳設也的確富
麗堂皇。人們說這位商人有錢到這種程度，他可以在客廳裡擺出
兩桶金子；他甚至還可以在他的小兒子出生的那個房間門口放

一桶金幣，做為他將來的積蓄。

當這個孩子在這個富有的家庭裡出生的時候，從地下室一直到頂樓上住著的人們都表示非常的歡樂。甚至一兩個鐘頭以後，住在頂樓的那戶人家也是非常歡樂。倉庫的管理員和他的妻子就住在那上面。他們也在這時候生下了一個小兒子──由我們的上帝賜予、由鸛鳥送來、由媽媽生出的。說來也湊巧得很，他的房間外也放著一個桶子，不過這個桶裡裝的不是金幣，而是一堆垃圾。

這位富有的商人是一個非常和善而正直的人。他的妻子很秀氣，總是穿著最講究的衣服。她敬畏上帝，因此她對窮人很客氣，很善良。大家都祝賀這對父母生下了一個小兒子──他將會長大成人，而且會像父親一樣，變得富有。

孩子受了洗禮，取名為「費利克斯」。這個字在拉丁文裡是「快樂」的意思。事實上他也是如此，而他的父親更是如此。

至於那個倉庫的管理員，他的確是一個難得的老好人。他的妻子是一個誠實而勤儉的女人，凡是認識她的人，沒有一個不喜歡她的。他們生了一個小男孩，該是多快樂啊。他的名字叫貝兒。

住在第一樓的孩子和住在頂樓的孩子從自己的父母那裡得到同樣多的吻，而直接從我們的上帝那裡得到的陽光則更多。雖然這樣，他們的地位畢竟還是不同：一個住在樓下，一個住在頂樓。貝兒高高地在上面坐著，他的保姆是自己的媽媽。費利克斯的保姆則是一個陌生人，不過她很善良和正直──這在她的品行證明書上寫明的了。這個有錢的孩子有一輛嬰兒車，經常由這

位衣著整齊的保姆推著。住在頂樓的孩子則由他的媽媽抱著,不管媽媽穿的是節日的衣服還是普通衣服;但他同樣感到快樂。

兩個孩子不久就慢慢懂事了。他們在長大,能用手比劃他們有多高,而且還會說出單音的話語來。他們同樣地逗人喜歡,同樣地愛吃糖,同樣受到父母的寵愛。他們長大了,對於這位商人的車和馬同樣感到興趣。費利克斯得到許可可以和保姆一起坐在車夫的位子上,看看馬兒。他甚至還想像自己趕著馬兒呢。當男主人和女主人坐著馬車外出的時候,貝兒得到許可可以坐在頂樓的窗子後面,向街上望。他們離開以後,他就搬了兩個椅子到房間裡來,一個放在前面,一個放在後面,自己則坐在上面趕起馬車來。他是一個真正的車夫,這也就是說,他比他所想像的車夫還要像一個車夫。這兩個小傢伙都玩得不錯,不過他們到了兩歲時,他們才有機會講話。費利克斯總是穿著漂亮的天鵝絨和絲綢衣服,而且像英國人的模樣,腿總是露在外面。住在頂樓的人說,這個可憐的孩子一定要凍壞!至於貝兒呢,他的褲子一直長到腳踝。不過有一天他的衣服從膝蓋那兒給撕破了,因此他也覺得有一股冷風吹進來,跟那位商人的嬌小的兒子把腿露在外面沒有兩樣。這時費利克斯和媽媽一起,正要走出門,而貝兒也和媽媽一起,正要走進來。

「和小小的貝兒拉拉手吧!」商人的妻子說。「你們兩人應該講幾句話呀。」

於是一個說:「貝兒!」另一個就說:「費利克斯!」是的,這一次他們只講了這些。

那位富有的太太疼愛她的孩子,不過貝兒也有一個特別疼

愛他的人——就是他的祖母。祖母的眼力不大好，但是她在貝兒身上所看出的東西要比爸爸媽媽多得多——事實上要比任何人都多。

「這個可愛的孩子，」她說，「將來是了不起的！他是手裡捏著一個金蘋果出生的。雖然我的眼睛不好，這點我還是能看得出來。蘋果就在那兒，而且還發著光呢！」接著她就把這個小傢伙的手吻了一下。

他的爸爸媽媽看不出什麼東西，他自己也看不出什麼東西。但是當他慢慢長大了、能懂得一些事情的時候，他也就樂於相信這種說法了。

「曾經有過這麼一個故事，有過這麼一個童話，像祖母所講的一樣！」爸爸媽媽說。

是的，祖母會講故事，而且同樣的故事貝兒總是百聽不厭。她教給他一首聖詩，同時也教他唸《主禱文》。他全都會唸，但是沒有調子，只是些意義不連貫的詞兒。祖母把每一句祈禱詞都解釋給他聽。當祖母講到「我們每天吃麵包，今天請賜給我們」時，他的印象特別深刻。他應該懂得，有的人吃白麵包，有的人得吃黑麵包。一個人雇用著許多人的時候，他得有一棟大房子；有的人境況差一些，即使住在頂樓上一個小房間裡，也同樣會感到快樂。「每個人都是這個樣子；這就是所謂『每天的麵包』。」

貝兒當然也有每天吃的好麵包和幸福的時光，但是好景並非是永遠不變的。淒慘的戰爭歲月開始了。年輕人得離開，老年人也得離開。貝兒的爸爸被征召入伍。不久消息傳來：他是在抵抗占優勢的敵人時在戰場上第一個犧牲的。

　　頂樓上的那個小房間裡充滿了哀痛。媽媽在哭，祖母和小小
貝兒也在哭。每一次只要有一個鄰居來看他們，大家就會談起
「爸爸」，於是大伙兒就一齊都哭起來了。在這同時，未亡人得
到許可繼續住在頂樓上，而且在頭一年可以完全不付租金；以
後則只要付一點房租。祖母跟媽媽住在一起。她替一些「漂亮的
單身紳士」洗衣服，就這樣維持生活。貝兒既沒有悲哀，也沒有
困苦。他吃的喝的都有，同時祖母還講故事給他聽──關於廣大
世界的一些奇異的故事。有一天他問她，他們兩人可不可以在某
個禮拜天到外國去跑一趟，回到家裡來就成爲戴著金王冠的王
子和公主。「要做這類事情，我的年紀是太大了，」祖母說，「你
得先學習許多東西，變得高大和強壯，而同時又要像你現在一
樣，是個善良和可愛的孩子！」

　　貝兒騎著木馬①在房間裡跑來跑去。這樣的木馬他有兩匹，
但是商人的兒子卻有一匹眞的活馬──小得很，人們簡直可以
把它叫做「馬孩子」。事實上貝兒就是這樣叫它，它永遠也長不
大。費利克斯騎著它在院子裡跑來跑去，有時還跟爸爸媽媽和皇
家騎師一起騎著它出門。在開始的半點鐘內，貝兒不大愛自己的
馬兒，也不願意騎著它們，因爲它們不是眞的。他問媽媽，爲人
麼他不能像費利克斯一樣，能夠有一匹眞馬。媽媽說：「因爲費
利克斯住在樓下，離馬廐很近呀。但是你卻住在頂樓上。人們不
能在頂樓上養馬呀。你只能夠養你現在這樣的馬。騎吧！」

　　因此貝兒就騎了。他先騎到櫥櫃那兒去──這是一座藏有
許多寶物的大山：媽媽和貝兒在禮拜天穿的好衣服都藏在這裡
面，她積下來準備付房租的那些雪白銀幣也藏在這裡面。接著他

又騎到火爐那邊去，他把它叫做大黑熊。它睡了一整個夏天；不過當多天到來的時候，它得發生一點作用，把房間暖起來，把飯煮熟。

貝兒有一個乾爸爸；在冬季他每個禮拜天都來，同時吃一天熱飯。媽媽和祖母說，他的境遇不太好。他曾經是一個馬車夫，喜歡喝幾杯，因此常常在工作中睡著了。無論是當兵或當馬車夫，這都是不應該的。所以結果他只配趕著一輛出租馬車，當一個趕車人；不過他有時也為漂亮的人物趕趕四輪馬車。現在他則趕著一輛垃圾車，搖著一個發出粗大聲音的號器，從這家門口走到那家門口：喀噠……喀噠……於是女傭人和主婦，就從每棟房子裡走出來，提著滿滿一桶垃圾，往他的車子裡一倒。髒東西和廢物，灰土和垃圾，統統都倒在裡面。

有一天貝兒從頂樓上走下來。媽媽到城裡去了，他站在敞開的大門口。乾爸爸和垃圾車就在外面。「你要不要坐一下車子？」他問。貝兒當然願意，不過他只願意坐到牆拐角那兒為止。

他坐在乾爸爸身邊，他得到許可拿起鞭子，因此他的眼睛就射出得意的神采來。他現在趕著一匹真正的活馬，而且一直趕到牆拐角那兒。這時他的媽媽出現了；她的面色很不好看，因為看到自己的小兒子趕著一輛垃圾車畢竟是不舒服的。他必須馬上下來。雖然這樣，她仍然對乾爸爸說了一聲謝謝。不過，回到家裡來以後，她就不准貝兒再做同樣的事情了。

有一天他又走到大門口來。這裡再也沒有乾爸爸來誘惑他去趕垃圾車了，但是別的誘惑卻出現了。有三、四個野孩子在一

條陰溝裡尋找人們遺失掉或不要的東西。他們不時找到一個扣子或一個銅板，但是他們也不時被玻璃瓶的碎片或針頭所刺傷。現在的情形就是這樣。貝兒加入他們的活動。當他來到陰溝裡的時候，他在石頭縫裡找到了一塊銀幣。

第二天他又去了，和其他的孩子一起尋找。他們都把指頭弄髒了，但是他找到了一個金戒指。他用得意的眼光，把他這幸運的成績指給大家看。大家向他身上扔了許多髒東西，同時把他叫做「幸運的貝兒」。他們從此就不准許他再和他們在同一個地方撿東西了。

在商人的院子後面有一塊低窪的地方。這塊地方得填滿起來，當做建築工地。沙石和灰土都被運到這裡來，整堆整堆地倒進裡面去。乾爸爸在運這些東西，但是貝兒卻不能和他一起趕車子。野孩子們有的用棍子，有的用手，在這些髒東西中搜找。他們總能找出一點似乎值得一找的東西。

小小的貝兒也到這裡來了。

大家看到他，便喊著：「幸運的貝兒，你滾開吧！」當他走近的時候，他們就向他扔幾把髒土。有一把扔到他的木鞋上，土散了，於是就有一件發亮的東西從那裡面滾出來。貝兒把它撿起來，它原來是一顆琥珀雕的心。他拿著它趕快跑回家裡來。別的孩子都沒有發現這件東西。你看，甚至當別人對他扔髒東西的時候，他都是幸運的。

他把他撿到的銀幣存在撲滿裡。至於戒指和琥珀心，媽媽則把它們拿給樓下商人的太太看，因為她想知道這是不是別人的

失物，應不應該「報告警察局」。

　　當商人的太太看到戒指時，她的眼睛變得多亮啊！原來這是她的訂婚戒指，她在三年前遺失的。結果居然在陰溝裡找到。

　　貝兒得到一筆酬金，這在他的撲滿裡搖得咯咯作響。太太說，那顆琥珀心是一件不太值錢的東西，貝兒可以自己留下來。

　　在夜裡，琥珀心躺在櫃子上，祖母睡在床上。

　　「嗨，是什麼東西正燒起來了呢？」祖母說，「感覺好像那裡點著一根蠟燭似的！」她爬起來看了看。竟然是那顆琥珀心。是的，祖母的眼力雖然不大好，但是她常常能看見別人看不見的東西。她有她的一套想法。第二天早晨，她拿一根結實的細帶子穿進這顆心上的那個小孔，把它掛在小孫子的脖子上。

　　「你無論如何不能把它拿下來，除非你要換一根新帶子。你也不能讓別的孩子知道你有這件東西，否則他們就會把它搶去，那麼你就會肚子痛！」這就是小貝兒所知道的唯一痛苦的病。

　　這顆心裡面有一種奇異的力量。祖母指給他看：假如他用手把它擦幾下，然後再放一根小草在它旁邊，那麼這根草就好像有了生命，跳到琥珀心的旁邊，怎麼也不會離開。

2.

　　商人的兒子有一個家庭教師，個別教他讀書，也和他一起散步。貝兒應該接受學校教育，因此他就和許多其他的孩子一起進了一所普通小學。他們一起玩耍，這比跟家庭教師在一起散步要有趣得多。貝兒真不願意再換別的地方！

他是一個幸運的貝兒，不過乾爸爸也是一個「幸運的貝兒」，雖然他的名字並不是貝兒。他曾經中過一次彩券：他和十個人共同買了一張彩票，得了二百元大洋。他馬上買了新衣服，而且穿起了這些衣服，他的樣子還蠻漂亮哩。

幸運總不是單獨到來的。它總是和別的事件一起發生。乾爸爸也是這樣。他不再趕垃圾車，而是參加了劇院的工作。

「這是怎麼一回事？」祖母說，「難道他要登台唱戲嗎？演什麼角色呢？」

當道具工人。這要算是向前邁進了一步。他從此變成了一個完全不同的人。他欣賞上演的戲，雖然他總是從頂端或側面看。最可愛的是芭蕾舞，但是演芭蕾舞卻需要費很大的力氣，而且還常常有起火的危險。他們在天上起舞，也在人間起舞。對於小小的貝兒來說，這真是值得一看的節目。一天晚上，有一個新的「彩排」──這就是人們對一場新芭蕾舞預演時所用的術語。在這個舞裡面，每個人都穿得整整齊齊，打扮得漂漂亮亮，好像大家這天晚上付出許多錢完全是為了看這個場面似的。乾爸爸得到許可可以帶貝兒去，而且還替他找到了一個位子──在這個位子上他什麼都看得見。

這是根據《聖經》上參孫的故事②編的芭蕾舞：非利士人圍繞著他跳舞，而他就把整個房子推倒了，壓到他們和自己的身上。不過旁邊已準備好了滅火機和消防員，以防萬一有什麼意外發生。

貝兒從來沒有看過戲，當然更談不上芭蕾舞了。他穿上禮拜天穿的最漂亮的衣服，跟著乾爸爸一起進入戲院裡去。戲院簡直

像一個晾東西的頂樓，上面掛著許多幃帳和幕布，下邊有許多通
路，此外還有燈和光。前後左右都有許多隱蔽處，人們就從這些
地方出現。這好像是一個有許多座位的大教堂。貝兒坐的地方有
點向下傾斜，而他得坐在這個地方，直到散場後有人來接他爲
止。他的衣袋裡有三塊奶油麵包，他不會感到餓的。

　　很快劇場裡就亮起來了。許多樂師，帶著笛子和提琴，忽然
出現了，好像他們是從地底下冒出來似的。在貝兒旁邊的位子上
坐著一些穿著普通衣服的人；但是也有一些戴著金色窄邊拿破
崙帽的騎士，穿著紗衣和戴著花朵的漂亮小姐，甚至還有背上挿
著翅膀的白衣天使呢。他們有的坐在樓上，有的坐在樓下；有的
坐在正廳，有的坐在底層。他們都是芭蕾舞裡面的舞蹈家，但是
貝兒卻不知道。他以爲這些人就是祖母講給他聽的那些童話中
的人物。是的，有一個女人戴著一頂金色的窄邊帽，手中拿著一
根長矛。她是一個最美麗的人兒。她坐在一個天使和一個山神中
間，似乎是高於一切人。嗨，這兒值得一看的東西真是不少，然
而正式的芭蕾舞還沒有開始。

　　忽然間一切都變得非常沉寂。一位穿黑衣的紳士揮動著一
根小小的魔棒，於是所有的樂師就都奏起樂來了。音樂慢慢地在
劇場裡飄揚起來，一堵牆也就同時慢慢地上升。於是一個花園在
眼前出現了，太陽在它上面照著，所有的人都開始起舞和跳躍。
這樣一種華麗的景象，貝兒從來想像不到。於是軍隊在齊步走，
戰爭就開始了。接著就是一個宴會，大力士參孫和他的愛人出現
了。她是那麼惡毒，正如她是那麼美麗。她出賣了他。非利士人
把他的眼睛挖掉了，他得推著磨石，他得在宴會廳裡成爲大家訕

笑的對象。但是他抱著那根支撐屋頂的石柱，搖撼著這些柱子，搖撼著整個房屋。屋子倒下來了，迸出紅紅綠綠的火焰。

　　貝兒可以在這兒坐一生，專門看這些表演──即使那幾塊奶油麵包吃完了，他也不在乎。事實上他也早已吃完了。

　　唔，等他回到家裡，可有故事講了。他怎麼也不願意上床去睡覺。他用一條腿站著，把另一條腿翹在桌上──這就是參孫的愛人和其他一些小姐們所做的表演。他把祖母坐的椅子當做一個踏車來耍弄，同時把另外兩把椅子和一個枕頭壓到自己的身上來表示宴會廳倒塌的情景。他把這些情景表演出來了；是的，他還有伴著表演的全部音樂。芭蕾舞裡本來是沒有對話的，但是他卻唱起來了──一會兒高亢，一會兒低沉，非常不和諧。這簡直像一齣歌劇。最令人驚異的是他那美麗的、像鈴鐺一樣的聲音。但是誰也不想提起這件事情。

　　早先，貝兒希望當一個雜貨店的學徒，做賣乾梅子和沙糖一類的生意。現在他知道還有比那更美妙的工作；這就是「成為參孫故事中的人物，跳芭蕾舞」。祖母說，有許多窮苦的孩子曾經走過這樣的道路，而且後來成為優秀和有聲望的人；不過她絕不能讓家裡的任何女孩走這條路。但是一個男孩就不同了，他能站得比較穩。

　　不過，在那整棟房子倒下來以前，貝兒沒有看見任何女孩子倒下來過。他補充說，就是倒下的時候也是大家一起倒。

3.

　　貝兒希望當一名芭蕾舞演員，而且非當不可。

「我簡直沒有辦法管他！」他的媽媽說。

最後有一天，她帶他去見芭蕾舞大師。這人是一位闊氣的紳士；他像一個商人一樣，也有一棟自己的房子。貝兒將來能夠達到這種地步嗎？對於我們的上帝來說，沒有什麼事情是不可能的。貝兒是手裡捏著一個金蘋果出生的；幸運就在他的手裡——可能也在他的腿上呢。

貝兒去看那位芭蕾舞大師，而且馬上就認出來了。他就是參孫。他的眼睛並沒有在非利士人手裡吃什麼虧。他知道那不過是演戲。參孫用和藹和愉快的眼光看著他，同時要他站直，把腳踝露出來。貝兒卻把整個的腳和腿都露出來了。

「他就是這樣在芭蕾舞中找到了一個位置！」祖母說。

這件事沒有花多大力氣就和芭蕾舞大師談好了。不過在這以前，媽媽和祖母曾經做過一些準備工作，徵求過一些有見識的人的意見——首先是那位商人太太的意見。她說對於像貝兒這樣一個漂亮和體面的孩子來說，這是一條美好的道路，但是沒有什麼前途。因此他們就又去和佛蘭生小姐商量。這位老小姐懂得有關芭蕾舞的一切事情，因為在祖母還很年輕的那個時代裡，她曾經一度也是舞台上的一位漂亮的舞蹈家。她扮演過女神和公主的角色；她每到一個地方都受到歡迎和敬愛。不過後來她的年紀大了——我們都會如此——再沒有什麼主要的角色給她演了，她只能在一些年輕人的後面跳舞，最後她只得退出舞群，做些化妝工作——為那些扮女神和公主的角色化妝。

「事情就是這樣！」佛蘭生小姐說。「舞台的道路是很美麗的，但是長滿了荊棘。那上面開滿嫉妒之花！嫉妒之花！」

　　這句話貝兒完全聽不懂。不過到了一定的時候，他自然會懂得的。

　　「他是死心塌地要學習芭蕾舞！」媽媽說。

　　「他是一個虔誠的小基督徒！」祖母說。

　　「而且很懂規矩！」佛蘭生小姐說。「旣懂規矩，又有道德！我在全盛時期就是如此。」

　　貝兒就是這樣走進舞蹈學校的。他得到了幾件夏天穿的衣服和薄底舞鞋，爲的是要使他的身體顯得輕盈一點。所有年齡較大的女生都來吻他，並且說，像他這樣的孩子簡直值得一口吞下去。

　　他得穩穩地站住，把腿翹起來而不至於倒下。在這同時，他得學習甩腿——先甩右腿，然後甩左腿。比起許多其他的學生來，他對於這件事並不太感到困難。教跳舞的老師拍著他的肩，說他不久就可以參加芭蕾舞的演出了。他將表演一個國王的兒子，戴著一頂金王冠，被人抬在盾牌上。他在舞蹈學校裡練習，後來又在劇院裡預演。

　　媽媽和祖母必須來看看小貝兒的這個場面。事實上她們也眞的來看了。雖然這是一個愉快的場合，可是她們兩個人都哭起來了。貝兒在這種光華燦爛的景象中卻沒有看見她們，但是他卻看見了商人一家人。他們坐在離舞台很近的一個包廂裡。小小的費利克斯也在場。他戴著有扣子的手套，儼然像一位成年的紳士。雖然他能把舞台上的表演看得很清楚，但他卻整晚戴一個望遠鏡，也儼然像一個成年的紳士。他看到了貝兒，貝兒也看到了他，然而貝兒卻頭戴一頂金王冠，是一個國王的兒子。這天晚上

這兩個孩子的關係變得更親密起來了。

幾天以後，當他們在院子裡遇見的時候，費利克斯特地走過來，對貝兒說，他曾經看見過他——當他是一個王子的時候，當然他現在知道，他已經不再是什麼王子了，不過他曾經穿過王子的衣服，戴過一頂王冠。

「在禮拜天我又要穿這種衣服和戴這種帽子了！」貝兒說。

費利克斯沒有再看到這個場面，但是他卻是整晚在想著它。他倒很想得到貝兒的這種位置呢，因為他還不曾聽過佛蘭生小姐的經驗談：走向舞台的道路上長滿了荊棘，充滿了嫉妒。貝兒現在還不懂得這句話的意義，但他總有一天會懂得的。

他的小朋友們——那些學芭蕾舞的學生——並不是一些名副其實的好孩子，雖然他們常常表演天使，而且背上還插著翅膀。有一個名叫瑪莉‧克納路普的女孩，當她表演一個小隨從的角色的時候——貝兒也常表演這個角色——她老是喜歡惡意地踩他的腳背，為的是要把他的襪子弄髒。還有一個搗蛋的男孩子，他老是用針往貝兒的背上刺。有一天他吃錯了貝兒的麵包，但是這種錯誤是不應該有的，因為貝兒的麵包裡夾有肉丸子，而這個孩子的麵包裡卻什麼也沒有。他不可能吃錯的。

要把這類討厭的事兒全說出來是不可能的。貝兒足足忍受了兩年，而最糟糕的事情還沒有發生呢。有一場叫做《吸血鬼》的芭蕾舞要上演。在這個舞裡面，那些最小的學生將要打扮成為蝙蝠③。他們穿著緊身上衣，背上插著黑色的薄紗翅膀。這些小傢伙得用腳尖跑，以表現出他們輕捷如飛的樣子；他們同時也得在地板上旋轉。這套表演貝兒是非常拿手的，不過他穿的那套

上衣和褲子連在一起的緊身衣是既舊又容易破，經不起這種吃
力的動作。因此當他正在大家面前表演的時候，嘩啦一聲，背面
裂開了一個缺口——從脖子一直裂到褲腳。於是他那件不夠尺
寸的襯衫全都露出來了。

　　所有的觀眾都大笑起來。貝兒覺得而且也知道他的衣服在
背後裂開了，但是他仍舊繼續旋轉著，旋轉著。但卻把事情越弄
越糟，而大家也就越笑越厲害了。其他的吸血鬼也都一齊大笑起
來。他們向他撞過來，而最可怕的是觀眾都在鼓掌，齊聲叫
「好」！

　　「這都是為這位裂開了的吸血鬼而發的！」舞蹈學生們說。
從此以後，他們就把他叫做「裂口」。

　　貝兒哭起來。佛蘭生小姐安慰他說：「這只不過是嫉妒罷
了！」現在貝兒才知道什麼叫做嫉妒。

　　除了舞蹈學校以外，他們還上劇院的正規學校——舞蹈學
生在這裡學習算術和作文、歷史和地理。是的，他們甚至還有一
位老師教宗教課程，因為只會跳舞是不夠的——世界上還有一
些比穿破舞衣更重要的事情。在這些事情上，貝兒也是一個聰明
的孩子，他比所有的孩子都要聰明，而且得到很高的分數。不過
他的朋友們仍然把他叫做「裂口」。他們是在開他的玩笑。最後
他再也忍受不住了。他一拳打出去，落在另一個孩子的身上。這
個孩子的左眼底下青了一大塊，因此當他晚上在芭蕾舞出場的
時候，就不得不在左眼底下塗些白油。芭蕾舞老師把貝兒罵了一
頓，而罵得最厲害的是那位掃地的女人，因為貝兒的那一拳是
「掃」在她的兒子的臉上。

4.

　　小小貝兒的頭腦裡產生了種種思想。禮拜天，他穿上最好的衣服單獨出去，而且沒有告訴媽媽和祖母，甚至也沒有告訴那位經常給他忠告的佛蘭生小姐。他直接去找樂隊指揮。他相信這個人是芭蕾舞班子以外的一個最重要的人物。他大膽地走進去，說：

　　「我在舞蹈學校裡學習，但是那裡面全是嫉妒。所以，假如您能幫助我的話，我想當一個演員或歌唱家！」

　　「你的聲音好嗎？」樂隊指揮問，同時和藹地看了他一眼。「我覺得好像認識你？我從前在什麼地方曾經見過你呢？你的背上是不是曾經裂開過一條缺口？」於是他就大笑起來；但是貝兒的臉卻紅得像血。他不再像祖母說的那樣，仍然是一個幸運的貝兒。他低著頭看著自己的腳；他希望自己不是在這裡。

　　「唱一首歌給我聽聽吧！」樂隊指揮說。「嗨，我的孩子，高興一點吧！」他托著他的下巴向上一頂，貝兒抬頭一望，看到了他和藹的眼睛。於是他就唱一首歌——一首他在劇院裡從歌劇《羅伯特，請對我慈悲》④中聽到的歌。

　　「這是一首很難唱的歌，但是你唱得還不壞！」樂隊指揮說。「你有一個很動聽的嗓子——只要它不裂開！」於是他又大笑一聲，同時把他的夫人喊出來。她也應該聽聽貝兒唱的歌。她點了點頭，用外國語講了幾句話。在這同時，劇院的歌唱教師走進來了。假如貝兒希望當一個歌唱家的話，這倒是他所應該找的一個人。但是事情也真湊巧，歌唱教師真的走到他面前來了。他

也聽到了貝兒唱的《請對我慈悲》。不過他並沒有笑，表情也不像樂隊指揮和他的夫人那樣和藹。雖然這樣，他還是決定要讓貝兒成爲一個歌唱家。

「現在他算是走到正路上來了！」佛蘭生小姐說。「嗓子比腿更有出息！假如我有好的歌喉，我可以成爲一個偉大的歌唱家——可能現在還當上了男爵夫人呢！」

「或者是一個訂書匠的太太！」媽媽說。「假如你想有錢，你一定會嫁給一位訂書匠！」

我們不懂得這句話後面的意思，但是佛蘭生小姐懂得。

當她和商人家裡的人聽到貝兒這個新舞台的事業時，他們都要他唱歌給他們聽。有一天晚上，他們在樓下請了一批客人，他們要貝兒來唱歌。他唱了好幾首歌曲，也唱了《請對我慈悲》。所有的客人都鼓掌，費利克斯也鼓掌。他以前曾經聽見他唱過：他在馬房裡曾經把參孫這整部芭蕾舞都唱了出來——而這是他所唱的最動聽的歌。

「芭蕾舞是不能唱的！」太太說。

「能唱，貝兒能唱，」費利克斯說。因此大家就叫他唱了。他連唱帶敍，連哼帶嗡，完全是一套小孩子的玩藝兒；但是有些旋律優美的片斷卻被他表達出來了，大致能傳達這個芭蕾舞故事的梗概。所有的客人都覺得這件事情非常好玩。有的大笑，有的稱讚，一個比一個的聲音大。商人的太太給了貝兒一大塊點心，同時還給了他一塊銀幣。

這個孩子是多麼幸運啊！他發現了一位坐在大家後面的紳士在嚴肅地看著他。這人的黑眼珠裡露出某種嚴厲和苛刻的表

情。他沒有笑，也沒有說一句溫和的話。這位紳士就是劇院的歌
唱教師。

　　第二天下午貝兒去看他。他仍然像以前一樣，非常嚴肅。

　　「你昨天到底是怎麼一回事？」他說。「難道你不懂得，他
們是在開你的玩笑嗎？再也不要做那類的事情，不要再跑到人
家門口去唱歌──不管是在門裡，還是在門外。你去吧！今天我
不教你歌唱的課了。」

　　貝兒離開的時候，感到非常沮喪。老師已經不喜歡他了。可
是事實恰恰相反，老師比以前更愛他了。這個小傢伙可能有一種
音樂的天才。不管他是怎樣荒唐，他表現出某種道理，某種非凡
的氣質。這個孩子有一種音樂的本能，而且他的聲音洪亮，音域
很廣。如果他能這樣發展下去，這個小小的人物將會是一個幸運
的人兒。

　　現在歌唱的課程已經開始了。貝兒很用功，貝兒也很聰明。
要學的東西可真多，要知道的東西也可真多！媽媽辛勤地誠實
地工作著，爲的是要使他穿得整齊清潔，不要在請他去的那些人
面前顯得寒酸。

　　他老是在唱歌，老是在高興。媽媽說，她將用不著養一隻金
絲鳥了。每個禮拜天他和祖母在一起唱一首聖詩。聽到他那種清
新的聲音和祖母聲音在一起飄揚，真是一件愉快的事情。「這比
他亂唱的時候好聽得多！」在平時，他像一隻小鳥似地歡樂地發
出聲音，唱出調子；這些聲音和調子，毫無拘束地，以一種自由
自在的節奏，在空中回蕩著；但她把這叫做亂唱。他那個小小的
喉嚨裡能發出多麼悅耳的調子啊！他那個小小的胸腔裡藏著多

麼美麗的聲音啊！的確，他能夠摹仿整個交響樂！他的聲調裡
有高音笛子，也有低音笛子，有提琴，也有喇叭。他唱起來像一
隻鳥兒；不過人的聲音是要好聽得多，哪怕他是一個小小的人
——只要他能唱得像貝兒一樣好。

　　但是在冬天裡，當他快要到牧師那裡去受堅信禮的時候，他
得了傷風症。這個小鳥的胸腔說一聲「吱」！於是他的聲音就「裂
開」了，像那個吸血鬼穿的衣服後背一樣。

　　「這倒也不是什麼倒楣的事情！」媽媽和祖母心裡想，「現
在他可以不再哼什麼調子了，他可以認真地考慮他的宗教。」

　　他的歌唱教師說，他的聲音現在變了。貝兒現在完全不能再
唱歌了。這種情形會繼續多久呢？一年，也許兩年。也許他的聲
音永遠也不能恢復了。這真是一件極大的悲哀。

　　「考慮你的堅信禮吧，不要再想別的事情！」媽媽和祖母
說。「練習你的音樂吧！」歌唱教師說，「不過請把嘴閉住！」

　　他心裡想著基督教，同時也練習他的音樂。音樂在他的心裡
鳴奏著。他把全部的旋律——沒有詞的歌——都用樂譜記下
來。最後他把歌詞也記下來。

　　「小小的貝兒，你現在成為一名詩人了！」當他把樂譜和歌
詞送來的時候，商人的太太說。商人也得到一張獻給他的、沒有
歌詞的樂譜，費利克斯也得到一張，甚至佛蘭生小姐也得到一張
——她把它貼在她的剪貼簿裡。這本剪貼簿裡面貼滿了詩和兩
張樂譜——由兩位曾經是年輕的中尉、現在是領半薪的老少校
送給她的。至於這本簿子則是由「一位男朋友」親手訂好贈送給
她的。

貝兒在復活節受了堅信禮。費利克斯送給他一隻銀錶。這是
貝兒擁有的第一隻錶。他覺得他現在成了一個大人了，不需再向
別人問時刻了。費利克斯爬到頂樓來，祝賀他，同時把表送給
他。他自己則須等到秋天才能受堅信禮。他們彼此拉著手；他們
是兩個鄰居，同一天生的，住在同一棟屋子裡。費利克斯切了一
塊糕吃——這是特別為了堅信禮這個場合在頂樓裡做出來的。

「這是一個充滿了光明思想的快樂日子！」祖母說。

「是的，非常莊嚴！」媽媽說。「我希望爸爸還活著，能看
到貝兒今天的這種情景！」

在下個禮拜天他們三個人都一起去領聖餐。

當他們從教堂回來的時候，他們接到歌唱教師叫貝兒去看
他的消息。貝兒去了。

有一個好消息在等待著他，但也是一個很莊嚴的消息。他得
停止唱歌一年；他的聲音，像農人說的一樣，將要成為一塊荒
地。在此期間，他得學習一點東西。但是這不是在京城裡，因為
在京城裡他老是去看戲，完全不能約束自己。他應該到離家三百
六十多里地的地方去，住在一個教員家裡——此外還有兩個年
輕的自費生住在他家裡。他得學習語文和科學，他將來會覺得這
些東西是有用的。全部的教育費一年得花三百塊錢，而這筆錢是
一位「不願意宣佈自己姓名的恩人」付出的。

「這就是那個商人！」媽媽和祖母說。

啟程的日期到了。大家流了許多眼淚，吻了許多次，說了
許多吉利的話。於是貝兒就乘火車走了三百六十多里地，到一個
茫茫的世界去了。

　　這正是聖靈降臨節⑤。太陽正照著，樹林是新鮮和碧綠的。
火車在它們中間穿過去；田野和村莊接二連三地出現；地主的
公館隱隱地露出了輪廓；牲口在草原上放牧。一個車站過去
了，另一個車站又到了。這一個村鎮不見了，另一個村鎮又出現
了。每到一個停車站，就有許多人來接客或送行。車裡車外都是
一片嘈雜的講話聲。在貝兒的座位旁邊有一位穿著黑衣服的寡
婦在喋喋不休地談論著許多有趣的事情。她談起她小兒子的墳
墓，他的棺材，他的屍體。他真是可憐，即使他還活著，也不會
有什麼快樂。他現在長眠了。這對於她和這隻小羔羊來說，真是
一種解脫。

　　「我為這件事情買花絕不省錢！」她說，「你必須瞭解，他
是在一個很費錢的時節死去的，因為那時候花兒得從盆子裡剪
下來！每個禮拜天我去看他的墳墓，同時放下一個很大的花
圈，上面還打了綢子的蝴蝶結。蝴蝶結不久就被小女孩子偷走
了，打算在跳舞的時候用。蝴蝶結是多麼誘惑人啊！有一個禮拜
天我又去了。我知道他的墳墓是在大路的左邊。不過當我到那裡
的時候，他的墳墓卻是在右邊。『這是怎麼一回事呢？』，我問看
墳的人，『難道他的墳墓不是在左邊嗎？』

　　「『不是的，已經搬了！』看墳人回答。『孩子的屍體不是躺
在那邊。墳堆已經遷到右邊來了。原來的地方現在已經葬著另一
個人。』

　　「『但是我要讓他的屍體躺在他的墳墓裡，』我說，『我有一
切權利提出這個要求的。當他的屍體躺在另一邊、而上邊又沒有
任何記號的時候，難道我還要到這兒來裝飾一個假墳墓嗎？這

種事情我是絕對不幹的！』」

「『對，太太最好和敎長談一談！』

「『敎長眞是一個好人。他准許我把他的屍體搬到左邊。這得花五塊錢。我急切地把這筆錢交出來，使他仍然回到原來的墳墓裡去。我現在是不是能夠肯定他們遷過來的就是他的棺材和屍體呢？』

「『太太可以肯定！』因此我給了他們每人一個馬克，做爲遷移的酬金。不過現在我既然花了這麼多錢，我覺得還不如再花一點把它弄得漂亮些。因此我就請他們爲我豎立一塊刻有字的墓碑。不過，請你們想想看，當我得到它的時候，它頂端居然刻著一個鍍金的蝴蝶。我說，『這未免有點輕浮！我不希望他的墳上有這類東西。』

「這不能算輕浮，太太，這是永垂不朽呀！」

「我從來沒有聽到過這類事情，」我說。你們坐在車子裡的各位沒有聽到過蝴蝶是一種輕浮的表示嗎？我不發表意見，我不喜歡講冗長的廢話。我控制我自己，我把墓碑搬走，放在我的食品室裡。它還在那裡，直到我的房客回來爲止。他是一個學生，有許多書。他肯定地說，這就是不朽的標誌。因此這個墓碑就在墳上豎立起來了！」

正在這樣閒聊的時候，貝兒抵達了他即將要居住下來的那個小城。他將要在這裡變得像那名學生一樣聰明，而且也會有同樣多的書。

5.

　　加布里爾先生是一位很有聲望的學者。貝兒就要在他家裡
住宿。他現在親自到車站上來接貝兒。他是一個骨瘦如柴的人，
有一對發亮的大眼睛。這對眼睛向外突出，因此當他打噴嚏的時
候，人們很擔心眼珠會從他的腦袋裡跳出來。他還帶來他自己的
三個孩子。有一個走起路來還站不太穩；其他的兩個為了要把
貝兒看得更清楚一點，就老是踩著他的腳。此外還有兩個較大的
孩子也跟著來了。最大的那個大約有十四歲；他的皮膚很白，滿
臉都是雀斑，而且還有不少的粉刺。

　　「這是小馬德生；假如他好好地讀書，他不久就是三年級的
學生了。這是普里木斯教長的兒子！」這是指那個較小的孩子；
他的樣子像一根麥穗。「兩個人都是寄宿生，在我這裡學習！」
加布里爾先生說。「這是我們的小把戲，」他指的是他自己的孩
子。

　　「特里尼，把客人的箱子搬上你的手車吧。家裡已經為你準
備好飯了！」

　　「填有餡子的火雞！」那兩位寄宿的小先生說。

　　「填有餡子的火雞！」那幾位小把戲說，其中有一位又照例
跌了一跤。

　　「凱撒，注意你的腿呀！」加布里爾先生喊著。他們走進城
裡，然後又走出城，來到一棟搖搖欲墜的大房子面前。這座房子
還有一個長滿了素馨花的涼亭，面對著大路。加布里爾太太就站
在這裡，手中牽著更多的「小把戲」──她的兩個小女孩。

「這就是新來的學生，」加布里爾說。

「熱烈歡迎！」加布里爾太太說。她是一個年輕的胖女人，長著一頭泡沫似的鬆髮，上面擦滿了凡士林油。

「上帝，你簡直像一個大人！」她對貝兒說。「你已經是一個發育完全的男子漢了！我相信，你一定是像普里木斯和馬德生一樣。天使加布里爾，我們把裡面的那一個門釘上了，這眞是一件好事。你懂得我的意思！」

「不要提了！」加布里爾先生說。於是他們便走進房間裡去。桌子上有一本攤開的長篇小說，上面放著一塊奶油麵包。人們可能以爲它是一個書籤，因爲它是橫躺在這本攤開的書上。

「現在我得執行主婦的任務了！」於是她帶著她的五個孩、兩個寄宿生和貝兒去參觀廚房，然後又穿過走廊，來到一個小房間裡——它的窗子面對著花園。這個房間將是貝兒的書房和睡房。旁邊就是加布里爾太太的房間，她帶著她的五個孩子在這裡睡覺。爲了禮貌的緣故，同時也是爲了避免無聊的閒話——因爲「閒話是不留情的」——那扇連接的門就在太太的再三要求下當天被加布里爾先生釘上了。

「你就住在這裡，像住在你自己父母的家裡一樣！城裡也有一個劇院。藥劑師是一個『私營劇團』的經理，我們也有旅行演員。不過現在你應該去吃你的『火雞』了。」於是她就把貝兒領到飯廳裡去——這裡的繩子上曬著許多衣服。

「不過這沒有什麼關係！」她說，「這只是爲了清潔。無疑地你會習慣於這些事物的。」

貝兒坐下來吃烤火雞。在這同時，除了那兩個寄宿生以外，

孩子們都退出門外了。這時，這兩位寄宿生，爲了自己和這位陌生客的樂趣，就來表演一齣戲。

城裡前不久曾經來過一個旅行劇團，上演了席勒的《強盜》⑥。這兩個較大的孩子被這齣戲深深地吸引住，因此他們在家裡就把它表演出來——把全體的角色都表演出來，雖然他們只記得這一句話：「夢是從肚皮裡產生出來的。」各個角色統統都講這一句話，只不過根據各人的情況，聲調有些不同罷了。現在亞美利亞帶著一種夢境的表情出場了。她的眼睛望著天，說：「夢是從肚皮裡產生出來的！」同時用雙手把臉蒙起來。卡爾·摩爾用一種英雄的步伐走上前來，同時用一種男子氣概的聲音說：「夢是從肚皮裡產生出來的！」這時所有的孩子——男的和女的——都衝進來了。他們就是強盜。他們你殺我，我殺你，齊聲大喊：「夢是從肚皮裡產生出來的！」

這就是席勒的《強盜》。這個表演和「填了餡的火雞」就算是貝兒來到加布里爾先生家裡的見面禮吧。接著貝兒就走進他那個小房間裡去。面對著花園的窗玻璃映著熾熱的太陽光。他坐下來向外面看。加布里爾先生在外邊一面走，一面用心在唸一本書。他走近來向裡面看，他的視線似乎在盯著貝兒。貝兒深深地鞠了一個躬。加布里爾把嘴盡量地張開，然後又把舌頭伸出來，當著貝兒那個吃驚的面孔，一會兒向左轉，一會兒向右掉。貝兒一點也不瞭解這位先生爲什麼要這樣對待他。接著加布里爾先生便走開了，不過馬上又回到窗子前面來，照樣又把舌頭伸出嘴外。

他爲什麼要做這樣的事情呢？他心裡並沒有想到貝兒，也

沒有想到窗玻璃是透明的。他只是看見自己的面孔在窗玻璃上反射出來，因此想看看自己的舌頭，因為他有胃病。但是貝兒卻不知道這個原因。

天黑了沒有多久，加布里爾先生回到自己的房間裡去。貝兒這時也坐在自己房裡。夜漸漸深了。他聽到吵嘴的聲音，——在加布里爾太太臥室裡傳來一個女人吵架的聲音。

「我要去見加布里爾，並且告訴他，你是怎樣的一個女人！」

「我要昏倒了！」她喊著。

「誰要看一個女人昏倒呢？這只值四個銅板！」

太太的聲音變得低沉了，但是仍然可以聽見：「隔壁的年輕人聽到這些下流話將對我們這個家做何感想？」

這時吵鬧聲就變得低沉起來，但不一會兒又漸漸地增大了。

「不要再講，停止！」太太喊著，「快去把雞尾酒調好吧！與其大吵大鬧，還不如言歸於好！」

於是一切聲音都停止了。門開了，女孩們都走了。太太敲了一下貝兒的門：「年輕人，你現在應該知道當一個主婦是多麼不容易！你應該感謝天老爺，你不需要和女孩子打交道。我需要安靜，因此我只好讓她們喝雞尾酒！我倒是願意也給你一杯的——喝了一杯以後會睡得很香甜的。不過十點鐘以後，誰也不敢在走廊上走過——那是我的加布里爾所不允許的。雖然如此，我還是讓你喝一點雞尾酒！門上有一個大洞，用油灰塞著的。我可以把油灰捅掉，插一個漏斗進來。請你把玻璃杯放在底下接著，我可以倒一點雞尾酒給你喝。不過你得保守祕密，連我的加布里

爾也不要說。你不能叫他在一些家務事上操心呀！」

這樣，貝兒就喝到了鷄尾酒。加布里爾太太的房裡也就安靜下來了，整個屋子也就安靜下來了。貝兒鑽進被窩裡去，想著媽媽和祖母，唸了晚禱，於是便睡著了。

祖母說過，一個人在一個新的地方第一夜所夢見的東西都是有意義的。貝兒夢見他把他仍然掛在身上的那顆琥珀心放在一個花盆裡，它長成了一棵高大的樹，穿過天花板和屋頂。它結了無數的金心和銀心，把花盆也撐破了。忽然琥珀心不見了，變成了糞土，變成了地上的塵土——不見了，化為烏有。

於是貝兒便醒了。他仍然掛著那顆琥珀心，而且還是溫暖的——擱在他的溫暖的心上。

6.

大淸早，加布里爾先生家裡的功課就開始了。大家在學習法文。吃中飯的時候只有寄宿生、孩子和太太在家。加布里爾太太又喝了一次咖啡——頭一次咖啡總是在床上喝的。「對於一個容易昏倒的人來說，這樣的喝法對身體有好處！」於是她就問貝兒，在這一天他學習了什麼東西。「法文！」他回答說。

「這是一種浪費錢的語言！」她說。「這是外交家和重要人物們的語言。我小時候也學習過，不過旣然嫁給了一個有學問的丈夫，自己也可以從他那裡得到許多好處，正如一個人從媽媽的奶水得到好處一樣。因此我也掌握了足夠的詞彙；我相信，無論在什麼場合我都能夠表達我自己！」

太太因為與一個有學問的人結婚，所以就得到了一個洋名

字。她受洗時的名字是美特。這原來是一個有錢的姨媽的名字，因爲她是她的財產預定繼承人。她沒有繼承到財產，倒是繼承到了一個名字。加布里爾先生又把這個名字改爲「美塔」——在拉丁文裡就是「美勒特」（衡量）的意思。在她辦嫁妝的時候，她在她所有的衣服、毛織品和棉織品上都繡上了她的名字「美塔‧加布里爾」開頭的兩個字母 M.G.，不過小馬德生有他一套孩子氣的聰明；他認爲 M.G.兩個字母代表「非常好」的意思⑦。因此他就用墨水在所有的桌巾、手巾和床單上打了一個大問號。

　　「難道你不喜歡太太嗎？」當小馬德生偷偷地把這個玩笑的意義講出來的時候，貝兒問。「她非常和善，而加布里爾先生又是那麼有學問。」

　　「她是一個牛皮大王！」小馬德生說，「加布里爾先生則是一個滑頭！如果我是一個伍長而他是一個新兵的話，唔，我可要教訓他一頓！」小馬德生的臉上有一種「恨之入骨」的表情：他的嘴唇變得比平時更窄小，他整個臉孔就像一個大雀斑。

　　加布里爾先生講的話是非常的可怕的；這使貝兒大吃一驚。但是小馬德生的這種觀念卻有非常明確的根據的：父母和老師說起來也算是夠殘酷的，成天要他把時間花在毫無意義的語文、人名、日期這類東西上面。如果一個人能優哉遊哉地處理自己的時間、或者像一個老練的射手似地扛著一桿槍去打打獵，那該是多麼痛快啊！「相反的，人們把你關在屋子裡，要你坐在椅子上，昏昏沉沉地看著一本書。這就是加布里爾先生幹的事情，而且他還認定你是懶惰的，給你這樣一個評語：『勉強』。是的，爸爸媽媽接到的通知單上寫的就是這類東西！所以我說

加布里爾先生是一個老滑頭！」

「他還愛打人呢！」小普里木斯補充說，他和小馬德生的態度一致。貝兒聽到這類話並不是很愉快的。

不過貝兒並沒有挨過打。正如太太所說的，他已經是一個大人了。他也不能算是懶惰，因爲他並不懶。他一個人單獨做功課，很快就趕到馬德生和普里木斯前面去了。

「他有些才能！」加布里爾先生說。

「而且誰也看不出他曾經進過舞蹈學校！」太太說。

「我們一定要他參加我們的劇團！」藥劑師說。這個人與其說是爲藥店而活著，倒不如說是爲城裡的私營劇團而活著。惡意的人們把那個古老的笑話套用到他身上，說他一定曾經被一個瘋演員咬過一口，因此他得了「演戲的神經病」。

「這位年輕學生是一個天生的戀人，」藥劑師說。「兩年以後他就可以成爲羅密歐！我相信，假如他好好地化妝一下，安上一撮小鬍子，他在今年冬季肯定可以上場。」

藥劑師的女兒──照爸爸的說法是一位「偉大的天才演員」，照媽媽的說法是一位「絕代佳人」──將可以演茱麗葉。加布里爾太太一定得演奶媽。藥劑師──他是導演，又是舞台監督──將演醫生這個角色；這個角色雖然小，但是很重要。

現在一切要看加布里爾先生准不准貝兒演羅密歐。

這件事必須找加布里爾太太去疏通一下。但第一步必須要有辦法說服她，而藥劑師是有辦法的。

「你是一個天生的奶媽！」他說；他以爲這句話一定可以博得她的歡心。「事實上這是整齣戲中一個最重要的角色！」他補

充說。「這是一個最風趣的人物,沒有她,這個戲就太悲慘了,人們是無法看下去的。除了您以外,加布里爾太太,再沒有別人能有那種生動和活潑勁兒,可以使全劇生色!」

一點也不錯,她同意了;但是她的丈夫無論如何也不允許他的年輕學生騰出必要的時間去演羅密歐。她答應「暗中活動」——這是引用她自己的話。藥劑師就立即開始研究他所要演的那個角色——他特別想到了化妝。他想裝扮得像一具骷髏那樣瘦削,又窮又可憐,但又是一個很聰明的人。這倒是一件非常困難的事情。不過加布里爾太太在丈夫後面「暗中活動」卻更困難。丈夫說,假如他讓這個年輕人去演這個悲劇,他將無法向為貝兒交學膳費的那個恩人交代。

我們不必諱言,貝兒倒是非常希望能演這齣戲的。「不過行不通罷了!」他說。

「行得通!」太太說。「等我來暗中活動吧!」她願意送雞尾酒給加布里爾先生喝,但是加布里爾先生卻不願意喝。結了婚的人常常是不同的,說這句話完全不會損傷太太的尊嚴。

「喝一杯吧,只喝一杯!」她說,「酒可以助興,可以使一個人愉快。我們的確應該如此——這是我們上帝的意旨!」

貝兒將要演羅密歐了。這是通過太太暗中活動得到的結果。

排演工作是在藥劑師家裡進行的。他們有巧克力糖和「天才」——這也就是說,小塊的餅乾。這是從一個麵包店裡買來的,價錢是一個銅板十二塊。它們的數目多而體積小,因此大家就把它們叫做「天才」,當做一個玩笑。

「開玩笑是一件容易的事情！」加布里爾先生說。他自己也
常常把許多東西加上一些綽號。他把藥劑師的屋子叫做「裝著清
潔和不清潔的動物的諾亞方舟！」這是因爲這一家人對於他們
養的動物很有感情。小姐自己養著一頭名叫格拉茜奧薩的貓。它
很漂亮，皮膚非常光滑。它不是在窗台上躺著，就是在她的膝蓋
上或她所縫的衣服上睡覺。或者在鋪好了桌巾的餐桌上跑來跑
去。藥劑師的妻子有一個養雞場，一個養鴨場，一隻鸚鵡和一隻
金絲鳥，而這隻鸚鵡比他們誰的聲音都大。兩隻狗兒——佛里克
和佛洛克——在起坐間裡蕩來蕩去。它們並不是組合花瓶，但它
們卻在沙發和睡榻上隨便睡覺。

排演開始了。只有狗兒打斷了一會兒。它躺在加布里爾太太
的新衣服上淌口水，不過這是完全出於善意，而且也並沒有把衣
服弄髒。貓兒也找了一點小麻煩。它把腳爪伸向扮演茱麗葉的這
個人物，同時坐在她的頭上搖尾巴。茱麗葉的溫柔台詞一半是對
著貓兒、一半是對著羅密歐而唸的。至於貝兒，他講的每一句話
恰恰是他想要和藥劑師的女兒講的話。她是多麼可愛和動人
啊！她是大自然的孩子，最適合演這個角色。貝兒幾乎要愛上她
了。

貓兒一定有某種本能，或者某種更高尚的品質：它坐在貝
兒的肩上，好像是象徵羅密歐和茱麗葉之間的感情似的。

戲越排演下去，貝兒的熱情就變得越強烈和明顯了，貓兒也
就變得越親密起來，鸚鵡和金絲鳥也就更鬧起來。佛里克和佛洛
克一會兒跑出去，一會兒又跑進來。

登台的那一晚終於到來了。貝兒眞像一位羅密歐；他毫不

猶豫地在茱麗葉的嘴上吻起來。

「吻得非常自然！」加布里爾太太說。

「簡直是不知羞恥！」市政參議斯汶生先生說。他是鎮上一個最有錢的公民，也是一個最肥的胖子。他流了一身汗水，因爲劇院裡很熱，而他的身體裡也很熱。貝兒從他的眼裡看不出絲毫的同情。「這樣一隻小狗！」他說，「這隻小狗是這樣長，人們可以把他折成兩段，變成兩隻小狗！」⑧

樹立了一個敵人，卻贏得了大家的鼓掌！這是一椿好交易。是的，貝兒是一個幸運的貝兒。

他疲倦了；這一晚吃力的表演和大家對他的稱讚，使他累得喘不過氣來。他回到他那個小房間裡來，已經是半夜過後了。加布里爾太太在牆上敲了兩下。

「羅密歐！我送來一點鷄尾酒給你喝！」

於是一個漏斗便插進門裡來了。貝兒·羅密歐拿了一個杯子在它下面接著。

「晚安！加布里爾太太！」

但是貝兒卻睡不著。他唸過的每一句台詞以及茱麗葉所講的話，全都在他的腦子裡嗡嗡地響著。當他最後睡著了的時候，他夢見一次結婚典禮——他和老小姐佛蘭生的結婚典禮。一個人能夠做出多麼不可思議的夢啊！

7.

「現在請你把你演戲的那套玩藝兒從你的腦袋裡清除出去吧！」第二天早晨加布里爾說。「我們可以做點功課了。」

　　貝兒的思想和小馬德生的思想有些接近了：「一個人拿著
書本呆呆地關在房間裡，眞是浪費美麗的靑春！」不過當他認眞
地拿著書本坐下來的時候，許多善良和新穎的思想就從書本裡
面放射出光輝來，結果貝兒就被書本吸引住了。他學習到世界上
許多偉大的人和他們的成就。他們有許多都是窮人的孩子：英
雄地米斯托克利⑨是一個看門人的兒子；莎士比亞是一個窮苦
織工的孩子——他年輕的時候，在劇院門口爲人牽馬，後來成了
劇院裡一個最有威望的人，在詩的藝術上超越了一切國家和時
代。他也讀到關於瓦爾堡⑩的競賽會——在這裡面，詩人們要
比一比，看誰能寫出最好的詩：這是像古希臘在公共節日考驗
詩人們的一種競賽。加布里爾先生談到這些人的時候，特別興致
勃勃。索福克勒斯⑪在他老年的時候寫出最好的悲劇，因此贏得
了超過一切人的獎賞；在光榮和幸福中他的心高興得爆炸了。
啊，在勝利和快樂中死去是多麼幸福的事情啊！還有什麼事情
能夠比這更幸運呢？我們這位小朋友的心裡充滿了感慨和夢
想，但是沒有人可以把他的心事講出來。小馬德生和普里木斯是
不會懂得他的，加布里爾太太也不會懂得他的。她一會兒表現得
心情非常愉快，一會兒又變成一個眼淚汪汪的、多愁善感的媽
媽。她的兩個小女兒驚奇地望著她；她們和貝兒都不瞭解爲什
麼她會變得這樣的悲哀。

　　「可憐的孩子們！」她說，「一個媽媽永遠想著她們的前途。
男孩子可以自己照顧自己。凱撒栽了筋斗，但是他仍然可以爬起
來！那些年紀大點的孩子喜歡在水桶裡玩水，他們將來可以去
參加海軍，而且一定會娶到滿意的太太的。但是我的女兒們！她

們的將來會是怎麼一個樣子呢？當她們長大了、心裡有了感情的時候，我相信她們所愛的人一定不會合加布里爾的意。他一定會爲她們挑選她們所不喜歡的人，挑選她們所不能忍受的人。這樣，她們就會非常不幸！做爲一個媽媽，我不得不想這些事情，而這也就是我的悲哀和痛苦！妳們這些可憐的孩子們啊，妳們將會非常不幸！」她哭起來。

那兩個小女孩看著她，貝兒也看著她，同時也感到悲哀。他不知道用什麼話來安慰她才好，因此他就回到他的小房間裡來，坐在那架舊鋼琴面前，彈出一些調子和幻想曲——這好像都是從他的心裡發出來的。

早晨，他用比較清醒的頭腦去學習和做功課，因爲他是受別人供給來讀書的。他是一個有責任感、有正確思想的孩子。他的日記裡記得很清楚，他每天讀了些什麼和學習了些什麼，夜裡在鋼琴面前坐到多麼晚，彈了些什麼東西——他彈鋼琴總是不發出聲音來，爲的是怕吵醒了加布里爾太太。除了星期天這個休息日以外，他的日記裡從來不寫：「想念茱麗」，「拜訪藥劑師」，「寫信給媽媽和祖母」。貝兒仍然是羅密歐，也是一個好兒子。

「加緊用功！」加布里爾先生說。「小馬德生，你應該向他學習！否則你就會不及格了。」

「老滑頭！」馬德生在心裡對自己說。

教長的兒子普里木斯得了「貪睡症」。「這是一種疾病」，教長的太太說，因此人們不應該對他太嚴厲。

教長的住宅離這裡不過二十四五里路。住宅很豪華。

「那位先生最後將會當上主教！」加布里爾太太說。「他和

朝廷有些關係，教長太太又是一個貴族婦人。她認識一切的徽章
——這也就是說：族徽。」

這時候正是聖靈降臨節。貝兒到加布里爾先生家裡來已經
有一年了。他學習了許多東西，但是他的聲音還沒有恢復過來。
它會不會恢復呢？

有一天晚上，加布里爾全家被邀請到教長家裡去參加一個
盛大的晚宴和舞會。許多客人從城裡和近郊的公館來了。藥劑師
一家人也受到邀請。羅密歐將會看到茱麗葉，也許還要和她跳第
一支舞呢。

教長的住宅是很整齊的，牆上都刷了一層白灰，院子裡也沒
有糞堆。教長太太是一個高大而豐滿的女人。加布里爾先生把她
叫做「格洛柯比斯雅典娜⑫」；貝兒想，這大概就是「藍眼睛」
的意思，而並非像朱諾⑬一樣，是「大眼睛」的意思。她有某種
明顯溫柔的表情和一種病態的特徵。她大概是像普里木斯一
樣，也有「貪睡症」。她穿著一件淡藍色的絲綢衣服，戴著一大
堆卷曲的假髮。假髮的右邊插著一個刻著她祖母肖像的小徽
章，祖母是一位將軍夫人。左邊插著一大串白瓷葡萄。

教長有一個紅潤和豐滿的臉孔，還有一口亮得發白適宜於
啃烤牛肉的牙齒。他的談話中充滿了掌故。他能和任何人談話，
但是誰也沒有辦法和他談下去。

市府參議也在場。在那些從許多公館來的客人中，人們也可
以看到商人的兒子費利克斯，他已經受過堅信禮，而且在裝扮和
舉止上算是一個最漂亮的年輕紳士。大家說他是一個百萬富
翁，加布里爾太太簡直沒有勇氣和他談話。

　　貝兒看見了費利克斯，感到非常快樂。後者以非常友好的態度走過來和他談天，並且代表父母向他致意。費利克斯的父母讀過了貝兒寫給媽媽和祖母的信件。

　　舞會開始了。藥劑師的女兒得和市府參議跳第一支舞——她在家裡對媽媽和市府參議做過這樣的承諾。第二支舞她本來答應要和貝兒跳的，但是費利克斯走過來，和善地點了一下頭，就把她拉走了。

　　「請讓我跳這一支舞吧。只要你同意，小姐是會答應的。」

　　貝兒的表情很客氣，他也沒有講什麼話。所以費利克斯就和藥劑師的女兒——這次舞會中最漂亮的一位姑娘——跳起舞來。到第三支舞的時候，他又和她跳了一次。

　　「請准許我和你跳晚餐舞⑭可以嗎?」貝兒問，他的臉色發白。

　　「行，我可以和你跳晚餐舞！」她帶著嫵媚的微笑說。

　　「你一定不會把我的舞伴搶走吧？」站他身邊的費利克斯說。「這不是一種友善的行為。我們是鎮上的兩個老朋友呀！你說你看到我非常高興，我想你一定也會准許我扶著小姐去餐桌吧！」於是他把手搭在貝兒的腰上，玩笑地把自己的前額抵著他的前額。「准許吧！對不對？准許吧！」

　　「不可以！」貝兒說。他的眼睛已經射出了忿怒之光。

　　費利克斯鬆開了他，雙手叉在腰間，好像是一隻準備要跳躍的青蛙：「年輕的紳士，你絕對是正確的！年輕的先生，假如我得到了和她跳晚餐舞的承諾，我也要說同樣的話！」他豪爽地向小姐鞠了一躬就退下去了。不過沒有多久，當貝兒站在角落裡整

理領帶的時候，費利克斯又走過來，摟著他的脖子，用非常殷勤的眼光看著他說：

「慷慨一點吧！我的媽媽、你的媽媽和老祖母將都會說，這才像你呢！我明天就要離開了，假如我不能陪著小姐去吃飯，我將會感到非常的難過。我的朋友，我唯一的朋友！」

做為他唯一的朋友，貝兒不好再拒絕他。他親自把費利克斯領到美人身邊去。

客人們乘著車子離開教長住宅的時候，已經是明朗的早晨了。加布里爾全家乘著一輛車子，他們立刻就睡著了，只有貝兒和太太還是清醒的。

她談論著那位年輕的商人——富翁少爺。他真稱得上是貝兒的朋友；她聽到他說：「親愛的朋友，乾杯吧，為媽媽和祖母乾杯吧！」「他這個人有某種落落大方和豪爽的氣概，」她說，「人們一看就知道他是一個富人家的少爺，或者是一位伯爵公子。這是我們這些人所做不到的！我們必須低頭！」

貝兒一句話也沒講。他整天都感到不愉快。在夜裡，當他上床去睡覺的時候，他怎麼也睡不著。他對自己說：「我們得低頭！我們得討好！」他曾經幹過這樣的事情，服從一個有錢少爺的意旨。「因為一個人生下來就很窮，所以他就不得不聽從這些有錢人的擺佈。難道他們真的比我們好嗎？為什麼上帝創造人要讓他們比我們好呢？」

他心中產生了某種惡感。祖母可能會對這種惡感感到難過。他在想念著她。「可憐的祖母！妳知道貧窮是怎麼一回事！為什麼上帝要容許這樣的事情呢？」他心裡很氣憤，但同時又體

會到他的這種思想和語言對於好上帝是有罪過的。他惋惜他已
經失去了孩子的心情。他對上帝的信心又恢復了，他仍然像從前
那樣地完整和豐富。幸運的貝兒！

　　一個星期以後，祖母寄來了一封信。她有她一套寫信的方
式：大字母和小字母混雜在一起；但是無論大事小事，只要與
貝兒有關，她總是把心中所有的愛都放進去的。

　　我親生的、甜蜜的、快樂的孩子！

　　　　我在想你，我在懷念你，你的媽媽也是這樣。她的一切
　　都好；她在靠洗衣服過日子！商人家裡的費利克斯昨天來
　　看過我們，同時帶來了你的問候。聽說你曾經去參加過教長
　　的舞會，而且你非常有禮貌！不過你永遠是那個樣子的
　　——這使得你的老祖母和你辛苦的媽媽感到非常快樂。她
　　有一件關於佛蘭生小姐的事情要告訴你。

信下邊有貝兒媽媽的一段附言：

　　　　那個老姑娘佛蘭生小姐要結婚了！訂書匠霍夫的請求
　　獲得了首肯，他被指定爲宮廷的訂書匠。他掛上了一個很大
　　的招牌：「宮廷指定訂書匠霍夫」⑮。所以她成了霍夫太太。
　　這是一段很老的愛情。我的甜蜜的孩子，這段愛情並没有因
　　爲老而生鏽！

　　　　　　　　　　　　　　　　　　你的親生媽媽

　　再一次附言：祖母爲你織了六雙毛襪，你很快就會收
到。我在裡面放了一樣你最喜歡吃的菜：「豬肉餅」。我知
道你在加布里爾先生家裡一向吃不到豬肉，因爲太太害怕
「玄帽蟲」⑯——這個詞我拼不出來。你不要相信這些東
西，盡量吃吧。

　　　　　　　　　　　　　　　　　你的親生媽媽

　　貝兒唸完了信，感到非常快樂。費利克斯很好，他對他的態
度是不對的。他們在教長家裡分手的時候，他連一聲「再會」也
沒有說。

　　「費利克斯要比我好些，」貝兒說。

8.

　　在平靜的生活中，日子一天一天地滑過去了，轉眼一個月也
過去了。貝兒寄居在加布里爾先生家裡已經是第二個年頭了。他
以極大的毅力下決心不再登台演戲——太太把這叫做「固執」。

　　他接到那位供給他學膳費的歌唱教師一封嚴肅的信，說他
在這兒住宿的期間，絕不能再想起演戲的事。他服從了這個指
示，不過他的思想常常跑到首都的劇場上去了。這些思想，像魔
力似地，老把他向舞台上拉，而他事實上也希望有一天能成爲一
個偉大的歌唱家而登上舞台。不過現在他的聲音壞了，而且也恢
復不過來，他眞是感到非常沉痛。誰能夠安慰他呢？加布里爾先
生或太太是不能夠安慰他的，不過我們的上帝能夠。我們可以從
種種方式得到安慰；貝兒則是從夢中得到的。他眞算是個幸運

的貝兒。

有一天晚上，他夢見聖靈降臨節的到來。他到一個美麗的樹林中去，太陽從樹枝間射進來，整個地上都開滿了秋牡丹和櫻草花。這時杜鵑叫起來了：「咕！咕！」貝兒於是就問：我還能活多少年呢？因為人們每年頭一次聽到杜鵑啼，老是喜歡問這一句話⑰。杜鵑回答說：「咕！咕！」它再也沒有發出別的聲音，接著就沉默了。

「難道我只能再活一年嗎？」貝兒說。「那實在是太少了。勞駕請你再叫一聲吧！」於是杜鵑又開始啼：「咕咕！咕咕！」是的，它在不停地啼叫。貝兒也伴著杜鵑的啼叫聲而唱起來，而且唱得很生動，像真的杜鵑一樣，不過他的聲音要響亮多了。所有的歌鳥也都一同吟唱起來。貝兒跟著它們唱，但是唱得比它們好聽多了。他有他兒時的那種清晰的歌喉，而且他喜歡唱。他的心裡真是愉快極了。接著他就醒了。他知道，他還掌握著「共鳴盤」，他還保留著他的聲音，而這種聲音，在一個明朗的、聖靈降臨節的早晨，將會洪亮地迸發出來。懷著這種信心，他幸福地睡著了。

不過在第二天，第二個星期或第二個月，他一點也沒有感覺到他快要恢復他的聲音。

從京城來的每一件關於劇院的消息，對他來說，真是靈魂的補品，精神的食糧。麵包屑也能算是麵包，所以他懷著感謝的心情來接受每一粒麵包屑──最不重要的小新聞。

加布里爾家的鄰居是雜貨商人。商人的太太是一位非常值得尊敬的家庭主婦。她這個人非常活潑，而且老是笑容滿面，不

過她對於舞台知識一點也沒有。她第一次去京城觀光了一下，她對那裡的什麼事情都感覺到愉快，連對那裡的人也是如此。她說，這些人對她所講的任何事情都覺得好笑；這當然是有可能的。

「您到劇院去過嗎？」貝兒問。

「當然去過啦！」商人的太太回答。「我的汗流得才多啦！你應當看到我坐在那熱得猛流汗的樣兒！」

「不過您看到了什麼呢？演些什麼戲呢？」

「讓我告訴你吧！」她說。「我可以把全部的戲都告訴你！我去看過兩次。頭一晚演的是『說白戲』。走出場的是一位公主。『嘩啦，呱啦！哈啦，嗚啦！』你看她多會講話！接著一位男子出來了：『嘩啦，呱啦！哈啦，嗚啦！』於是太太倒下來了。之後同樣的事情又重新開始。公主說：『嘩啦，呱啦！哈啦，嗚啦！』於是太太又倒下來了。她那天晚上一共倒下了五次。第二次我去看的的候，整齣戲是唱出來的：『嘩啦，呱啦！哈啦，嗚啦！』於是太太倒下來了。那時坐在我旁邊的是一位非常漂亮的鄉下女人。她從來沒有到過戲院去過，所以她就以為戲演完了。不過我是瞭解全部情況的，所以我就說，當我上次來看的時候，太太倒下了五次。在這次唱的晚上，她倒下了三次。現在你可以瞭解這兩齣戲的情景了——活靈活現，像我親眼看見的時候一樣！」

因為太太老是倒下來，這大概是齣悲劇吧？於是他就靈機一動，記起了：那個大舞台面前掛著的幕布在每一幕演完後要落下來；幕上畫著一個很大的婦女形象——這就是一邊戴著喜

劇面具，另一邊戴著悲劇面具的藝術之女神。所謂倒下的太太就
是這幅畫像。這真是不折不扣的喜劇：對於商人的太太來說，他
們所講的和唱的就是「嘩啦，呱啦！哈啦，嗚啦！」這是一件極
大的趣事，對於貝兒說來也是如此。加布里爾太太聽到了這兩齣
戲的描述後也有同樣的感覺。她坐在一旁，臉上露出一種驚奇的
表情和一種精神上的優越感。的確，藥劑師曾經說過，她飾演奶
媽，使莎士比亞的《羅密歐與茱麗葉》的演出得以「成功」。

　　經過貝兒解釋的「太太倒下了」的這句話，成了這家人的一
個幽默成語。每次家裡有一個孩子，一個碗，或任何一件家具跌
下來的時候，這句話就被說出來。

　　「諺語和成語就是這樣被創造出來的！」加布里爾先生說。
他總是從學術的觀點來看待每一件事情。

　　除夕，鐘敲了十二下，加布里爾太太全家以及寄宿生，每人
舉著一杯雞尾酒，都站立起來。加布里爾先生每年只喝這一杯，
因為雞尾酒對於虛弱的胃是有害的。他們為新年而乾杯，同時數
著鐘聲：「一、二」，直到它敲完十二下為止⑱。這時大家都說：
「太太倒下了！」

　　新年到來了，又過去了。到了聖靈降臨節，貝兒已經在這個
家住了兩年了。

9.

　　兩年過去了，但是聲音還沒有恢復。我們這位年輕朋友的前
途將會如何呢？

　　照加布里爾先生的看法，他在小學裡當一個教員總是不成

問題的。這總算是一種謀生之道，但是想要靠這成家立業是不行的。不過貝兒也沒有想到這件事情，雖然藥劑師的女兒在他的心裡已經占了一個不小的位置。

「當小學教員！」加布里爾太太說，「當一個老師！你將會成爲世界上一個最枯燥乏味的人，像我的加布里爾一樣。你是一個天生的舞台藝術家！爭取做一個世界的名演員吧！那跟當一個教員有天淵之別！」

當一個演員！是的，這是他的志向。

他在寫給那位歌唱教師的信裡提到這件事；他把他的志向和希望都講出來了。他焦急地希望回到他的故鄉首都去。媽媽和祖母都住在那裡，他已經有整整兩年沒有見到她們了。路程總共不過三百六十多里，坐快車只要六個鐘頭就可以到達。爲什麼他們不能見見面呢？離開的時候，貝兒答應到了新地方不請假，也不打算回家探望親友。媽媽忙於替人洗衣服和燙衣服。雖然這樣，她還是一直在計畫做一次了不起的旅行來看他，哪怕要花一大筆旅費。但是這件事情永遠也沒有實現。

至於祖母呢，她一提起火車就膽戰心驚；這簡直是去誘惑上帝。她也不願意坐輪船。的確，她是一個老太婆，她不願意旅行，除非是旅行到上帝那兒去。

這句話是在五月間說的，但是，在六月間這位老太婆做了趟旅行，而且是單獨一個人。她旅行了那三百六十多里路，到一個陌生的城市裡去，到許多陌生的人中間去，爲的是要看看貝兒。這眞是一件不尋常的事情，但也是媽媽和祖母一生中所遇到的一件最不幸的事情。

　　貝兒第二次問杜鵑：「我還能活多少年呢？」杜鵑就說：
「咕！咕！」他的健康和心情都很好！他的未來充滿了明朗的
陽光。他接到那位慈父般的朋友──歌唱教師──一封令人高
興的信。信上說，貝兒可以回去，大家可以研究一下他的問題，
看看有沒有什麼其他的路可走──因為他再也不能歌唱了。

　　「去演羅密歐吧！」加布里爾太太說。「你的年齡已經足夠
使你演一個戀人的角色，你的身上也長了一點肉，再也不需要什
麼化妝了。」

　　「演羅密歐吧！」藥劑師和藥劑師的女兒說。

　　各種不同的想法在他的頭腦裡和心胸裡震盪著。但是：

　　　　誰又能知道明天的事情？

　　他坐在一個伸向草原的花園裡。這是晚上，月亮在照著。他
的臉在發熱，他的血在奔流，涼爽的空氣使他有一種愉快的感
覺。沼澤地上浮著一層霧氣。這霧氣一起一伏地飄動著，使他想
起了妖女的跳舞。這使他想起了那支關於騎士奧洛夫的古老的
歌。這位騎士騎著馬出去請客人來參加他的婚禮，但是中途被許
多妖女攔住了。她們拉他去參加她們的跳舞和遊樂，結果使他喪
失了生命。這是一個民歌，一首古詩。這些晚上，它所描述的故
事在月光和霧氣中重現了。

　　貝兒是在一種半睡狀態中朝這些東西凝望的。灌木林似乎
都具有人和獸的形體。他們靜靜地立著，霧氣在上升，像飄動著
的面罩。貝兒在劇院裡演出的芭蕾舞裡曾經看到過類似的情景

——那裡面所表現的妖女都戴著薄紗似的面罩，一會兒旋轉，一
會兒飛翔。不過在這裡顯現出來的妖女卻更是美麗，更是驚人！
像這樣大的舞台，任何劇院都不可能有的。什麼舞台也不能夠有
這樣晴朗的高空，這樣明亮的月光。

　　在霧氣中，一個女子的形象清楚地顯現出來了。她一下子變
成了三個人，而這三個人又一下子變成了許多人。她們就像一群
浮動著的女子，手挽著手在跳舞。空氣托著她們向貝兒所在的籬
笆附近飄來。她們向他點頭示意，她們對他講話，而她們的聲音
也像銀鈴一樣好聽。她們走進花園裡來，在他的身邊起舞，把他
圍在中間。他什麼也沒有想，就和她們一起跳起舞來了。他旋轉
著，好像是在那永遠無法忘卻的《吸血鬼》舞裡一樣——但是他
並沒有想到這件事情。事實上，他心裡什麼事情也沒有想；他被
他所看到的周圍的美迷住了。

　　沼澤地是一個又深又藍的大海，裡面長滿了五光十色的睡
蓮。她們用薄紗托著他，從水上一直跳到對岸。岸上的那些古
塚，推開了長在它們上面的荒草，變成了煙霧的宮殿，向空中升
起，而這些煙霧又變成了大理石。這些莊嚴的大理石塊上盤著許
多開滿了花的金樹和貴重的寶石。每一朵花是一隻光彩奪目的
鳥兒——它用人的聲音唱著歌。這好像是成千上萬的快樂孩子
在一起合唱。這是天堂呢，還是妖山？

　　這些宮殿的牆在移動，在彼此滑過，在向他靠攏來。他被圍
在裡面，人間的世界已經成了外界了。他感到一種從來不曾有過
的焦急和恐怖。他找不到任何一個出口；但是從地上一直到天
花板，從所有的牆上，有許多美麗的年輕女子在向他微笑。她們

在外表上看來是栩栩如生，但是他不得不想：她們是不是畫出來的呢？他很想和她們談話，但是他的舌頭卻講不出一個字來。他的聲音完全沒有了，他的嘴唇發不出任何聲響。於是他倒到地上，比什麼時候都感到不幸。

　　有一個妖女向他走過來。無疑地，她對他的用意是非常好的，因為她是以他最喜愛的形象出現的。她的樣子很像藥劑師的女兒；他幾乎真的以為就是她了。不過他立刻就發現她的背後是空的；她只是空有一副漂亮的外表，而她的後面卻是空空洞洞，毫無一物。

　　「這裡的一點鐘，就是外界的一百年，」她說，「你已經在這裡待了整整一點鐘了。那些住在這些牆外的，你所認識和所愛的人都已經死了！和我們一起住在這兒吧！是的，你得住在這兒，否則這些牆就要向你擠過來，擠得你全身的血從前額直向外冒！」

　　於是牆動起來了，空氣熱得像火紅的烤爐。他的聲音又恢復了。

　　「我的上帝，我的上帝啊！你遺棄我了嗎？」他從他痛苦的靈魂深處這樣呼喊了一聲。

　　這時祖母就站在他的身邊。她把他抱在懷裡，親吻他的前額，親吻他的嘴。

　　「我親生的、甜蜜的小伙子！」她說，「我們的上帝不會離開你，他不會離開任何人──甚至於罪大惡極的人。上帝是永遠值得讚美和尊崇的！」

　　她把他的《聖詩集》拿出來──就是那本在許多禮拜日她和

貝兒一同唸過的《聖詩集》。她的聲音是多麼響亮啊！所有的妖
女都低下了頭——的確，她們也需要休息一下了！貝兒和祖母
一起唱，像從前每個禮拜日一樣。他的聲音立刻變得非常有力，
同時又是多麼柔和！這個宮殿的牆開始移動，它們化成了雲朵
和煙霧。祖母和他一起從高地上走出來，走到高高的草叢中去。
螢火蟲在這裡面閃亮著，月兒正射出光輝。不過他的腳卻很疲
乏；不能再移動了；他在草地上倒了下來。這可以稱得上是一
個最柔軟的床。他好好地休息了一陣子，然後在聖詩歌中醒了過
來。

　　祖母坐在他身旁，在加布里爾先生的一個小房子裡坐在他
的床邊。他的高燒已經退了，他又恢復了健康和生命。

　　他害了一場嚴重的病。那天晚上人們發現他在花園裡昏倒
了，接著他就發起高燒來。醫生認爲他再也好不了，他會死去。
因此人們才寫了一封信，把這件事情告訴他的媽媽。她和祖母都
急著想來看他，但是兩個人都分不開身。最後祖母決定單獨乘火
車來。

　　「我只有爲貝兒才做這件事情！」她說。「我憑上帝的名義
做這件事情；不然的話，我就要認爲我是和那些巫婆騎著掃帚
在仲夏夜裡飛走的！」

10.

　　回家的旅程是歡樂和愉快的。祖母衷心地感謝我們的上
帝：貝兒沒有比她先死去！車廂裡有兩個可愛的旅伴和她同
行：藥劑師和他的女兒。他們談論著貝兒，可愛的貝兒，好像他

們是一家人似的。藥劑師說，他將會成爲一個偉大的演員。他的
聲音現在也恢復了；這樣的一個歌喉是一件無價之寶。

　　祖母聽到這樣的話，該是感到多麼快樂啊！這些話是她的
生命，她絕對相信它們。在不知不覺中，他們一行到達了首都的
車站。媽媽在那裡迎接她。

　　「爲了這火車，我們要讚美上帝！」祖母說，「爲了我能夠
安安穩穩地坐上它，我們也要讚美上帝！我們也要感謝這兩位
可愛的人！」於是她就握了藥劑師和他女兒的手。「鐵路眞是一
件美好的發明——當然是在你坐到站了以後。這時你算是在上
帝的手裡了！」

　　接著她就談著她甜蜜的孩子。他現在已經脫離了危險，他是
和一個富裕的家庭住在一起。這個家雇了兩個女傭人和一個男
傭人。貝兒像這家的一個兒子，並且和望族的其他兩個孩子受到
同等的待遇——其中有一位是教長的少爺。祖母原先住在車站
的旅館裡；那裡的費用眞是貴得可怕。後來加布里爾太太請她
到她家裡去住。她去住了五天。這一家人眞是天使——太太尤其
是如此。她請她喝鷄尾酒，酒的味道非常好，但是後勁很強。

　　託上帝的福，一個月以後貝兒就可以完全恢復健康，回到京
城裡來了。

　　「他一定變得很嬌，很秀氣了！」媽媽說。「他住在這個頂
樓上一定會感到不舒服！我很高興，那位歌唱教師請他去住。不
過——」於是媽媽就哭起來，「眞是傷心，一個人窮到這種地步，
連自己的孩子都不能在自己家裡住下來！」

　　「切記不要對貝兒講這樣的話！」祖母說。「妳無法像我那

樣瞭解他！」

「不管他變得多麼文雅，他必須有東西吃，有東西喝。只要我的這雙手還能夠工作，我絕不能讓他挨餓。霍夫太太說過，他每星期可以在她家吃兩次午飯，因爲她現在的境況很好。她過過快樂的日子，也嚐過困難的滋味。她親口告訴過我，有一天晚上，她坐在一個包廂裡，這位老芭蕾舞女演員在這裡有一個固定的座位，這時候，她感到非常不舒服。因爲她整天只喝過一點水，吃過一個香菜子小麵包。她餓得要病了，要昏倒下來了。『快拿水來！快拿水來！快拿水來！』大家都喊。『請給我一點奶油軟糕吧！』她要求著，『請給我一點奶油軟糕吧！』她所需要的是一點富有營養的食物，而不是水。現在她不僅有食物儲藏室，而且還有擺滿了菜的餐桌！」

貝兒仍然住在三百六十里以外的一個地方，但是他已經在得意地想：他很快就會回到首都來，會看到劇院，會遇見那些親愛的老朋友——他現在懂得怎樣珍惜他們的友情。這種幸福感在他的身體裡歌唱著，回蕩著；也在他的身體外面歌唱著，回蕩著。年輕的幸福時代，充滿了希望的時代，處處都是陽光。他的健康在一天一天地恢復，他的心情和神采也在恢復。但是，當他別離的日期迫近的時候，加布里爾太太卻感慨起來了。

「你正在走向偉大。你有誘惑力，因爲你長得漂亮——這是你在我們家裡形成的。你像我一樣，非常自然——這更加強了你的誘惑力。你不能太敏感，也不能故意做作。切記不要像達格瑪爾皇后⑲那樣敏感。她喜歡在禮拜天用緞帶來束住她的絲綢袖子，而她因此就感到良心不安。不應該只爲這點事就大驚小怪

呀！我從來不像路克勒細亞⑳那樣難過！她爲什麼要刺死自己
呢？她是天眞無邪的，這點她自己知道，全城的人也都知道。對
於這件不幸的事情，你雖然年輕，你也完全懂得！她尖聲大叫，
接著就把匕首拿出來！完全沒有這個必要！我絕不會做這種事
情，你也絕不會的。我們一向都是很自然的。人們無論在什麼時
候都應該如此。將來你從事藝術工作的時候，你也會繼續這樣。
當我在報上讀到關於你的消息的時候，我將會多麼高興啊！也
許你將來會到我們這個小城市裡來，因羅密歐而登台。不過我將
不會再是奶媽了，我只能坐在正廳的前排來觀賞你！」

　　在別離的這一個星期裡，太太忙著洗衣服和燙衣服，爲的是
希望貝兒能夠穿一身乾淨的衣服回家，像他來的時候一樣。她在
他的那顆琥珀心上穿了一根又新又結實的線，這是她希望得到
的一件唯一當做「紀念」的東西，但是她沒有得到。

　　加布里爾先生送給他一本法文字典。這是他學習的時候經
常用的一本書，加布里爾先生還在書邊的空白處親筆增補了許
多新的東西。太太送給他玫瑰花和心形草。玫瑰花會枯萎；但是
心形草只要放在乾燥的地方而不受潮，就可以保持一冬。她引了
歌德的一句話做爲題詞：Umgang mit Frauen ist das EIe-
ment guter Sitten。她把它譯成這樣一句話：

　　「與女子交往是學得良好禮貌的要素。歌德。」「如果他沒
有寫一本叫做《浮士德》的書！」她說，「他要算是一個偉大的
人，因爲我讀不懂這本書！加布里爾也是這樣講的！」

　　馬德生送了他一張並不太壞的畫。這是他親手畫的；上面
畫的是加布里爾先生吊在一個絞架上，手裡還拿著一根樺木

條。標題是：「把一個偉大的演員引向知識之路的第一個導師。」
教長的兒子普里木斯送了他一雙新拖鞋。這是牧師夫人親自縫
的，但是尺寸太大，普里木斯在頭一年簡直沒有辦法穿。鞋底上
有用墨水寫下的題詞：「做爲一個傷心朋友的紀念。普里木斯。」

加布里爾先生全家人一起送貝兒到車站。「我不能叫人說
沒有『惜別』就讓你離開了！」太太說，接著她就當場在車站上
親吻了他一下。

「我並不覺得難爲情！」她說，「只要一個人是正大光明的，
他做什麼事也不怕！」

汽笛響起來了。小馬德生和普里木斯高聲喝采，「小傢伙
們」也在一旁助興，只有太太在一邊擦眼淚，一邊揮著手帕。加
布里爾先生只說了一個字：Vale㉑！

村鎮和車站在旁邊飛過去了。這些地方的人是不是也像貝
兒一樣快樂呢？他在想這個問題，他在慶幸自己的好運氣。他想
起了那個看不見的金蘋果——當他還是一個孩子的時候，祖母
在自己手裡看到的那個金蘋果。他想起了他在水溝裡獲得的那
件幸運的東西，特別是他重新獲得的聲音和他最近求得的知
識。他現在是一個完全不同的人。他內心裡唱著愉快的歌。他費
了很大的力氣控制自己，沒有讓自己在車廂裡高聲地唱出來。

首都的塔頂出現了，建築物也露面了。火車開進了車站。媽
媽和祖母在等著接他。此外還有一個人：即原姓佛蘭生的霍夫
太太。她現在全身裝訂得㉒整整齊齊，是宮廷「訂書匠」霍夫的
夫人。她不管是境況壞還是好，從來不會忘記她的朋友。她像媽
媽和祖母一樣，非親吻他一下不可。

「霍夫不能和我一起來！」她說。「他得待在家裡為皇上的私人圖書館裝訂一部全集。你很幸運，但我也並不差。我有我的霍夫、一個爐邊的角落和一張安樂椅。每星期我請你到我家裡來吃兩次飯。你將可以看到我的家庭生活。那是一部完整的芭蕾舞！」

媽媽和祖母幾乎可以說找不到機會和貝兒講一句話，但是她們看著他，同時她們的眼裡射出幸福的光芒。他得坐馬車到新家去──那位歌唱家的住所。她們笑，但同時她們也哭起來。

「他成了一個多麼可愛的人啊！」祖母說。

「像他出門的時候一樣，他還有一個和善的面孔呢！」媽媽說。「將來他登上舞台的時候，仍然會保留住這副面容！」

馬車在歌唱家的門口停下來。主人不在家。老傭人把門打開，領著貝兒到他房間裡去。四周的牆上掛著許多作曲家的畫像；壁爐上放著一尊發光的白石膏半身像。

這個老頭兒的頭腦有些呆笨，但是卻非常忠誠可靠。他把寫字桌的抽屜以及掛衣服的鉤子都指給他看，同時還答應他說，願意替他擦皮鞋。這時歌唱家回來了，熱烈地握著貝兒的手，表示歡迎。

「這就是整個的住所！」他說，「你住在這兒可以像住在自己的家裡一樣。客廳裡的鋼琴你可以隨便使用。明天我們要聽一聽，看你的聲音究竟變得怎樣。這位是我們宮殿的看守人──我們的管家！」於是他就對這位老頭兒點點頭。「一切東西都整理了一番。為了歡迎你的來臨，壁爐上的卡爾‧馬利亞‧韋伯又重新擦了一次白漆！他一直是骯髒得可怕。不過擺在那上面的並

不是韋伯；那是莫札特。他是從哪裡搬來的？」

　　「這是老韋伯呀！」傭人說，「我親自把他送到石膏師那兒去，今天早晨才把他拿回來的！」

　　「不過這是莫札特的半身像，而不是韋伯的半身像呀！」

　　「請原諒，先生！」傭人說，「這是老韋伯呀，他只不過給擦洗了一番罷了！因為他上了一層白漆，所以主人就認不出來了！」

　　這只有那位石膏師可以證明——不過他從石膏師那裡得知，韋伯已經跌成了碎片；因此他就送了一尊莫札特的像給他。但這跟放在壁爐上有什麼分別呢？

　　在第一天，貝兒並不需要演唱什麼東西。不過當我們這位年輕的朋友來到客廳裡的時候，他看見了鋼琴和在那上面攤開的《約瑟夫》。於是他就唱起《我的第十四夜》來；他的聲音像鈴鐺一樣地響亮。它裡面有某種天真和誠懇的氣質，但同時又充滿了張力和豐厚。歌唱家一聽到，眼睛就濕潤了。

　　「應該這樣唱才對！」他說，「而且可以唱得比這還好一點。現在我們把鋼琴蓋上吧，你應該休息了！」

　　「今天晚上我還得去看看媽媽和祖母！我已經答應過她們。」於是他就匆匆地離開了。

　　落日的晚霞照在他兒時的屋子上，牆上的玻璃片反射出光來，這簡直像一座用鑽石砌的宮殿。媽媽和祖母坐在頂樓上等他——這需要爬好長一段樓梯才能到達，但是他一步跳三級，不一會就來到了門口。許多親吻和擁抱在等待著他。

　　這個小小的房間是非常清潔整齊的。那隻老熊——火爐

——和藏著他木馬時代的一些祕密寶藏的那個櫥櫃仍然在原來
的地方；牆上仍然掛著那三張熟識的人像：國王像，上帝像和
用一張黑紙剪出的「爸爸」的側影。媽媽說，這跟爸爸的側像是
一模一樣，如果紙的顏色是白的和紅的，那還要更像他，因爲他
的臉色就是那樣。他是一個可愛的人！而貝兒簡直就是他的縮
影。

他們有許多話要談，有許多事情要講。他們將要吃碎豬頭肉
凍㉓，同時霍夫太太也答應今晚要來看他們。

「不過這兩個老人——霍夫和佛蘭生小姐——怎麼忽然想
起要結婚呢？」貝兒問。

「他們考慮這件事已經有好多年了！」媽媽說。「你當然知
道，他已經結婚。據說他這樣做是爲了要刺激佛蘭生小姐一下，
因爲她在得意的時候曾經瞧不起他。他的太太很有錢，但也的確
夠老，而且還得挂著一對拐杖走路，雖然她的心情老是那麼高
興。她老是死不了；他只好耐心地等待。如果說他像故事中所講
的那個人物，每個禮拜天把這位老太婆放在陽光裡坐著，好讓我
們的上帝看到她而記起把她接走，那我一點也不會感到驚奇。」

「佛蘭生小姐靜靜地坐在一旁，等待著，」祖母說。「我從
來也沒有想到，她會達到目的。不過去年霍夫太太忽然死了，因
此她就成了那家的主婦！」

正在這時候，霍夫太太走進來了。

「我們正談起您，」祖母說。「我們正在談論著您的耐心和
您所得到的報償。」

「是的，」霍夫太太說，「這沒有在年輕的時候實現。不過

只要一個人的身體好，就永遠是年輕的。這是我的霍夫講的話
——他有一種最可愛的想法。他說，我們是一部好的舊作品，裝
訂成一冊書，而且在背面上還燙金呢。有了我的霍夫和我那個爐
邊的角落，我感到眞幸福。那個火爐是瓷磚砌的：晚間生起火
來，第二天整天還是溫暖的。這眞是舒服極了！這簡直像在那個
芭蕾舞《細爾茜之島》的場景裡一樣。你們還記得我演的細爾茜
㉔嗎？」

「記得，那時您非常可愛！」祖母說。「一個人的變化是多
麼大啊！」她說這句話時並沒有任何惡意，而對方也不這麼想。
接著大家就一同吃茶和碎豬頭肉凍。

第二天上午，貝兒到商人家裡去拜訪。太太接待他，握著他
的手，同時叫他在她身邊的一個座位上坐下來。在和她談話的時
候，他對她表示衷心的感謝，因爲他知道，商人就是那位匿名的
恩人。不過這件祕密太太還不知道。「那正是他的本色！」她
說：「這不值得一談！」

當貝兒談到這件事的時候，商人很生氣。「你完全弄錯
了！」他說。他打斷了話題，接著就走開了。

費利克斯現在是一個大學生。他打算進外交界工作。

「我的丈夫認爲這是發瘋，」太太說，「我沒有什麼意見。
天老爺自然會有安排！」

費利克斯不在家，因爲他正在劍術教師那裡學習擊劍。

回到家來，貝兒說他是多麼感謝這位商人，但他卻不接受他
的感謝。

「誰告訴你，他就是你所謂的恩人呢？」歌唱家問。

「我的媽媽和祖母講的！」貝兒回答說。

「這樣說來，那麼一定就是他了！」

「您也知道吧？」貝兒說。

「我知道。但是我不會讓你從我身上得知這件事的真相的。從現在開始，我們每天早晨在家中練習歌唱一個鐘頭。」

11.

每星期有個四重奏。耳朵、靈魂和思想都充滿了貝多芬和莫札特的音樂詩。貝兒的確有好久不曾聽到過優美的音樂了。他覺得好像有烈火一般的吻穿透了他的脊椎骨，一直滲進他所有的神經裡去。他的眼睛濕潤了。在這裡的每一次音樂會，對他來說，簡直就像是一個歡樂的晚會，給他的深刻印象要勝過劇院所演的任何歌劇，因爲劇院裡老是有些東西在攪亂人的注意力或者暴露出缺點。有時有些個別的詞句聽起來不太對勁，但是在唱腔上被掩飾過去了，連一個中國人甚至格陵蘭㉕人都聽得出來。有時音樂的效果被戲劇性的動作抵銷了，有時豐滿的聲音被八音盒的響聲削弱了，或者拖出一條假聲的尾巴來。舞台佈景和服飾也使人產生一種不眞實的感覺。但在四重奏中這一切缺點都沒有了。音樂詩開出燦爛的花朵。音樂廳四周的牆上掛著華貴的織錦。他是在大師們創造出來的音樂世界裡。

有一天晚上，一個有名的交響樂團在一個公共大音樂廳裡演奏貝多芬的《田園交響曲》。那支曲子以徐緩的調子奏出「小溪景色」，通過一種奇異的力量，使我們這位年輕的朋友特別感動和興奮起來。它把他帶到一個充滿了生命的、清新的森林裡

去。那裡面有雲雀和夜鶯在歡唱，有杜鵑在唱歌。多麼美麗的自然，多麼新鮮的泉水啊！從這一刻鐘起，他認識到這是一種生動如畫的音樂──這裡面表現出自然的外貌，反映出人心的脈動。這在他靈魂中留下極深刻的印象。貝多芬和海頓成了他最喜愛的作曲家。

　　他常常和歌唱教師談到這件事情。每次談完以後，他們兩人就成爲更親密的朋友。這個人的知識多豐富啊，簡直是像米麥爾的泉水㉖似地取之不盡。貝兒靜靜地聽他講。他像小時候聽祖母講童話和故事那樣，現在也聚精會神地聽關於音樂的事情。他瞭解到森林和大海在講什麼事情，那些古塚在發出什麼聲音，每隻小鳥正用它的尖嘴唱出什麼歌，花兒在不聲不響地散發出什麼香氣。

　　每天上午的音樂課，對於老師和學生來說，簡直是一件非常愉快的事。每一支小調都是用表情以及新鮮和天眞的心情唱出來的；舒伯特的《流浪者》唱得特別動聽。調子唱得對，詞句也唱得對。它們融成一片，它們恰如其分地互相輝映。不可否認，貝兒是一個戲劇性的歌唱家。他的技術在進步──每一個月，每一個星期，每一天都在進步。

　　我們的年輕朋友是在健康和愉快中成長，沒有困苦，也沒有憂愁。生活是豐富的，美好的；前途充滿了幸福。他對人類的信心從來沒有遇到過挫折。他有孩子的靈魂和成人的毅力，大家都用溫柔的眼光和友善的態度來對待他。日子一久，他和歌唱教師之間的關係就變得更誠懇，更忠心。他們兩人就像是哥哥和弟弟一樣。弟弟擁有一顆年輕的心所具備的熱忱和溫暖。這一點哥哥

很瞭解，而且也用同樣的感情來回報他。

歌唱教師的性格中充滿了那種南方的熱情。人們一看就知道，這個人能夠強烈地恨，也能夠強烈地愛——很幸運的是，後一種特點掌握了他。除此以外，他死去的父親還留給他一筆遺產；因此他可以不需要去找工作，除非那是他喜歡做、而且願意做的工作。事實上，他暗地裡做了許多值得稱道的好事，但是他卻不願意人家感謝他，或談論他所做的這些好事情。

「如果說我做了一點什麼事情，」他說，「那是因爲我能夠做、而且也做得到的緣故。這是我的義務！」

他的老傭人——也就是他開玩笑時所謂的「我們宮殿的看守人」——在發表他關於這家的主人的意見時，總是降低自己的聲音，說：「我知道，他每年每日在送些什麼東西給別人，在替別人做些什麼事情。但同時我卻又半點兒也不知道。國王應該頒發一枚勳章掛在他胸口上才對！但是他卻不願意佩戴這類東西。據我對他的瞭解，如果有人因爲他做了些好事而表揚他，他一定會氣得不得了的！不管這是一種什麼信仰，他比我們任何人都要快樂得多。他簡直像《聖經》上寫的一個快樂的人！」說到這裡，這個老頭兒還特別加重語氣，好像貝兒還有什麼懷疑似的。

他感覺到，同時也充分認識到，歌唱教師是一個喜歡做好事的眞正的基督徒——一個可以成爲大家模範的人。但是這個人卻從來不到教堂裡去。有一次貝兒談到他下一個禮拜天要跟媽媽和祖母去領「上帝的聖餐」，同時問起歌唱教師是否也做過同樣的事情。他所得到的回答是：沒有！他似乎覺得，這個人還有

別的話要說。事實上，他的確有一件事情想告訴貝兒，但是他卻
一句話也沒有講。

有一天晚上，他高聲地唸著報上的一段消息：關於兩個有
名有姓的真人善行。這使他談起做好事所能獲得的報償。

「只要人不盼望得到它，它自然就會到來！善行所得到的報
酬是像《猶太教法典》㉗裡所講到的棗子一樣，成熟得越遲，味
道就越甜。」

「《猶太教法典》，」貝兒問，「這是一本什麼書呢？」

教師回答說：「這本書在基督教中種下了不只一顆思想的
種子。」

「這本書是誰寫的呢？」

「是古代的許多智者──各個國家信仰各種不同宗教的智
者寫的。在這裡面，像在所羅門的《箴言集》裡面一樣，寥寥幾
個字就把智慧保存下來了。真可說是真理的核心！在這裡面人
們讀到，世界上所有的人許多世紀以來就一直是一樣的。像『你
的朋友有一個朋友，你的朋友的朋友也有一個朋友，你說話應該
謹慎些！』這樣的話，裡面都寫著。這類的智慧是在任何時代都
適用的。像『誰也跳不過自己的影子』，這樣的話，這裡面也寫
著。還有：『在荊棘上走的時候，切記要穿上鞋！』你應該讀讀
這本書。你在這裡面看到的文化印記，要比在地層裡看到的清楚
得多。對於像我這樣一個猶太人說來，它要算是我的祖先的一筆
遺產。」

「猶太人？」貝兒說，「您是一個猶太人？」

「你還不知道嗎？多麼奇怪，我們兩人到今天才談到這件

事！」

媽媽和祖母也不知道這件事。她們從來也沒有想到這件
事；她們只知道，歌唱教師是一個正派和了不起的人。貝兒完全
靠了上帝的指引才無意中碰到這個人。除了上帝以外，他所得到
的幸運，就不得不歸功於這個人了。現在媽媽卻說了一個祕密，
而這個祕密是因為她答應了不告訴任何人，商人的太太才告訴
她的。但這個諾言她只保持幾天工夫而已！歌唱教師一點也不
希望有人把這件祕密洩露出來：貝兒住在加布里爾先生家裡的
膳宿費和學費完全是由他支付的。自從他那天晚上在商人家裡
聽到貝兒唱出芭蕾舞劇《參孫》以後，他就成了他一個真正的朋
友和恩人──但這件事卻一直是絕對保守的祕密。

12.

霍夫太太在等待貝兒。現在他來了。

「現在我要把我的霍夫介紹給你！」她說。「我還要把我爐
邊的那個角落介紹給你。當我在跳《細爾茜》和《天上的玫瑰花
精》的時候，我從來沒有想到過這種日子。的確，現在很少有人
想到那個芭蕾舞和小巧的佛蘭生了。『月亮裡的 Sic transit
gloria㉘，』──當我的霍夫談到我的光榮時代的時候，他就幽
默地引用這句拉丁文。這個人非常喜歡開玩笑，但他的心地是很
好的！」

她的「爐邊的角落」是一個天花板很低的起坐間。地板上鋪
著地毯，牆上掛著一些適合於一個訂書匠身分的畫像。這裡有古
登堡和佛蘭克林的像，也有莎士比亞、塞萬提斯、莫里哀和兩個

盲詩人──荷馬和奧仙──的像。最下面掛著一張鑲在一個寬
相架和玻璃裡的用紙剪出的女舞蹈家的相。她穿著一身鑲有金
箔的輕紗衣服，她的右腿翹到天上，在她的下面寫著這樣一首
詩：

> 是誰舞得把所有的心迷惑？
> 是誰表現得那麼天眞無邪？
> 當然是愛米莉‧佛蘭生小姐！

　　這是霍夫所寫的詩。他會寫出可愛的詩句，特別是滑稽的詩
句。這張相是他和第一個太太結婚以前就已經剪好、黏上和縫上
的。多少年來它一直躺在抽屜裡，現在卻裝飾著這塊「詩人的畫
廊」──也就是霍夫太太的小房間：她所謂的「我爐邊的角
落」。貝兒和霍夫兩人的相互介紹就是在這裡舉行的。

　　「你看他是一個多麼可愛的人！」她對貝兒說，「對我說來，
他是一個最可愛的人！」

　　「是的，當我在禮拜天裏上一身漂亮衣服㉙時！」霍夫先生
說。

　　「你連什麼都不穿也是可愛的！」她說，於是她微微低下頭
來，因此她忽然察覺到，在她這樣的年紀，講這樣的話未免有點
幼稚。

　　「舊的愛情是不會生鏽的！」霍夫先生說。「舊的房子一起
火就會燒得精光！」

　　「這和鳳凰的情形一樣㉚，」霍夫夫人說，「我們又變得年

輕起來了。這兒就是我的天國。別的什麼地方也引不起我的興趣！當然，跟媽媽和祖母在一起待上個把鐘頭是可以的！」

「還有你的姊姊！」霍夫先生說。

「不對，霍夫寶貝！那裡已經不再是天國了！貝兒，我可以告訴你，他們的生活情況很不好，而且是一團糟。關於這個家，我們不知怎樣說才好。我們不敢用『黑暗』這個詞，因爲大女兒的未婚夫有黑人的血統。我們不敢說『駝背』，因爲她有一個孩子的背是駝的。我們不敢說『經濟困難』，因爲我的姊夫恰巧就是如此。我們不敢說曾經到林中去逛過，因爲『林』字的聲音不好聽——一位姓『林』的傢伙曾經和她最年輕的女兒解除了婚約。我這個人就是不喜歡在拜訪人家的時候老是要閉著嘴，一句話也不敢講。假如我什麼話也不敢講，那我倒不如閉門不出，待在我爐邊的角落裡。假如這不是大家所謂的『罪過』的話，我倒要請求上帝讓我們活下去——那個爐邊的角落能保持多久就活多久，因爲在這裡我們的內心可以得到平安。這兒就是我的天國，而這天國是我的霍夫給我的。」

「她的嘴裡有一個金子的磨碎機！」㉛他說。

「而他的心裡則充滿了金子的顆粒！」㉜她說。

> 磨碎，磨碎整整一袋，
> 愛米莉像純金一樣可愛！

他在唸這兩句的時候，她就在他的下巴底下呵一下癢。

「這首詩是他即席吟出來的！這眞值得印刷出來！」

「而且還值得裝訂成書呢！」他說。

這兩位老人就是這樣彼此開玩笑。

一年過去了。貝兒開始練習表演一個角色。他選擇了「約瑟夫」，但是他後來又改換爲歌劇《白衣姑娘》中的喬治・布朗。他很快就把歌詞和音樂都學會了。這部歌劇是取材於瓦爾特・司各特的一部長篇小說㉝。從這部小說中，他瞭解了那個年輕、活潑的軍官的全貌。這位軍官回到故鄉的山裡來，看到了他祖先的莊園卻認不出來。一支古老的歌喚醒了他兒時的回憶。接著幸運就降臨到他的身上：他得到了莊園和一位新娘。

他所讀到的故事很像他親身所經歷過的他自己生活中的一章。嘹亮的音樂和他的心情完全相稱。過了好長、好長一段時間以後，第一次彩排才開始。歌唱教師覺得，他沒有急於登台的必要；但是最後這一天到來了。他不僅是一個歌唱家，而且還是一個演員。他把整個心靈都投進這個角色裡去了。合唱團和樂隊第一次對他鼓起瘋狂的掌聲。人們期待著第一次預演帶來極大的成功。

「一個人可能在家裡穿著便衣的時候是一個偉大的演員，」一位好心的朋友說，「可能在陽光下顯得很了不起，但在腳燈前，在滿滿一屋子的觀衆面前卻可能一無可取。只有時間能夠證明。」

貝兒並沒有感到什麼恐懼，他只是渴望這個不平常的一晚的到來。相反的，歌唱教師倒是有些緊張起來。貝兒的媽媽沒有膽量到劇院裡去，她會因爲替她親愛的兒子擔心而倒下來。祖母

的身體不舒服，醫生說她得待在家裡。不過她們忠誠的朋友霍夫太太答應在當天晚上就把經過情形告訴她們。即使她在呼吸最後一口氣，她必須、而且一定要到劇院裡去的。

這一晚是多麼長啊！那三四個鐘頭簡直是像無窮盡的歲月。祖母唱了一首聖詩，同時和媽媽一同祈禱善良的貝兒今晚也成為一個幸運的貝兒。鐘上的指針走得真慢。

「現在貝兒開始了！」她們說。「現在他演完了一半」！「現在他快要結束了！」媽媽和祖母彼此呆望著，再也講不出一句話來。

街上充滿了車子的隆隆聲；這是因為看戲的人散場以後要回家。這兩個女人從窗子裡向下面看。有許多人正走過，並且在高聲地談話。他們都是從劇院裡走出來的。他們所知道的情況，將會帶給這兩位住在商人的頂樓的婦人歡樂或者極大的悲哀。

最後樓梯上有了腳步聲。霍夫太太走進來了，後面跟著的是她的丈夫。她抱著媽媽和祖母的脖子，但是一句話也講不出來。她在哭，在嗚咽。

「上帝啊！」媽媽和祖母齊聲說，「貝兒的表演到底是怎樣了呢？」

「讓我哭一會兒吧！」霍夫太太說。她非常激動，非常興奮。「我實在支持不了！啊，你們這些親愛的人，你們也支持不了！」這時眼淚像雨點似地滴下來了。

「大家把他噓下台了嗎？」媽媽大聲地問。

「不是，不是這樣！」霍夫太太說。「大家——我居然親眼看見了！」

　　於是媽媽和祖母就一同哭起來了。

　　「愛米莉，不要太激動呀！」霍夫先生說。「貝兒成功了！勝利了！觀眾的掌聲是那樣熱烈，幾乎整個房子都要被震倒了。我的雙手現在還有疼痛的感覺。從正廳一直到頂樓都是一片暴風雨般的掌聲。皇族的全家人都在鼓掌。這的確可以說是戲劇史上裡一個劃時代的日子。這不僅僅是本事，簡直可以說是天才！」

　　「是的，是天才！」霍夫太太說，「這是我的評語！上帝祝福你，霍夫，因為這句話是由你的嘴裡講出來的，你們善良的人啊！我從來沒有相信過，一個人能夠把一齣戲同時演和唱得這樣好！而我是親身經歷過全部舞台歷史的人啦！」她又哭了起來。媽媽和祖母在大笑，同時眼淚像珠子似地從她們的臉上滾下來。

　　「好好地去睡覺吧！」霍夫先生說。「愛米莉，走吧！再見！再見！」

　　他們告別了這個頂樓和住在這上面的兩位幸福的的人。這兩個人並不孤獨。不一會兒門就被推開了，走進來的是貝兒──他原先答應第二天下午才來的。他知道兩個老人家的心裡是多麼記掛著他，她們是多麼需要明瞭他演出的結果。因此當他和歌唱教師乘著馬車在門口經過的時候，便在外面停了一下。他看到樓上還有亮光，所以他覺得他非進去一下不可。

　　「妙極了！好極了！美極了！一切都好極了！」他們歡呼著，同時把媽媽和祖母吻了一下。歌唱教師滿面笑容，連連點頭，和她們握手。

「現在他得回去休息一下！」他說。於是這次夜深的拜會就結束了。

「天上的父，您是多麼仁慈、和善啊！」這兩個貧窮的女人說。她們談論著貝兒，一直談到深夜。在這個大城市所有的地方，人們都在談論著他，談著這位年輕美貌的傑出歌唱家。幸運的貝兒達到了這樣的成就。

13.

早晨出版的日報把這位不平常的新藝術家大張旗鼓地渲染了一番。評論家則保留他們的權利，等到第二天再發表意見。

商人特地爲貝兒和歌唱教師舉行了一個盛大的晚宴。這表示一種關切，表示他和他妻子對這名年輕人的注意，因爲這個年輕人是在他們的屋子裡出生的，而且還是和他們的兒子同年同月同日出生的。

商人爲歌唱教師乾杯的時候，發表了一篇出色的演說，因爲這塊「寶石」──這是一個有名的日報爲貝兒取的名字──就是歌唱教師發現和雕琢出來的。

費利克斯坐在他的旁邊。他的談吐很幽默，同時也充滿了感情。吃完飯以後，他把自己的雪茄煙拿出來敬客──這比商人的要好得多。「他能夠敬這樣的雪茄，」商人說，「因爲他有一個有錢的父親！」貝兒不抽煙。這是一個很大的缺點，但這很容易補救。

「我們必須成爲朋友！」費利克斯說。「你現在是京城裡的紅人！所有的年輕姑娘們──包括年老的──都爲你傾倒。不

論在什麼事情上你都是一個幸運的人。我羨慕你，特別是因為你可以混在年輕女子中間隨意進出劇院的大門！」

在貝兒看來，這並不是一件值得羨慕的事情。

他接到加布里爾太太的一封信。報紙上關於他初次演出的讚美以及他將會獲得一個藝術家所擁有的成就，使得她欣喜若狂。她曾經和她女兒們用雞尾酒來為他乾杯。加布里爾先生也分享他的光榮。他相信，貝兒能把外國字的發音唸得比大多數的人正確。藥劑師在城裡到處宣傳，說人們是在他的小劇場裡第一次看到和欽慕貝兒的才能，而這種才能現在終於在首都得到大家的公認。「藥劑師的女兒一定會感到煩惱，」太太補充著說，「因為他現在有資格向男爵和伯爵的小姐求婚了。」藥劑師的女兒太急，答應得也太快：在一個月以前她已經和那位肥胖的市府參議訂婚了。他們結婚的消息已經發佈出來；在這個月的二十號就要舉行婚禮了。

貝兒接到這封信的時候，恰巧是這個月的二十號。他覺得好像他的心被刺了一下。他這時才體會到，當他的靈魂在搖擺不定的時候，她曾經使他在情緒上產生過穩定的作用。在這個世界上，他愛她勝過愛任何人。他的熱淚盈眶；他把信拿在手裡捏成一團。自從他從媽媽和祖母那兒聽到關於爸爸在戰場上犧牲的消息以來，這是他第一次心中感到極大的悲哀。他覺得一切幸福都完了，他的未來是空洞和悲哀的。他年輕的面孔上不再發射出光彩；他心裡的陽光也滅了。

「他的臉色很難看！」媽媽和祖母說。「他在舞台上工作得太緊張了！」

　　這兩個人看得出來，他和過去有些不同。歌唱教師也看得出來。

　　「這是怎麼一回事呢？」他問。「你在苦惱什麼，我可以不可以知道呢？」

　　這時他的雙頰紅起來，眼淚也流出來了。他把他所感到的悲愁和損失全講出來了。

　　「我熱烈地愛她！」他說。「這件事我到現在才明白，但爲時已晚！」

　　「可憐的、悲哀的朋友！我非常瞭解你！在我面前痛哭一場吧。然後你可以相信，世界上無論出了什麼事，它的目的總是爲了我們好。你能越早做到這一點就越好。你這樣的滋味我也曾經嚐到過，而且現在還在嚐。像你一樣，我也曾經愛過一個女子。她旣聰明，又美麗，又迷人。她打算成爲我的妻子，我可以供給她好的生活條件，她也非常愛我。但是在結婚以前我必須答應她一個條件：她的父母有這個要求，她自己也有這個要求：我必須成爲一名基督徒——！」

　　「您不願意嗎？」

　　「我不能呀！一個人從這個宗教換到那個宗教，不是會對他所背棄的那個宗教犯罪，就是會對他新加入的這個宗教犯罪。一個眞正有良心的人要想避免這一點是不可能的。」

　　「您沒有一個信仰嗎？」貝兒問。

　　「我相信我祖先的上帝。他指引我的行事和我的智力。」

　　有好一會兒，他們坐著一聲不響。於是歌唱教師的手就滑到鍵盤上；他彈了一曲古老的民歌。他們誰也沒有把歌詞唱出

來；可能他們都陷入深思裡。

　　加布里爾太太的來信沒有人再讀了。她做夢也沒有想到，這封信引起了這麼大的悲哀。

　　過了幾天以後，加布里爾先生寄來了一封信。他也表示他的祝賀，同時託貝兒辦一件「小事」——這大概是他寫這封信的眞正目的。他要求貝兒替他買一對小小的瓷人，阿穆爾和許門㉞——象徵愛情和結婚。「這個小城市全都賣空了，」信裡說，「但是在京城裡是很容易買到的。錢就附在這封信裡。希望你盡快地把它寄來，因爲我和我的妻子曾經參加過她的婚禮，而這就是要送給她的結婚禮物！」此外，貝兒還從信裡知道：「馬德生永遠也不再是學生了！他從我的家裡搬走了，但他在牆上留下了一大堆侮辱全家人的話語。小馬德生——此公不是一個好人。『Sunt pueri pueri，pueri puerilia tractant！』——意思是說：『孩子到底是一個孩子，孩子會做出孩子氣的事情！』我特地把它在這兒翻譯出來，因爲我知道，你不是一個研究拉丁文的人。」

　　加布里爾先生的信寫到這裡就結束了。

14.

　　當貝兒坐在鋼琴面前的時候，鋼琴常常發出一種激動他內心和思想的調子。這些調子不時變成爲具有歌詞意義的旋律——這和歌是分不開的。因此好幾支具有節奏和感情的短詩就因此產生了。它們是以一種低微的聲音唱出來的。它們在靜寂中飄蕩著，好像有些羞怯，害怕被人聽見似的：

一切都會像風兒一樣吹走，
這裡没有什麼會永恒不變。
臉上的玫瑰色也不會久留，
微笑和淚珠也會很快不見。

那麼你爲什麼要感到悲哀？
愁思和痛苦不久就會逝去；
像樹葉一樣什麼都會枯萎，
人和時間，誰也無法留住！

一切東西都會消逝——消逝，
青春，希望，和你的朋友。
一切都會像風兒一樣奔馳，
再也没有一個回來的時候！

　　「這支歌和旋律你是從什麼地方得來的呢？」歌唱教師
問。他偶然看見這首寫好的樂曲和歌詞。

　　「這支歌和這一切，都是自動來的。它們不會再飛到更遠的
地方去了！」

　　「抑鬱的心情也會開出花來！」歌唱教師說，「但是抑鬱的
心情卻不會給你忠告。現在我們必須掛起風帆，向下一次演出的
方向進發。你覺得那個憂鬱的丹麥王子哈姆雷特怎樣呢？」

　　「我熟悉這部莎士比亞的悲劇！」貝兒說，「但是我還不熟

悉托瑪的歌劇㉟。」

　　「這個歌劇應該叫做《莪菲麗雅》，」歌唱教師說。莎士比亞在悲劇中讓王后把莪菲麗雅的死講出來；這一段在歌劇中成了一個最精彩的部分。我們從前在王后的口中聽到的東西，現在可以親眼看見，而且在聲調中感覺得到：

> 一個溪岸上斜長著一棵楊柳樹，
> 銀葉子映照在琉璃一樣的溪水裡。
> 她編了離奇的花環，用種種花草，
> 有苧麻，金鳳花，雛菊，還有長頸蘭，
> （放浪的牧羊人給它起更壞的名稱，
> 貞潔的姑娘還不過叫它「死人指」）
> 她到了那裡，爬上橫跨的枝椏
> 去套上花冠，邪惡的枝條折斷了，
> 把她連人帶花，一塊兒拋落到
> 嗚咽的溪流裡。她的衣服張開了，
> 把她美人魚一樣地托在水面上，
> 她還斷續地唱些古老的曲調，
> 好像她一點也不感覺自己的苦難。㊱

　　歌劇把這整個的情景呈現在我們眼前；我們看到了莪菲麗雅走出來，玩著，舞著，唱著那支關於「美人魚」故事的古老歌曲。「美人魚」把男人引誘到河底下去。當她在唱著歌和採著花的時候，人們可以聽到水底下有同樣的調子。這些誘惑人的調子

是從深水底下用合唱的聲音飄出來的。她傾聽著，大笑著，一步一步地走近岸邊。她緊緊地扯住垂柳，同時彎下腰來摘那些白色的睡蓮。她輕輕地向它們漂浮過去，躺在它們寬闊的葉子上唱著歌。她隨著葉子飄蕩著，讓流水托著她走向深淵——在這裡，她像那些零亂的花朵一樣，在月光中沉下去了。她上面飄起一陣「美人魚」的清歌。

在這個偉大的場景中，哈姆雷特，他的母親，那個私通者以及那個要復仇的、已故的國王，好像是專門爲這個豐富多采的畫面而創造出來的人物。

我們在這裡看到的不是莎士比亞的《哈姆雷特》，正如我們在歌劇《浮士德》中看到的不是歌德的《浮士德》一樣。沉思不足以成爲音樂的素材。把這兩部悲劇提昇到音樂詩層面的是它們裡面蘊藏著的「愛」。

歌劇《哈姆雷特》在舞台上演出了。扮演莪菲麗雅的那位女演員是非常迷人的；死時的那個場面也非常逼眞。哈姆雷特在這一晚引起了極大的共鳴。在任何場景中，只要他出現，他的性格就向前發展一步，達到圓滿的境地。歌唱者的音域，也引起觀衆的驚奇。無論是唱高音或者低調，他始終保持著一種清新的韻味。正如他唱喬治·布朗一樣。他唱哈姆雷特也是同樣地出色。

在義大利的歌劇中，歌唱的部分像一幅畫布；天才的男歌唱家或女歌唱家在那上面寄託他們的靈魂和才藝，用深淺不同的顏色創造出詩所要求的形象。如果曲子是通過以人物爲中心的思想創作出來和演奏出來的，那麼他們的表演還能達到更高更完美的程度。這一點古諾㊲和托瑪是充分瞭解的。

在這一晚的歌劇中，哈姆雷特的形象是有血有肉的，因此他就成爲這個詩劇中最突出的角色。在城堡上的那個夜景是使人難忘的：這時哈姆雷特第一次看到他父親的幽靈。在舞台前面展開的是城堡中的一幕：他吐出毒汁一般的字眼；他第一次在可怕的情景中看到她的母親；父親以一種復仇的姿態站在兒子面前；最後，在莪菲麗雅死時，他唱出的歌聲和調子是多麼強烈啊！她成了深沉的海上一朵引起憐愛的蓮花；它的波浪，以一種不可抗拒的力量滲進觀衆的靈魂中去。哈姆雷特在這天晚上成了一個主要的角色。他獲得了全勝。

「這種成功他是從哪裡得到的呢？」商人的有錢太太問。她想起了住在頂樓上貝兒的父母和祖母。他的父親是一個老實和正直的倉庫管理員，在光榮的戰場上犧牲時不過是一個普通的士兵；他的母親是一個洗衣婦，並不能使兒子薰陶到多少文化；他自己則是在一個寒酸的私塾裡接受敎養的——在短短的兩年間，一個鄉下的敎師能夠給他多大的學問呢？

「那是由於天才呀！」商人說。「天才，這是上帝的賜予！」

「一點也不錯！」太太說。當她和貝兒談話的時候，就把雙手合起來：「當你得到這一切的時候，你心裡眞是覺得很卑微嗎？天老爺對你眞是說不出的慷慨！他把什麼都賜給你了。你不知道，你演的哈姆雷特是多什麼感動人！你自己是無法想像得到的。我聽說，許多詩人自己也不知道他們所貢獻出來的東西是多麼光榮；他們需要哲學家來解釋給他們聽。你對哈姆雷特的概念是從什麼地方得來的呢？」

「我對這個角色曾經做過一番思考，讀過許多有關莎士比亞

的詩的文章，最後在舞台上把我自己全心全意地投進這個人物和他的情境中去——我所能做到的，我全都做了；至於別的，那全由我們的上帝安排！」

「我們的上帝！」她露出一種略帶責備的眼色說，「他的名字在這裡用不上！他給了你能力，但是你絕不會相信，他和舞台或者歌劇有什麼關係！」

「有關係！」貝兒大膽地回答說，「他在這裡也有一個講壇，不過大多數的人在這兒喜歡聽的要比在教堂裡喜歡聽的多！」

她搖搖頭。「凡是美與善的東西總是和上帝分不開的。不過我們最好不要隨便亂用他的名字。能夠成為一個偉大的藝術家是上帝的賜予，但是更重要的是成為一個好的基督徒！」她覺得，她的費利克斯絕不會把戲院和教堂相提並論，因而她為此事感到很高興。

「現在你和媽媽的意見不一致了！」費利克斯笑著說。

「這是我完全沒有想到的！」

「不要為這事傷腦筋！只要你下個禮拜天到教堂裡去，你仍然可以獲得她的好感！你可以站在她的座位旁邊，向右邊往上看——因為在那邊的特別席位有一個小小的臉龐，值得一看。那就是寡婦男爵夫人的漂亮女兒。我這個忠告完全是出於善意！而且我還可以再給你一個忠告：你不能老在你目前住的地方住下去呀！搬進有個像樣樓梯的更好公寓裡去！假如你不願意離開歌唱教師的話，你最好勸他住得漂亮一點！他並不是沒有能力做到的，同時你的收入也並不壞呀。你也應該請請客，招待吃晚飯。我自己可以這樣做，而且也會這樣做，不過你可以請

幾位嬌小的女舞蹈家來！你是一個幸運的傢伙！不過，對老天
爺發誓，我相信你還不懂得怎樣做一個年輕的男子！」

貝兒是完全懂得的，不過方式不同罷了：他用豐滿、熱烈、
年輕的心愛他的藝術。藝術是他的新娘；她報答他的愛，把他提
昇到陽光和快樂中去。曾經打擊過他的壓鬱感，很快就消逝了；
他所遇見的都是溫柔的眼光。大家對他都表示出一種溫柔、和藹
的態度。祖母曾經掛在他胸前的那顆琥珀心，現在仍然掛在他身
上。它是一個幸運的護身符。他的確也這樣想，因爲他還沒有完
全擺脫迷信——人們也可以把這叫做兒時的信仰。每一個天才
的性格都有這類的特點，而且期待和相信自己的星宿㊳。祖母曾
經把那顆琥珀心裡蘊藏著的力量指給他看過——這種力量能把
什麼都吸過來。他的夢也告訴過他，琥珀心怎樣冒出一棵樹來
——這棵樹一直伸向天花板和屋頂，結出成千上萬的銀心和金
心。無疑地，這說明在心裡——在他自己溫暖的心裡蘊藏著一種
藝術的力量，這種力量使他贏得了，而且還會進一步贏得成千上
萬顆心。

在他和費利克斯之間無疑地存在著某種同理心，雖然他們
兩人在本質上是不同的。在貝兒看來，他們之間的差異是：費利
克斯身爲有錢人的兒子，是在各種誘惑中長大起來的，而且他也
有力量和要求來嚐試這些誘惑。至於他自己呢，身爲窮的兒子，
他是處於一個更幸運的地位。

這兩個在同一個屋子裡出生的孩子都有了成就。費利克斯
很快就要成爲皇家侍從，而這是當上家臣的第一個步驟。這樣，
他就可以有一個金鑰匙吊在背後了㊴。至於貝兒呢，他永遠是一

個幸運的人，他已經有了一個金鑰匙——雖然它是看不見的。這個鑰匙可以打開世界上的一切寶庫，也可以打開所有的心靈。

15.

這仍然是冬天。雪橇的鈴聲在叮噹地響著；雲彩載著雪花。但是只要太陽露出幾絲光線，人們就可以知道春天快要來到了。年輕的心裡所感到的芬芳和悅耳的東西，都以有聲有色的音調流露出來，形成字句：

> 大地仍然躺在白雪的懷抱，
> 溜冰人愉快地在湖上奔跑，
> 銀霜和烏鴉裝扮著樹枝，
> 明天這些日子就會告辭；
> 太陽擊破了那沉重的雲彩；
> 春天騎著夏日向城裡走來，
> 柳樹脫下它絨毛般的手套。
> 音樂師啊，你們應該演奏了！
> 小鳥們啊，請你們歌唱，歌唱：
> 「現在嚴寒的冬天已經入葬！」

> 啊！陽光的吻是多麼溫暖！
> 來吧，來摘車葉草和紫羅蘭：
> 樹林似乎呼吸得非常遲緩，
> 好讓夜裡每一片花瓣開展。

杜鵑在歌唱，你聽得很熟。
聽吧，你將活得非常長久！
你也應該像世界一樣年輕，
興高采烈，讓你的心和嘴唇
與春天一齊來歡唱：
「青春永遠不會滅亡！」

青春永遠不會滅亡！
人生就好像一根魔杖：
它變出太陽，風暴，歡樂，悲哀，
我們的心裡藏著一個世界。
它絕不會像流星一樣消失，
因爲我們人是上帝的形象。
上帝和大自然永遠年輕，
春天啊，請敎給我們歌詠。
每隻小鳥這樣歌唱：
「青春永遠不會滅亡！」

　「這是一幅音樂畫，」歌唱敎師說，「它適合於合唱團和交響樂團採用。這是你所有的感情作品中最好的一件作品。你的確應該學一學和聲學，雖然你命中並不是要成爲一個作曲家！」

　年輕的音樂界朋友們不久就把這支歌在一個大音樂會中介紹出去了。它吸引人們的注意，但卻沒引起人們的期望。我們年輕朋友的面前展開著他自己的道路。他的偉大和重要不僅是蘊

藏在他能引起共鳴的聲調裡，同時也內含在他的非凡音樂才能中。這一點，他在演喬治‧布朗和哈姆雷特的時候已經顯露出來了。他不喜歡演唱輕歌劇，而喜歡演正式的歌劇。由歌唱到說白，然後又由說白回到歌唱──這是違反他的健全和自然的理智的。「這好比一個人從大理石的台階走到木梯子上去，」他說，「有時甚至走到牆上鷄窩的橫桿子上去，然後又回到大理石上來。整個的詩應該在音樂中獲得生命和靈魂。」

未來的音樂──這是人們對於新歌劇運動的稱呼，也是華格納⑩所極力倡導的一種音樂──我們的年輕朋友成了這種音樂的支持者和傾慕者。他發現這裡面的人物刻劃得非常清晰，章節充滿了主題思想，整個情節是在戲劇性地向前不斷開展，而沒有停滯或者經常再現的那種旋律。「把漫長的歌曲放進去的確是不自然的事情！」

「是的，放進去！」歌唱教師說，「但是在許多大師們的作品中，它們卻成爲整體中最重要的部分！它們正應該如此。抒情歌最恰當的地方是在歌劇之中。」於是他舉出《唐璜》⑪中堂‧奧塔微奧的那支歌曲《眼淚啊，請你停止流吧！》爲例。「多麼像一個美麗的山中湖泊啊！人們在它岸邊休息，飽餐它裡面潺潺流動著的音樂。我欽佩這種新音樂的技巧，但是卻不願意和你在這種偶像面前跳舞。如果這不是因爲你沒有把你心裡的眞話講出來，那麼就是因爲你還沒有把問題弄清楚。」

「我將要在華格納的一個歌劇中演出，」我們的年輕朋友說。「如果我沒有把我心裡的意思用字句講清楚，我將用歌唱和演技表達出來！」

他演的角色是羅恩格林㊷———一位神祕的年輕騎士。他佇立在由一隻天鵝拉著的船上，渡過舍爾得河去為艾爾莎和布拉般戰鬥。誰能夠像他那樣優美地演唱出會晤時的第一支歌———洞房中的情歌———和那支當這位年輕騎士在聖杯的環飛著的白鴿下面到來、征服、而又消逝時的離歌呢？

這天晚上，對於我們的年輕朋友來說，要算是向藝術的偉大和重要又邁進了一步；對於歌唱教師來說，要算是對「未來的音樂」有了更深刻的認識。

「但是有附帶條件！」他說。

16.

在一年一度的盛大美術展覽會上，貝兒有一天遇見了費利克斯。後者站在一位年輕美貌的女子畫像前面。她是一位寡婦男爵夫人———一般人都這樣稱呼她———的女兒。這位男爵夫人的沙龍是名流以及藝術和科學界重要人物的聚會所。她的女兒剛剛滿十六歲，是一個天真可愛的孩子。這張畫像非常像她，是一件藝術品。

「請到隔壁的一個大廳裡去吧，」費利克斯說，「這位年輕的美人和她的媽媽就在那兒。」

她們在聚精會神地觀看一幅表現性格的繪畫。畫面是一片田野。兩個結了婚的年輕人在田野上騎著一匹馬奔馳，彼此緊緊地抱著。但是主要人物卻是一個年輕的修道士。他在凝望這兩位幸福的旅人。這個年輕人的臉上有一種夢幻似的悲哀表情。人們可以從他的臉上看出他內心的思想和他一生的歷史：他失去了

目標，失去了極大的幸福。他沒有獲得人間的愛情。

老男爵夫人看到了費利克斯。後者對她和她的女兒恭恭敬敬地行了禮。貝兒也按著一般的習慣向她們致敬。寡婦男爵夫人看見過在舞台上的他，因此立刻就認出來了。她和費利克斯說了幾句話以後，就和貝兒握手，同時友善地、和氣地和他交談了一會兒：

「我和我的女兒都是你的崇拜者！」

這位年輕的小姐在這一瞬間多麼美麗啊！她差不多是懷著一種感謝心情，用一雙溫柔、明亮的眼睛在凝望著他。

「我在我的家裡看到了許多極有特色的藝術家，」寡婦男爵夫人說，「我們這些普通人需要在精神上常常換換空氣。我們誠懇地歡迎你常來！我們年輕的外交家，」她指著費利克斯，「將會先把你帶到我家裡來一次。以後我希望你自己會認得路！」

她對他微笑了一下。這位年輕的小姐向他伸出手來，非常自然和誠懇，好像他們老早就認識似的。

在一個晚秋的、寒冷而雨雪紛飛的晚上，這兩位出生在富有商人屋子裡的年輕人到來了。這種天氣適合坐車子，而不適合步行。但是這位富有的少爺和這位舞台上的首席歌唱家穿著大衣、套鞋，戴著風帽，步行來拜訪。

從這樣惡劣的天氣走進一個豪華而富有風雅情趣的屋子裡來，的確是像走進一個童話的國度。在前廳裡，在鋪著地毯的樓梯前面，各種不同的花卉、灌木和棕櫚雜陳，顯得極為鮮豔。一個小小的噴泉在向一個水池噴著水。水池的周圍是一圈高大的水芹。

　　大廳裡照耀得金碧輝煌。大部分的客人已經在這裡聚集，很快這裡就要變得擁擠。後面的人踩著前面人的絲綢後裾和花邊，周圍是一片嘈雜而響亮的談話聲。這些談話，整個地說來，與這裡的豪華景象最不相稱。

　　如果貝兒是一個愛慕虛榮的人物──事實上他不是──他可以理解這個晚會是爲他而開的，因爲這個家的女主人和她的容光煥發的女兒是那樣熱烈地招待他。年輕和年老的紳士淑女們也都在對他表示恭維。

　　音樂奏起來了。一位年輕的作家在朗誦他精心寫出的一首詩。人們也唱起歌來了，但是人們卻考慮得很周到，沒有要求我們可敬的年輕歌唱家來使這個場合變得更完整。在這個華貴的沙龍裡，女主人特別地殷勤、活潑和誠懇。

　　這要算是踏進上流社會的第一步。很快地我們的這位年輕朋友也成了這個狹小家庭圈子裡的少數貴賓之一。

　　歌唱教師搖搖頭，大笑了一聲。

　　「親愛的朋友，你是多麼年輕啊！」他說，「你居然和這些人混在一起而感到高興！他們在一定的程度上有他們的優點，但是他們瞧不起我們這些普通人。他們把藝術家和當代的名人邀請到他們圈子裡去，有的是爲了虛榮，爲了消遣；有的是爲了要表示他們有文化氣息。這些人在他們的沙龍裡，也無非像花朵在花瓶裡一樣。他們在一個時期內被當做裝飾品，然後就被扔掉。」

　　「多麼冷酷和不公平啊！」貝兒說，「您不瞭解這些人，而且您也不願意去瞭解他們！」

「你錯了！」歌唱教師回答說。「我和他們在一起不會感到舒服的！你也不會的！這一點他們都記得，也都知道。他們拍著你和望著你，正如他們拍著一匹比賽的馬兒一樣，目的是希望它能贏得賭注。你不是屬於他們那一伙人的。當你不再處於風頭上的時候，他們就會拋棄你的。你還不懂嗎？你還不夠自豪。你只是愛慕虛榮，你和這些上層人物混在一起足以說明這一點！」

「假如您認識那位寡婦男爵夫人和我在那裡的幾位新朋友，」貝兒說，「您絕不會講這樣的話和下這樣的判斷！」

「我不願意去認識他們！」歌唱教師說。

「你什麼時候宣佈訂婚呢？」費利克斯有一天問。「對象是媽媽呢，還是女兒？」於是他就大笑起來。「不要把女兒帶走吧，因為你這樣做，所有的年輕貴族就會來反對你，連我都會成為你的敵人——最凶惡的敵人！」

「你這話是什麼意思？」貝兒問。

「你是她們最喜歡的人！你可以隨時進出她們的大門。媽媽可以使你得到錢，變成一個望族呀！」

「請你不要和我的開玩笑吧！」貝兒說。「你所講的話沒有半點趣味。」

「這不是趣味問題！」費利克斯說。「這是一件非常嚴肅的事情！因為你根本不應該讓她老人家坐著長吁短嘆，變成一個雙重寡婦呀！」

「我們不要把話題扯到寡婦男爵夫人身上去吧，」貝兒說，「請你只開我的玩笑——只是開我的玩笑。我可以回答你！」

「誰也不會相信，在你這方面你是單從愛情出發的！」費利克斯繼續說。「她已經超出美的範圍以外了！的確，人們不是專靠聰明生活的！」

「我相信你有足夠的文明和知識，」貝兒說，「而不致於這樣無理地來談論一個女性。你應該尊敬她。你常到她家裡去。我不能再聽這類的話語！」

「你打算怎麼辦呢？」費利克斯問。「你打算決鬥嗎？」

「我知道你曾經學過這一手，我沒有學過，但是我會學會的！」於是他就離開了費利克斯。

過了一兩天以後，這兩位在同一個房子裡出生的孩子——一個出生在一樓，另一個出生在頂樓——又碰到一起了。費利克斯和貝兒講話的態度好像在他們之間沒有發生過裂痕似的。後者回答得非常客氣，但是非常直截了當。

「這是怎麼一回事情？」費利克斯說。「我們兩人最近有點兒彆扭。但是一個人有時得開點玩笑呀，這並不能算做輕浮！我不願意別人對我懷恨，讓我們言歸於好、忘記一切吧！」

「你能夠原諒你自己的態度嗎？你把我們都應該尊敬的一位夫人說成那個樣子！」

「我說的是老實話呀！」費利克斯說。「在上流社會中，人們可以談些尖刻的話，但用意並非就是那麼壞！這正如詩人們所說的，是加在『每天所吃的枯燥乏味的魚』上的一撮鹽。我們大家都有點惡毒。親愛的朋友，你也可以撒下一點鹽，撒下天真的一丁點兒鹽，刺激刺激一下呀！」

不久，人們又看見他們肩併肩地走在一起。費利克斯知道，

過去不只一個年輕貌美的姑娘在他身旁走過而不看他一眼；但
是她們現在可就要注意他了，因爲他是和「舞台的偶像」走在一
起。舞台的燈光永遠在舞台的主角和戀人身上撒下一道美麗的
光環。哪怕他是大白天在街上走路，這道光環仍然罩在他的身
上，雖然它通常總是熄滅了的。舞台上的藝術家大多數像天鵝一
樣，人們看他們最好是當他們在演出的時候，而不是當他們在人
行道上或散步場上走過的時候。當然例外的情形也有，而我們的
年輕朋友就是這樣。他下了舞台後的風度，絕不會攪亂人們在當
他表演喬治·布朗、哈姆雷特和羅恩格林時對他已形成的概念。
不少年輕的心把這種詩和音樂的形象融成一氣，和藝術家本人
整合起來，甚至還把他理想化起來。他知道，他的情形就是如
此，而且他還從這種情形獲得某種快感！他對他的藝術和他所
擁有的才華感到幸運。但是年輕幸福的臉上有時也會籠罩上一
層陰影。於是鋼琴上的曲子便引出這樣一首歌：

> 一切東西都會消逝──消逝，
> 青春、希望和你的朋友。
> 一切都會像風兒一樣飛馳，
> 再也沒有一個回來的時候！

「多麼淒楚啊！」那位寡婦男爵夫人說，「你真是十二萬分
的幸運！我從來沒有看見一個人像你這樣幸運！」

「智者梭倫㊸曾經說過，一個人在沒有進入墳墓以前不應該
說他幸運！」他回答說，他嚴肅的臉上露出一絲微笑。「假如我

還沒有愉快和感謝的心情，那將是一種錯誤，一種罪過。我不是這樣。我感謝上天委託給我的東西，但是我對它的評價卻與別人不同。凡是能衝上去、能散發出來的焰火，都是美麗的！舞台藝術家的工作也同樣是曇花一現的。永恒不滅的明星，與忽然出現的流星比起來，總會被人遺忘。但當一顆流星消逝了的時候，除了一項舊的記載以外，它不會留下任何長久的痕跡。新的一代不會知道、也無從想像那些曾經在舞台上迷住他們曾祖父母的人。青年人可能轟轟烈烈地稱讚黃銅的光澤，正如老年人曾經一度稱讚過眞金的光彩一樣。詩人、雕刻家、畫家和作曲家所處的地位，要比舞台藝術家有利得多，雖然他們在現實生活中遭受到困苦和得不到應有的肯定，而那些能夠及時表演出他們的藝術的人卻過著豪華和由偶像崇拜而產生的驕傲生活。讓人們崇拜那色彩鮮明的雲彩而忘記太陽。但是雲彩會消逝，而太陽會永遠照著，給新的世世代代帶來光明。」

他在鋼琴前面下來，即席創作了一個從來不曾有過的富於思想和力量的曲子。

「美極了！」寡婦男爵夫人打斷他說。「我似乎聽到了整個一生的故事！你把你心裡的高歌用音樂唱出來了！」

「我在想《一千零一夜》，」那位年輕小姐說，「在想那盞幸運的神燈，在想阿拉丁！」她用她那天眞、淚水汪汪的眼睛向前凝望。

「阿拉丁！」他重複這個詞。

這天晚上是他的生活的轉折點。無疑地，這是新的一頁的開始。

在這一年流水般的歲月裡，他遭遇到了一些什麼呢？他的臉上已經失去了新鮮的光彩，雖然他的眼睛比從前明亮得多。他常常有許多夜晚不睡，但並不是因為他在狂歡、戲鬧和牛飲——像許多有名的藝術家一樣。他不大講話，但是比以前更快樂。

「你在沉思默想些什麼呢？」他的朋友歌唱教師說，「你近來有許多事情都不告訴我！」

「我在想我是多麼幸運！」他回答說。「我在想那個窮苦的孩子！我在想阿拉丁！」

17.

如果按照一個窮人的兒子所能期望得到的成就來衡量，貝兒現在所過的生活要算是很幸福和愉快的了。他的開銷是這樣寬裕，正如費利克斯曾經說過的一樣，可以大大地招待他的朋友一番。他在想這件事情，他在想他最早的兩個朋友——媽媽和祖母。他要為她們和自己舉行一次招待會。

這是一個美麗的春天的日子。他請兩位老人家乘上馬車到城外去郊遊一番，同時也去看看歌唱教師新近買的一座小村屋。當他們正坐上車子的時候，有一位衣著寒酸的、約莫三十來歲的女人走了過來。她手裡拿著一封由霍夫太太簽名的介紹信。

「你不認識我嗎？」女人說。「我就是那個大家稱為『小鬈髮頭』的人！鬈髮現在沒有了。它曾經是那麼多，現在全都沒有了；但是好人仍然還在！我們兩人曾同時演出過一個芭蕾舞

劇。你的境遇要比我的好得多。你現在成了一個偉大的人。我已經離開了兩個丈夫，並且現在也不做舞台工作了！」

介紹信請求他送她一架縫紉機。

「我們兩人同時演出了哪一個芭蕾舞劇呢？」貝兒問。

「《巴杜亞的暴君》，」她回答說。「我們在那裡面演兩個小小的侍從；我們穿著藍天鵝絨的衣服，戴著無邊帽。你記得那個小小的瑪莉・克納路普嗎？在那個行列中，我正走在你的後面。」

「而且還踢著我的小腿呢！」貝兒笑著說。

「眞的嗎？」她問。「那麼我的步子是邁得太大一點了。不過你走到我的前面很遠！比起用腿來，你更善於運用你的腦袋！」於是她轉過她那憂鬱的面孔，嬌媚地凝望了他一下。她相信，她的這句恭維話說得很風趣。貝兒是很慷慨的：他答應送她一架縫紉機。那些把他趕出芭蕾舞的道路，並使他能做出更幸運的事業的人當中，小小瑪莉的確算得上是一個很出力的人。

他很快就來到了商人的屋子前面。他爬上媽媽和祖母所住的頂樓。她們已經穿上了她們所擁有的最好的衣服。碰巧霍夫太太來拜訪她們，因此她也被請去郊遊了。她的心裡曾經掙扎了一番，最後寫了一個便條送給霍夫先生，說她接受了邀請。

「貝兒總是得到一些最好的恭維！」她說。

「我們這次出遊也很有排場！」媽媽說。「而且是坐這樣一輛漂亮和舒服的車子！」祖母說。

離城不遠，在御花園的近旁，有一座舒適的小房子。它的四周長滿了葡萄和玫瑰，榛子和果樹。車子就在這兒停下來，因為這裡就是那個村屋。一個老太婆來接待他們。她跟媽媽和祖母很

熟，因為她常常幫助她們，給她們一些衣服洗和燙。

他們看了看花園，也看了看屋子。這裡有一件特別有趣的東西：一間種滿了美麗的花兒的玻璃房。它是和起坐間連在一起的。一扇活動門可以一直推進牆裡面去。「這倒很像一個側面布景！」霍夫太太說。「人們只須用手一推，它就不見了，而且坐在這兒就好像坐在鳥籠子裡一樣，四周全是繁縷草㊹。這叫做冬天的花園。」

臥室也有它獨特可愛的風格。窗子上掛著又長又厚的窗帘，地上鋪著柔軟的地毯，此外還有兩把非常舒服的靠椅，媽媽和祖母覺得非坐一下不可。

「坐在這上面，一個人就會變得慵懶起來！」媽媽說。

「一個人會失去體重！」霍夫太太說。「的確，你們兩個從事音樂的人，在舞台上忙碌了一陣以後，可以在這裡舒舒服服地休息。我也懂得這種滋味！我想，在夢裡，我的腿仍然是跳得很高，而霍夫的腿卻在我的身旁同樣地跳得很高。這不是很好玩嗎：『兩個人，一條心！』」

「這裡的空氣很新鮮。比起頂樓上的那兩個小房間來，這兒要寬大多了！」貝兒睜著一對發亮的眼睛說。

「一點也不錯！」媽媽說。「不過家裡也不算壞呀！我的甜蜜的孩子，你就是在那兒生的，你的爸爸和我在那兒住過！」

「這兒要好得多！」祖母說。「這畢竟是一整棟房子。我很高興，你和那位難得的紳士——歌唱教師——有這樣一個安靜的家。」

「祖母，我也為您高興！親愛的好媽媽，我也為您高興呀！

您們兩人將永遠住在這兒。您們不須再像在城裡一樣，老是爬很高的樓梯，而且住的地方是那樣擠，那樣窄！我將請一個人來幫忙您們，而且要使您們像在城裡一樣，經常能看見我。您們滿意嗎？您們高興嗎？」

「這個孩子站在這裡，說的一大篇什麼話呀！」媽媽說。

「媽媽，這棟房子，這個花園，這裡的一切，全都是您的呀！祖母，這也全都是您的呀！我所努力要做到的事情，就是希望您們能得到這件東西。我的朋友──歌唱教師──曾熱心地幫助我把這些東西準備好。」

「孩子，我不懂你這話的意思！」媽媽叫出聲來。「你要送給我們一棟房子嗎？是的，親愛的孩子，只要你的能力做得到，你是願意這樣做的！」

「我不是開玩笑的呀！」他說，「這棟房子是屬於您和祖母的呀！」於是他便吻了她們每人一下。她們立刻就流下眼淚來。霍夫太太的眼淚流得也不比她們少。

「這是我生命中最幸福的一刻！」貝兒大聲說，同時把她們三個人擁抱了一番。

現在她們得把這兒所有的東西重新看一次，因為這都是屬於她們的。她們現在有了那個漂亮的小玻璃房；她們可以把屋頂上的五六盆花搬到這兒來。她們不再只有一個食櫥，而有一個寬大的食物儲藏室。甚至廚房都是一個溫暖而完整的小房間。烤爐和灶連在一起，而且還有一個煙囪；媽媽說，這簡直像一個又大又亮的熨斗。

「現在你們像我一樣，也有一個爐邊的角落，」霍夫太太說。

「這兒簡直是太理想了！人們在這個世界上所能希望得到的東西，您們都得到了！你，我的馳名的朋友，也是一樣！」

「並不是一切都有了！」貝兒說。

「那個嬌小的妻子自然會來的！」霍夫太太說。「我已經為你準備好了！她是誰，我心中已經有數了！但是我絕不會宣揚出去的！你這個了不起的人啊！你看，這一切不正像是一齣芭蕾舞嗎？」她大笑起來，眼睛裡流出了眼淚。媽媽和祖母也是一樣。

18.

寫出一部歌劇的曲譜和內容，同時自己又在舞台上把它演唱出來──這是一件再偉大和幸福不過的工作。我們年輕的朋友有一種與華格納相同的才能：他自己能創作出戲劇詩來。但是他能不能像華格納一樣，有充分的音樂氣質來創造出有重要意義的音樂作品呢？

勇氣和失望在他的心裡輪番交替著。他無法摒除他的這個「固定思想」。多少年來，它像一個幻象似地不時顯現出來。現在它成了一件可能的事情──成了他生命的目標。鋼琴上發出的許多自由幻想，正如從「可能國度」的海岸上飛來的候鳥一樣，一概都被歡迎。那些旋律，那些具有特徵的春天之歌，預示著一個尚未發現的音樂國度。寡婦男爵夫人在這些東西中看到了某種預兆，正如哥倫布在沒有看到地平線上的陸地以前，從海浪飄來的綠枝中就已經有了某種預感一樣。

陸地是存在的！幸運的孩子將會到達彼岸。每個吐露出的

字都是一顆思想的種子。她——那個年輕、美麗、天眞的女子——已經吐露出這個字：阿拉丁。

我們的年輕朋友就像一個像阿拉丁那樣幸運的孩子！阿拉丁活在他的心裡。他懷著同情和愉快的心情，把這首美麗的東方詩重複讀了不知多少遍。不久他就採用了戲劇的形式，一幕接著一幕地發展成爲字句和音樂。它越發展，音樂的思想就越變得豐富。當這部詩作快要完成的時候，它就像是第一次鑿開了的音樂泉源：一股新鮮、豐富的泉水從它裡面流出來。於是他又重新改造他的作品。幾個月以後，一部新的歌劇，以更有力的形式出現了：《阿拉丁》。

誰也不知道這部作品；誰也沒有聽到過它的一個小節——甚至最同情他的那位朋友歌唱教師都沒有聽過。在劇院裡——這位年輕的歌唱家每天晚上用他的歌聲和卓越的表演迷住觀衆——誰也不曾想到，這位把整個生命和精神投入他所扮演的角色中去的年輕人，還在過一種更緊張的生活。是的，一連有好幾個鐘頭，他在聚精會神地完成一件巨大的音樂作品——從他自己的靈魂裡流出的作品。

歌唱教師從來沒有聽到過歌劇《阿拉丁》的一個節拍。當它躺在他的桌子上，準備讓他審查的時候，它已經是一部充滿了音符和歌詞的完整作品。它會得到怎樣的評語呢？當然是一個嚴厲而公正的評價。這位年輕的作曲家一會兒懷著最高的期盼，一會兒又覺得這整個的事兒不過是一種自欺欺人的夢想。

兩天過去了。關於這件重要的事情他們連一個字也沒有提。最後，歌唱教師手裡拿著他已經看過的樂譜站在他的面前。

他的臉上有一種特殊的表情，但這並不足以說明他的心事。

「我的確沒有料到這樣的東西！」他說。「我不相信這會是你寫的。是的，我還無法做出明確的判斷，因此我還不敢發表意見。在樂器組合方面，偶爾也有些錯誤——不過這種錯誤是很容易糾正過來的。有許多個別的地方是非常大膽和創新的，人們必須在恰當的條件下來聽才對！正如在華格納的作品中我們可以看到卡爾·瑪利亞·韋伯的影響一樣，在你的作品中我們可以看到海頓的痕跡。你的新創造，對我來說還有一定的距離；但你本人則和我是如此接近，要叫我下一個正確的判斷是很難的。我最好是不下判斷。讓我來擁抱你吧！」他大聲說，滿面都是愉快的笑容。「你是怎樣寫出這樣的作品來的？」他緊緊地用雙臂抱著他。「幸福的人啊！」

透過報紙和「閒聊」，全城馬上就傳播著一些關於這部新歌劇和這位舞台上馳名的年輕歌唱家的傳說。

「他不過是一個寒酸的裁縫，把料理枱上剩下的一些碎料拼湊成一件孩子的衣服罷了！」有些人說。

「這是由他自編、自寫、自唱的！」另外有些人說。「他是連上三層樓高的天才！而他的出身更高——他是在頂樓出生的！」

「這裡面有一段雙簧：他和歌唱教師！」人們說。「他們現在要敲起一唱一和和彼此吹捧的號鼓了。」

歌劇現在正在被大家研讀著。凡是表演其中角色的人都不發表意見。「我們不能讓人們說，判斷是從劇院發出來的！」他們說。他們的臉孔都非常嚴肅，沒有表示出任何期望。

「這個作品裡的喇叭聲太多!」一位自己也作曲的年輕喇叭
手說。「希望他自己不要讓喇叭頂進他的腰裡去!」

「它顯示出天才;它寫得很漂亮,具有美好的旋律和性
格!」也有人這樣說。

「明天在這個時候,絞架就搭起來了,」貝兒說。「判詞也
許早已經決定了!」

「有的人說這是一部傑作!」歌唱教師說。「另外有些人說,
這是一部東拼西湊的東西!」

「眞理究竟是在什麼地方呢?」

「眞理!」歌唱教師說,「是的,請告訴我!請看上面的那
顆星吧!請明確地把它的位置告訴我吧!請閉起你的一隻眼
睛!你能看見它嗎?現在請你再用另一隻眼睛去看它!星星已
經改變位置,不在原來的地方了。同一個人的不同眼睛對事物的
看法有這樣大的差別,不同的許多人的看法會沒有差別嗎?」

「不管結果是怎樣,」我們的年輕朋友說,「我必須知道我
在這世界上的位置;我必須認識什麼我得完成,什麼我得放
棄。」

夜降臨了,決定之夜降臨了。

一個知名的藝術家將會達到更高的地位,或者在這次艱鉅
而徒勞的努力中受到屈辱:成功或者失敗!這是全城的一個事
件。人們在街上通夜站在票房門口,爲的是想買到一個座位。劇
院擠得水洩不通。女士們帶來大把的花束。她們將會把這些花束
帶回家去呢,還是拋向勝利者的腳下?

寡婦男爵夫人和她美麗的年輕女兒坐在樂隊上方的包廂

裡。觀眾中有一些不安，有一些低語，有一些騷動。但是當樂隊
指揮就定位，序曲開始演奏起來的時候，一切都停止了。

誰不記得亨塞爾的音樂「Si l'oiseau j'etais」⑮呢？它奏出
來真像歡樂的鳥鳴。現在這裡也有類似的情景：歡樂的、玩耍著
的孩子，愉快的、混雜不清的孩子的聲音；杜鵑和他們唱和；畫
眉在對鳴。這是天真無邪的孩子們的玩耍和歡樂──阿拉丁的
心情。接著大雷雨襲來了，這時努勒丁就使出他的威力：一道致
命的閃電打下來，把一座山劈成兩半。於是一片溫柔、誘惑人的
聲音飄出來了──這是從魔窟裡發出的一個聲音：化石般的洞
口正亮著一盞明燈，上空響著厲害精靈的拍翅聲。這時彎管樂號
奏出一首聖詩；它是那麼溫存、柔和，好像是從一個孩子嘴裡唱
出的一樣。起初是一管單號在演奏；接著又有另外一管，最後就
有許多管一起演奏起來了。它們在同一的調子中融成一片，然後
漸漸地擴展到豐滿而有力的程度，好像是最後審判日的號角一
樣。神燈已經在阿拉丁的手裡了！一股壯麗的旋律狂瀾湧現。只
有精靈的首領和音樂的巨匠才能夠發出這樣的聲音。

在瘋狂的掌聲中，幕慢慢地開啓了。在樂隊指揮的指揮棒
下，掌聲就像是號角齊鳴的進行曲。一個早熟的、漂亮的男孩子
在演唱。他長得那麼高大，但又是那麼天真。他就是阿拉丁，在
一些別的孩子中跳躍。祖母一定馬上就會說：「這就是貝兒。這
簡直跟他在家裡、在頂樓上、在爐子和衣櫃之間的跳躍沒有絲毫
分別。看他的心情，他連一歲也沒有長大！」

在他走下石洞去提起那盞神燈之前，努勒丁命令他祈禱。他
是用多大的信心和熱忱唸出那段祈禱文！他的歌聲把所有的觀

衆都迷住了。這是因爲他心中具有純潔和虔誠的旋律，才能唱出
這樣的歌呢，還是因爲他具有白璧無瑕的天眞？歡呼聲簡直沒
有休止。

　　把這支歌重唱一次可以說是一種褻瀆的行爲。大家要求再
聽這首歌曲，可是沒有任何反應。幕落下來了。第一幕結束了。

　　所有的批評家都變得目瞪口呆。大家都懷著一種愉悅的心
情，靜待進一步的欣賞和享受。

　　樂池裡飄出了幾節音樂，於是幕啓了。音樂的旋律，像格魯
克⑯的《阿爾米德》和莫札特的《魔笛》一樣，把每一個人都深
深地吸引住了。阿拉丁站在那個奇異的花園裡的場面展開了。一
種柔和、低微的音樂從花朵和石頭裡飄出來，從泉水和深深的峽
谷裡飄出來。種種不同的旋律融匯在一起，形成一個偉大的和
聲。在合唱中，人們可以聽到精靈的飛行。這聲音一會兒遠，一
會兒近，慢慢擴展到極高的限度，而又忽然消逝。阿拉丁的獨白
之歌，被這些和諧的調子襯托著，慢慢地升上來。它就是人們所
謂的偉大的抒情詩，但它跟人物和場面是配合得那麼好，它成了
整個歌劇不可缺少的部分。這種洪亮、引起共鳴的歌聲，這種從
心裡發出的、熱情的音樂，使得大家鴉雀無聲，陷入狂熱的境
地。當他在衆精靈的歌聲中伸出手拿到了那盞幸運的神燈時，這
種熱忱高漲到了不可再高的地步。

　　花朵像雨點似地從各方面拋來。他的面前展開了一塊由鮮
花鋪成的地毯。

　　對於這位年輕的藝術家說來，這是他生命中多麼偉大、多麼
崇高的一個時刻啊！他覺得，比這還偉大的一個時刻永遠不會

再來。一個由月桂花所編成的花環碰著他的前胸，然後又滾下來，落在他的腳下。他已經看見了這是從誰的手裡拋出來的。他看到坐在離舞台最近的一個包廂裡的那名年輕女子——那名年輕的女男爵。她慢慢地站起來，像一位代表「美」的精靈，在爲他的勝利而歡呼。

一把火透過了他的全身；他的心在膨脹——這是從來沒有過的現象。他彎下腰來，撿起這個花環，把它按在自己的心上。就在這同時，他向後倒下去了。昏過去了嗎？死了嗎？這是怎麼一回事呢？幕落下來了。

「死了！」這是一個回音。在勝利的快樂中死了，像索福克勒斯在奧林匹亞競技的時候一樣，像多瓦爾生在劇院裡聽貝多芬的交響樂的時候一樣。他心裡的一根動脈血管爆炸了；像閃電似地，他在這兒的日子結束了——在人間的歡樂中，在完成了他對人間的任務以後，沒有絲毫苦痛地結束了。他比成千上萬的人都要幸運！〔1870 年〕

────────────

這篇故事是於 1870 年 11 月 11 日以單行本的形式首次刊行的，共 183 頁，出版者爲哥本哈根的萊澤爾出版社。第二年它又在美國的《斯克利納爾月刊》一月、二月和三月號上連載。這個故事的背景來自安徒生本人。「他（貝兒）的父親是一個老實和正直的倉庫管理員，在光榮的戰場犧牲時不過是一個普通士

兵；他的母親是一個洗衣婦，並不能使兒子薰陶到多少文化；他自己則是在一個寒酸的私塾裡接受教養的。」這也就是安徒生本人兒時的情況，只不過他的父親不是倉庫管理員，而是一個修鞋匠，同時也不是在戰場上犧牲，而是從戰場上回家後病死的。

安徒生一直想當一個芭蕾舞演員，但沒有能如願以償。後來他又想改當歌唱家，但因為貧困，在一個冬天飢寒交迫的情況下，得了重感冒，破壞了嗓音，一直未能恢復，因而他這方面的希望也完全破滅了。他在愛情方面也慘遭失敗。但在這篇故事中，通過頑強的奮鬥和堅定的毅力與信心，這些願望都獲得了成功。只是當他的事業和愛情達到最高峰的時候，他在觀眾的喝采聲中悲壯地結束了他的一生：「死了！……在勝利的快樂中死了，像索福克勒斯在奧林匹亞競技的時候一樣，像多瓦爾生在劇院裡聽貝多芬的交響樂的時候一樣。他心裡的一根動脈血管爆炸了；像閃電似地，他在這兒的日子結束了──在人間的歡樂中，在完成了他對人間的任務以後，沒有絲毫苦痛地結束了。他比成千上萬的人都要幸運！」

這就是貝兒，也是安徒生本人身為一個藝術家所盼望達到的生命高潮。他終於如願以償了──這也是安徒生所夢想得到的幸福。《幸運的貝兒》是安徒生為自己寫的一篇外傳。

【註釋】

①這是一根在一端雕有馬頭的棍子。

②參孫是一個大力士，被非利士人所囚禁，並且被他們挖了眼睛。非利士人得意忘形，把參孫抓來取樂，要他在大家面前耍戲。參孫祈求上帝給他力量，把整個房子

推垮了，壓死了所有取樂的人。事見《聖經・舊約全書・士師記》第十六章第二十
一至三十一節。

③據歐洲傳說，吸血鬼是以蝙蝠的形態出現。

④這是指德國歌劇作家梅耶貝爾（Giacomo Meyerbeer,1791～1864）的一部有名的
歌劇《惡魔羅伯特》（Roberto il Diavolo,1831 年完成）。

⑤基督教會規定每年復活節後第五十天爲聖靈降臨節。

⑥席勒（Johann Christoph Friedrich von Schiller,1759～1805）德國名劇作家，《強
盜》（Die Rouber）是他 1781 年發表的第一部劇作。

⑦「非常好」在丹麥文裡是 meget godt，開頭兩個字母也是 M.G.。

⑧「小狗」在丹麥文裡是 hvalp，同時也有「自高自大的人」的意思

⑨地米斯托克利（Themistokles, 約公元前 528～462）是古代雅典的一個大政治家和
統帥。

⑩瓦爾堡（Wartburg）是德國愛森納赫附近圖林根林山裡的一個宮堡，在中古時期，
詩人們經常在這裡舉行詩歌競賽。

⑪索福克勒斯（Sophokles, 約公元前 496～406）是古希臘的著名悲劇作家。

⑫雅典娜（Athene）在希臘神話中是雅典的守護神。在希臘詩中，一般都在她的名字
前面加一個形容詞：「格洛柯比斯」（gloukopis），意思是「藍眼睛」。

⑬朱諾（Juno）是羅馬神話中婦女的保護神。一般詩中把她描寫成「大眼睛的朱諾」。

⑭晚餐舞（borddanse）是晚餐開始進餐後的第一場舞。

⑮霍夫的原文爲 Hof，是人名；但在丹麥文中又是「宮廷」的意思。因此，「宮廷指
定訂書匠霍夫」這塊招牌在丹麥文中就成了"Hof-Bogbinder-Hof"，非常滑稽，但
這種幽默在中文裡無法表達出來。

⑯貝兒的媽媽寫的別字太多，把「旋毛蟲」寫成了「玄帽蟲」。原文應該是 trikiner,
但她卻寫成了 truchner，這是豬身上的一種寄生蟲。

⑰這是丹麥的一種迷信。杜鵑如果只叫一次,問的人就只能活一年;如果不停地叫下去,問的人就可以活許多年。

⑱這是流行於整個北歐的一種風俗:在除夕夜半十二點鐘的時候,全家人都聚集在一起乾杯,做為「送舊迎新」的表示。

⑲她是十三世紀丹麥的一個有名的皇后。

⑳她是古羅馬傳說中一個非常忠心於丈夫的女子。一個叫做塞斯都斯的男子見她美麗和忠誠,在一天晚上乘她不備的時候破壞了她的貞操。第二天早晨她因羞憤而用匕首把自己刺死。莎士比亞曾把她的故事寫成一首長詩。英國十七世紀的名演員海吾德(Thomas Heywood, ?～1650?)也把這個故事寫成一個劇本。

㉑拉丁文,即「再會」的意思。

㉒原文是 indbunden, 即緊緊地穿上一大堆衣服,有暴發戶的氣派;但這個詞又當做「裝訂」講,與「訂書匠」有關係。

㉓北歐一般的窮苦人家都不吃正式晚餐,只吃一點茶和幾片麵包夾肉凍。碎豬頭肉當然是最便宜的肉凍。

㉔細爾茜(Circe)是希臘神話中的一個女神。她住在愛伊亞島(Aeaea)上。當希臘的英雄奧德賽漂流到這島上的時候,她用藥酒款待他和他的部下,結果這些人都變成了豬。奧德賽身邊帶著一種藥草,可以避魔,所以他沒有變成豬。他和她在島上住了一年。島上的生活非常舒服。

㉕格陵蘭是北冰洋和大西洋之間的大島,島上愛斯基摩人占多數。

㉖米參爾(Mimer)是北歐神話中的一個巨人,「智慧之泉」的看守者。凡是喝過這泉水的人,都能知道過去和未來的事情。

㉗這是猶太教中一套書的名稱,原文是 Talmud,其中有關於傳說、法律、規程和制度等方面的記載。

㉘拉丁文,意思是:「光榮倏忽即逝」。「月亮裡的 Sic transit gloria」,等於「曇花

「一現」的意思。

㉙「裹上一身衣服」的這個「裹」字在丹麥文裡是 indbinding。它的意義是「裝訂」
——訂書匠的常用語。它在這裡有雙關的意思：⑴霍夫先生很胖，衣服穿在身上繃
得緊緊的，像一部裝訂好的書一樣；⑵霍夫先生到底是訂書匠，總是三句話不離本
行。

㉚這是阿拉伯神話中的「鳳凰」。據說它活了若干年以後，就用香料在阿拉伯築起一
個巢，然後唱出一首哀歌，拍着雙翅扇起火來把這個巢燒掉，自己也被燒成灰。但
是從灰燼中它又產生新的生命。

㉛這句話的意思是說她善於講話，她所吐出的是「字字珠璣」，極有價值。

㉜即他的心地很好的意思。

㉝《白衣姑娘》是法國作曲家布阿德約(F. A. Boieldieu, 1775～1834)根據英國作家
司各特(W. Scott, 1771～1832)的小說《修道院》中的情節寫的一部三幕歌劇，於
1825 年初演於巴黎，直到 1862 年，上演了一千場。

㉞阿穆爾(Amor)即丘比特，是羅馬神話中的愛神。許門(Hymen)是古希臘一支結婚
的曲名，後來便轉變成爲婚姻之神的名字。婚姻之神也稱做許墨奈俄斯
(Hymenaeus)。

㉟這是指法國作曲家托瑪(C. Ambroise Thomas, 1811～1896)所作的歌劇《哈姆雷
特》(1868 年發表)。

㊱根據卞之琳的譯文（人民文學出版社 1956 年第一版）。

㊲古諾(Charles Francois Gounod, 1818～1893)是法國的名作曲家，歌劇《浮士德》
就是他的作品。

㊳據北歐的傳說，每個人在天上都有自己的星宿。如果他是在一個幸運的星宿下面出
生的，他一生就可以得到幸運。

㊴據歐洲的習慣，家臣上朝的時候，他的禮服後面總是用緞帶吊著一個鑰匙的。

⑩華格納(Wilhelm Richard Wagner, 1813～1883)是德國的名作曲家,「音樂劇」的
　創始人。

⑪這是莫扎特於 1787 年發表的一部歌劇,原名爲 Don Giovanni。

⑫羅恩格林(Lohengrin)是華格納 1848 年發表的一部同名歌劇中的主人翁。

⑬梭倫(Solon, 約公元前 638～559),古雅典政治家和詩人。傳爲古希臘「七賢」之
　一。

⑭原文是 Fuglegraes,由 Fugle（鳥）和 Graes（草）兩字合成的,故直譯就是「鳥
　兒吃的草」。

⑮亨塞爾(Adolf von Henselt, 1814～1889)是德國鋼琴家和作曲家。 "Si l'oiseau
　j'etais"（〈假如我是一隻鳥〉）是他的一支名曲。

⑯格魯克(Christoph Willibald von Gluck, 1714～1787),德國音樂家。

安徒生童話的翻譯〈代後記〉

葉君健

　　我最初接觸到安徒生童話，是在三十年代初學習英文的時候。那時學英文是用英國出版的課本，裡面選有安徒生的童話。我記得那時給我印象最深的一篇是〈野天鵝〉，童話中的主角艾麗莎，爲了救助她幾位被巫婆皇后坑害了的哥哥所表現出的決心、毅力和勇氣，深深地感動了我。後來我在世界語（審訂者註：波蘭眼科醫師 L. 柴門霍夫於 1887 年設計的人工語言，試圖做爲國際通用的第二語言，以增進世界各民族間的瞭解，消除彼此的隔閡。目前使用此語言人數估計超過十萬人）中又讀到了更多的安徒生童話。原來世界語的創造者柴門霍夫，爲了使他的語言成爲文學語言，從而奠定它的牢固基礎，親自譯了許多世界名著，其中包括從德文轉譯的當時他所能搜集得到的安徒生童話。〈海的女兒〉這篇故事，更觸動了我的心，我一直忘不了「小人魚」的生動形象和她在愛情上所遭到的悲慘結局。

　　抗戰期間，我生活侷促，再也沒有機會、也沒有心情讀這些作品。第二次世界大戰後期，我在英國戰時宣傳部工作，向英國人民宣傳中國的抗戰事蹟，以配合英國準備開闢歐陸第二戰場的國內動員。大戰結束後我去劍橋大學英王學院研究西方文學，生活變得意外地安靜起來。在這情況下，我又不時翻閱起安

徒生的童話來──特別是在夜間感到疲勞的時候。我一進入童
話人物的生活和感情中去，我的感情也就立時活躍起來。由此安
徒生的國家和人民也引起了我的興趣。一九四六年以後，戰時一
度消沉了的劍橋大學又變得生氣勃勃。許多服兵役的大學生又
回到了學校，外國留學生和學者也不少。我在他們中間結識了一
些北歐的知識分子，他們在寒暑假期間常常邀請我去他們的國
家度假。從一九四七年開始，幾乎每個寒暑我都去瑞典或丹麥，
住在他們的家中。丹麥我去的次數最多，有兩個家庭幾乎把我看
做是他們的成員──一九八八年丹麥女王瑪格麗特二世授予我
「丹麥國旗勳章」時，我又應丹麥文化部的邀請同老伴訪問了丹
麥三個星期。

　　當年住在丹麥，自然要看每天的丹麥報紙。我得學丹麥文
──爲了同一目的我也學習瑞典文。逐漸我也透過丹麥文讀了
一些安徒生的童話。我發現過去透過英文或法文所讀的那些童
話，不少與原作大相逕庭。首先，那些譯者可能爲了適應本國圖
書市場的需要，常常在譯文中做些刪節或改寫，有的改寫對原作
的損害──甚至歪曲──相當嚴重。至於原作中的濃厚詩情和
幽默以及簡潔、樸素的文體，那些譯文幾乎完全沒有表達出來。
很明顯，有些譯者只是把這些童話當做有趣的兒童故事，而未意
識到這些作品是詩，是充滿了哲理、人道主義精神和愛的偉大的
文學名著。於是我便感到手癢，想把這些作品根據我自己的理
解，直接從丹麥文譯成中文。我在劍橋，空閒時候就開始做這件
工作。

　　翻譯本身是一種語言的訓練，是對作品及其作者深入理解

的一個過程。在這個過程中，有痛苦，也有愉快。如何把一種語言轉化成爲另一種語言，而又使原作的思想、感情、風格，甚至行文的節奏，恰如其分地表達出來，是一項極爲艱苦的工作。但這項工作完成後，心情上總是無例外地感到一陣輕鬆，因爲許多難點克服了。我當然沒有什麼翻譯計畫，只是在有空時把我最欣賞的作品譯出來。

在歐洲住了一段相當長的時間以後，特別是在那寧靜的大學城劍橋一口氣住了五年以後，我的視野、感覺，甚至心態，也就慢慢適應了那裡的氣氛——大概也不得不如此。回到中國以後，遍地都是人，城市不論大小，總是熙熙攘攘，熱鬧非凡。這使我聯想到，我們的下一代的數目自然也是龐大無比的。這又使我聯想到我在西歐所見到的情景，那裡每逢聖誕節，所有的書店，不論大小，總要擺出許多豐富多彩的兒童讀物，供成年人選購，贈送給他們的兒童做爲禮物。倫敦《泰晤士報》的文學增刊，每一季都要出一期兒童讀物專號，評介新出的兒童書籍。那專號一般約有二十萬字的篇幅，這也說明他們所出版的兒童讀物極多。兒童是一個民族、一個國家的未來，對他們的成長和培育的重視，應該說是天經地義的事。

但是在我們中間，情況卻不盡如此。我們當然也重視兒童，但往往只是爲了「傳宗接代」和「養兒防老，積穀防饑」。過去兒童啓蒙不久，能認識幾個字，就得背誦《四書》、《五經》——我小時候在私塾所受的教育就是如此。至於我們現在所理解的「兒童文學」，即民間故事、神話、童話和科學幻想故事等，那時被認爲是離經叛道的東西，都在禁止之列。中國本來有很豐富的、

由民間創造的兒童文學，但沒有出現像德國格林兄弟那樣的學者和像法國貝洛爾那樣的作家，把它們記載下來或再創造。我們的那些民間故事和童話，絕大多數都失傳了。

　　我們現在開始從新的角度重視對兒童的培養，有了專業的兒童書籍出版社和兒童文學作家，出版了大量兒童文學讀物，但數量和品質還遠遠不能滿足需要。由於我們沒有太多厚實的兒童文學傳統和遺產，我們的作家也就有一定的局限性，有提高自己的素養和借鑑外國優秀兒童文學的必要。由此我自然就想起了安徒生，他的童話是世界優秀的兒童文學遺產之一，我們沒有理由不向他借鑑。把他的全部童話移植過來，以豐富我們的兒童文學讀物、並為我們的兒童文學作家提供一份重要的參考，也成為必要。我就是這樣決定有計畫地把他的全部童話作品譯完，在中國分冊出版。

　　這些分冊很快就在少年兒童和成年人中得到廣泛的歡迎。許多兒童文學作家也認真研讀，並且鼓勵我不斷改進譯文質地。我開始意識到做為譯者的責任重大，在分冊出齊後，我決心把譯文從頭到尾仔細修訂，事實上等於是重譯，最後匯集成為全集，補進過去不曾發表過的新發現的篇章，並且在每篇作品的後面加上簡潔的評註。

　　翻譯是一種「再創造」。既然如此，就不能只限於對原手稿、寫作背景和作者生平的考據和推敲、從而在文字上「精確」地表現出原作字面上的意義，那只是把一種文字機械地移植到另一種文字的生硬過程──過去所謂的「直譯」大概就是如此吧。也許對數學論文和機械說明書，人們可以這樣做，但即使這樣做，

也還得具有嚴復所提出的翻譯三個標準中的兩個標準，即「信」和「達」。文學翻譯則還必須滿足第三個條件：「雅」。但這三個標準也還不過是「文字」的標準，我想還應該加一個「文學」的標準。安徒生是詩人、哲學家、民主主義者，他的童話作品，也像世界許多其他的名著一樣，也是詩、哲學和政治思想的結晶，雖然這些作品是「爲講給孩子們聽」而寫的——其實青年人、中年人和老年人都喜歡讀，特別是老年人，生活閱歷深，最能從中體會出「人生的眞諦」。但對這種「眞諦」的實質，並非人人都是「英雄所見略同」，不同的人有不同的體會和理解。其所以「不同」，也就是各人的生活經歷、文化水準和政治及哲學素養的差異。我對安徒生童話的理解，就是我在各方面「素養」的一種表現。我的譯文的所謂「風格」就爲我的這種理解所制約，因此這裡面有很大的個人主觀成分。儘管我在翻譯時逐字逐句緊扣原義，但當我把它們轉變成爲中文的「文章」時，我個人的「文字風格」就發生作用了。我所選擇的詞彙及通過它們我所希望產生的聯想和所掀起的感情衝動，就帶有很深的個人色彩——所謂「文如其人」，在這裡也露出了它的馬腳。但有一點認識我是堅持的，即安徒生的童話是詩，因此我希望我的譯文也能具有「詩」的效果——是否達到了這個願望，那當然只能由讀者去判斷了。

在安徒生以前，大多數作家所寫的童話基本上都是民間故事的複述，如上述的格林兄弟和貝洛爾就是這樣。安徒生早期有極少數的童話，也帶有民間故事的痕跡，如〈打火匣〉，但他百分之九十以上的作品都是從實際生活中汲取素材，再注入他個

人的想像和哲學觀點——也可以說是現實主義與浪漫主義相結合的產物。這就大大地開拓了童話創作的領域，把這種創作提高到與其他文學創作同樣的深度和廣度，使童話也成爲文學中一個同樣重要的品種。

安徒生童話在世界上有各種文字的譯本，在有些文字中還出現了好幾種、甚至幾十種不同的譯本。基於前面說過的有關翻譯的一些因素，有的譯本，流傳了下來；有的譯本經過時間的考驗已經自動消亡。新的翻譯總在不斷地出現。但有些譯文，如果他們眞的具有獨特的優點，也可以做爲一定歷史時期或一個文學時代的成就而永垂不朽，成爲世界文學名著。我的這種譯文當然也是一定歷史時期的產物，將來也許會被時間所淘汰。不過在目前，根據哥本哈根大學東亞研究所所長、漢學家埃格羅教授在「丹麥、挪威、瑞典東方學會」出版的《東方世界》上所寫有關我的中譯本的評論認爲，這個譯本可以與美國珍‧赫叔爾特女士的譯本併列，是「當今世界上兩個最好的譯本」。正因爲如此，丹麥的跨國公司寶隆洋行特從中文的全集中選出一本《安徒生童話選》於一九七九年出版（以後又陸續再版過），做爲非賣品，贈給與該公司有聯繫的海外華文機構和讀者。安徒生博物館附屬的弗倫斯德出版社也與哥本哈根的漢斯‧萊澤爾出版社從中譯文中選出了一本《安徒生童話選》，聯合在丹麥出版。丹麥當然不會有多少讀者購買這樣一個中文選本，但做爲文獻，安徒生博物館還是認爲有必要在丹麥出版這樣一本書。這是一種重視嚴肅文學翻譯的友善態度，也是對我身爲一個譯者的鼓勵，當然我也認爲這是我做完這項工作後所得到的另一份獎賞。

國家圖書館出版品預行編目資料

安徒生故事全集 / 安徒生（H. C. Andersen）著
；葉君健翻譯・評註. -- 初版. -- 臺北市 ：
遠流 ， 1999【民 88】
　冊；　　公分. --（世界不朽傳家經典；1-
4）
　ISBN　957-32-3671-0　（第一冊：精裝）. --
ISBN　957-32-3672-9（第二冊：精裝）. -- ISBN
957-32-3673-7（第三冊：精裝）. -- ISBN　957-
32-3674-5（第四冊 ： 精裝）. -- ISBN 957-32-
3678-8　（一套 ： 精裝）

881.559　　　　　　　　　　　　88001109